그런 태도는 안돼!

교육학 박사 미셸 보바 지음

최소영 옮김 | 이소희·이정화 감수

한언 HANEON.COM

그런 태도는 안돼!

펴 냄	2005년 6월 25일 1판 1쇄 박음 / 2005년 7월 1일 1판 1쇄 펴냄
지은이	미셸 보바
옮긴이	최소영
펴낸이	김철종
펴낸곳	(주)한언
	등록번호 제1−128호 / 등록일자 1983. 9. 30
주 소	서울시 마포구 신수동 63−14 구 프라자 6층(우 121−854)
	TEL. 02-701-6616(대) / FAX. 02-701-4449
책임편집	김민정 mjkim@haneon.com
디자인	김희림 hrkim@haneon.com
홈페이지	www.haneon.com
e-mail	haneon@haneon.com

이 책의 무단전재 및 복제를 금합니다.
잘못 만들어진 책은 구입하신 서점에서 바꾸어 드립니다.

ISBN 89-5596-253-3   03810

그런 태도는 안돼!

To

From

추천의 글

"행동에 대해 다룬 책 중 이제껏 보지 못했던 가장 완벽한 책입니다. 모든 부모와 교사들에게 고전으로 자리 잡을 이 책은 매우 실용적이며 독보적인 가치를 지녔습니다."

– 애니 리덤*Annie Leedom*,
www.parentingbookmark.com의 설립자이자 대표

"세심하고 사려 깊고 매우 실용적인 책으로, 아이의 행동을 변화시켜 아이와 가족 전체의 안녕과 행복을 증진시킬 수 있도록 부모에게 도움을 줄 것입니다. 놀라운 작품입니다!"

– 앨빈 로젠펠드*Alvin Rosenfeld*,
아동 심리학 박사이자 《너무 할 일이 많은 아이》의 공동저자

"이 책은 '예절 바르게 행동하는 아이가 그렇지 않은 아이보다 행복한 삶을 산다'는 옛말에 기초한 책으로, 단계적인 계획을 통해 아이의 나쁜 버릇을 영원히 없애주고 자녀에 대한 부모들의 사랑을 '실천'에 옮길 수 있는 방법을 상세하게 제시해주는, 실로 뛰어난 책이 아닐 수 없습니다!"

– 일레인 하이타워*Elaine Hightower*,
《가족회의록 : 시간을 관리하고 커뮤니케이션을 구축하며 책임감을 공유할 수 있는
쉽고 재미있는 주간 계획서》의 공동저자

"미셸 보바의 새 책은 아이의 고약한 행동을 고칠 수 있는 혁신적인 전략을 제공합니다. 보바의 제안은 실용적이며 실행 가능하고 입증된 것입니다. 말썽쟁이 아이의 행동을 해결할 구체적인 해답을 찾고 있는 부모라면 더 이상 다른 책을 찾아볼 필요가 없습니다. 이 책만큼 괜찮은 책은 없습니다!"

– 나오미 드류 Naomi Drew, 《희망과 치유 : 불확실한 세상에서의 평화로운 육아》의 저자

"이 책은 부모라면 누구나 맞닥뜨리게 되는 자녀 문제에 대해, 체험에 근거한 실용적이고 효율적인 해답을 제공합니다. 이 전략들은 분명히 자녀를 기르면서 겪게 되는 두통을 완화시켜주고 아이들과 함께 행복한 시간을 갖도록 도와줄 것입니다! 저는 이 책을 함께 일하는 동료들에게 꼭 추천할 생각입니다."

– 제인 블루스테인 Jane Bluestein,
《부모, 십대, 그리고 그 사이의 장벽 : 선을 어떻게 그을 것인가》와
《부모들을 위한 리스트북 : 효율적인 육아를 위해 해야 할 것과 하지 말아야 할 것》의 저자

"미셸 보바의 분명하고 진지한 충고는 '손톱 물어뜯기'에서부터 '다른 아이 괴롭히기', '하기 싫은 일을 할 때 신발 질질 끌며 다니기'에 이르기까지 고집불통 자녀에게 시달린 부모들에게는 진정 축복의 메시지입니다. 이 단계별, 상황별 매뉴얼만 있으면 미셸 보바를 개인 교사로 옆에 두고 있는 것과 마찬가지입니다."

– 탐 리코나 Tom Lickona, 《성격 교육과 착한 아이로 기르기》의 저자

 Contents

PART 2

24가지 나쁜 태도 바꾸기

PART 1

위기에 직면하여

Confronting the Crisis

생각을 뿌려라, 그러면 행동을 얻으리라
행동을 뿌려라, 그러면 습관을 얻으리라
습관을 뿌려라, 그러면 성격을 얻으리라
성격을 뿌려라, 그러면 운명을 얻으리라

– 찰스 리드 *Charles Reade*

보바 박사님께

박사님! 제게는 열두 살 된 아들이 있습니다. 그런데 날이 갈수록 막무가내로 못되게 군답니다. 제 아들을 진심으로 사랑하지만 솔직히 받아들이기가 너무 힘들어서 정말 어찌할 바를 모르겠습니다. 자기중심적이어서 남을 배려할 줄 모르는 것까지는 그래도 참을 수 있겠는데, 아예 사람들 앞에서 대놓고 무례하게 구는 모습은 정말 부끄러워서 볼 수가 없습니다. 어쩌다가 제 아들이 그렇게 경솔하고 건방진 아이가 되었는지… 잘못된 행동임을 지적하고 타이르다 못해 협박까지 해봤지만, 무례하고 이기적인 행동에는 변함이 없습니다.

박사님, 이런 때 부모로서 정말 어찌해야 할지 좋은 방법을 알려주시리라 믿고 기다리겠습니다.

- "그렇게 하면 뭘 해줄 건데?"
- "그거, 내가 가질래. 지금 당장!"
- "엄마가 어떤 기분일지 내가 알 게 뭐야?"
- "내 맘대로 할 거니까 꿈 깨!"

어디서 많이 들어본 말이 아닌가요? 이기적이고 무례하며 건방진데다가 막무가내로 떼를 써대는 아이들은, 위와 같은 거친 표현들에 익숙해 있습니다. 또한 그런 아이들은 마치 전염병처럼 빠르게 증가하고 있어서 우리 주변 어디에서나 흔히 볼 수 있지요. 그렇다고 모든 아이들이 그렇다는 뜻은 아닙니다. 다만, 우리가 그런 문제들을 심각하게 받아들이고 어떤 조치가 필요함을 인식하지 않는 한 그러한 문제들은 사라지지 않고 계속될 것이며, 못된 언행을 하는 아이들은 계속 생겨날 거라는 것입니다.

앞서 제게 편지를 보내온 부인의 아들처럼 자기중심적이며 막무가내인 아이들을 어떤 사람들은 '골칫거리' 또는 '돼먹지 못한 녀석'이라고 부르기도 합니다. 우리 같은 전문가들은 심리학 용어로 '방종, 자만, 자아도취' 등의 표현을 쓰기도 합니다.

골칫거리! 그 말은 모든 부모가 공통적으로 두려워하는 말입니다.

'골칫거리라니? 내 아이는 절대 그럴 리 없어!' 라고 부인하면서도 어쩌면 내 아이에게도 그런 위기가 닥칠지도 모른다는 불안감에 떨며, 이런 생각도 하겠지요.

'만일 내 아이가 그렇다면 어찌 손써볼 도리도 없으니 그냥 버린 자식이라 생각하고 말지 뭐.'

그러나 이건 남의 일이 아닌 내 자식의 일이며, 우리의 희망과 미래에 관한 이야기이며, 가장 값진 인간의 축복, 가장 소중한 관계에 관한 일이기에 쉽게 포기할 수는 없을 것입니다. 또한 그런 위기에 봉착한 부모로서, 자신의 노력이 아이의 인생을 바꾸고 궁극적인 운명을 결정하는 데 결정적인 역할을 할 것이라는 믿음 또한 쉽게 저버릴 수 없을 것입니다.

그렇습니다. 우리는, 우리 아이들이 지닌 부정적인 생각과 행동의 결과인 '골칫거리라는 병'을 아이들 스스로 물리칠 수 있도록 신념을 가지고 도와야 합니다.

골칫거리가 될 조짐이 보인다

요즘 여러분의 가정전선에는 이상이 없나요? 여러분은 사랑하는 자녀가 골칫덩어리 '말썽쟁이'의 차기 대표주자가 될지도 모른다는 생각을 해보았나요? 당신은 당신의 아이를 1분이라도 더 키우느니 차라리 인터넷 경매시장에 내다 파는 것이 훨씬 더 낫겠다고 생각해본 적이 있나요? 물론 그러한 모든 것을 비밀리에 말입니다.

혹시라도 이따금, 당신이 자녀의 현금자동인출기가 되어가고 있는 것 같은 느낌이 들지는 않던가요? 그렇다면 당신의 자녀는 골칫거리가 될 소지가 다분합니다. 그렇다고 너무 놀라지는 마세요. 다만 크게 심호흡을 한 후 주위를 둘러보며 수백만의 다른 부모들도 당신과 같은 처지에 있음을 알아채고 혼자가 아님을 기억하세요. 우리 사회에 만연된 자녀들에 대한 고민, 갈등, 그런 것들은 이미 세계적인 현상이 되어버린 지 오래거든요.

지난 18개월 동안 저는 캐나다, 홍콩, 말레이시아 등지에서 부모, 교육자들과 함께 일하면서 한 가지 깨달음을 얻었습니다. 그것은 전 세계 아이들 모두가 골치 아픈 문제를 가진 아동이 될 수 있다는 것입니다. 다행인건 그것이 자연재해가 아닌 인재이기에 우리가 그에 대처해 문제해결의 방법이나 기회를 가질 수 있다는 것입니다. 그러니 용기를 내세요. 그리고 이제부터 매우 다양한 골칫거리를 안겨주는 우리의 자녀들과 전 세계 어린이들의 문제해결을 위한 행동에 들어가기로 해요. 그 첫번째 방법 중 하나로 당신의 자녀가 어떤 유형의 골칫거리에 속하는지 다음의 목록을 보고 체크해보시기 바랍니다.

골칫거리 아동의 여러 유형

어린왕자 (거만한 왕자님) _ 당신의 아이는, 자기가 원하는 것은 뭐든지 할 자격이 있으며 가정사를 좌지우지할 수 있다고 생각하나요? 당신은, 가정이 아니라 아침식사와 잠자리를 제공해주는 숙박업소를 운영하고 있다는 느낌이 들 때가 있나요? 아이들 뒤를 쫓아다니며 뒤치다꺼리를 하고, 자기 일은 스스로 하라고 말했을 때 아이가 보일 반응이 두려워 그냥 본인이 해주고 있지 않은가요? 아예 소중한 자녀로 하여금 당신을 위해 뭔가를 하도록 요구하는 것이 원천적으로 불가능하다고 생각되나요?

교활한 녀석 _ 아이가 아침, 점심, 저녁 내내 당신을 조종하나요? 변명하고 탓하고 거짓말을 일삼고 으름장을 놓으며, 당신이 배우자와 단둘이 지내는 꼴을 못 보나요? 전에는 "안 돼!"라고 말하면 잘 들었고 사랑스러웠던 바로 그 아이가 맞는지 의심스럽지 않은가요? 본래는 나쁜 애가 아니라는 생각은 드나요?

도널드 트럼프 복제 인간 _ 아이가 늘 원하는 게 많으며 떼를 쓰고 지나치게 욕심이 많고 물질적이라서, 당신은 그저 '걸어다니는 지갑' 같은 존재가 되고 마나요? 아이 입에서 나오는 말이, 유명 브랜드 이름 일색인가요? 아이의 장롱에는 한 번도 쓰지 않았거나 입지 않은 물건들로 넘쳐나나요? 당신은 아이의 라이프 스타일을 유지해주기 위해 네번째 직업을 구하고 있지 않은가요? 아이가 커서 자신의 생계를 책임져야 할 때를 대비해 당신은 어떤 계획을 갖고 있나요?(도널드 트럼프 : 미국의 부동산 재벌 - 편집자 주)

공주병_당신의 꼬마 공주님은 일이 자기 뜻대로 안될 때, 마치 오스카 상을 놓친 것처럼 비통해 하나요? 아이의 허락을 얻지 않고는 TV 채널을 바꿀 수 없나요? 아이 때문에 하루 일과를 끝낼 때 완전히 녹초가 되지는 않나요? 아이가 "안 돼!"라는 결정을 받아들이지 못하나요?

너무 불쌍한 나_아이가 스스로를 너무 가엾어 해서 당신이 항상 아이를 위해 뭐든 다 해주면서 그 보답으로 뭔가를 기대하지 않나요? 아이가 늘 숙제가 너무 많다, 친구가 자기를 괴롭힌다, 혹은 당신이 자기를 너무 부당하게 대우한다고 끊임없이 불평하나요? 아이의 불평불만을 듣느니 차라리 아이가 원하는 것을 해주는 게 훨씬 쉬운 일인가요?

크루엘라 드 빌_아이가 너무 못되고 고집이 세서 아이의 말과 행동에 진절머리가 나나요? 자기가 하는 말이나 행동이 다른 사람에게 얼마나 상처가 되는지 모를 정도로 무신경한 아이인가요? 가슴을 후벼 파는 아이의 불평을 견디기가 힘들어서 아이가 말대꾸를 하거나 빈정거려도 혼내기가 겁나나요? 아이가, 사랑하는 관계를 형성한다는 걸 이해는 하고 있는지 의문이 드나요?(크루엘라 드 빌 : 영화 '101마리 달마시안'의 마녀 - 편집자 주)

나폴레옹 황제_아이가 세상을 지배하기 위해 태어난 듯 거만하게 행동하나요? 건방지고 잘난 체하는 꼬마 속물이며, 당신을 자기에게 왕관을 가져다

주는 것을 지상 최대의 목표로 하는 자기의 신하쯤으로 대하지 않나요? 아이가 보스라면 당신은 어떻게 부모가 될 수 있나요?

무례한 아가씨_아이가 너무 건방지고 무례해서 아이와 외출하기가 두려운가요? 영화관에서 혀를 내밀고 시끄럽게 굴고 트림하며 서슴없이 전화통화를 하나요? 친구들이나 낯선 사람이 아이의 행동을 보고 눈살을 찌푸리는 일이 다반사인가요?

소파 죽돌이_아이가 게으르고 무책임하며 비협조적인가요? 리모컨을 손에 쥐고 거실 소파에 죽치고 앉아 있나요? 고작 움직일 때라곤 냉장고에 먹을 것을 가지러 갈 때뿐인가요?

대드는 반항아_반항적이고 거칠고 말을 안 듣고 당신의 요구를 무시하는 아이와 어떻게 함께 살 수 있나요? 당신은 집안에서 기다리고 있을 일에 놀라지 않으려고 현관문 앞에서 마음을 가라앉히며 스트레스 줄이기 연습을 하지는 않나요?

고집불통_아이의 생각이 편협하며 특정한 사고와 개인, 집단에 편향되어 있어 자기 생각 외에 다른 생각을 용인하지 못하나요? 마음의 벽을 깨고 인간의 다양성이 공존하는 경이로운 현실을 아이에게 보여주고 싶은 생각이 들지 않나요?

터미네이터_아이가, 자기 길을 가로막는 것은 무엇이든 무자비한 공격을 해대며 물리치려 하나요? 아이에게 안 된다는 말을 할 때, 친구들이 아이가 말하는 것을 듣지 않을 때, 코치 선생님이 아이를 벤치에 앉아있게 할 때 아이가 행패를 부리나요? 전화벨이 울릴 때면 통제 불능의 성격인 아이가 뭔가 큰 사고를 친 것은 아닌지 걱정되나요?

'골칫거리 아동'의 행동양식은 넓은 범위의 스펙트럼에 걸쳐 크고 작은 악행과 관련되어 있으므로 위에 제시한 일반적인 범주에 완전히 꼭 들어맞는 아이는 없을 것입니다. 그러나 위의 타입들에서 조금이라도 친숙하게 들리거나 느껴지는 것은 없는지 진지하게 자문해보세요.

당신보다 당신의 자녀에 대해 더 잘 아는 사람은 없습니다. 자신의 본능을 억누르고 양육이 즐거움보다는 스트레스를, 행복보다는 고통을, 보상보다는 비통함을 안겨주는지 질문해보세요. 나만은 절대로 그렇게 되지 않으리라 맹세했던 그런 종류의 부모가 되어가고 있지는 않은지, 양육자라기보다는 잔소리꾼이며, 듣기보다는 소리치고, 격려보다는 비난이 앞서고, 아이가 잘못된 길로 갈까봐 너무나 걱정되고, 그래서 아이의 무례하고 무신경한 행동방식에 개선이 필요하다고 느끼지 않나요? 만일 그렇다면 당신의 본능을 믿고 행동하세요. 지금이 바로 움직일 때입니다!

당신이 자녀를 진심으로 사랑한다는 사실에는 의심의 여지가 없습니다. 당신은 완벽한 부모가 되고 싶고 아이에게 최고로 잘해주고 싶은 꿈을 가졌습니다. 그런 열성적인 노력과 엄청난 희생, 좋은 의도만 있으면 아이는 당연히 훌륭한 사람이 될 거라고 믿어 의심치 않았습니다.

그런데 뭐가 잘못된 것일까요? 내 아이가 잘못된 근본적인 이유가 무엇일까요? 어떻게 내 아이가 이런 몹쓸 골칫거리가 된 것일까요?

아동발달에 관한 연구와 전문적인 교육교사로서 전 세계 75만 명의 부모·교사들과 여러 해 동안 일하면서, 못되고 이기적이고 무신경한 골칫거리 아동이 나오는 근본적인 원인에 대해 내가 도달한 결론은, 바로 '나쁜 태도'입니다. 거만하든, 무례하든, 참을성이 없든, 욕심꾸러기이든, 편협하든, 게으르든, 무책임하든, 골칫거리가 되는 모든 아이들이 똑같이 가지고 있는 한 가지! 근본적인 문제는 바로 '나쁜 태도'였습니다.

태도와 행동의 차이는 무엇인가?

저는 2002년에《못된 짓은 이제 그만 : 38가지 골치 아픈 행동과 그것을 그만두게 하는 방법》이라는 책을 썼습니다. 그 책에서 저는, 아이들이 흔히 보이는 문제들인 칭얼거림, 물어뜯기, 싸움질, 친구 괴롭히기, 고자질 등등에 집중하여 가정과 학교, 사회에서 나타나는 아이들의 부적절한 습관 등을 바람직한 행동으로 바꾸는 데 초점을 두고 그것들을 없애기 위해 노력했습니다. 나의 목표는, 부모들에게 자녀를 훈육하여 바른 길로 돌아서게 하며 가족과 친구, 교사가 그들과 보다 따뜻하게 소통할 수 있는 분위기를 창출하는 전략과 도구를 제공하는 것이기 때문입니다.

'행동(behavior)' 이란, 우리가 보고 들어서 세상의 보편적 기준에 합당한지 아닌지를 직감적으로 알 수 있는 '행위(action)' 의 종류입니다. 그 중 쇼핑센터에서 마구 뛰어다니기, 숙제했다고 거짓말하기, 말대꾸하기, 야비하게 굴기, 고자질하기 같은 것들은 좋지 않은 태도이므로 부모가 꼭 고쳐주어야 할 태도들입니다. 분명히 당신도 한때는 그런 나쁜 행동들을 했던 적이 있었기 때문에 제가 무슨 말을 하고자 하는지 잘 알 것이라 생각합니다.

그러면 아이의 '행동' 을 바꾸는 것과 이 책의 주제인 '태도' 를 바꾸는 것에는 어떤 차이가 있을까요? 그리고 태도란 도대체 무엇일까요? 그에 관한 저의 생각은 이렇습니다. '행동은 표면적이고 태도는 심층적이다.'

행동은 몸짓이며 태도는 삶을 바라보는 방식입니다. 행동은 눈에 보이지만 태도는 종종 감춰져 있어서 식별이 어렵습니다. 행동은 보다 반응적이고 충동적이며 태도는 보다 긴 시간에 걸쳐 나타나는 현상입니다. 행동은 아이가 세상에 대처하는 방식이고, 태도는 아이 성격의 근간입니다. 행동은 바로 그 자리에서 나타나는 것이고, 태도는 아이의 운명을 결정하는 열쇠입니다.

나쁜 태도란, 바로 이런 것!

- 나쁜 태도는 삶을 좋지 않은 시각으로 바라보는 것이다 : 세상을 냉혹하고 잔인한 곳으로 여기는 아이들은 대체로 이기적이며 남을 배려할 줄 모릅니다. 그들은 그것이 용인된다고 믿기 때문에 야비하고 무례하며 옹졸한 태도로 다른 사람들을 대합니다.

- 나쁜 태도는 대체로 나쁜 행동습관에서 비롯된다 : 심술궂은 태도를 지닌 아이들은 대체로 자신들의 분노를 물어뜯고 때리기, 짜증내기, 싸움 등 건강하지 못한 방식으로 표출하며 그것은 곧 나쁜 습관으로 굳어지고, 결국 그 아이는 세상을 향해 "나는 내 분노를, 내가 원하는 것을 얻는 데 사용할 거야!"라고 외치는 나쁜 태도를 키우게 됩니다.

- 나쁜 태도는 나쁜 성격의 근간이 된다 : 무책임하고 비협조적인 방식으로 상황을 모면하는 법을 배운 아이는 종종 비뚤어진 도덕적 관념을 가진 성인으로 성장하기 쉽습니다.

- 나쁜 태도는 평생의 불행과 사회적 고립으로 이어질 수 있다 : 못되고 자기중심적이며 거만하고 무례한 아이는 지속적인 인간관계를 형성하지 못하고 개인적인 성취를 하지 못할 수도 있습니다.

문제는 생각보다 심각하다

많은 부모들은 아이들의 태도가 사춘기 이전이나 10대 때 형성되는 것임을 잘 모릅니다. 그리고 조금만 관심을 가지고 관찰해본다면, 네 살짜리 어린아이도 나쁜 태도의 징후를 충분히 가질 수 있음을 알게 됩니다. 중요한 건 그렇게 어린 아이들도 어른을 비참하게 만들 수 있다는 것입니다.

그들의 건방진 말대꾸, 무례한 말대답, 욕심, 으스댐, 거짓말, 반항적인 태도는 그 꼬마 녀석들이 성격도 형편없는데다 도덕적 지성마저 부족함을 단박에 알 수 있게 해주며 가족의 화목에도 영향을 미칩니다.

보통의 부모들은 자녀의 나쁜 태도를 보더라도 그것이 일시적인 양상이나 한 번의 실수려니 생각하고 대수롭잖게 여겨 그냥 지나쳐버립니다. 문제는 바로 그것입니다. 나쁜 태도는 그것을 본 즉시 잡아주지 않으면 순식간에 자신을 좀먹고 주변으로도 퍼져나가는 높은 전염성을 갖고 있습니다. 그러므로 한 아이의 나쁜 태도가 모든 형제, 나아가 한 가정을 병들게 할 수 있음을 깨닫고 주시하십시오.

응석부리고 졸라대며 무례한 태도의 징후를 보이는 나쁜 태도가 전염성이 강하다는 데는 많은 사람들이 동의하는 것 같습니다. 변호사, 의사, 성직자, 사업가, 교육자, 부모, 그리고 일반 대중들은, 응석받이 아이들이 증가하는 데 대해 한결같이 우려의 목소리를 높여 왔거든요.

나쁜 태도는 아이들의 모든 연령대, 모든 문화에 걸쳐 성별에 상관없이 나타납니다. 부유한 집 아이도 있고 가난한 집 아이도 있으며 시골 아이, 도시 아이, 사립학교에 다니는 아이, 공립학교에 다니는 아이도 있으며, 형제자매가 있는 아이, 외동아들이나 외동딸인 아이도 있습니다. 편모나 편부 슬하에 있는 아이도 있고 양 부모가 모두 있는 아이도 있습니다. 그런 것들을 종합해볼 때 생활환경은 그 무서운 병에 걸리는 원인과는 별 관계가 없는 것 같습니다.

나쁜 태도를 키우는 가장 주된 요인은 아이들이 나쁜 태도를 보여도 부모나 주위 사람들의 반대나 저항을 받지 않기 때문입니다. 그래서 나쁜 태도가 우리 아이들의 몸과 마음에서 번성하고 자라는 것입니다. 물론, 아이들의 다정함과 공손함, 감사하는 마음을 훼손시키는 다른 원인들도 있긴 합니다. 그러나 오늘날 나쁜 태도가 급속도로 번성하고 있는 몇 가지 보다 일반적인 이유에는 다음에 소개하는 것들과 같은 고전적인 양육이 빚어낸 실수들도 있습니다.

도대체 왜 이런 일이 일어나는 거야?

- **남과 비교하는 허세** : 부모들은 자신의 아이가 교육이나 사회행사, 유행하는 옷, 최신 장난감, 최신기기 등을 옆집 아이와 똑같이 갖기를 바랍니다. 그래서 촉각을 곤두세우고 이웃이 뭘 하는지 관찰하고 생각보다 더 자주 그들의 행동을 따라하며 부지불식간에 또래 자녀를 둔 사람들과 경쟁합니다. 더구나 아이가 좋아하든 싫어하든 상관없이, 남들을 '따라가거나 앞서도록' 버릇없이 기릅니다.

- **부모로서의 잘못된 의무** : 자녀에게 경제적인 어려움을 겪지 않게 하겠다거나 단지 더 나은 삶을 살기를 바라는 마음은 많은 부모들을 오래도록 힘들게 하는 요인의 하나로 죄책감까지 느끼게 합니다. 그러다 보니 부모는 그 보상으로 아이에게 선물을 안기며 보다 관대하게 규율을 적용하고 아이와 가정생활, 학교, 사회생활의 행동경계를 느슨하게 합니다. 그런데, 그것이 아이에게 충실치 못한 것의 보상이 될까요? 아닙니다. 그것은 다만 응석받이 아이를 만들 뿐입니다.

- **스트레스가 많고 피곤함** : 많은 부모들은 빠르게 변화하는 세상의 바쁜 업무에 지쳐 손쉬운 배달음식을 시켜 먹곤 합니다. 아이의 나쁜 행동을 발견해도 웬만해선 골치 아픈 잔소리를 늘어놓거나 혼내거나 고치려고 하지 않습니다. 그냥 내버려 두는 것이 편하기 때문이지요. 그래서 아이의 나쁜 태도는 점점 습관으로 굳어져버리고 맙니다.

- **자긍심에 대한 오해** : 자녀 양육 중 부모들이 가장 잘못 알고 있으며 많은 실수를 범하는 것은 "안 돼!"라는 말을 하면 아이를 주눅 들게 해서 자긍심을 상실시킬 거라고 생각하는 점입니다.

진정한 자존심은, '나는 누구인가?' 와 '나는 삶을 헤쳐 나갈 능력이 있는가?' 에 대한 자기가치를 깨닫는 것인데, 나쁜 태도를 가진 아이가 어떻게 자신에 대한 가치감을 느끼며 자신감을 가질 수 있을까요? 아마도 사람들은 그 아이의 행동에 눈살을 찌푸리며 나쁘게 평판하고, 친구들은 등을 돌리며, 사람들과 함께 즐거움을 누려야 할 곳에서 오는 초대장은 자취를 감추고야 말 것이며, 사실상의 사회적, 학문적, 도덕적, 가정적인 삶의 모든 국면은 파경 또는 침체를 면치 못할 것입니다.

신뢰할 만한 '자긍심에 대한 연구결과' 는 한결같습니다.

'우리는 엄격한 행동규율을 정한 가정에서 자란 아이들이 더 높은 자긍심을 갖는다는 것을 발견했다.'

도덕적이며 엄격한 부모들은 확실히 안 된다고 말하고, 분명한 행동 기대치를 정하고, 늘 공정한 훈육방침으로 자녀를 바른길로 인도합니다.

• **출산의 지연** : 많은 부부들이 생리적인 가임기를 훌쩍 넘긴 채 부모가 되는 것을 연기하고 있습니다. 불임이어서 입양을 하는 사람도 있습니다. 그것이 문제입니다. 그러다가 마침내 자기 자녀를 갖는 축복을 받게 되었을 때, 아이를 과잉보호하고 응석받이로 키우며 아이의 작은 기적에 비현실적인 기대를 갖는 경향이 있습니다.

• **무서운 세상에 대한 보호막** : 물론 우리 모두는 위험하고 불안한, 전 세계에서 일어나는 여러 가지 재앙에 노출되어 살고 있습니다. 그럼에도 불구하고 자신의 아이들에게는 이 세상이 안전하고 걱정 없는 곳이라는 느낌을 주어야 한다는 강박관념에 사로잡힌 부모들이 있

습니다. 그것은 잘못된 생각입니다. 너무 많은 부모들이 비도덕적이며 위험한 세상의 이미지가 자녀에게 조금이라도 완화되어 전달되기를 바라는 마음으로 자녀를 과잉보호하며, 풍부한 물질과 즉각적인 요구의 수용으로 아이들을 망치고 있습니다.

- **소중한 시간의 오용** : 육아에 대한 무분별한 책들에 합세한 일부 몰지각한 아동전문가들은 부모들에게 날마다 아이들과 일정한 시간을 함께하라고 요구합니다. 그래서 부모들은 자녀를 위해 따로 시간을 마련하고, 그 특별한 시간 동안 아이가 나쁜 태도를 보이거나 제멋대로 행동하더라도, 그 소중한 순간을 망치고 싶지 않다는 생각에서 역경을 견뎌내며 아이의 모든 것을 받아주게 됩니다. 그러나 그것은 무가치한 시간임을 깨달아야 합니다.

- **항상 아이를 자극함** : 아이를 창조적이며 천재적으로 만들려는 좋은 의도에서, 많은 부모들이 너무 많은 위안물, 성장 보조도구, 지적 자극물들을 자녀 곁에 잔뜩 쌓아 놓습니다. 그러나 가끔 아이들은 진흙에서 뒹굴 시간을 필요로 합니다. 만약 당신이 그런 위압적이고 꽉 짜여지고 계산된 개입을 계속한다면, 아이는 수동적이고 의존적이며 남이 자신을 즐겁게 해주기만을 바라고 무엇에든 쉽게 싫증내는 아이가 될 것임을 아십시오.

- **소비만능주의적인 세상** : 부모들도 그렇지만 철없는 아이들도 상품 광고에 유혹받기 쉬운 존재라는 점을 받아들이십시오. 증거자료가 필요한가요? 1970년대 이래, 1년 동안 한 아이가 보는 광고는 평균 2만 건에서 4만 건으로 두 배나 증가했습니다. 과거에 비해 훨씬 물질

적이며 훨씬 어린 나이 때부터 소비경력을 쌓기 시작하는 아이들은 연간 360억 달러에 이르는 소비를 하며 소비만능주의에 빠져들고 있습니다. 그들이 그렇게 된 데는 부모들이 소비적인 응석을 받아준 탓이 크다고 합니다.

- 아이에게 조금이라도 더 잘해주고 싶어 함 : 저는 오랫동안 수백 명의 부모와 이야기를 나누어본 결과, 자신들보다 더 나은 어린시절, 혹은 더 나은 미래를 갖게 해주려는 부모들의 고귀한 마음이 응석받이 아이를 만들어 낸다는 것을 알게 되었습니다. 부모들이 겪었던 경제적 어려움이나 가정불화 등의 이야기를 들을 때면 그들의 심정이 이해가 안 가는 것은 아닙니다. 그러나 아무리 그렇더라도 그것이 아이를 응석받이로 키우는 이유가 될 수는 없습니다. 부모는 좋은 의도였지만 아이들은 그것을 빌미로 미덕과 이타심, 인격과 희생이 아닌 물질적인 것에 가치를 두게 되고 그것은 아이들의 미래에 엄청난 영향을 끼치게 됩니다.

- 아이의 가장 좋은 친구가 되고 싶어 함 : 어쩌다가 '부모'의 역할이 '친구'의 역할로 변해버린 상황에서는 부모가 권위를 지키며 아이들의 행동을 감독하는 안내자로서의 역할, 그리고 나쁜 태도를 꾸짖는 일을 하기에는 어려움이 있습니다. 아이에게, 그리고 아이의 친구들에게 인기를 잃을 위험이 너무나 크기 때문입니다.
여기서 내 말을 오해하지 말기를 바랍니다. 대부분의 부모들은 좋은 의도를 가지고 자녀가 바람직하게 자랐으면 하는 마음으로 교육합니다. 아이들이 행복하고 성공하기를 바랍니다. 되도록이면 아이들을 꾸짖고 싶지도 않습니다. "안 돼!"라고 말하기도 싫습니다. 자신의 자녀가 친구들에게 인기가 있었으면 좋겠고 옆집 아이만큼의 물질이나 혜택도 누리게 해주고 싶습니다. 그래서 아이에게 필요하다고 생각되는 것이라든지 아이가 바라는 것은 무엇이든 해줍니다. 그러나 우리는 알아야 합니다. 그것이 자녀의 나쁜 태도를 부추기는 원인이 된다는 것을요.

우리는 아이들에게 활발한 활동을 통해 많은 것을 배우게 해주고 싶은 마음에 여러 학원에 등록시키고 유명한 행사와 모임에 참석하게 합니다. 그러나 정말 예기치 않게, 가끔 우리의 좋은 의도는 매우 심하게 왜곡되기도 합니다. 그것이 문제입니다. 우리는 우리 아이의 인생에서 진정으로 중요한 것을 간과하고 있습니다. 아이들이 선하고 예절 바른 인간으로 자라는 것 말입니다. 그러나 결국 몇 년 뒤에는 느낄 것입니다. 영어 점수나 기말고사 점수, 그리고 바이올린 레슨 따위는 아이가 어떤 인간으로 성장했는가에 비해 별로 중요하지 않다는 것을요.

아이의 품성과 덕망을 방해하는 이기적이고 자기중심적이며 무례하고 반항적인 나쁜 태도의 생산물들에 대해 당신은 과연 얼마나 알고 있으며, 또 그것들을 고칠 방법은 무엇인지 다음의 테스트를 해보십시오. 결과를 보면 스스로도 놀라게 될 것입니다.

나쁜 태도 지수 검사

1. 아이의 태도는 태어날 때부터 정해져 있다.

그렇다 _________   그렇지 않다 _________

2. 아이의 태도는 고칠 수 없다.

그렇다 _________   그렇지 않다 _________

3. 당신의 태도와 아이의 태도는 비슷한 점이 많다.

그렇다 ______ 그렇지 않다 ______

4. 당신의 아이가 똑똑하고 학교에서 좋은 성적을 받는다면, 아이가 좋은 태도를 가졌을 가능성이 높다.

그렇다 ______ 그렇지 않다 ______

5. 유복한 환경에서 자라고 교육을 많이 받는 것은 아이의 좋은 태도 혹은 나쁜 태도와 크게 관련이 없다.

그렇다 ______ 그렇지 않다 ______

6. 나쁜 태도는 일시적인 것이므로 그냥 내버려두면 아이 스스로 극복할 것이다.

그렇다 ______ 그렇지 않다 ______

7. 아이는, 친구들이나 대중매체 또는 학교교육에서 받는 것보다 부모의 영향을 훨씬 많이 받는다.

그렇다 ______ 그렇지 않다 ______

8. 아이의 태도는 아이의 성격이므로 당신이 그것을 고치려고 하는 건 아이의 존재 자체를 말살하는 것이다.

그렇다 ______ 그렇지 않다 ______

9. 아이가 아무리 많은 스트레스를 받고 있어도, 아이를 위해 힘든 일을 대신 해줌으로써 스트레스를 완화시키는 것은 좋지 않다.

그렇다 ______ 그렇지 않다 ______

10. 11세 이후에는 아이들의 태도에 대해 거의 손을 쓸 수 없다.

그렇다 ______ 그렇지 않다 ______

다음은 각 번호의 정답입니다. 설명을 읽어보고 당신이 나쁜 태도에 대해 얼마나 잘 알고 있는지 평가해보세요.

1. 그렇지 않다 _ 비록 몇 가지 태도들은 생물학적 요인의 영향을 받긴
   하지만, 대부분은 습득됩니다.

2. 그렇지 않다 _ 대부분의 태도는 이 책에 나와 있는 대로 증명되고 연
   구에 근거한 노력들로 개선될 수 있습니다.

3. 그렇다 _ 당신의 자녀는 당신이 미처 알지 못하는 사이에 당신이 하
   는 모든 것을 보고 따라 합니다. 그러니 항상 조심하고 당신 스스로
   변화할 준비를 하십시오.

4. 그렇지 않다 _ 아이의 학교성적과 긍정적인 태도와는 큰 연관성이
   없습니다. 당신은 아이의 학습 내용뿐만 아니라 성격도 가르쳐야 합
   니다. 아이의 태도와 성격은 각각 별개의 영역입니다.

5. 그렇다 _ 유복하고 좋은 교육을 받는다고 해서 자녀가 자기중심적이
   되고, 무례하며 무신경한 아이가 되지 않는다는 보장은 없습니다. 사
   실, 오히려 반대일 경우가 더 많습니다.

6. 그렇지 않다 _ 아이의 나쁜 태도에 경종을 울리는 일에 머뭇거릴 이
   유는 하나도 없습니다. 시간을 끌면 끌수록, 더욱더 고치기 힘들어질
   뿐입니다.

7. 그렇다 _ 당신은 아이의 태도에 그 어떤 사람이나 사물보다 더 큰 영
   향력을 가지고 있습니다. 당신의 권한을 현명하게 사용하고, 외부의
   영향을 탓하지 말아야 합니다.

8. 그렇지 않다 _ 저는 당신이 자녀의 성격이나 기질을 바꾸도록 도우
   려는 것이 아닙니다. 다만 아이의 이기심, 편협성, 불복종, 그리고 나
   쁜 성격과 낮은 도덕의식으로 이어질 수 있는 다른 나쁜 태도들을 중
   지시키는 것이 부모인 당신의 의무라는 것을 인식시키고 싶을 뿐입
   니다.

9. 그렇다 _ 부모로서 당신의 중요한 의무 중 하나는 자녀가 독립적이

고 자립적이며 유능해지도록 돕는 것입니다. 늘 아이의 문제를 대신 해결해주고 도와주는 것은 현실의 삶을 살아가는 데 잘 적응하지 못하는 의존적인 아이를 만들 뿐임을 아서야 합니다.

10. 그렇지 않다 _ 나쁜 태도를 고치기에 늦은 때란 없습니다. 아이가 더 성장하여 나쁜 태도가 몸에 배어버리면 고치기가 더 힘들기는 하겠지만, 그것이 변명이 될 수는 없거든요. 성장한 아이들이 태도를 바꾼 예는 얼마든지 있으며, 당신도 그렇게 할 수 있습니다.

위의 정답에 맞추어 점수를 내보세요(1문항에 1점씩입니다).

10점=A⁺	훌륭합니다!
8점=B	그런대로 괜찮군요.
6점=C	보통입니다. 좀더 노력해야 합니다.
5점 이하=F	당신은 어려움을 겪고 있군요. 이 책의 내용을 늘 숙지하십시오.

왜 지금 당장 나쁜 태도를 바로잡아야 하는가

한 가지는 분명합니다. 그것은 전적으로 우리에게 달렸으며 우리는 즉각적인 조치를 취해야 합니다. 그렇지 않으면 우리 아이가 행복하고 충만한 삶을 사는 데 좋지 않은 영향을 미치게 될 것입니다. 우리가 하루빨리 개입하지 않고 아이가 나쁜 태도를 고수하도록 내버려둔다면 다음과 같은 10가지 결과를 맞을 수 있습니다.

나쁜 태도 방치로 인한 10가지 나쁜 결과

- 성격의 훼손 : 성격은 인간으로서의 평판을 결정짓는 아주 중요한 열쇠입니다. 상냥함, 배려심, 공손함, 관용, 인내심, 공정함, 정직성 등

등의 가치가 자녀의 성격과 신념, 태도를 형성합니다. 나쁜 태도는 긍정적인 성격발달과 반대되는 모든 해악인 불손, 무신경, 무례, 게으름, 비열함 등으로 이루어지므로 아이에게서 그러한 나쁜 태도를 없애주면 아이가 좋은 성격을 형성할 가능성을 꽃피우고 증진시키는 데 필수적인 가치들이 자라날 자리가 생깁니다.

- **사회적 관계의 장애** : 주변에 마음이 넉넉한 아이가 있으면 즐겁습니다. 그들은 다양성을 인정하고 존중하며 다른 사람의 말을 수용할 줄 알거든요. 그들은 또한 공정하고 예의 바르며 유쾌합니다. 그러나 나쁜 태도를 지닌 아이들은 그와 반대지요. 불손하고 뒷말이 많으며 너그럽지 못합니다. 결과적으로 그들은 팀과 놀이집단 심지어 친구로서도 가장 마지막에 이름이 불리게 될 가능성이 높습니다.

- **평판의 저하** : 아이들은 무례하고 요구만 많은 친구들과 어울리는 것을 좋아하지 않습니다. 그것은 어른들도 마찬가지입니다. 나쁜 태도는 아이의 평판을 깎아내릴 수 있으며, 일단 그렇게 되면 다시 회복하기가 매우 어렵습니다. 그것이 아이들의 태도를 통제해야 할 또 다른 이유입니다.

- **서툰 돈 관리** : 응석받이 아이들은 늘 자기들이 원하는 걸 갖게 되므로 저축에 별로 신경을 쓰지 않습니다. 그런 아이가 어른이 되었을 때를 생각해보십시오. 아마 부모가 계속해서 많은 용돈을 쥐어주지 않는다면 매우 막막할 것입니다. 그것이 당신의 바람은 아니겠지요?

- **아이를 불행하게 만듦** : 최근 연구 결과, 모든 것을 가진 아이, 응석받

이 아이는 사실 별로 행복하지 않다고 합니다. 그들은 싫증을 잘 내고 열성이 없으며 활동을 통해 느끼는 성취감과 즐거움에 둔합니다.

- **대처능력 저하** : 응석둥이는 대체로 모든 욕망이 충족되기 때문에 스트레스에 잘 대처하지 못합니다. 그들이 인생에서 불가피하게 겪게 되는 좌절과 실패를 어떻게 헤쳐나갈지 생각해보면, 항상 아이의 말을 다 들어주는 것이 옳지만은 않다는 걸 깨달을 수 있을 것입니다. 어려움에 대처하는 방법을 배우지 못한 아이의 미래는 불행할 수밖에 없습니다.

- **진정한 자긍심을 훼손함** : 아이의 요구를 다 들어주는 것이 아이의 자긍심을 살려준다는 생각은 큰 실수입니다. 앞서 보았듯이, 보고서는 완전히 상반된 결과를 보여줍니다. 즉, 더 엄격하고 정확한 규율과 기대치를 정하는 부모가 더 높은 자긍심을 갖는 아이를 키우며, 그로 인해 아이는 남들이 무엇을 가졌는가가 아닌, 자신이 누구이며 무엇을 할 수 있는가에 근거해 자신의 가치를 측정하게 된다고 합니다. 최근의 한 흥미로운 설문조사에서는 부모 세 쌍 중 두 쌍의 부모가 요즘의 아이들은 그들이 어렸을 때에 비해 물질로 자신들의 가치를 측정하는 것 같다고 느끼는 것으로 조사되었습니다.

- **냉정한 아이를 만듦** : 세상이 자기중심으로 돌아간다는 생각을 하며 성장한 아이는, 다른 사람의 감정이나 불행을 느끼지 못합니다. 그러한 인정 없고 무신경한 태도들은 우리 아이에게서 다른 사람들에 대한 따뜻하고 감성적인 감정을 서서히 증발시킵니다.

- **부모와 자식의 관계를 손상시킴** : 요즘, 당신은 아이의 나쁜 태도를 고쳐주기 위해 얼마나 자주 고심하고 갈등해야 했나요? 그러한 시간들은 그리 기분 좋은 경험은 아니었을 것입니다.

  아이의 나쁜 태도를 꾸짖은 시간들을 돌아보면 좋지 않은 감정들이 서서히 아이와의 관계를 위태롭게 하고 있었음을 느낄 것입니다. 바로 그것이 우리가 아이들의 나쁜 태도를 하루빨리 고쳐주어야 하는 이유입니다. 그래야 우리들이 아이들과 함께 보내는 시간 동안 부정적인 경험이 아닌 긍정과 사랑의 관계를 구축할 수 있게 되거든요.

- **가족의 화목을 깸** : 나쁜 태도는 가정의 분위기를 망칩니다. 대놓고 대드는 아이의 태도는 형제자매 간의 관계뿐 아니라 가족 전체의 화목마저 서서히 깨뜨리면서 부정적인 가정 분위기를 만드므로, 나쁜 태도에서 파생되는 그러한 결과들을 경계해야 합니다. 자녀들이 그런 나쁜 태도를 배우는 가장 큰 이유는, 부모가 그것을 허용하기 때문입니다. 그러나 이제는 아이들에게도 알려줄 때가 되었습니다. 그들의 태도는 바람직하지 못한 것이며 우리가 그들이 큰 변화를 겪도록 도울 것이라는 것을!

  그러니 준비하십시오. 나쁜 태도를 개선해야 할 중대한 시간입니다.

나쁜 태도, 이렇게 응급처치하세요

대부분의 나쁜 태도는 이기적이고 자기중심적인 면을 지닙니다. 우리는 부모로서 이런 일반적인 성질 외에, 자녀의 특정한 태도 중 어느 면에 가장 먼저 주의를 기울여야 할지를 파악해야 합니다. 그런 평가를 먼저 해야 아이들의 나쁜 버릇을 고쳐줄 수 있거든요. 즉각적인 조치를 필요로 하는 태도는 한 가지 이상일 수도 있으며 어떤 태도들은 겹칠 수도 있습니다. 예를 들어, 못된 아이는 반항적이고, 비협조적인 아이는 게으를 수도 있으며, 거만한 아이는 남을 헐뜯거나 속이 좁을 수도 있습니다. 그렇게 나쁜 태도들은 훨씬 더 나쁜 태도들로 상승곡선을 그리며 나아갑니다. 무례한 아이는 거만해지고, 거만한 아이는 반항적이 될 수 있습니다. 또 참을성이 없는 아이는 심술궂은 모습을 보일 수 있고, 비겁한 패배자는 거짓말을 일삼게 될 수 있습니다. 그러나 아이의 나쁜 태도를 식별하는 일은 나쁜 행동을 알아보는 것만큼 그리 쉬운 일이 아닐지도 모릅니다. 태도라는 것은 행동에 비해 더 심오하고 종종 겉으로 드러나지 않기 때문입니다.

아이들의 투덜거림, 때리기, 고자질, 말대꾸, 욕하기 같은 버릇없는 행동은 대체로 알아보기 쉽지만, 숨어 있는 태도는 보이지 않을 수 있어서 훨씬 더 판별하기 어렵습니다. 이는 당신이 어떤 태도에 초점을 맞추어야 하는지 알기 위해 일정 시간 동안 당신의 아이를 관찰하고 진지하게 고찰해보아야 한다는 것을 의미하기도 합니다.

지금 당신이 가장 위급하게 개입해야 할 태도가 무엇인지 확인해보기 위해 아래의 목록을 살펴보고 당신의 아이와 가장 유사한 특징에 체크해보세요. 어떤 태도를 먼저 고쳐주어야 하며 이 책의 어느 부분에서 그 방법을 찾을 수 있을지 알게 될 것입니다.

내 아이의 나쁜 태도, 무엇이 가장 문제일까요?

- ☐ 잘난 척함 : 자만함, "내가 최고야, 내가 제일 영리하고 똑똑해."라고 말함, 으스댐, 비현실적인 자화자찬, 자랑, 다른 사람들보다 우월하다고 느낌, 특권 의식. ⇒ "내가 최고야."

- ☐ 무례함 : 불손, 무례, 예의없음, 거칠고 버릇없음, 대화 중에 끼어듦,

잘못된 식탁예절, 욕. ⇒ "왜 할머니 앞에서는 트림하고 방귀 뀌면 안 돼? 어차피 귀가 먹어 듣지도 못하는데."

☐ **난폭함** : 성질 부림, 격분함, 자제심을 잃음, 난폭함, 성미 급함, 어려움을 잘 극복하지 못함, 충동을 억제하지 못함, 고함 지름, 자주 좌절함. ⇒ "내 주먹 맛 좀 봐라!"

☐ **정직하지 못함** : 성적에 대해 거짓말하고, 친구의 숙제를 베끼고, 규칙을 어긴 것을 부인하며, 정당한 것을 반칙이라 우기고, 자기 잘못을 남에게 덮어씌우고, 돌아서면 말을 바꿈. ⇒ "왜 안 돼? 남들도 다 그렇게 하는데."

☐ **잔인함** : 동물을 학대하고, 다른 사람을 자주 모욕하고, 괴롭히고, 곯리고, 겁주고, 말을 함부로 하고, 다른 사람의 마음을 헤아리지 못함. ⇒ "저 새끼 우물쭈물하는 것 좀 봐!"

☐ **떼를 씀** : 원하는 건 당장 해야 함, 무례하고 고집 부림, 양보하지 않음, 잔인함, 비합리적인 기대. ⇒ "지금 당장 해줘!"

☐ **지배적** : 두목 행세함, 독재적임, 보살핌을 받기 바람, 주변 사람들을 몰아세움, 남의 말을 듣지 않음, 타협이 안 됨, 항상 안건을 정함, 나누지 않음. ⇒ "내 길이 아니면 다 틀린 길!"

☐ **건방짐** : 무례함, 불손함, 말대꾸, 투덜댐, 빈정댐, 모욕, 경멸, 경박함, 우겨댐. ⇒ "엄마는 아무것도 모르면서 그래. 엄마가 뭘 알아?"

☐ **욕심부림** : 물질적, 소비지향적, 물욕이 많음, 이기적, 절대 만족하지 않음, 탐욕스러움, 자기 욕심만 채움, 나누지 않음, 대가를 요구함. ⇒ "이거 해줘, 저거 해줘!"

☐ **참을성 없음** : 기다릴 줄 모름, 지금 당장 해야 함, 즉각적이고 참을성 없음, 만족을 원함, 줄 서서 기다리지 못함, 주의산만, 가만히 있지 못함, 충동적임. ⇒ "아직 멀었어?"

☐ **무신경함** : 남의 마음을 잘 헤아리지 못함, 퉁명스러움, 다른 사람의 감정을 생각지 않음, 자아중심적, '저요, 저요.' 의 나쁜 형태, 무정함, 이기적임, 자기중심적. ⇒ "야, 기분 풀어, 농담인데 뭘 그래!"

☐ **무책임함** : 끊임없이 상기시켜줘야 함, 일을 회피함, 자기 잘못에 대해 남을 탓함, 쉽게 잊어버림, 부인함, 합리화함, 남을 비난함, 물건을 어디에 둔지 모름, 약속을 잊음. ⇒ "그게 오늘까지였어? 몰랐네."

☐ **질투** : 시기함, 현재 자기 자신과 자기가 가진 것에 만족하지 못함, 엄청나게 부자였으면, 똑똑했으면, 남이 가진 것을 가졌으면 하고 바람. ⇒ "쟤 너무 예뻐서 싫어."

☐ **헐뜯음** : 혹평함, 냉소적, 비열함, 자기 생각을 고집함, 다른 사람은 말도 못하게 함, 부정적인 생각만 표현함. ⇒ "멍청하긴!"

☐ **게으름** : 쉬운 방법을 택함, 직업의식의 부족, 몰두하지 않음, 시간을 낭비함, 남이 자기 일을 대신 해주기 바람, 노력해봤자 소용없다고 생각함, 쉽게 포기함. ⇒ "엄마 침대정리 좀 해줘."

☐ **교활함** : 말을 꼬아서 함, 남을 탓함, 자기가 이길 때까지 계속 함, 죄책감을 느끼게 함, 한쪽 부모가 다른 부모에 반대하게 함, 꾀병을 부림, 대가를 바람, 정직하지 못함, 계략, 자기 일을 남에게 기댐, 갈취, 자기 연민, 거짓애정이나 매력을 연구. ⇒ "네가 나를 위해 그 일을 해주면 너의 가장 좋은 친구가 될게!"

☐ **편협함** : 편파적임, 다른 사람의 의견을 용인하지 못함, 편견이 있음, 말을 들으려 하지 않음, 자기 편만 봄, 고집이 셈, 가증스러움, 고집불통. ⇒ "다른 애들은 다 멍청해."

☐ **반항적임** : 반항적이고 순종적이지 않음, 시킨 일을 거부함, 부모의 권위를 무시함, 권력을 잡으려고 싸움, 전적인 통제권을 갖기 원함. ⇒ "해볼 테면 해보시지."

☐ **비관적임** : 아무 것도 중요하지 않은 듯한 느낌, 신경을 안 씀, '잘 안 될 거야.' 하고 쉽게 포기함, 미래에 대한 암울한 전망, 성공하지 못할 거라 가정함, 부정적인 생각만 함. ⇒ "노력해봐야 무슨 소용 있어?"

☐ **비겁함** : 변명함, 다른 사람은 다 비난함, 울거나 화를 냄, 이기기 위해 속이거나 거짓말함, 정정당당함의 결여, 동료애나 팀워크의 가치를 모름, 신경과민, 비난을 받아들이지 못함, 중도에 규칙을 바꿈, 중도 포기, 상대를 축하할 줄 모름. ⇒ "내가 이겨야 해."

☐ **이기적임** : 자아 중심적, 지겹게 졸라댐, 자기 자신만 중요함, 나눌 줄 모름, 순서를 지키지 않음, 자기의 필요와 걱정을 다른 사람의 것보다 우선시함, 다른 사람의 감정을 고려하지 않음, 공감할 줄 모름, 감성 지수가 낮음. ⇒ "저요, 저요, 저요."

☐ **비협조적임** : 공유하지 않음, 자기 차례를 기다릴 줄 모름, 팀으로 일할 줄 모름, 가족이나 친구를 지지하지 않음, 다른 사람의 말을 듣지 않음, 장난감과 도구, 먹을 것을 긁어모음, 논쟁적, 다른 사람을 비난함, 으스댐, 팀에서 자기 역할을 안 함. ⇒ "난 내 식대로 할 거야."

☐ **감사할 줄 모름** : 항상 더 바람, 완전히 만족할 줄 모름, 자기 삶의 안락함이나 특권을 인식하지 못함, 특권의식, 선물이나 친절한 행동으로 다른 사람에게 보답할 의향이 없음. ⇒ "이건 전혀 내가 원했던 게 아니야."

☐ **도울 줄 모름** : 협력하지 않음, 열심히 하려 하지 않음, 잔심부름이나 의무를 하지 않음, 보상받기를 바람. ⇒ "네가 해."

나쁜 태도를 고치려는 시도에서
가장 실수하기 쉬운 7가지

당신은 아이의 나쁜 태도를 고치기 위해 정말 최선을 다했지만 별 소용이 없었나요? 아이가 잘못됐다는 것을 인식하고 욕심 많고 자기중심적이고 반항적이며 경솔한 아이의 행동을 고쳐보려고 정말 노력했지만 별 성과를 거두지 못했나요? 당신은 협박과 비난, 회유, 간청 등 안 해본 것이 없지만, 그 어느 것도 소용이 없었나요? 이런 때 솔직한 심정으로 당신은 어찌할 바를 모를 것입니다.

왜 당신의 노력이 효과가 없었을까요? 왜 당신의 해결방식은 성공하지 못한 걸까요? 대체 어떻게 해야 아이의 나쁜 태도를 영원히 버리도록 할 수 있을까요? 답답하지만 그에 대한 방법을 다시 한 번 생각해볼 필요가 있습니다. 그리고 당신의 고심을 돕기 위해, 당신이 아이의 나쁜 태도를 고치려는 노력으로 시도했으리라 짐작되는 흔한 실수들을 모아보았습니다.

- **잠시 지나가는 것이라 생각함** : 아이의 못된 행동과 나쁜 태도는 절대 저절로 사라지지 않으므로 부모의 개입이 시급합니다. 내일로 미룰수록 그것은 아이의 성격과 태도를 오래도록 지배하는 습관으로 굳어질 확률이 매우 높습니다. 그냥 지나가는 한때의 현상으로 여기면 안 됩니다. 나쁜 태도가 보이는 즉시 그에 대한 교정을 시도해야 합니다.

- **잘못된 모델이 됨** : 부모의 태도는 자녀에게 엄청난 영향을 미칩니다. 아이들은 자기가 본 것을 모방하기 때문입니다. 그러니 아이의 태도를 바꾸려는 계획을 세우기 전에, 먼저 당신 자신을 진지하게 돌아보십시오. 당신이 진정으로 아이의 나쁜 태도를 바꾸고 싶다면, 당신의 태도를 먼저 고쳐야 합니다.

- **특정한 태도에 초점을 맞추지 않음** : 한 번에 한 가지 태도에만 집중하십시오. 계획은 구체적일수록 효과가 더 좋을 것입니다. '내 아들이 나쁜 태도를 가지고 있어.' 라는 식의 일반적이고 광범위한 생각 대신, '아이가 너무 거만해지고 있어', '아이가 너무 참을성이 없어.' 등 당신이 개선하고 싶은 특정한 태도에 초점을 맞추는 것이 좋습니다. 그러면 당신 아이의 나쁜 태도 수정을 위한 첫번째 단계는 훨씬 더 큰 성공을 거둘 수 있을 것입니다.

- **일단 세운 계획은 중단하지 않음** : 일단 나쁜 태도를 인지했으면, 그것을 멈추기 위한 구체적인 수정계획을 세우십시오. 계획은 아이의 나쁜 태도를 어떻게 다루고 고칠 것인지 명시하고, 그것을 대체할 새로운 태도를 설정하고, 나쁜 태도가 계속될 경우의 결과를 정하는 것입니다. 그러기 위해 제2부에서는 각각의 나쁜 태도 수정에 대한 단계별 행동지침을 상세하게 설명할 것입니다.

- **나쁜 태도를 대체할 새로운 태도를 생각하지 않음** : 한 가지 나쁜 태도는 가치의 부재에서 기인합니다. 예를 들어 어떤 아이가 타인에게 무관심하다면 그 아이는 공감능력이 결여된 것이고, 아이가 거만하다면 남을 존중하는 마음이 부족한 것이며, 아이가 그것을 대체할 만한 새로운 태도를 배우지 못한다면 나쁜 태도는 바뀌지 않을 것입니다. 설령 나쁜 태도를 고쳤을지라도 대체할 태도가 없으면, 아이는 원래 가지고 있던 나쁜 태도로 되돌아가기 쉽습니다(41쪽의 '24가지 나쁜 태도와 그에 대체할 태도' 를 참고하십시오).

- **주변사람의 도움 없이 혼자 함** : 이건 정말 큰 실수입니다. 당신이 아

무리 좋은 계획을 세웠더라도 다른 가족과 웃어른, 유치원 선생님, 코치, 스카우트의 리더 또는 아이의 삶에 중요한 영향을 미치는 다른 사람들의 협력이 절대적으로 필요합니다. 제1부 끝부분의 '이 책을 어떻게 활용할 것인가'에서 제시하겠지만, 비슷한 문제를 지닌 다른 부모들의 지원을 받는 것도 도움이 될 수 있습니다.

- **계획을 꾸준히 수행하지 않음** : 새로운 습관을 익히는 데는 시간이 필요합니다. 대체로 그 기간은 21일 정도라고 합니다. 쉽게 포기해서는 안 되며, 계획이 성과를 거둘 때까지 계속 밀고 나가야 합니다.

나쁜 태도에 대한 대책과 그것을 대체할 태도

모든 나쁜 태도에는 각각의 대책이 있습니다. 효과적인 태도의 수정을 위해 당신은 아이의 나쁜 태도를 중단시켜야 합니다. 그리고 잃어버렸던 아이의 가치도 되살려야 합니다.

자녀가 건방지고 말대꾸를 많이 한다면, 아이에게 공손함을 가르치십시오. 그러면 가족이 더 화목해지고 스트레스가 줄어들 뿐 아니라, 품행이 좋은 방정한 아이를 보너스로 얻게 될 것입니다. 다음은 이 책에 나오는 '24가지의 나쁜 태도에 대한 대체행동'입니다. 태도를 개선하되 대체할 만한 모델이 없다면 원래의 태도로 돌아가기 쉽다는 것을 유의하시고 참고하기 바랍니다.

[24가지 나쁜 태도와 그에 대체할 태도]

나쁜 태도	대체할 태도
잘난 척함	겸손, 정중, 공손
무례함	예의범절, 공손, 존경심
난폭함	자제심, 침착, 온화함
정직하지 못함	정직, 청렴, 신뢰감
잔인함	친절, 관대, 자비
떼를 씀	센스, 평정, 배려심
지배적	침착, 인내심, 협조
건방짐	존중, 돌봄, 존경
욕심 부림	검소, 이타심, 관대
참을성 없음	참을성, 자제, 평정
무신경함	민감성, 공감, 센스
무책임함	책임감, 신뢰감, 믿음직함
질투	감사, 신뢰, 용서
헐뜯음	관용, 공정, 동정심
게으름	성실, 끈기, 생산성
교활함	믿음직함, 진심, 신뢰감
편협함	관용, 개방적인 마음, 융통성
반항적임	존경, 복종, 기댈 수 있음
비관적임	낙관적, 희망적, 즐거움
비겁함	스포츠 정신, 공정함, 용서
이기적임	공평무사, 관대, 사려
비협조적임	협조, 우정, 돌봄
감사할 줄 모름	감사, 예의
도울 줄 모름	도움, 부지런함, 관대함

아이 안에 숨어 있는 못된 버릇에 맞설 준비하기

이기적이고 못된 버릇의 희생자인 당신이 나쁜 태도 세대의 구성원이라는 것은, 당신만의 문제가 아니며 당신 가족 전체의 큰 위기입니다. 그 위기에서 벗어나려면 당신 스스로 굳은 인내를 갖고 아이의 태도가 긍정적으로 변화하도록 도와주어야 합니다. 물론 그것이 쉬운 일은 아닙니다. 그러나 당장 시도해야 할 중대한 일임을 인식했다면 거울 앞에 서서 훌륭하고 당당한 당신의 모습을 보며 희망찬 출발을 다짐하십시오.

당신은 아이에게 가장 큰 영향을 미치는 사람입니다. 아이의 태도를 어떻게 고칠 것인가에 대한 계획을 세우기 전에 당신 스스로를 진지하게 되돌아본다면 당신이 아이의 나쁜 태도를 방관한 몇 가지 이유를 찾을 수 있을 것입니다. 아마도 그것들은 가장 어려우면서도 가장 중요한 개선의 기초가 될 것입니다. 그러기 위해 자신에게 해당된다고 생각되는 항목에 체크해보세요.

☐ 아이의 나쁜 태도를 고쳐줄 만한 시간이나 에너지가 없다.

☐ 아이의 태도가 문제라고 생각한 적이 없다. 그냥 지나가는 현상이며 때가 되면 없어지리라 생각했다.

☐ 아이의 태도를 고칠 수 있을지에 대해 전혀 확신이 없다. 그것은 아이의 천성이라고 생각한다.

☐ 내가 자랐던 것과 다른 환경에서 아이를 키우고 싶다. 우리 부모님에게서 받지 못한 것을 내 아이에게는 해주고 싶다.

☐ 아이가 어려운 일을 겪었기 때문에, 좀더 편하게 해주고 싶다.

☐ 나는 바빠서 가족과 함께 할 시간이 별로 없으므로 아이 원하는 대로 해주는 것이 아이와 함께 하지 못한 시간을 보상해주는 나의 방식이다.

☐ 다른 사람들도 자기 아이에게 최고로 해주는데 나라고 그렇게 하지 못할 이유가 없다.

☐ 아이의 태도를 바꾸기 위해 꾸지람을 한다면 아이의 기가 죽을까봐 겁난다.

☐ 아이의 친구가 되려고 노력하는 것이 아이를 키우는데 매우 중요하다고 생각한다.

☐ 항상 아이의 태도에서 문제점을 찾아내려고 하는 것은 내 아이가 행복하기를 바라고 즐거운 어린시절을 보내길 바라는 나의 마음을 전달하는 데 방해가 된다.

☐ 아이가 나를 사랑하지 않을 것 같아 안 된다고 말하기가 두렵다.

☐ 나는 너무 피곤하고 스트레스가 많아서 아이에게 화풀이를 하곤 한다. 그것이 내가 되기를 바랐던 종류의 부모가 되지 못한 것에 대한 나만의 보상법이다.

☐ 아이의 잘못을 혼낸다고 효과를 보는 건 아니다.

☐ 아이의 태도를 억지로 바꾸는 것은 아이의 자존심을 위축시키는 것이므로 그러고 싶지 않다.

☐ 기타 : ___________________________________

위와 같은 종류의 숨겨진 태도들은 부모로서의 당신 역할에 영향을 미칠 뿐만 아니라, 아이에게도 부정적인 영향을 미칠 수 있습니다.

이 책을 어떻게 활용할 것인가

시중에는 자녀를 기르면서 부딪치는 문제를 쉽고 빠르게 해결할 수 있다고 주장하는 많은 책들이 나와 있습니다. 그러나 그런 책들을 읽어보면 단순히 어떤 철학을 소개하거나, 행동에 대해 다소 모호하고 일반화된 계획을 말하는 것이 대부분입니다. 그런 것들에 비한다면 이 책은 여러 면에서 매우 다릅니다. 또한 저는 일주일에 몇 일, 단 몇 분씩만 투자하여 자녀의 태도를 고칠 수 있다는 등의 말은 하고 싶지 않습니다. 아이의 태도를 고치기 위해서는 진지한 시간과 노력이 필요하거든요. 저는 이 책에서, 특수한 연구에 기초한 전략과 지침, 단계, 장·단기 프로젝트, 면밀한 충고, 질문표, 테스트, 체크리스트 등의 도구와 자료를 제공합니다.

저는 수백 명의 부모들과 함께 대화를 나눈 뒤, 태도개선의 노력에 효과를 더해줄 장비와 아이디어가 있다는 확신을 갖게 되었고 이 책에 아이의 태도를 고치는 데 필요한 모든 전략을 제시해놓았습니다. 사실, 나의 다른 책《못된 짓은 이제 그만 : 38가지 골치 아픈 행동과 그것을 그만두게 하는 방법》에 이와 같은 원칙들이 이미 제시된 바 있으며 그때 독자들의 반응이 아주 좋았기 때문에 여기서 다시 제시하고자 합니다. 그와 함께 태도변화를 시도할 때마다 저는 당신에게 다음에 제시된 6가지 핵심 준비사항에 따를 것을 강력히 권고합니다.

- '태도변화 일지'를 쓸 것 : '태도변화 일지'에 당신의 생각과 행동계획을 써보세요. 자녀와 당신 각각의 태도개선 기록은 자녀의 태도에 대해 보다 진지하게 생각하도록 도움을 줄 것입니다. 태도변화 일지는 멋진 가죽일기장이나 평범한 스프링노트, 어떤 것으로 하든 상관 없습니다. 그러나 반드시 매일 써야만 합니다. 당신은 자신이 기록한 것들을 돌이켜보면서 아이 태도의 진전 상황을 살펴볼 수 있을 뿐 아니라, 어쩌면 놓쳤을지도 모를 행동패턴을 파악할 수 있을 것입니다. '태도변화 일지' 쓰기를 아주 귀찮아 했던 부모들도 그런 노력을 통해 아주 값진 성과를 얻었다는 사실을 기억하십시오.

- 아이 주변의 사람들에게 말할 것 : 다른 가족구성원이나 학교선생님, 놀이방선생님, 코치, 스카우트 리더, 주일학교 교사, 목사님 등 당신의 자녀를 아주 잘 아는 사람들이 아이의 태도를 어떻게 바라보는지를 아셔야 합니다. 예를 들어, 아이가 그들과 함께 있을 때도 집에서처럼 버릇없이 행동하는지, 그들은 아이에게 나쁜 태도를 야기시키는 것이 무엇이라고 생각하는지, 그럴 때 그들은 어떻게 반응하는지, 그것이 효과가 있었는지, 또 그들은 어떤 제안을 해줄 수 있는지에 대해 질문해보고 당신이 세운 수정계획을 그들에게도 알려주십시오. 당신이 다른 사람들과 긴밀히 협력하면 할수록, 아이의 나쁜 태도는 더 빨리 멈추게 될 것입니다.

- 달력을 사용할 것 : 또 다른 도구는 달력입니다. 여백이 많은 달력을 하나 마련하여 아이의 '태도변화 일지'로 사용하십시오. 예를 들어, 처음 나쁜 태도를 보인 날짜에 표시한 후, 태도 고치기 작업에 들어간 날부터는 아이가 그 나쁜 태도를 보인 횟수를 매일 기록합니다. 당신의 계획이 효과적이라면, 자녀가 나쁜 태도를 보이는 빈도가 점점 줄어드는 것을 눈으로 확인할 수 있을 것입니다.

- 참고자료를 읽을 것 : 각각의 태도개선을 위해서는 읽어야 할 자료목록이 있게 마련입니다. 어떤 것은 당신에게 필요한 것이고 어떤 것은 아이에게 필요한 것이며, 그 자료들은 각각의 태도에 대한 보다 심도 있는 배경을 제공하고 당신의 태도수정에 도움이 되는 힌트를 줄 것입니다. 태도의 수정을 위해 하나의 태도에 초점을 맞추고 한두 가지 자료를 선정해서 읽으십시오.

- 부모들의 모임을 만들 것 : 아이들의 문제를 해결하는 가장 좋은 방법 중 하나는 다른 부모들과 모임을 만들고 토론하는 것입니다. 그러면 다른 부모의 아이들에게도 비슷한 행동상의 문제가 있음을 알게 되고 다소나마 마음의 위로가 될 것입니다. 또한 나쁜 행동을 없애는 데 대한 합리적인 방법이나 정보도 얻을 수 있습니다. 새로 만들거나 이미 있는 모임에 가입하되 크든 작든 규모는 상관없습니다. 오히려 한팀의 부모와 이야기하는 시간이 더욱 유익할 수도 있습니다. 다만 서로가 존중하며 자녀들의 이야기를 나누되 정기적인 만남으로 이어져야 합니다.

- 냉정을 유지하고 꾸준히 지속할 것 : 마지막으로, 일단 시작하면 당신이 바라는 변화를 얻을 때까지 멈추어서는 안 됩니다. 물론 그러려면 시간도 걸릴 것입니다. 당신의 아이가 보이는 나쁜 태도는 하루아침에 갖게 된 것이 아니라는 점을 기억하십시오. 태도나 행동이 변화하는 데는 적어도 3주일은 걸려야 하니 지루하더라도 절대로 포기해서는 안 됩니다.

더욱 심각한 태도 개선에 앞서 마지막으로 생각할 것들

첫번째 태도 개선에 들어가기 전에, 몇 가지 점을 명심해야 합니다. 태도는 습득되는 것이기 때문에 다시 버릴 수도 있다는 점과 아이의 나쁜 태도들을 버리도록 돕기 위해서는 당신 스스로 특별한 태도 개선계획을 갖고 있어야 한다는 점입니다. 그런 점에서, 고치고 싶은 나쁜 태도가 무엇인지 정하고, 이 책에서 그러한 문제를 다룬 부분을 찾아 각 태도마다 지시된 특수한 행동지침을 열심히 실천할 것을 권합니다.

태도 바꾸기 시작 지점을 정하고 진행 과정 연습하기

당신의 최대 관심사는 무엇인가요?

당신은 아이의 태도 중 어떤 점을 가장 염려하고 있나요? 아이의 입장에서 생각해 보세요. 아이는 어떤 기분일까요? 그것이 아이와 당신의 관계에 어떤 영향을 미쳤나요? 아이와 다른 가족구성원이나 친구들의 관계는 어떤가요? 당신은 어떤 태도를 바꿔주고 싶은가요? '태도변화 일지'에 당신의 바람을 써놓고 그것을 자주 읽도록 하세요. 그러면 아이의 태도를 바꾸려는 열망에 계속 불이 지펴질 것입니다.

어떤 태도부터 시작할 것인가요?

어떤 태도를 가장 먼저 조정해주고 싶은가요? 이 책 첫 부분의 차례를 찾아서 목록을 살펴보시고 아이 주변의 중요한 사람들과 상의하세요.

걱정이 되는 태도들에 체크하고 지금 당장 고치고 싶은 것을 고르세요. 당연히 여러 가지가 마음에 걸리겠지만, 보다 현실적이고 실용적으로 생각해보세요. 그리고 '태도개선'에 대한 부분으로 가서 시작해야 합니다. 지금보다 더 좋은 때는 없습니다. 희망의 끈을 놓지 않아야 합니다. 물론 쉽지는 않을 것입니다. 아이가 하루아침에 변화되지는 않겠지만, 당신이 끈기를 갖고 성실히 노력하며 계속 보살펴준다면 분명히 변화가 일어날 것입니다.

당신이 남겨줄 유산은 무엇인가요?

지금부터 25년 후의 아이를 상상해보셨나요? 당신은 아이가 어떤 가치관을 갖기를 바라나요? 아이에게 가장 큰 유산으로는 무엇을 남겨줄 수 있나요? 어렸을 때의 나쁜 태도가 어떤 성격으로 대체되기를 바라나요? 아이에 대한 희망과 꿈을 담은 편지 한 통을 당신 자신에게 보내고 그 편지를 자주 읽어보십시오. 그 속에 당신이 아이에게 물려주고 싶은 유산이 있을 것입니다.

자, 이제 준비가 되었습니다! 아이의 태도 중 첫 번째로 고치고 싶은 것을 정하고 곧바로 태도 바꾸기에 착수하십시오. 그 다음, 당신이 얻고자 하는 태도의 변화가 보일 때까지 절대 한눈을 팔지 마십시오.

PART 2

24가지 나쁜 태도 바꾸기

Twenty-four Attitude Makeovers

마땅히 행할 길을 아이에게 가르치라.
그리하면 늙어도 그 길을 떠나지 않으리라.

– 잠언 22 : 6

잘난 척함

권장태도 : 겸손, 정중, 공손

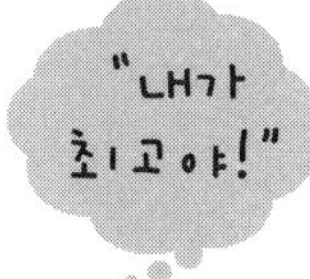

보바 박사님께

박사님, 제게는 어린 아들이 하나 있는데 아주 똑똑하고 주변 사람들도 다 그렇게 생각합니다. 그런데 문제는 이 아이가 다른 사람이 틀린 말 하는 것을 두고 못본다는 겁니다. 꼭 자기가 옳고 상대가 틀리다는 것을 알려줘야만 직성이 풀리는 아이입니다. 이러다가 아이의 이런 태도에 염증이 난 사람한테 한 대 얻어맞을 것 같아서 걱정이 되기도 합니다. 아기가 '잘난 척' 하는 태도를 고칠 방법이 없을까요? 제 아들은 정말로 거만한 꼬마신사가 되어가고 있답니다.

이런 건 나쁜 태도야!

- "엄마, 난 정말 예쁜 것 같아. 나중에 미스코리아 대회 나가야지."
- "난 다섯 살 때 벌써 그걸 알았는데."
- "말도 안 돼. 그건 내가 더 잘 알아."

혹시 아이 스스로, 혹은 당신이나 가족들이 아이에 대해 과대평가하거나 그것을 묵인하고, 오히려 격려하는 행동을 하시나요? 그렇다면 즉각 중단하십시오. 사람들이 아이의 일거수일투족에 '와와' 하고 함성을 보내도록 아이를 무대 중앙에 올려놓고 재주와 아름다움을 뽐내게 하고 있다면 제발 당장 그만두십시오! 아이가 골을 넣을 때마다, 재미있는 농담을 할 때마다, 신발끈을 잘 맨다고, 음식을 잘 먹는다고 호들갑스럽게 칭찬하는 분위기라면 그러지 마십시오! 사람들이 당신을 보면 슬슬 피할 정도로 가족의 지위와 명예, 부에 대해 자랑을 해대고 있다면 제발 자제하십시오! 아이가 자기의 사소한 재주에 대해 허풍떠는 것을 들어주고 그렇게 하도록 격려하고 있다면, 그것도 이제는 그만둘 때가 되었습니다. 배우자와 형제자매, 친척들과 친구들에게도 그런 의사를 전달하고 당신의 아이에게 유난한 관심을 삼가달라고 하십시오.

혹시 자녀가 청소년이라면 자신의 한계에 도전할 수 있는 특수한 임무를 주어 보십시오. 100퍼센트 실패할 수밖에 없는 일이라도 좋습니다. 어려운 상황에서 힘든 일을 하도록 하고, 그 아이보다 훨씬 더 많은 것을 아는 진짜 천재적인 사람과 만남의 기회를 갖게 해주십시오.

무료급식소에서 저녁 준비하기, 심장병기금 마련을 위한 퀼트제품 만들기, 사랑의 집짓기 단체를 통해 자원봉사에 참여하기, 수학 신동과 어려운 문제 겨뤄보기, 청소년 리더십교육센터에서 혹독한 야외활동 경험하기, 또는 천부적인 재능을 가진 화가와 함께 그림그리기 등의 일을 시켜보십시오. 자녀로 하여금 자신의 한계를 깨달아 겸손해질 순간을 맞이할 수 있는 활동들을 선정하라는 것입니다. ✚

'잘났어 정말, 니 팔뚝 굵다, 잘난 척하기는, 어련하시겠어?'

당신의 자녀는 그런 말들을 자주 듣는 아이인가요? 그렇다면 경계해야 합니다. 표현은 다르지만 이것은 모두 당신 자녀의 '잘난 척함'을 지적하는 말들이니까요.

　요즘 아이들은 과거보다 일찍 골칫거리로 변할 환경의 영향을 받고 있으며 나쁜 태도로 인한 악영향은 점점 커지고 있습니다. 거만한 아이들은 자기가 남들보다 잘났다는 생각을 가지고 있으며 다른 사람도 그 사실을 받아들이게 만들려고 합니다. 이 아이들은 '내가 너보다 잘났어.' 라는 메시지를 다른 사람들에게 분명히 인식시키려는 목표를 가지고 있습니다. 이들은 모두 다른 사람은 자기보다 열등하다는 생각을 가슴에 품고 있으며 부모인 당신도 그 속에 포함시키고 있습니다. 명심해야 할 것은 우리가 여기서 말하는 거만함이란, 지독한 거만함을 말하는 것이지 대충 거만한 정도를 말하는 것이 아니라는 점입니다. 그런 아이들은 자기가 제일 잘났다고 여기기에 자기중심적이고 무례하고 이기적이며 언제나 이기려고 안달하는 아이이기도 합니다. 물론 그 아이가 무시하는 사람들에게는 매우 인기가 없는 불쌍한 영혼임은 말할 필요도 없고요.

　아이가 어릴 때는, 질문에 대답하겠다고 열심히 손을 들거나 빈정대는 말투로 대꾸를 해도 귀엽다고 봐주는 경우가 많습니다. 오히려 아이가 똑똑하고 재치 있다거나 더 나아가 그 나이 또래들보다 영리하다는 말까지 합니다. 그러나 그것은 매우 잘못된 생각이며 행동입니다. 유년기 아이들의 거만함은 일찌감치 고쳐야 할 병입니다. 그럼에도 대부분의 사람들은 자신의 아이들이 그렇게 된 원인이, 아이가 잘난 척할 때 그 행동을 똑똑하다거나 재치 있다고 여겨 받아준 데 있음을 깨닫지 못합니다. 솔직히 말씀드리면 아이들이 보이는 그런 태도들은 조금도 귀엽거나 재치 있어 보이지도 않습니다. 그들의 악의에 찬 언행과 어른의 말씀이 떨어지자마자 해대는 말대꾸는 종종 그렇지 않은 사람들에게 모욕이 될 뿐입니다.

　잘난 척하는 아이들이 양산되는 또 다른 이유 역시 어른들의 잘못이 큽니다. 대부분의 부모들은 "애야, 모두들 네가 노래 부르는 것을 듣고 싶어

하신다.", "제 아들의 최근 성적표를 보여드렸던가요?"라는 등의 말로 아이의 재능을 자랑하는 경우가 많습니다. 물론 재능 있는 자녀를 두었음이 자랑스러우실 것입니다. 하지만 아무리 마음이 그렇더라도 다른 사람들 앞에서 아이의 재능을 떠들어대는 것은 자녀에게, 세상이 오직 자기들 위주로만 돌아가고 있으며, 자신이 다른 사람들보다 우월하다는 생각을 심어줄 수도 있습니다. 그들은 계속해서 남들 앞에서 노래하거나 재능을 자랑하고, 그들의 사랑이나 인정을 받기 위해서 광대짓을 해야 한다는 위험한 생각에 사로잡히게 될 수도 있습니다.

제 말을 오해하지 마시기 바랍니다. 저는 아이의 지능과 외모, 재능이나 기술에 대해 논쟁하거나 당신의 자녀에 대한 자부심을 의심하는 것이 아닙니다. 당신의 자녀들은 정말로 꼬마 아인슈타인이거나 차세대 버지니아 울프, 피카소일 수도 있습니다. 그리고 자기의 가능성에 대해 인정과 찬사를 들어 마땅할 수도 있습니다. 그러나 여기서의 문제는 당신의 자녀가 얼마나 똑똑한가, 얼마나 잘생겼는가, 얼마나 수학과 과학, 미술에 특출한 재능을 보이는가, 얼마나 축구와 바이올린, 컴퓨터를 잘하는가, 얼마나 옷을 잘 입는가에 대한 것이 아님을 상기해주시기 바랍니다. 여기서 하려는 이야기는, 그런 아이들은 자신이 남들보다 잘났다는 생각을 갖게 되어 거만해진다는 것이며, 그 거만은 다른 사람들 앞에서 잘난 체하며 남들을 깎아내리고 자신의 가능성에 대해서만 생각하고 다른 사람들의 재능에 대해서는 무관심해지는 것이 문제라는 것입니다.

태어날 때부터 거만한 아이는 없습니다. 어디서 그런 생각을 갖게 됐는지 모르지만, 거만한 아이들은 스스로에게 '우월한 자' 라는 칭호를 내립니다. 자녀가 그렇게 자화자찬하게 된 데는 아이의 잘못된 생각이나 행동을 눈감아준 어른들의 잘못이 한몫을 합니다. 더구나 어떤 분야에서의 지나치고 비현실적인 칭찬, 즉 학문, 스포츠, 음악, 미술, 또는 다른 분야에서의 뛰어남이 그 아이의 집에서는 너무나 대단한 일이라서 그 재능을 다른 사람들에게 알려야 마땅하다고 생각하거나 아니면 겸손의 가치를 희생해서라도 경쟁에서 이기고 남보다 앞서는 것이 그 가족의 가훈인 경우에는 더욱 그렇습니다.

나쁜 태도들에는 종종 간과되는 보다 심층적인 원인들이 있습니다. 예를 들어, 거만한 아이가 자신이 남들보다 잘났다는 것을 과시하는 행동은, 사실 속으로 자신이 우월하기는커녕 열등하다고 느끼기 때문일지도 모르며, 남들로 하여금 자기의 재능을 억지로 믿게 하려는 심리적 배경에서일 수도 있습니다. 어쩌면 그런 아이는 다른 형제나 친구들에게 질투심와 적개심을 가지고, 그들에게 쏠린 관심을 자신에게 끌어오기 위해 자기가 그들보다 잘났음을 증명하기 위한 게임을 홀로 행하는 것인지도 모릅니다. 그러니까 아이는, 부모와 자신의 관계에서도 '부모에게 자신이 누구인가' 하는 것을, 자기가 얼마나 많은 것을 알고 있으며, 얼마나 잘났는가를 기준으로 생각할 수도 있다는 것이지요. 그런 어리석은 생각들로 인해 그 아이는 끊임없이 자기 자신의 잘남을 증명하며 사랑이나 인정을 받기 위한 노력을 하는 것입니다. 그런데 문제는, 그런 아이의 행동이 '부모들이 저지른 위험하고 부정적인 양육법' 에 의한 결과일 수도 있다는 것입니다.

원인이 무엇이든, 우리는 아이들에게 더 큰 실수를 저지르지 않기 위해 생각을 해야만 합니다. 그래서 더 큰 잘못을 막아야 합니다.

어떤 선생님이나 친구, 주변 사람들도 '잘난 척' 하는 아이를 고운 시선으로 봐주지는 않습니다. 친구들도 그런 아이 주변에 있고 싶어 하지 않습니다. 그러므로 대부분의 거만한 아이들은 우울한 인간관계를 지닙니다.

지금, 잘난 척하는 아이에게 절실하게 필요한 것은 소박함입니다. 그러니 어서 빨리 아이에게 겸손과 감사, 정중함을 가르치십시오.

나쁜 태도 경계하기

아이의 거만하고 우월한 태도를 고치려고 시도하기에 앞서, 언제 어디서, 왜 그런 태도가 생겼는지를 생각해봅시다.

진 단 아이의 잘난 척하는 태도의 원인과 발달 과정을 알기 위해 다음의 질문들에 답해보세요.

● 언제 _ 아이가 유난히 잘난 척하는 특정한 때가 있나요? 거기에는 어떤 이유가 있나요? 예를 들어, 그때가 특정한 때라면 어떤 때인가요? 음악회, 퀴즈 대회, 운동회, 토론회, 혹은 성적표가 나올 때? 또한 그런 태도를 처음 보았을 때는 언제였나요? 아이의 잘난 체하는 태도를 촉발시켰을지 모를 시점에서 어떤 일이 있었는지, 이사를 했거나 학교에서 성적에 대한 압박이 심했는지, 아니면 억지를 부리는 사촌과 함께 있었는지, 선생님이 스트레스를 줬는지 말입니다.

● 어디서 _ 아이가 유난히 잘난 척하는 태도를 보이는 특정 장소가 있나요? 학교나 유치원, 운동장, 친구들 옆에서, 학원에서, 집에서, 가게에서, 할머니 댁에서? 그 이유는 무엇인가요? 아니면 원래 어디서든 거만하게 구는 아이인가요?

● 누구에게 _ 아이가 친구, 팀 동료, 코치, 선생님, 친척, 형제자매, 당신이나 배우자 등 누구에게나 똑같이 잘난 척하는 태도를 보이나요? 어떤 사람들 앞에서는 그런 태도를 보이지 않나요? 예를 들어, 모든 친척이나 일부 친척, 혹은 모든 친구나 일부 친구, 모든 팀 동료나 일부 동료에게 그러지 않나요? 그렇다면 왜 그럴까요?

● 무엇을 _ 아이가 특별히 자랑하는 것이 있나요? 아이가 수학, 과학, 작문 등에서 보다 자랑스러워하는 특정한 분야나 전문적인 능력이 있나요? 그렇다면 그것은 무엇인가요? 아이가 수영, 플루트, 육상, 그림 그리기 등에서 더 우쭐할 만한 기술이나 재주가 있나요?

● 왜 _ 왜 아이가 잘난 척하게 된 것인가요? 도대체 무엇이 아이에게 자신에 대한 평가를 높게 하도록 만들었는지 주의 깊게 생각해보세요. 자신의 부족함을 보상하기 위함인가요? 정말로 우월하다고 느낄 만한 점을 가지고 있나요? 자신이 매우 잘 안다고 말하는 분야에 재능이 있나요? 무엇이 아이에게 그런 우월감을 느끼게 하나요? 당신이 아이의 재능을 지나치게 칭찬하고 인정해주어, 아이가 저 잘난 것밖에 모르고 못하는 부분은 지나치는 것이 아닌가요? 당신 가정에서 잘난 척하는 태도가 가치 있게 여겨지고 있지는 않나요? 혹은 당신이 너무나 부정적이고 비판적이어서, 아이에게 이런 방어적인 태도를 야기시키고 원래 기죽이기를 잘하는 당신의 질책에 대해 보상을 바라는 것은 아닌가요? 다른 사람들이 말도 안 되는 자랑을 늘어놓는 것을 보고 그런 행동을 따라하는 것인가요? 또는 아이가 정말로 무능한 느낌을 보상하려고 노력하는 것인가요? 또 다른 문제를 생각해보세요. 당신이 다른 사람들에게 아이의 똑똑함을 자랑하는 것을 듣고, 당신에게 자랑할 거리를 더 제공해주어야 할 필요를 느끼는 것은 아닌지, 어쩌다가 아이가 그렇게 잘난 체하는 태도를 갖게 됐는지를요.

자, 이제 자신의 생각을 살펴보세요. 어떤 특정한 양상이 보이나요? 당신은 아이의 거만한 태도와 그 원인에 대해 더 잘 이해하게 되었나요?

당신의 반응에는 아무런 문제가 없나요?

자, 아이가 당신 앞에서 거만하고 잘난 체하는 태도를 다채롭게 펼치고 있습니다. 당신은 이럴 때 대체로 어떤 반응을 보였나요? 아이에게 동조함으로써 잘난 체하는 태도를 부추기지는 않았는지, 아이가 미처 깨닫지 못하고 있는 다른 재능을 더 알려주고 격려했는지, 아이의 잘난 체하는 태도를 자부심이 강한 것으로 오해해서 그 행동에 더욱더 부채질한 것은 아닌지 돌아보십시오.

당신은 아이의 잘난 척에 어떻게 대응하나요? 아이에게 무서운 표정을 지어보이든가, 소리를 지르거나 훈계하고, 눈을 치켜뜨며, 아이에게 벌을 주나요? 아니면 대수롭지 않게 생각하고 그 태도가 저절로 사라지기를 기대하나요? 아니면 아이에게 그렇게 자랑스러워 할 만한 점이 없음을 알려주나요? 비난하거나 모욕을 주지는 않았나요? 아이가 말하는 재능을 다른 사람, 즉 다른 형제나 아이의 친구, 혹은 당신 자신과 비교하나요?

아이의 거만한 태도를 멈추는 데 도움이 되지 않은 반응은 무엇이었나요? 그 중에서 절대로 하지 않겠다고 생각하는 것을 써보세요.

나는 다시는 ________________________ 하지 않을 것이다.

당신 자신의 나쁜 태도를 직시하라

아이는 그런 태도를 대체 어디서 배우는 걸까요? 혹시 당신이나 당신 배우자로부터 배운 것은 아닐까요? 자신의 태도, 그리고 아이와 가까운 사람들의 태도를 살펴보고 실마리를 찾아보세요.

예를 들어, 당신은 아이 앞에서 당신이 해낸 일이나 재능에 대해서 자랑하나요? 당신 자신에 대해 배우자와 친척들 혹은 동료들에게 자랑하는 것을 아이들이 잘 들어주던가요? 당신의 배우자나 친척들은 어떤가요? 혹시 그들이 그런 태도를 지니고 있는 건 아닐까요?

아이는 당신이 품성이나 업적 중 어떤 것을 더 소중하게 여긴다고 생각하나요? 당신의 태도는 그런 가치들과 일치하나요? 당신은 가족의 사회적, 경제적, 혹은 직업적 지위를 아이에게 강조하나요? 당신과 아이들은 당신의 가족이 남들보다 낫다고 여기나요? 개인적 성취, 성적, 스포츠 능력, 테스트 결과를 지나치게 강조해서, 아이들이 당신의 사랑을 받기 위해서는 자신의 재능을 증명해 보여야 한다고 생각하지 않나요? 당신은 아이와 가족에게 경쟁에서 이기기를 강조하나요? 예를 들어, 아이가 친구의 자녀보다 공부를 더 잘해야 한다고 부담을 주거나 아이의 재능이나 성적, 혹은 능력을 다른 친구들이나 조카, 이웃, 친구들과 공공연히 비교하나요?

아이들은 자존심을 어떻게 갖게 된다고 믿고 있나요? 그것이 천성이거나 아니면 교육에 의해 달라질 수 있다고 생각하고 있나요? 아이의 개인적 성취나 부모의 인정 중 어느 것이 자존심을 결정짓는 요인이라고 생각하나요? 혹은 둘 다에 관련된다고 보는지요?

질책이 아이의 자존심을 깎는다고 생각하나요? 당신은 아이의 잘못된 행동이나 태도를 훈계하나요? 그렇다면 어떤 방식으로 혼을 내나요? 그리고 그 이유는 무엇인가요? 당신의 반응이 아이의 잘난 척하는 태도와 연관성이 있나요? 당신의 태도에 아이의 거만함을 강화시켰을지 모를 무언가가 있는 것일까요? 그렇다면 그것이 무엇인가요? 아이에게 겸손한 사람으로서 모범을 보이기 위해 당신이 해야 할 첫번째 할 일은 무엇이라고 생각하나요?

나는 앞으로 ____________________________________ 할 것이다.

나쁜 태도, 이렇게 바꾼다

아이의 태도 개선을 위해 다음 단계들을 따라 하십시오.

1단계 – 원인을 밝혀라

아이가 지나치게 거만하게 되는 몇 가지 흔한 이유들이 있습니다. 다음 중 자신의 상황과 일치하는 것에 표시하세요.

- [ ] 아이가 자기의 재능과 능력, 지능을 자랑할 필요가 있다고 느끼는 듯합니다.

  ⇒ 아이가 자기 재능을 친구나 친척 등에게 자랑했던 전례가 있나요?

- [ ] 아이가 질투심이 많거나 적개심을 가지고 있는 듯합니다.

  ⇒ 당신이 한 아이만 편애하거나, 아이 생각에 당신이 그렇게 한다고 여기게 했나요? 학교성적, 사회관계, 미적 능력, 운동능력 등 아이의 능력을 같은 반 친구들이나 동네친구, 이웃 아이나 사촌, 혹은 당신 친구의 자녀들과 비교하나요?

- [ ] 아이는 관심을 필요로 하거나 자신의 사회적 지위를 향상시키기를 바라는 것 같습니다.

  ⇒ 아이가 친구를 사귀는 방법이 그들에게 '깊은 인상'을 주는 데 있다고 생각하나요? 아이가 자신을 있는 그대로 받아들여줄 친구를 찾는 사회적 기술이 부족한가요?

- [ ] 아이는 위의 방법들이 당신의 인정이나 관심을 얻는 방법이라고 생각하는 것 같습니다.

  ⇒ 당신은 아이에게 성적, 금메달, 명예 등을 얻는 것을 강조하나요? 아이의 성과에 대해 돈이나 특권 같은 것으로 보상하거나 격려하나요?

☐ 아이가 '특권의식' 이나 '우월감' 을 가지고 있는 것 같습니다.

⇒ 당신은 당신 가족의 금전적, 사회적, 교육적, 직업적 지위가 다른 사람들보다 낫다고 강조하나요?

☐ 아이가 자기중심적인 것 같습니다.

⇒ 당신은 아이가 자기보다 더 똑똑하고 재능 있고 유능한 사람이 없다는 듯이 느끼게 만들었나요?

☐ 아이는 자신이 무능하다고 느끼는 듯합니다.

⇒ 실제로는 자신이 그리 잘나지 않다고 생각하기 때문에 다른 사람들에게 자신의 능력을 입증하려고 노력하는 것인가요?

☐ 아이는 자기가 보고 들은 것을 모방합니다.

⇒ 아이가 다른 가족구성원이 자랑하는 걸 듣고 그들을 흉내 내는 것이 아닐까요?

☐ 아이가 지나치게 경쟁심이 많은 것 같습니다.

⇒ 1등을 하는 것이 당신 가정에서 최고로 치는 가치라서, 아이가 당신의 기대를 충족시킬 수 있다는 것을 입증할 필요를 느끼나요?

아이의 잘난 척하는 태도에 대한 특정 이유를 아는 것은 그것을 고치는 데 엄청난 도움이 될 것입니다.

2단계 – 다른 사람들의 생각을 알게 하라

어떤 습관을 고치는 데 큰 부분을 차지하는 것은 '왜 그것을 고쳐야 하는지를 깨닫게 하는 것' 입니다. 그러나 아이들에게 결코 쉬운 일은 아니지요. 아이들은 종종 그 태도에 너무 오랫동안 익숙해진 나머지 잘난 척이 정말 역겨운 것이라는 것을 인식하지 못합니다. 아이가 다른 사람들이 그런 잘난 체하는 태도에 어떤 반응을 보이는지를 깨달을 수 있게 도와주세요. 그런 후 아이에게 다음의 예를 실행해보십시오.

아이에게 자신의 잘난 척하는 행동을 깨닫게 하라

- '너라면 기분이 어떻겠니?' 하고 질문합니다.

  ⇒ "상희가 놀러 왔을 때 너는 집 주변을 산책하고 나서, 우리 집이 상희네 집보다 얼마나 더 큰지 한참 동안이나 자랑했단다. 상희가 어떤 기분이었을 것 같니? 상희가 다시 우리 집에 놀러 오고 싶을까?"

- 비언어적 반응들을 지적합니다.

  ⇒ "네가 상 받은 얘기를 늘어놓을 때 현배가 억지로 웃는 것을 보았니?"

  ⇒ "네 아빠가 은숙이네 아빠보다 돈을 더 많이 번다고 말했을 때 현배가 눈을 흘겼단다. 그걸 못 봤니?"

- 상대편의 역할을 해보게 합니다.

  ⇒ "넌 승주에게 네가 수학을 더 잘한다며 성적표를 보여주더라. 그것도 성적 이야기를 나눌 상황이 아닌데도 말이야. 네가 승주 입장이라고 생각해봐라. 너라면 뭐라고 말했겠니?"

3단계 – 성취도에 앞서 인성을 강조하라

타인을 평가할 때는 그가 무엇을 했느냐가 아닌, 어떤 사람인가로 판단하는 것을 아이에게 가르쳐야 합니다. 그것은 성취도에 앞서 인성을 강조해야 한다는 뜻입니다. 모방은 아이에게 매우 중요한 학습방식이므로 아이에게 그 점을 강조한 후에는 가족 전체가 그렇게 하도록 해야 합니다. 그래야 당신의 말이 보다 설득력을 지닐 것입니다. 인생에서 궁극적으로 가장 중요한 것은 '인성'이라는 점을 강조하는 몇 가지 방법을 소개합니다.

- 보상을 중단하고, 그저 기대하고 받아들일 것 : 아이의 그 어떤 노력에 대해서도 선물이나 돈으로 보상해주겠다는 생각은 버리십시오. 최고의 자부심은 내면화되는 것입니다. 아이는 어떤 일을 하는 즐거움과 어떤 것을 성취하고 스스로 해냈다는 데서 자부심을 얻어야 합니다. 아이의 특수한 능력과 성향, 발달 정도에 적합한 기대치를 설정하세요. 어떤 아이들은 특정 시간 동안 특정한 일을 다른 아이들보다 더 잘합니다.
- '과시하기'를 중단할 것 : 아이가 자랑스러운 것은 당연한 일이지만, 아이를 항상 무대 중앙에 세우려고 하지 마십시오. 축구경기장이나 연주회에 보내는 것은 괜찮지만, 집에서는 무대의 커튼을 내려야 합니다.
- 결과물이 아닌 노력을 강조할 것 : 결과가 아닌, 아이가 이루는 작은 발전과 노력을 인정해 주십시오.
- 무조건적인 사랑을 강조할 것 : 아이에게는 '자신이 누구인가'를 알게 하는 것이 가장 중요합니다. 부모로서 아이에게 "나는 너의 점수와 테스트 결과, 외모나 친구, 이기든 지든 상관없이 너를 사랑한다"고 끊임없이 강조해주십시오.

4단계 - 다른 사람들을 인정하게 하라

거만한 아이들은 종종 자기 자신의 장점만 보고 다른 사람의 장점은 무시합니다. 다른 사람의 업적과 성과를 인식하게 하여 아이의 거만함을 누그러뜨리도록 해야 합니다. 아이가 다른 사람의 장점을 알고 받아들이도록 돕는 몇 가지 전략을 알아보도록 합시다.

- 다른 사람들과 인사할 것 : 인정의 가장 기본적인 형태는 "안녕하세

요?", "그간 무고하셨나요", "식사는 하셨어요?" 등의 간단한 인사입니다. 아이가 옆에 있을 때는 더 열심히 인사하십시오. 비록 그런 행동들이 사소한 것 같지만, 간단한 인사는 아이가 다른 사람들을 더 이해하고 자기만 바라보지 않게 하는 데 도움이 됩니다.

- **칭찬하도록 할 것** : 아이가 남들로부터 사랑받는 비결 중 하나는 남들을 자주 칭찬하는 데 있다는 것을 말해주십시오. 거만한 아이는 자기 자신이 아닌 남들을 추켜세우는 지지와 격려의 표현들을 잘 모를 수 있으니, "좋은 시도였어!, 대단한데!, 정말 잘했다!, 훌륭한 경기였어!"와 같은 몇 가지 표현들을 일러주십시오. 잊어버리지 않게 하기 위해서 목록을 벽에 붙여놓고 자주 써서 그런 표현에 익숙해지게 하십시오.

- **1×7 규칙을 시행할 것** : 아이가 어떤 사람의 특정한 장점이나 기술, 재능에 대해서 적어도 하루에 한 번씩 일주일 동안 칭찬하도록 격려하십시오. 그 대상은 자신이 아닌 가족이나 친구, 혹은 모르는 사람이라도 상관 없습니다. 칭찬 받을 만한 특징들을 아이가 깨달을 수 있도록 돕고, "공을 정말 잘 찼다!, 화가같이 잘 그렸는걸, 역사에 대해 참 많이 아는구나!"와 같은 몇 가지 예를 들어주고, 하루를 마감할 때 아이에게 누구를 칭찬했는지, 상대는 뭐라고 대꾸했는지 물어보십시오. 이것은 가족으로서 할 수 있는 대단한 활동입니다. 모든 가족이 1×7 규칙을 지키면, 아이가 배울 것들이 훨씬 많아집니다.

5단계 – 자존심과 겸손을 강화하라

아이가 겸손을 깨달으면 곧바로 그것을 강화하고, 그것이 얼마나 기분 좋은 것인지를 알게 하십시오. 진정한 자존심은 고요하고 내면적인 것이라서 아이는 그 속에서 자신이 한 일과 받은 상에 대해 다른 사람에게 알

려야겠다는 충동을 느끼지 않게 됩니다. 또한 자기 자신을 남들과 비교하
거나 남을 깔아뭉개야겠다는 충동도 느끼지 않지요. 몇 가지 예를 살펴보
도록 해요.

- "정아야, 엄마는 네가 좋은 점수를 받은 것이 얼마나 자랑스러운지
  잘 안단다. 엄마도 네가 열심히 공부한 것이 참 자랑스럽다. 또 이번
  에는 아빠와 엄마, 그리고 네 친구들을 모조리 부르지 않은 것도 고
  맙게 생각한단다."
- "영인아, '나비의 이주'에 대해 선생님이 너보고 정말 많이 안다고
  하셨다며? 엄마는 네가 세계에서 제일 가는 나비박사가 되겠다고 말
  했던 걸 기억한단다."

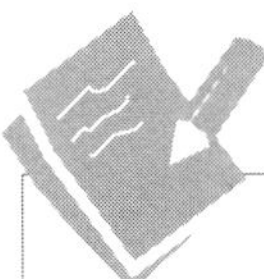

처음 21일 동안 지켜야 할 일

모든 가족구성원이 자기가 아닌 남들에게서 더 좋은 점을 찾는 '겸손하
기 운동'을 시작하고 다음의 것들을 지켜야 합니다.

1. 당신이 가장 좋아하는 재능과 취미, 혹은 관심사를 고르세요. 바비
   인형에서부터 중동 분쟁까지 어떤 것이든 좋습니다.
2. 당신보다 훨씬 더 많이 알고 있는 전문가를 두세 명 찾고, 그 전문 분
   야에 대해 그들이 쓴 모든 자료를 읽으세요.
3. 위의 주제들로 가족 토론을 합니다. 이때 겸손함을 강조하고 다른 사
   람들의 사고와 진지한 배움에 초점을 맞춥니다.

'겸손하기 운동'의 또 다른 노력

1. 남보다 더 많이 안다, 더 잘한다, 어떤 면에서 더 우월하다는 등 거만한 표현들의 특정내용에 초점을 맞춥니다.
2. 그 아래 깔려 있는 진정한 감정을 알아내되 아이가 정말로 그것이 사실이라고 생각하는가, 아니면 그저 그런 체할 뿐인가를 판단합니다.
3. 아이가 정말로 자신이 잘났다고 생각한다면, 실제 현실을 깨닫게 해주십시오. 즉, 네가 최고가 아니며, 가장 많이 가지지 않았다 등등, 그리고 그것이 중요한 것이 아님을 보여주십시오.
4. 그것이 사실이 아니라면, 아이의 불안과 보상심리에 대해 공감을 표현하고 어떤 경우에도 아이에 대한 사랑은 변함이 없을 것이라는 것을 보여주고, 그 거만한 태도를 발생시킨 두려움과 불안감을 아이가 극복하도록 돕기 위해 당신이 할 수 있는 일을 찾으세요.

태도 개선을 위한 다짐

아이가 거만한 태도를 바꾸고 꾸준히 변화하기 위해, 당신은 위의 방법들을 어떻게 활용할 것인가요? 다음 빈 칸에, 아이의 태도를 바꾸어 잘난 체를 덜하고 다른 사람의 생각과 의견을 더 고려하는 사람이 되도록 하기 위해, 24시간 이내에 당신이 꼭 시행하리라 생각하는 내용을 구체적으로 써보세요.

나는 ____ 할 것이다.

태도 개선 상황 기록하기

태도 개선은 어려운 일이며 끊임없는 연습과 부모의 지원이 필요합니다. 그러므로 아이가 변화를 향해 가는 각각의 단계에서 아무리 작은 변화를 보이더라도 인정하고 칭찬해주십시오. 진정한 결과를 얻기까지는 최소한 21일은 걸리니 절대로 포기하지 말아야 합니다. 그리고 한 가지 전략이 효과가 없으면 다른 전략을 준비했다가 시도하고 자녀의 주간 진전 상황을 아래 빈 칸에 기록하십시오. '태도변화 일지'에 매일의 진전상황도 기록해야 합니다.

1주 : ____

2주 : ____

3주 : ____

결과 검토와 진행중인 태도 개선

아이의 태도 중 여전히 개선이 필요한 부분은 어떤 부분인가요? 어떤 노력을 더 할 필요가 있나요?

____

____

____

____

무례함

권장태도 : 예의범절, 공손, 존경심

보바 박사님께

저희 부부는 친구들과 주말을 함께 보냈는데 정말 창피해서 죽을 뻔했습니다. 열 살 난 제 아들은, 전에는 그러지 않았었는데 예의범절이라고는 완전히 잊어버린 것 같았습니다. 아이의 무례한 태도는 정말 상스러울 정도였습니다. 어른들이 모두 놀라서 입을 다물지 못하고 있는데, 아이는 자기 태도가 '귀엽다'고 생각한 듯했습니다. 3개월 뒤에 전 가족이 다 모이기로 되어 있는데, 그 전에 아이의 버릇을 고치고 싶습니다. 희망이 있을까요, 아니면 이민이라도 가야 할까요?

이런 건 나쁜 태도야!

- "누가 내 발 아래 발을 갖다 놓으래? 왜 내가 '미안하다'고 해야 되는 거야?"
- "설교중에는 휴대전화를 끄라고? 난 그럴 수 없어."
- "신경 쓰지 마, 아빠. 아무도 내가 트림하는 거 못 들었어."

집에서 엄격한 프로그램을 하루 24시간 일주일 동안 의무적으로 시행하십시오. 아이가 공손해지는 방법을 알고 있다고 가정하지 말고, 아이에게 공손함과 예의범절에 대한 엄격한 기본규칙들을 지키겠다는 동의서에 서명하게 하십시오. 아이가 무례한 태도를 치료할 때까지 소매를 걷어붙이고 한 번에 한 가지씩 모범을 제시하고 숙지하도록 하십시오. 예를 들어, "~해 주세요." 또는 "감사합니다."라고 말할 줄 모르는 어린 아이의 경우, 다른 사람들에게 그런 말들을 사용할 기회를 주고, 언제 그 말을 사용할지 알려주고, 적당한 때에 그 말들을 쓰도록 격려하고, 아이가 감사의 말을 할 때마다 칭찬해주세요. 건성으로 전화를 받고, 메시지를 받지도 남기지도 않는 아이에게는 단호하고 명확하게 기대하는 바를 설명해야 합니다. 필요하다면, 아이가 사용하기를 바라는 말들과 당신이 전달받을 필요가 있는 메시지, 그리고 가장 적합한 어조가 담긴 대본을 써서 그것을 가지고 아이가 무엇을 어떻게 해야 하는지 깨달을 때까지 연습시키세요. ✚

불손하고 무례한 행동들은 분명 전 세계적으로 증가하고 있습니다. 〈U.S. 뉴스앤드월드리포트〉에서 조사한 최근 설문조사에 따르면, 미국인 10명 중 9명의 예의범절이 무너지고 있으며 그것은 매우 심각한 문제라고 느꼈다고 합니다.

예의는 정말 중요한 것입니다. 여러 보고서에 따르면, 예의 바른 아이들이 인기도 많고 학교생활도 더 잘한다고 합니다. 아이들이 친구 집에 얼마나 자주 초대를 받는지 알아보세요. 선생님들이 그런 아이들을 얼마나 입이 마르게 칭찬하는지 들어보세요.

공손한 아이들은 성격 좋은 사람이 될 기본적인 이점을 가지고 있습니다. 그들은 다른 사람들의 생각과 감정을 더 잘 배려하기 때문에, 더 정중하고 덜 이기적입니다. 따라서 먼저 당신의 사회적 품위를 가다듬고 예의 범절과 기품을 지키며 가정 내에서 웃어른을 대접하십시오. 그리고 아이 가 불손하고 버릇없는 태도를 보이면 언제 어디서든 곧바로 따끔하게 혼 을 내야 합니다.

나쁜 태도 경계하기

무례한 태도를 용인하거나 보호할 이유는 어디에도 없습니다. 아이가 어떻게 이런 불손함과 무례함을 키웠는지 엄격하게 감시함으로써 개선 작업을 시작하십시오.

진 단 아래의 질문에 대답하면 도움이 많이 될 것입니다.

● 언제 _ 아이가 유난히 무례하게 구는 특정한 때가 있나요? 그 이유가 무엇인가요? 예를 들어, 아이가 특정 아이들과 함께 있을 때인가요? TV 를 보고 있을 때인가요? 무례한 어른들과 함께 있을 때인가요?

● 어디서 _ 아이가 더 무례하게 구는 특정한 장소가 있나요? 특정 친구 의 집, 사람들 앞에서, 극장에서, 학교나 유치원에서, 식탁에서, 식당에 서, 가게에서, 할머니 댁에서? 그 이유는 무엇인가요?

● 누구에게 _ 아이가 누구에게나 똑같이 무례한 태도를 보이나요? 아이 가 이런 태도를 보이지 않는 사람들이 있나요? 그렇다면 그 사람들은 누구인가요? 왜 그들에게는 그러지 않나요? 그들이 아이에게 반응하는 방식과 이유에 어떤 관계가 있나요?

● **무엇을** _ 특히 어떤 무례한 행동을 하나요? 대화 중에 끼어들든가, 트림을 하든가, 감사하다는 말을 할줄 모르든가, 식탁 예절을 잘 모르든가, 아니면 그보다 더 상스러운 행동을 하나요? 아이가 당신에게 욕을 하나요? 문을 쾅 닫고 나가버리거나 식사하다 말고 전화를 하나요? 다음 한 주 동안 아이의 무례한 행동을 진지하게 관찰하면서 특별히 걱정스런 무례한 행동들을 메모하십시오(그런 행동들을 대체할 적당한 에티켓이 뒤에 제시되어 있습니다. 아이 태도의 문제점을 진단할 때 참고할 수 있을 것입니다).

● **왜** _ 왜 아이가 이런 태도를 갖게 되었나요? 당신 가정에서는 예의가 지켜지고 있나요? 아이가 무례한 친구들이나 어른들과 어울려 다니나요? 아이가 무례함, 심지어 천박함이 줄줄 흐르는 CD나 영화, TV를 보거나 듣나요? 그런 태도를 하도록 방치하고 있지는 않은가요? 아이가 버릇없이 구는 게 쿨하다고 생각하지 않나요? 아이가 함부로 대접받고 있나요? 아이가 과거에도 그랬나요? 아이가 어디에서 그런 태도를 배웠다고 생각되나요?

자, 이제 자신의 대답을 살펴보세요. 어떤 특정한 양상이 보이나요? 당신은 아이의 무례한 태도와 그 원인에 대해 더 잘 이해하게 되었나요?

당신의 반응에는 아무런 문제가 없나요?

이제 당신의 아이가 무례하게 굴 때 전형적으로 어떤 반응을 보이는지 되돌아보세요. 아이가 마지막으로 그런 태도를 보였던 때를 생각해보세요. 기억의 되감기 버튼을 눌러 그 사건은 어떻게 시작되었는지, 그것을 촉발시켰던 건 무엇인지, 그때 당신의 태도는 어떠했는지를 검토해보세요.

아이의 무례함을 억제하려고 시도했던 방법들이 아무 소용이 없었던 과거의 대응방식은 어떠했나요? 아이가 다시 무례한 태도로 응수했나요? 변명했나요? 당신은 자신을 탓했나요, 무시해버렸나요? 체벌을 가했나요? 벌을 주었나요? 비난하거나 그것을 고치려고 시도했나요? 아이에게 공개적으로 망신을 주려고 했나요? 당신이 이 순간부터 절대로 하지 않겠다고 생각하는 것은 어떤 것인가요? 그것을 써보세요.

나는 다시는 ________________________________ 하지 않을 것이다.

당신 자신의 나쁜 태도를 직시하라

'태도는 가르쳐지는 것이 아니라 저절로 몸에 배는 것이다.' 라는 옛말은 그야말로 지당한 말입니다. 그러므로 예의를 배우는 최상의 방법은 다른 사람을 모방하는 것입니다. 당신은 아이에게 어떤 모범을 보이고 있는지 진지하게 생각해보세요. 자녀가 무례하다면 당신에게서 배운 것은 아닌가요? 당신의 행동이 아이에게 공손한 태도를 가르치고 있나요? 당신은 아이에게 늘 예의를 갖춰서 대하나요? 아이 앞에서 당신의 무례한 행동을 고쳐본 적이 있나요? 당신은 당신의 부모님께 어떤 태도로 대하나요? 친구들이나 모르는 사람들은 어떻게 대하나요? 당신의 자녀가 당신의 태도를 따라하길 바라나요? 당신이 지닌 예의범절 중 어떤 것을 가다듬을 필요가 있다고 보나요?

아이가 무례하게 굴 때 당신은 예의를 지키고 존경받을 만하게 행동했나요? 아니면 비꼬고 비아냥거리거나 함부로 행동했나요? 당신의 비언어적 메시지는 어떤가요? 눈을 굴리는 버릇이 있지는 않나요? 히죽히죽 웃거나 어깨를 으쓱거리지 않나요? 말하다 말고 나가버리지는 않나요?

당신은 사람들 앞에서 어떻게 행동하나요? 새치기를 해본 적이 있나요? 당신이 주차하려던 자리에 얌체처럼 주차하는 다른 운전자에게 욕을 했나요? 친구와의 대화중에 그의 말을 끊어버리지는 않았나요? 극장에서 시끄럽게 떠들지는 않았나요? 식당에서 큰 소리로 휴대전화를 하지는 않았나요?

자신의 불손한 태도를 고치고 아이에게 모범이 되기 위해, 당신이 해야 할 첫번째 일은 무엇인가요? 기꺼이 시행할 의사가 있는 계획에 대해 써보세요.

나는 앞으로 ____ 할 것입니다.

나쁜 태도, 이렇게 바꾼다

자녀의 불손하고 무례한 태도를 없애기 위해 다음의 다섯 단계를 따라하세요.

1단계 – 아이의 무례한 태도는 즉시 바로잡아라

아이가 무례하게 행동하면 곧바로 잘못을 지적하고 불손한 태도를 즉각 바로잡으십시오.

무례한 태도를 고치는 첫번째 단계는 즉시 그런 행동을 못하게 하는 것입니다. 아이는 자신의 행동이 받아들여졌기 때문에 그 행동을 계속하는 것이니, 어떤 경우라도 더 이상 그것이 효과가 없을 것이라는 것을 알게 해주어야 한다는 것이지요. 아이의 그런 행동을 볼 때마다 이렇게 말하세요. "그건 무례한 행동이야! 그런 말 하면 못써." 그런 다음 아이에게 바로 사과하도록 하십시오. 아이가 무례하게 굴 때는 대답하지 말고 절대 항복하지도 마십시오. "엄마는 부엌에 있으니 공손하게 말할 수 있으면 와서 말하렴." 그렇게 말하고 아이가 공손해질 때까지는, 돌아서서 가버리는 것에 대해 마음 불편해하지 말아야 합니다.

가끔 아이들은 불손한 말을 하고도 그것이 무례한 말인지 모르는 경우가 있습니다. 특히 어린 아이들은 더욱 그렇습니다. 그런 경우, 즉각 무례한 행동을 지적하여 자기의 행동이 잘못된 것임을 깨닫게 해야 합니다. 이때는 아이가 바로 깨달을 수 있도록 구체적이며 자신의 불손한 행동을 고치기 위해 무엇을 해야 하는지 알 수 있도록 교훈적인 방법을 사용하는 것이 좋습니다. 다음은 그에 대한 몇 가지 좋은 예입니다.

- "할머니가 식탁에 앉으실 때까지 기다리지 않고 식사를 시작하다니 예의가 없구나. 다음에는 할머니가 앉으셔서 먼저 수저를 드실 때까지 기다려라."
- "엄마랑 아빠가 대화를 나누고 있을 때 끼어드는 것은 버릇없는 행동이니 다음부터는 말이 끝날 때까지 기다리거나 '실례지만, 말씀 좀 해도 될까요?' 라고 말하렴."
- "그건 잘못된 행동이야! 다음부터 누구 앞으로 지나갈 때는 '실례합니다.' 라고 말하는 걸 잊지 마라."

2단계 – 공손함의 장점을 알게 하라

공손함을 증진시키고 무례한 행동을 억제하기 위한 다음 단계는 자녀에게 왜 예의범절이 중요한지를 분명히 인식시키는 것입니다. 예의 바른 행동이 다른 사람에게 미치는 영향력을 분명히 이해하고 나면, 아이는 더욱 예의 바르게 행동할 것입니다. 그럴 때 다음과 같이 말해주면 좋습니다.

- "예의를 지키면 다른 사람들로부터 존중을 받게 된단다. 사람들은 다른 사람이 어떻게 행동하는지, 공손했는지 그렇지 않았는지 기억하거든. 그러니 좋은 평판을 얻는 데는 예의를 지키는 것이 아주 중요하고 좋은 방법이야."
- "새로운 친구를 사귈 때는 예의를 지켜야 해. 사람들은 누구나 기분 좋은 사람과 어울리고 싶어 하거든."
- "예의범절은 세상을 살기 좋은 곳으로 만드는 좋은 방법 중 하나란다. 모든 사람이 남들에게 예의바르고 친절하게 대한다면 세상이 얼마나 행복해질지 생각해보렴."
- "사람들이 서로를 정중하고 예의바르게 대하면 마음도 행복해지고 편안해진단다. 또한 그런 사람에게는 모두가 호의적으로 대하게 된다는 걸 명심하렴."

3단계 – 무례함을 예의범절로 대체시키라

아이의 무례한 태도를 없애는 한 가지 방법은 그 나쁜 태도를 대체할 새로운 태도를 심어주는 것입니다. 사람에게 어떻게 응대하고 어떻게 좋은 주인이나 손님이 되는지, 식사 예절, 전화에티켓, 인터넷에티켓, 여러 가지 공손한 말투 등 아이가 배워야 할 예의범절에는 매우 다양한 목록이 있습니다.

다음은 아이들이 배워야 할 80가지 중요한 예의범절의 목록입니다. 목록에서 가르칠 것을 종류별로 한두 가지씩 선택하고 각각의 예의를 가르치면서 그것이 왜 중요한지, 언제 어디서 사용해야 하는지 알려주는 것을 잊지 마십시오. 아이들은 반복을 통한 기술을 가장 잘 익히기 때문에, 새로운 기술을 연습할 수 있는 기회를 많이 주어야 합니다. 물론 모든 가족에게도 알려, 함께 같은 기술을 연습해야 합니다. 매주 새로운 예의범절을 정하고 모두가 아이의 지지자가 되어 연습하되 아이를 들볶지는 말아야 합니다.

아이들이 배워야 할 80가지 중요한 예의범절

전문가들이 권하는, 아이들에게 가르쳐야 할 가장 중요한 예의범절과 에티켓 중 일부는 나의 책《도덕지능》에 있던 것입니다. 아이가 이미 실행하고 있는 것에 체크하고, 나머지도 배울 수 있도록 도와주세요.

공손한 말투

- ~해 주세요.
- 감사합니다.
- 실례합니다.
- 죄송합니다.
- ~해도 될까요?
- 천만에요.

만나고 인사할 때의 예절

- 미소를 지으며 상대의 눈을 바라봅니다.
- 악수합니다.
- "안녕하세요?"라고 인사합니다.
- 자신을 소개합니다.
- 다른 사람을 소개해줍니다.

대화 예절

- 상대가 말할 때 끼어들지 않고 들어줍니다.

- 말하는 사람의 눈을 쳐다봅니다.

- 밝게 말합니다.

- 상대가 하는 말에 관심을 표시합니다.

- 대화를 끝내는 법을 압니다.

- 대화를 지속시키는 법을 압니다.

식사 예절

- 시간을 지킵니다.

- 항상 똑바로 앉습니다.

- 모자를 벗습니다.

- 음식을 골라먹지 않습니다.

- 음식을 먹기 전에 어른이 먼저 드시기를 기다립니다 .

- 남기지 않을 만큼만 덜어서 먹습니다.

- 수저가 그릇에 부딪치는 소리를 내지 않습니다.

- 국을 먹을 때는 소리 나지 않게 먹습니다.

- "~ 좀 건네주시겠어요?"라고 부탁합니다 .

- 공동 접시를 잡지 않으며 음식을 집으려고 다른 사람 앞으로 손을 뻗지 않습니다.

- 식사도구를 조용하고 바르게 사용합니다.

- 식탁에 팔꿈치를 짚지 않습니다.

- 입을 다물고 음식을 씹습니다.

- 입에 음식이 남아 있는 채로 말하지 않습니다.

- 식사를 마치면 수저를 나란히 놓습니다.

- 식탁을 먼저 떠날 경우 양해를 구합니다.

- 떠나기 전에 잘 먹었다고 말합니다.

손님맞이 예절

- 손님을 문 앞에 나가서 맞이합니다.
- 손님에게 먹을 것이나 마실 것을 권합니다.
- 손님과 함께 있어줍니다.
- 손님이 뭘 좋아하는지 묻습니다.
- 손님과 물건이나 방을 나누어 씁니다.
- 문까지 배웅을 나가고 작별 인사를 합니다.

때와 장소에 따른 예절

- 기침을 할 때는 입을 가립니다.
- 욕을 하지 않습니다.
- 트림을 삼갑니다.
- 험담을 하지 않습니다.
- 여성이나 노인을 위해 문을 잡아줍니다.

방문 예절

- 친구의 부모에게 인사합니다.
- 사용한 물건은 제자리에 갖다 놓습니다.
- 하룻밤 자게 되면 다음 날 일어나서 방과 침대를 정리합니다.
- 친구의 부모를 돕겠다고 제안합니다.
- 친구와 부모에게 감사하다고 말합니다.

노인에 대한 예절

- 노인이 방으로 들어오면 인사합니다.
- 노인이 외투 벗는 것을 도와드립니다.

- 노인이 나갈 때 문을 열어서 잡고 있어줍니다.
- 앉을 자리가 없으면 자기 자리를 내어줍니다.
- 노인의 신체적 불편함(잘 들리는지, 잘 보이는지 등)을 배려합니다.
- 필요할 경우, 차 문을 잡고 차에 타는 것을 도와드립니다.
- 늘 배려하고 필요한 도움을 제공합니다.
- 노인의 단점(주름살, 청력 상실, 지팡이 등)을 언급하지 않습니다.

스포츠 예절

- 규칙에 따라 경기합니다.
- 장비를 함께 사용합니다.
- 팀 동료를 격려합니다.
- 자랑하거나 으스대지 않습니다.
- 실수를 들추지 않습니다.
- 야유하지 않습니다.
- 심판과 논쟁하지 않습니다.
- 상대를 축하합니다.
- 변명이나 불평을 하지 않습니다.
- 경기 시간이 종료되면 즉시 멈춥니다.
- 협력합니다.

전화 예절

- 극장이나 공연장, 기타 공공장소에서 휴대전화를 끕니다.
- 공공장소에서 휴대전화를 사용해야 한다면 다른 사람에게 방해가 되지 않도록 낮은 소리로 이야기합니다.
- 먼저 인사를 하고 이름을 말합니다.

- 상대에게 공손한 말투로 이야기합니다.
- 또렷하고 기분 좋은 목소리로 대답합니다.
- 전화 건 사람에게 "실례지만 누구시죠?"라고 묻습니다.
- 그 사람이 아는 사람이면 이름을 부르며 인사합니다.
- 다른 볼일중이면 "잠깐만 기다려주세요."라고 공손하게 말합니다.
- 메시지를 받아주고 남깁니다.
- 대화를 공손하게 마칩니다.

4단계 – 공손한 행동을 칭찬하라

아이의 공손한 행동을 격려하고, 그로 인해 당신의 기분이 얼마나 좋은지를 표현합니다. 아이가 했던 행동 중 정확히 어떤 것이 좋았는지를 설명하여, 아이가 옳은 행동을 계속할 수 있도록 하십시오. 그럴 때 해줄 수 있는 말들은 아래를 참조하세요.

- "종문 씨 댁을 방문했을 때 네가 '~해도 될까요?, 감사합니다.' 라고 공손하게 말하는 것을 보았다. 엄마는 네가 그토록 예의바른 것을 보고 너무 기뻤단다."
- "모두 음식을 다 받을 때까지 먼저 먹지 않고 기다려줘서 고맙다. 정말 예의 바른 행동이었어."

또한 작은 것이라도 공손하고 친절한 행동은 다른 사람들에게 아주 큰 인상을 남길 수 있다는 것을 아이가 알 수 있도록 설명해주고 아이 스스로 자신의 행동이 미친 영향력을 볼 수 있도록 다음과 같이 지적해주십시오.

- "미선아! 할머니를 위해서 문을 열어드린 건 아주 예의바른 행동이

었어. 할머니가 얼마나 흐뭇해하시는지 봤니?"

- "와, 정말 예의 바르구나! 너의 훈련을 위해 시간을 내주신 데 대해 감사 인사를 했을 때 코치선생님이 미소 지으시는 것 봤니?"

5단계 – 나쁜 행동을 계속할 경우, 벌칙을 정하라

나쁜 태도를 없애는 문제를 부모가 심각하게 생각하고 있다는 것을 아이에게 인지시키기 위해, 그런 태도가 계속될 경우 받아야 할 벌을 정하십시오. 같은 종류의 무례한 행동이 지속되면, 그에 해당하는 공손한 행동을 그 자리에서 10번 정도 반복하도록 요구하거나, 그 행동을 당한 사람들에게 진심으로 사과하는 내용의 쪽지를 쓰거나 말하도록 시키셔야 합니다. 특별히 심한 행동을 했을 때는, 아이에게 일정 기간 동안 모임에 참석하는 것을 금지시킴으로써 벌의 수위를 한 단계 높이는 방법을 시도하십시오.

'반복적인 훈육' 이라는 효과적인 방법을 시행했던 한 엄마는, 아이의 무례한 태도들에 대해 한 번 벌을 주니 더 이상 똑같은 잘못을 하지 않았다고 말했습니다.

그 엄마는, 딸이 무례한 태도를 보일 때, 아이가 제대로 할 때까지 옳은 태도를 반복해서 요구했습니다. 어떤 예의범절이든 간에 아이는 그것을 어길 때마다 바깥의 계획을 모두 포기하고 집에서 그것을 연습해야 했습니다. 예를 들어 아이가 식탁 예절을 어겼다면, 식탁을 차리고 그에 따른 모든 것을 올바로 할 때까지 연습시켰고 중단하지 않았습니다. 그 엄마는 이렇게 말했습니다. "그런 예절교육 방법은 아주 성공적이어서 반복교육을 시킬 필요가 없었습니다."

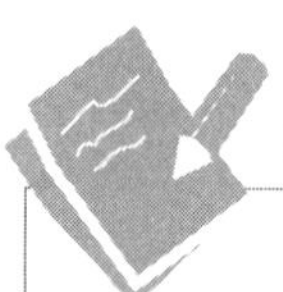

아이들이 배워야 할 80가지 중요한 예의범절 목록을 참고로, 가족 모두가 함께 연습할 항목을 돌아가며 선정한 후, 예의범절 프로그램을 짜서 아이가 매일 집 밖에서 한 가지씩 연습할 수 있도록 합니다. 또한 그 예의범절을 늘 기억할 수 있도록 색인카드에 써서 냉장고 같은 곳에 붙이고, 하루를 마감하며 잘 시행이 됐는지 각각을 비교해보세요.

언제 어디서 해당 예의범절을 연습하는 것이 적합했는지, 사람들이 어떤 반응을 보였는지, 그때 어떤 느낌을 받았는지에 대해 서로 이야기를 나누도록 합니다.

예의범절 프로그램을 시행한지 21일 후면, 당신의 자녀가 새로운 예의범절을 익혀, 이전에 가지고 있던 무례한 태도를 제거하는 과정을 순조롭게 진행하고 있음을 보게 될 것입니다.

태도 개선을 위한 다짐

아이가 무례한 태도를 바꾸고 지속적인 변화를 달성하도록 하기 위해, 당신은 위의 방법들을 어떻게 활용할 것인가요? 아래 빈 칸에, 아이의 나쁜 태도를 바꾸어 더욱 더 공손하고 예의바른 아이가 되도록 하기 위해, 24시간 이내에 당신이 꼭 시행하리라 생각하는 내용을 구체적으로 써보도록 하세요.

나는 ＿＿＿＿＿＿＿＿＿＿＿＿＿＿＿＿＿＿＿＿＿ 할 것이다.

태도 개선 상황 기록하기

태도의 수정은 어려운 일이며 끊임없는 연습과 부모의 지원이 필요합니다. 그러기에 아이가 변화를 향해 가는 각각의 단계에서 아무리 작은 변화를 보이더라도 인정하고 칭찬해주십시오. 진정한 결과를 얻기까지 최소한 21일은 걸리니 절대로 포기하지 마십시오! 한 가지 전략이 효과가 없으면 다른 전략을 시도하십시오. 자녀의 주간 진전상황을 아래 빈 칸에 쓰고 '태도변화 일지' 에 매일 매일의 진전상황을 기록하십시오.

1주 :

2주 :

3주 :

결과 검토와 진행중인 태도 개선

아이의 태도 중 여전히 개선이 필요한 부분이 있나요? 어떤 노력을 더할 필요가 있나요?

난폭함

권장태도 : 자제심, 침착, 온화함

보바 박사님께

제 남편과 저는 일곱 살 난 아들 때문에 고민이 많습니다. 제 말을 오해하지는 마세요. 아이는 착하며 학교생활도 잘 하지만 성격이 급하고 난폭합니다. 사소한 일에도 화를 참지 못하고 너무 흥분을 잘 해서 형제나 친구를 자주 때리곤 합니다. 아이가 누군가를 때려서 심각한 문제에 휘말리게 되거나 친구를 잃을까봐 겁이 납니다. 우리가 아이를 위해 뭔가 해줄 일이 있을까요?

이런 건 나쁜 태도야!

- "목소리를 낮추라고? 돌아버릴 지경인데 어떻게 그래!"
- "그래, 내가 때렸어. 걔는 맞을 만 했어."
- "엄마는 화도 안 나? 우리가 말하는데 걔가 끼어들었단 말야!"

아이들은 우리의 태도와 행동을 모방하기 때문에, 부모 스스로가 화를 자제하고, 소리치지 말고, 분노와 격분을 잠재우고, 아이에게 모범이 되도록 해야 합니다. 당신 자신은 화가 날 때 어떤 모습을 보이는지 진지하게 살펴보세요. ✚

당신의 가정에서는 소리치기, 싸우기, 때리기, 욕하기, 짜증내기, 물어뜯기 등의 언행들이 익숙하게 들립니까? 그런 것들은 심술궂은 아이들이 자신의 요구를 알리거나 제멋대로 하기 위해 사용하는 전형적인 행동들입니다. 그런 행동을 하는 아이들은 자제심이 부족할 뿐만 아니라 이기적이고 무례하기까지 합니다. '설마, 우리 아이가…' 라며 외면하기 전에, 소리를 질러대거나 이것저것 말이 많은 꼬마, 걸핏하면 화를 내는 10대와 함께 있어보세요. 단 몇 초만 지나도 알게 될 것입니다. 그런 아이들에게는 타인에 대한 배려심 따위는 전혀 없다는 것을요. 그런 아이들은 자신의 요구가 받아들여지는 데만 관심이 있으며, 목적을 달성하기 위해 사용하는 행동들에서 예의란 찾아볼 수 없습니다. 그들은 정말 골치 아픈 아이들 그룹 중 최고 올스타팀에 들어갈 만한 재목입니다.

그런 아이에게 격한 감정을 통제하는 방법을 가르치기는 쉽지 않습니다. 특히 아이가 자신의 좌절감을 상쇄시키기 위해 성질을 부리는 습관이 있다면 더욱 그렇습니다. 그러나 통제는 가르쳐야 할 뿐만 아니라, 폭력적이고 예측 불가능한 세상에서 살아가기 위해서, 또한 아이 스스로를 위해서 꼭 배워야 하는 것이기도 합니다. 그래야만 아이와 함께 있는 것이 즐겁고 가정도 평화로워질 것입니다.

더 이상 머뭇거리지 마십시오! 당장 행동의 변화를 위한 노력을 시작하여 아이를 자제심과 정숙함, 평온함의 길로 이끄십시오.

나쁜 태도 경계하기

아이의 심술궂은 태도는 언제 어떻게 시작됐는지 빨리 파악하여 습관이 되기 전에 얼른 가르쳐서 잡아야 합니다. 물론 태어날 때부터 급한 성미를 타고난 아이도 있긴 합니다. 그러나 화는, 억누를 수 있고 성미도 조절할 수 있습니다. 그리고 급한 성미는 후천적으로 학습되는 경우가 더욱 많습니다. 당신 자녀의 급한 성미, 자세심 부족은 어느 단계까지 와 있는지 다음의 사례에서 아이의 행동들을 체크해보세요. 당신의 자녀는 다음의 항목 중 얼마나 많은 항목에 해당이 될까요?

- ☐ 대화 중에 자주 끼어들고, 불쑥 질문이나 대답을 함
- ☐ 자기 차례를 잘 기다리지 못함
- ☐ 잠시도 가만있지 못하고, 얼굴이 빨개지고, 불평이 심하고 자제하지 못함
- ☐ 충동과 감정을 조절하는 데 어려움을 겪어 때로 어른이 개입해야 함
- ☐ 쉽게 흥분하고 쉽게 좌절하며 화를 잘 가라앉히지 못함
- ☐ 버럭 화를 내며, 자제심을 쉽게 잃음
- ☐ 때리기, 차기, 싸우기, 밀기 등의 신체적 위협을 사용함
- ☐ 무분별하게 행동함
- ☐ 진정시키기 위해 달래거나 혼을 내야 함
- ☐ 화가 나거나 짜증이 났을 때 평정을 되찾기가 힘듦

진 단 아이의 급한 성미를 바로잡기 위한 첫 단계로 다음의 사항들을 생각해봅시다.

● 언제 _ 아이가 급한 성미를 보이는 특정한 때가 있나요? 그러는 이유

가 있나요? 그런 태도가 언제 시작됐는지 생각해보세요. 아이가 항상 성미 급한 아이였나요? 아니면 최근에 더 화를 자주 내는 것인가요? 그렇게 변한 이유는 무엇인가요? 학교에서 어떤 문제가 있는 것으로 보이나요? 친구관계나 가정에서의 문제는 없나요?

● 어디서 _ 학교, 유치원, 집, 가게, 경기장, 스카우트 모임, 할아버지 댁, 이웃집 등 아이가 더욱 심술궂게 행동하는 특정한 장소가 있나요? 있다면, 왜 그렇다고 생각하나요?

● 누구에게 _ 아이가 누구에게나 똑같이 급한 성미를 드러내나요? 혹은 아이가 절대로 자기 성미를 드러내지 않는 사람은 있나요? 그렇다면 그 사람은 누구이며 이유는 무엇인가요? 아이가 누구에게는 소리를 지르면서 누구에게는 그다지 짜증을 부리지 않나요? 그렇다면 그 대상은 누구인가요? 아이가 친구들과 형제자매, 선생님, 당신이나 배우자에게 소리를 지르나요?

● 무엇을 _ 아이가 특히 더 화를 내는 특정한 문제나 사건이 있나요? 아이가 형제자매와 사이가 안 좋거나, 숙제와 잔심부름이 많고 스케줄이 빡빡한가요?
다음 한 주 동안 아이가 어떻게 화를 내는지 잘 관찰해보세요. 도표와 달력 또는 일기에 얼마나 자주 이런 행동을 보이는지 기록해보면 아이로 하여금 화를 나게 만드는 것이 무엇인지 파악하는 데 도움이 될 것입니다.

● 왜 _ 왜 아이가 이런 태도를 가지게 됐는지, 화를 내면 자기의 요구를 충족시키는 데 효과적이라고 생각하는 이유가 무엇인지를 생각해보세

요. 혹시 아이는 누군가의 행동을 모방하는 것일 수도 있습니다. 아이가 흥분을 가라앉히는 방법을 아나요? 집안에 과도한 스트레스를 야기할 만한 문제가 있나요? 학교에서 아이가 압박감을 느낄 만한 사건이 있나요? 애정관계나 다른 관계에 문제가 있나요? 좀더 큰 아이의 경우, 아이에게서 술냄새가 난 적이 있나요? 아이가 절망을 겪고, 비난을 받고, 과도한 일에 시달리고, 관심이 필요하거나 육체적으로 피로한 상태인가요? 아이가 자기 말을 다른 사람들이 들어주지 않는다고 말하나요? 아이가 무력감이나 우울함을 느끼나요? 혹시 아이의 심술궂은 태도는 자기의 좌절감을 표현하는 방식이 아닐까요?

자, 이제 자신의 대답을 살펴보세요. 어떤 특정한 양상이 보이나요? 당신은 아이의 조급하고 거친 태도와 그 원인을 더 잘 이해하게 되었나요?

당신의 반응에는 아무런 문제가 없나요?

아이의 성급한 태도에 대해 당신은 요즘 어떤 반응을 보이나요? 아이와 마찬가지로 화를 내고 소리를 지르나요? 귀를 손으로 막고 얼굴을 찌푸리나요? 혈압이 올라 말을 제대로 할 수가 없나요? 화제를 바꾸거나 아이를 달래기 위한 뇌물을 주나요? 체벌을 하나요?

아이가 최근 가장 심술궂게 굴었던 때를 생각해보세요. 왜 당신이 보인 반응들이 효과가 없었는지, 당신의 반응에 대한 아이의 대응은 또 어땠는지도요. 당신의 반응이 아이를 잠잠하게 하는 데 효과가 있었는지 아니면 화를 더욱 부채질한 것인지, 아이의 입장이 되어 왜 아이가 그렇게 반응했는지 생각해보세요. 그리고 당신이 자녀에게 보였던 반응 중 효과가 없어서 다시는 보이지 않아야겠다고 생각하는 것을 다음 빈 칸에 써보세요.

나는 다시는 _______________________ 하지 않겠다.

당신 자신의 나쁜 태도를 직시하라

다음의 질문들을 생각해보십시오. 당신의 부모님은 화가 날 때 어떻게 했나요? 소리를 많이 질렀나요? 물건을 던지거나 폭력적인 싸움을 했나요? 형제자매 간에는 어땠나요? 가족이나 가까운 친구 중에 성미 급한 사람이 있나요? 사람들이 그들에게 어떻게 반응하나요? 그들을 진정시키려면 어떻게 해야 하나요? 잘못해서 화를 더 돋구지는 않았나요?

당신은 분노를 대체로 어떤 방법으로 처리하나요? 그것이 효과가 있나요? 직장에서는 얼마나 감정을 잘 조절하나요? 동업자나 친구와는 어떻고, 운전할 때는 어떤가요? 힘들고 스트레스가 많았던 날, 당신은 아이 앞에서 어떻게 행동하나요? 스트레스를 어떻게 조절하려고 노력하나요? 논쟁하다가 중단하고 "진정하자."라고 말할 수 있나요? 다른 운전자가 난폭 운전을 할 때 감정을 얼마나 잘 자제하나요? 당신의 행동들로부터 당신의 자녀가 무엇을 배울 수 있나요?

당신 스스로 아이들의 모범이 되기 위해서 우선적으로 하려는 일을 한 가지만 다음 빈 칸에 써보세요.

나는 앞으로 _______________________ 할 것이다.

나쁜 태도, 이렇게 바꾼다

아이의 심술궂은 태도를 진심으로 개선하기 바란다면 다음의 단계들을 따르십시오.

1단계 - 당신이 기대하는 태도가 무엇인지 전달하라

앞으로는 아이의 급한 성미가 더 이상 용인되지 않을 것임을 아이에게 확실히 전달하십시오. 이따금씩 화가 나는 것은 정상이지만, 소리를 지르거나 함부로 말하고 짜증이나 감정의 분출을 주먹으로 해서는 안 된다고 경고하십시오. 그런 후 모든 가족구성원에게는 당신이 '평화정책'을 시행할 것임을 알리고 아이에게는 '소리치지 않겠다'는 맹세를 받고, 그 서약서에 모든 가족의 서명을 받아 아이가 늘 기억할 수 있도록 벽에 붙여두십시오.

가족 모두에게 계획을 전달한 후에는, 아이가 소리 지르고 주먹질하고 투덜대고 성미 급한 태도를 보이는 것을 용납하지 말아야 합니다. 만일 그럴 때면 조용히 그러나 단호하게 타이르십시오. "소리 지르지 마라. 네가 조용하게 말할 때만 네 얘기를 들어줄 거다." 아니면 "네가 화난 건 이해하지만, 네가 화를 자제해야만 네 말을 들을 거다." 라고요.

그 다음 단계는, 아이가 바르게 행동할 때까지 당신이 하던 일을 하는 것입니다. 화장실 문을 잠그고 들어가야 한다면 그렇게 하십시오. 당신이 굳은 결심을 했다는 것을 아이가 알 수 있도록 일관성을 유지해야 합니다.

2단계 - 분노의 예비신호를 알게 하라

사람들은 누구나 화가 폭발하기 전에 나타나는 자기만의 신호를 가지고 있다는 것, 그리고 불필요한 문제에 휘말리지 않도록 그 신호에 귀 기울여야 한다는 것을 아이에게 설명해주십시오. 그 다음, 아이가 화가 나려 할 때 나타나는 아이만의 특정한 경고신호, 예를 들어 목소리가 커지고, 얼굴이 빨개지며, 주먹이 꽉 쥐어지고, 심장이 두근거리며, 입술이 마르거나 숨이 차는 것 등을 느끼게 하십시오. 아이가 자기 신호를 알게 되면, 짜증내기 시작하거나 화를 내려 하기 전에 아이에게 그것을 지적해 느끼게 해주어야 합니다. "네가 참기가 힘들어지는 것 같구나.", "지금 주먹을 꽉 쥐고 있네. 화가 나려고 하니?"

그런 예비신호를 인식하도록 도와주면 긴장과 스트레스의 징후가 나타나기 시작할 때, 아이들은 스스로 진정하고 감정을 조절하는 법을 잘 배워나갈 수 있습니다.

3단계 – 급한 성미를 진정시키는 방법을 가르치라

아이가 감정폭발을 경고하는 자기만의 신호를 알고 나면, 짜증이나 화를 조절하는 법을 배워야 합니다. 분노는 정상적인 감정이지만 그 감정을 어떻게 처리하는 것이 건강한 방법이며 어떤 방법이 건강하지 못한지, 그리고 어떤 것이 문제를 일으킬 수 있고 어떻게 하면 문제를 피할 수 있는지 설명해주십시오. 분노를 조절하고 평정을 되찾을 수 있는 방법들은 매우 많습니다. 당신의 자녀에게 어떤 방법이 가장 잘 맞는지를 찾아, 그것이 습관이 될 때까지 반복해서 실시하도록 하는 것이 중요합니다. 다음에서 자기에게 맞는 방법을 찾아보도록 해요.

- 화를 푸는 방법을 찾을 것 : 찰흙 두드리기, 베개 때리기, 농구하기, 샌드백 치기 등 아이가 가장 효과적으로 화를 누그러뜨릴 수 있는 방법을 찾도록 도움을 주고, 화가 날 때 그 방법을 쓰도록 합니다.
- 조용한 장소로 갈 것 : 평정심을 되찾을 수 있는 장소가 어디인지 아이에게 물어보고, 책이나 음악 CD, 펜과 종이 등 마음을 달랠 수 있는 물건들을 가지고 그것들을 사용할 수 있는 곳으로 가서 마음을 진정시키도록 합니다.
- 그 자리를 피할 것 : 때로 가장 좋은 전략은 문제의 장소를 피하는 것입니다. 아이가 감정을 자제하지 못하고 싸우고 싶은 충동을 느끼거

나 안정감을 느끼지 못할 때마다 자리를 피하라고 말해주십시오. 이 방법은 안전하고 중요한 방법입니다.

- 자신과 대화할 것 : 자기 스스로에게 간단하고 긍정적인 말로 감정을 컨트롤할 수 있게 하십시오. 예를 들면, "그만하고 진정해, 흥분하지 마, 마음을 가라앉혀, 나는 이 상황을 헤쳐나갈 수 있어." 등의 말입니다. 아이가 자기에게 가장 편안한 표현을 선택하여 스스로 그 말을 자연스럽게 할 수 있을 때까지 매일 몇 번씩 연습시켜야 합니다.

- 즉각 행동을 중지하고 심호흡을 한다 : 아이가 자제심을 잃는 순간, 스스로에게 "그만해, 진정해."라고 말하게 하십시오. 그 다음 즉각 심호흡을 크게 한 번, 필요하다면 두세 번 시키십시오. 뇌에 산소를 공급하는 것은 긴장을 완화하는 가장 빠른 방법입니다.

- 고요한 장소를 상상한다 : 아이에게 평온하고 고요한 기분을 느꼈던 장소를 상상해보게 합니다. 예를 들어 해변이나 침대, 할아버지 댁 뒤뜰, 온실 등이 될 수 있습니다. 아이의 감정이 폭발할 징조가 보이거나 신체의 경고신호가 느껴지기 직전에, 눈을 감고 호흡을 천천히 하면서 그 장소를 상상하도록 하십시오. 그렇게 하면 '정지신호'를 빨리 볼 수 있게 됩니다. 자녀에게 감정을 조절할 것을 경고하는 신호 말입니다.

4단계 - 좌절감을 적절히 표현하는 법을 가르치라

많은 아이들은 감정을 통제하거나 좌절감을 건강한 방식으로 표현하는 법을 배운 적이 없기 때문에 급한 성미를 보이는 경우가 많습니다. 가장 적합한 방식을 한 가지 찾아, 아이가 그것을 숙지해서 스스로 사용할 수 있도록 반복적으로 연습하게 하십시오. 다음은 그에 관한 몇 가지 예입니다.

- **어떤 기분인지 말한다** : 어린아이들이나 아직 말하는 능력이 충분히 발달하지 않은 아이들은, 자신의 기분을 상하게 한 상대에게 어떻게 감정을 표현해야 할지 잘 모릅니다. 아이에게 감정표현과 관련된 어휘를 가르쳐서 분노, 언짢음, 좌절, 격분, 스트레스, 긴장, 압박감, 불안감, 짜증, 화 등을 표현할 수 있도록 하십시오. 그런 후 감정이 폭발하려 할 때면 아이가 자신의 감정을 "나 미칠 지경이야." 또는 "나 진짜 화났어."와 같은 말로 표현하도록 격려해야 합니다.

- **'나 전달법'을 사용한다** : '나 전달법(I-message)은 토마스 고든 *Thomas Gordon*이 개발한 '부모효율성훈련(PET)'의 중요 기술 중 하나로, 아이의 행동을 문제 삼고 책임을 떠넘기기보다는 그로 인해 부모가 느끼는 감정을 전달하는 효과적인 방법입니다. 따라서 아이들도 자기 때문에 남들이 어떤 기분을 느끼는지, 다른 사람이 자기에게 어떻게 해줬으면 하고 바라는지를 이야기할 수 있게 됩니다. "나는 네가 내 CD를 묻지도 않고 가져가서 화났어. 다음에는 꼭 먼저 물어 보길 바래." 또는 "시험이 가까워 오니 정말 스트레스가 심해, 그러니 날 좀 내버려뒀으면 좋겠어." 등의 표현을 하게 하십시오.

- **문제를 비당사자와 이야기한다** : 가끔 화가 난 상태에서 상대와 대적하는 것, 특히 문제가 일어난 바로 그 자리에서 화를 폭발시키는 것은 비생산적일 뿐더러 심지어는 파괴적인 결과를 가져올 수 있습니다. 그러니 일단 그 자리에서는 꾹 참았다가 다른 곳에서 해소하는 방법을 알려주십시오. 그것은 유년기와 청소년기에 특히 유용한 기술입니다.

5단계 - 좋은 태도를 보였을 때 칭찬하라

아이의 행동을 바꾸는 가장 간단한 방법 중 하나는 아이를 칭찬하는 것이며, 이 방법은 대부분의 부모들이 잘 사용하지 않는 방법이기도 합니다.

아이가 스트레스 상황을 침착하게 처리하고, 소리치거나 때려부수지 않고, 물어뜯거나 화를 내지도 않고, 감정을 절제하며 표현하는 것을 보면, 그 자리에서 아이의 행동을 칭찬하고 노력에 고마워하고 있음을 전달하십시오. "오, 정말 화가 났는데도 감정을 가라앉히기 위해 그 자리를 피했구나. 정말 장하다." "이번에는 네가 얼마나 화가 났었는지를 동생에게 제대로 전달을 했구나. 정말 잘했다!" 라고요.

그렇게 되면 아이는 칭찬받은 태도들을 잊지 않고 계속해서 사용하게 될 것입니다. 아이의 감정을 자제하기 위한 행동이라면 아주 사소한 것이라도 꼭 칭찬을 해주어야 합니다.

6단계 - 대중매체를 지도감독하라

아이들은 부모나 교사, 친구들의 행동뿐만 아니라, 책이나 영화, 텔레비전을 통해서도 보고 배웁니다. 그래서 아이들이 무엇을 보고 자라는가는 매우 중요합니다.

매일 2시간씩 만화영화를 보는 취학 전 아동들은 평균 매년 1만 건의 폭력적인 장면에 노출됩니다. 초등학교를 마칠 무렵에는, TV에서 평균 8천 건의 살인사건을 목격하고, 18세쯤에는 20만 건의 생생한 폭력장면을 보게 됩니다. 그리고 그 모든 폭력장면들은 우리 아이들에게 영향을 미칩니다.

미국 소아과학회(American Academy of Pediatrics)와, 다른 저명한 의학협회 다섯 곳에서는 '대중매체의 폭력 장면이 아이들의 공격적인 태도를 증가시키고 가치관과 행동에 영향을 미칠 수 있다' 는 결론을 내렸습니다. 미국 심리학협회(American Psychological Association)도 TV에 나오는 폭력

장면만 고려해도 아이들의 공격성을 15퍼센트 정도 내릴 수 있다고 추정했습니다. 그런 자료들이 아니더라도 아이가 보고 듣는 것, 소비하는 것을 감시하는 것은 부모로서의 의무입니다.

7단계 – 부적절한 감정표현을 계속할 때 받을 벌을 정하라

당신의 자녀가 계속해서 급한 성미와 부적절한 감정표현을 보일 때는 어떻게 할 것인가요? 우선 마음을 가다듬고 어떤 벌을 줄지 생각해보아야 하겠지요. 그런 후 분위기를 봐서 아이와 이야기를 해야 합니다. 소리를 질러대며 싸울 때가 아닌 편안한 시간에, 아이의 잘못을 지적하고 그에 따른 벌을 받아야 한다고 설명하십시오. 아이가 심술궂은 태도를 보일 때마다 반드시 그런 시간을 가져야 합니다.

아이의 성미가 급해서 소리 지르거나 때리고 물어뜯기, 짜증부리기 등 부적절한 태도를 보일 때면 그때마다 아이에게 따끔하게 말해주어야 합니다. 감정을 조절하는 방법을 알려주고 그러기 위해 몇 분 동안 '생각하는 의자'에 앉아야 할 것이라고 말하십시오. 물론 아이가 자제심을 찾으면 비로소 의자에서 일어날 수 있음을 주지시키십시오.

좀더 큰 아이들이라면 상황에 따라 한 시간 혹은 하루 저녁, 전화나 TV사용을 금지시키십시오. 일단 규칙을 정하고 나면, 매번 같은 규칙을 적용하여 아이가 깨닫게 해야 합니다. 부모는 자신의 나쁜 태도를 바로잡기 위해서 그러는 것이며 그 마음이 매우 진지하다는 것을 알 수 있도록 말입니다.

거친 아이를 바로 잡아주기 위해서는 '침착성을 유지할 때만 대화할 수 있다'는 규칙을 기본으로 하는 '거친 아이 치료 프로그램'을 즉시 시행하되 그 내용을 글로 쓰고 가족 모두에게 서명하게 하십시오. 그 다음 '누구든 감정이 폭발하려는 느낌을 받으면, 타임아웃을 요할 것'이라는 가족지침을 확립하셔야 합니다. 타임아웃이란 화가 난 사람은 자리를 피해 완전히 냉정을 되찾고 마음이 안정될 때까지 가족이 모인 곳에 올 수 없다는 규칙입니다.

감정조절 연습의 최적의 장소는 집입니다. 가정에서 그 규칙을 의도적으로 시행하면, 아이는 밖에서도 감정조절을 잘할 수 있게 됩니다. 그러한 규칙이 습관이 될 때까지는 적어도 21일은 걸린다는 것을 명심하세요. 아무리 상황이 힘들게 느껴져도 모든 구성원은 꾸준히 그 방법에 따라야 합니다. 그렇게 하여 익혀진 습관은 어떤 상황에 처해도 순간적으로 자신을 다스릴 수 있는 긍정적인 자세로 나타나게 됩니다.

태도 개선을 위한 다짐

아이가 급한 성미를 절제하고 꾸준한 변화를 달성하도록 하기 위해, 당신은 위의 방법들을 어떻게 활용할 것인가요? 다음 빈 칸에, 아이가 태도를 바꾸어 덜 난폭하고 다른 사람의 생각과 의견을 더 배려하는 사람이 되도록 하기 위해, 24시간 이내에 당신이 꼭 시행하리라 생각하는 내용을 구체적으로 써보세요.

나는 앞으로 _________________________________ 할 것이다.

태도 개선 상황 기록하기

태도를 바꾸는 것은 어려운 일이며, 끊임없는 연습과 부모의 지원이 필요합니다. 그러기에 아이가 변화해 가는 각각의 단계에서 아무리 작은 변화를 보이더라도 인정하고 칭찬해줘야 합니다. 진정한 결과를 얻기까지 최소한 21일은 걸리니 절대로 포기하지 마십시오! 한 가지 전략이 효과가 없으면, 다른 전략을 시도하십시오. 자녀의 주간 진전상황을 아래 빈 칸에 쓰고 '태도변화 일지'에 매일 매일의 진전상황을 기록하십시오.

1주 : ____

2주 : ____

3주 : ____

결과 검토와 진행중인 태도 개선

아이의 태도 중 여전히 개선이 필요한 부분은 어떤 부분인가요? 아직 어떤 노력을 더 할 필요가 있나요?

정직하지 못함

권장태도 : 정직, 청렴, 신뢰감

보바 박사님께

어젯밤 제 열두 살 난 아들이 수학에서 A를 맞았다며 보여주었습니다. 저는 아이가 정말 열심히 공부했구나 생각하며 대견해했습니다. 그런데 다시 보니 아이가 손에 커닝페이퍼를 들고 있는 게 아닙니까. 제가 다그치자 아이는 '다른 애들도 다 그러는데 뭐가 그리 잘못됐냐?'며 오히려 저더러 그렇게 과민반응하지 말라고 하더군요. 정말 큰일입니다, 커닝을 하다니요! 아이의 태도를 바꾸고 커닝이 나쁜 것임을 깨닫게 하려면 어떻게 해야 할까요?

이런 건 나쁜 태도야!

- "하지만 아빠가 A를 받으라고 했잖아. 그런데 왜 난리야?"
- "진정해. 나는 그렇게 멍청하지 않아서 안 걸린단 말이야."
- "주사위를 다시 굴리면 돼. 내 짝은 딴 데를 보고 있었거든."

아이가 커닝을 했다고요? 그렇다면 일단 그 사실을 학교에 알려 성적이 취소되도록 하고, 아이가 학교를 비난하지 못하게 하며, '다른 사람들도 다 한다'는 핑계를 대지 못하게 해야 합니다. 오히려 선생님께 미리 전화를 걸어 아이가 벌을 받고 잘못을 깨닫게 하십시오. 마음이 아프더라도 아이에게 미칠 장기적인 이점을 생각할 때 잠깐 고통을 겪는 것은 마땅한 일입니다. ✚

사실 커닝하는 아이는 당신의 아이뿐만이 아닙니다. 오히려 날이 갈수록 증가하고 있음을 확인시켜주는 자료도 얼마든지 있습니다.

시험 볼 때 커닝한 적이 있다고 시인한 고등학교 학생은 1969년에 비해 34%에서 68%로 증가했습니다. 2002년에 조사한 미국 젊은이들의 윤리의식에서는 4명 중 3명의 고등학교 학생들이 전년도에 적어도 한 시험에서 커닝을 했고, 좋은 직장에 취직하기 위해서는 고용주에게 거짓말을 하겠다고 응답한 아이들도 37%나 된다는 자료도 있습니다. 대학생들 간의 표절은 너무나 일상화되어, 교수들이 보고서의 독창성을 확인하기 위해서 특별히 고안된 웹사이트를 이용해야 할 정도라고까지 합니다. 이런 일들이 비단 대학생들만의 이야기는 아니라는 것쯤은 잘 아실 겁니다. CEO들과 정치지도자들이 저지르는 사기와 내부거래, 지나친 퇴직금수령, 위서 등의 죄도 많이 보도되고 있습니다. 교사들은 커닝이 저학년에도 널리 퍼져 있다고 말합니다.

여기서 명심해야 할 것은, 커닝이 그저 기만적이고 부정직하며 사악한 성질을 가진, 이기적인 태도의 하나일 뿐이라는 생각의 과오를 범하지 말아야 한다는 것입니다. 커닝은 진실하고 올바른 성격의 근간을 침해하는 나쁜 짓입니다. 커닝하는 사람은 자신의 행위가 공정한지 아닌지, 혹은 그것이 다른 사람에게 어떤 피해를 입히는지에 대해서는 신경쓰지 않습니다. 오직 자신의 행위가 적발되지 않기만을 바라는 것에 온 신경을 집중시킬 뿐이지요. 그런 아이들은 노력이나 고통을 피해 지름길과 쉬운 길만을 찾습니다. 그나마 다행인 것은 아이들 곁에 부모가 있어서, 아이들의 정직성과 성실성, 신뢰성의 가치를 배양하는 데 중요한 역할을 담당한다는 것입니다. 모든 부모들은 그 역할을 현명하게 수행해야 합니다. 그래야만 우리 아이들이 올바로 서고 커닝이라는 전염병을 물리칠 수 있습니다.

나쁜 태도 경계하기

아이의 커닝과 부정직한 태도를 고치려고 시도하기 전에, 그런 태도가 어디서 비롯되었고 아이와 가족 간에 어떤 양상으로 나타나는지 주의 깊게 관찰하고 파악하십시오.

진 단 다음의 질문들은 당신의 자녀가 왜 그런 태도에 의존하게 되었는지 이해하는 데 도움을 줄 것입니다.

● **언제** _ 아이가 남을 속이는 특정한 때가 있나요? 그러는 이유가 있나요? 예를 들어, 시험 때나 어떤 대회에 나가서, 혹은 해야 할 숙제가 있을 때인가요? 아이의 거짓말이 언제부터 시작되었나요? 그것을 야기한 어떤 사건이 있었나요? 당신의 생각을 써보세요.

● **어디서** _ 학교나 유치원, 집, 경기장 등 아이가 거짓말을 더 많이 하는 특정 장소가 있나요? 그 이유는 무엇인가요?

● 누구에게 _ 아이가 모든 사람에게 똑같이 거짓말을 하나요? 아니면 친구나 형제자매, 선생님, 코치, 당신에게만 하나요? 아이가 거짓말을 하지 않는 사람이 있나요? 그렇다면 누구인가요? 왜 그들에게는 아이가 거짓말을 하지 않나요? 아이는 형제자매들에게 거짓말, 괴롭히기, 짜증 나게 만들기, 약올리기 등을 한 뒤 그들이 화를 내는 것을 보고 즐거워하나요? 그렇다면, 형제자매에 대한 질투심과 무신경함을 동시에 신경 써야 합니다. 아니면 아이가 언제나 자기를 깔보는 특정한 친구와 함께 놀 때만 거짓말을 하나요? 거짓말에는 변명의 여지가 있을 수 없지만, 아이가 그런 태도에 의존하는 이유는 다른 문제와 연관되어 있을 수 있습니다.

● 무엇을 _ 아이가 하는 거짓말은 어떤 종류의 일들인가요? 학교생활이나 숙제, 게임, 스포츠경기, 집안규칙 혹은 목표에 대해서인가요? 당신의 자녀를 잘 아는 다른 어른들도 아이에게서 같은 양상을 보았다고 하던가요? 그들은 그 원인을 무엇이라고 생각하나요?

● 왜 _ 당신의 자녀는 왜 커닝을 하며, 왜 그런 짓을 해도 괜찮다고 생각하는지 진지하게 생각해봐야 합니다. 대체로 커닝이나 거짓말 같은 행위를 갑자기 할 때, 그들은 어른들에 대한 거부감, 혹은 질투, 좌절, 상처, 분노의 감정을 안고 있는 경우가 많습니다. 어쩌면 성적이나 명문대학에 가야 한다는 부모의 기대 때문에 과도한 스트레스를 받고 있는지도 모릅니다. 또한 벌을 받거나 부모를 실망시킬까봐 두려워서, 혹은 지나친 완벽주의, 실패나 준비부족에 대한 두려움을 가지고 있기 때문일 수도 있습니다. 또는 아무도 그 아이를 믿음직스러워 하지 않거나, 커닝이 친구들에게 장려되거나, 정직성이 전혀 강조되지 않았기 때문

일 수도 있습니다. 당신의 자녀가 커닝을 하는 가장 타당한 이유는 그 중 무엇인가요?

자, 이제 답을 찾아보세요. 어떤 특정한 양상이 보이나요? 당신은 아이의 부정직한 태도와 그 원인에 대해 더 잘 이해하게 되었나요?

당신의 반응에는 아무런 문제가 없나요?

아이가 거짓말을 할 때 당신이 전형적으로 어떤 반응을 보이는지 생각해보세요. 아이가 마지막으로 거짓말을 했던 때를 회상해보세요. 무엇에 대해서였나요? 당신은 아이가 거짓말을 한다는 것을 어떻게 알았나요? 아이가 거짓말을 할 때 바로 눈치를 챘나요? 아니면 다른 통로를 통해서 알았나요? 거짓말을 한 것에 대해 아이에게 혼을 냈나요? 그 사건과 관련된 다른 사람들이 있었나요? 그렇다면 어떻게 관련되었나요? 왜 아이가 거짓말을 했는지 물어보았나요? 아이는 뭐라고 대답했나요? 당신은 그 말을 믿었나요? 어떤 식의 반응을 보였나요? 거기에 대해 아이는 다시 어떻게 반응했나요? 아이가 후회를 하거나 잘못했다고 생각하는 것 같았나요? 왜 거짓말이 나쁜지 설명해준 적이 있나요? 아이가 그 설명을 받아들였나요? 아이가 거짓말에 대해 책임을 졌나요? 어떤 벌이 정해져 있었다면, 그 벌이 시행되었나요? 무엇보다 중요한 것은 당신의 반응이 아이의 태도를 바꾸는 데 도움이 되었는가 하는 점입니다. 지나고 나서 보니까 '다르게 반응했더라면 더 좋았을 텐데.' 라는 생각이 든 적이 있나요? 그렇다면 그것은 무엇인가요? 왜 그 방법이 더 나았을 거라는 생각이 들었나요?

다음으로, 아이가 거짓말을 하는 이유를 생각해보세요. 당신의 반응이 두려워서였을까요? 예를 들어, 어떤 아이들은 나쁜 성적으로 부모를 실망시키기 싫어서 거짓말을 합니다. 더욱 좋지않은 이유로 어떤 아이들은 자기가 부모에게 실망스런 존재가 될까봐 두려워 거짓말을 합니다. 당신의 반응이 아이가 거짓말을 하도록 몰아세우지는 않았나요? 아이는 당신이 점수를 성격보다 더 중요하게 여긴다고 생각하나요? 만일 그렇지 않다면 그것을 아이가 알 수 있도록 당신의 태도를 어떻게 바꿀 것인가요?

당신이 반복적으로 시도했지만 별 효과가 없었던 반응은 무엇이었나요? 예를 들어, 어떤 벌을 내리겠다고 말만 하고 시행은 한 번도 안 하지 않았나요? "이번만 봐주고 다음 번엔 국물도 없어."라고 말했었나요? 훈계를 하거나 '앞으로는 거짓말을 하지 않겠습니다.' 라는 문장을 백 번 쓰도록 한 적이 있나요? 당신이 앞으로 절대 이런 벌은 주지 않겠다고 생각하는 것을 한 가지 써보세요.

나는 다시는 ________________________ 하지 않을 것이다.

당신 자신의 나쁜 태도를 직시하라

아이를 정직하게 키우는 부모들은 아이가 정직하기를 노골적으로 기대하고 요구합니다. 그리고 그런 것들은 아이가 정직하게 성장하는 데 매우 중요한 역할을 합니다.

당신은 자녀에게 정직성에 대해 얼마나 확실히 설명하고 기대하며 강제하나요? 당신에게 정직의 중요성을 표현한 것이 언제인가요? 아이와 마주앉아 왜 정직성이 중요하며 속임수는 왜 나쁜 것인지, 공정성은 무엇인지 아이에게 설명하라고 한다면, 아이가 뭐라고 말할 것 같은가요?

아이에게 정직성을 장려하는 최고의 방법은 당신 스스로 정직한 사람이 되는 것임을 명심하십시오. 당신 또한 당신 가족에게 정직한 사람으로서의 모범을 보이는지 생각해보고 몇 가지 점을 살펴보세요.

당신은 아이와 항상 공정한 게임을 하나요? 이따금 다른 사람의 카드를 훔쳐보지는 않나요? 공이 선 밖으로 나갔는데 안으로 들어왔다고 속인 적은 없나요? 상대가 안 볼 때 체스 말을 슬쩍 옮긴 적은 없나요? 세금을 속여서 신고하고 자랑하지는 않았나요? 아이가 늦잠을 자서 지각했을 때, 아이가 아파서 지각한 것이라고 사유서를 써주지 않았나요? 슈퍼마켓에서 주머니에 물건을 집어넣고 나온 적은 없나요? 당신이 거짓말을 하고 속임수를 쓸 때마다, 당신의 자녀도 똑같이 해도 좋다는 허락을 암묵적으로 하는 것임을 꼭 명심하셔야 합니다.

당신이 진실한 사람으로서의 모범을 보이기에 부족한 면이 있다면, 더 나은 사람이 되기 위해 어떻게 해야 할지를 생각해보셨나요? 자녀를 정직한 아이로 키우기 위해서 당신이 우선적으로 해야 할 일은 무엇인가요? 그것을 다음 빈 칸에 써보세요.

나는 앞으로 ________________________________ 할 것이다.

나쁜 태도, 이렇게 바꾼다

아이의 부정직성을 막기 위해서, 다음 단계를 실행하십시오.

1단계 – 왜 커닝이 나쁜가를 설명하라

커닝이 비도덕적임을 아이가 당연히 알고 있을 거라는 생각은 버리십시오. 특히 어린 아이들은 왜 자기 것이 아닌 남의 것을 가져서는 안 되는지, 왜 거짓말을 하면 안 되는지 잘 모르는 경우가 많습니다. 그런 아이에게 제대로 된 가치관을 심어주기 위해서는 우선 당신 자신의 도덕적 신념을 확고히 해야 합니다. 당신은 부정직성의 본질이 인격과 영혼을 침식하여 해를 입히는 것이라는 점을 믿나요? 정직성이나 신뢰성이 단기적으로는 이득이 없는 것 같아도 누가 보든 안 보든 그 자체가 일종의 보상이라고 생각하고 있나요? 그런 관점에서 당신의 가치관을 숙고해보시고 그 가치관을 아이에게 전달할 수 있는 몇 가지 방법을 다음의 항목에서 참고하세요.

- 납세신고서에 빠뜨렸던 수입을 다시 신고하거나 거스름돈을 더 많이 받았을 때 돌려준 것 등 당신이 최근에 한 도덕적 선택에 대해 아이에게 이야기해주십시오. 주변에 널려 있는 속임수에 대한 유혹 중 정직과 진실이 항상 더 나은 선택임을 아이에게 알려주도록 하십시오. 그에 관한 가장 단순한 방법 중 하나는 당신이 그런 충동들과 어떻게 싸우는지에 대한 모범을 보이는 것입니다. 의도적으로 매일, 특히 한창 어떤 경쟁 속에 있을 때(물론, 당신이 그렇게 하고 있다는 것을 아이들이 모르게) 그렇게 할 수 있는 기회를 찾으라는 것입니다.
- 아이에게 조지 워싱턴과 벗나무('저는 거짓말을 할 수 없어요.'), 잔 다르크, 정직한 링컨, 로사 파크스 등과 같이 역사적으로 훌륭한 인물들과 최근의 정직성과 관련된 사건들을 제시해주십시오.
- 정직성에 관한 글, 훌륭한 도덕적 신념을 가진 인물을 다룬 성경, 이솝 이야기를 읽어주십시오. 유명하지 않은 주변의 인물 중에서도 정직성을 지킨 사람들을 찾아 예를 들어주십시오.
- 당신은 아이가 지닌 관점과 그런 관점을 지니게 된 이유를 알고 있어야 합니다. 그러기 위해 아이와 충분히 이야기할 시간을 가져야 합니다. 가치관을 가늠하는 데 도움이 되는 의문사인 '무엇을?, 어떻게?,

왜?’ 가 들어가는 질문들을 사용하여 “왜 너는 아이들이 거짓말을 한다고 생각하니?”, “거기에 대해 어떤 생각이 드니?”, “커닝에서 뭘 배우니?”와 같은 질문들을 하며 아이의 생각을 읽어야 합니다.

물론 아이에게는 다소 무겁고 지루한 그런 주제들을 통한 단 한 번의 대화로 정직함을 심어줄 수 있을 거라는 기대는 갖지 마셔야 합니다. 당신의 견해를 되풀이해서 표명하고, 날마다 왜 속임수가 나쁜 것인지 재검토할 시간을 가지십시오. 아이에게 정직성에 대한 당신의 견해와 기대를 반복적으로 표현하는 것이 가장 중요합니다. “우리 가족은 항상 우리 모두가 누구에게든 정직하기를 바래!”라고 말입니다.

2단계 - 속임수의 궁극적인 결과를 강조하라

아이에게 속임수의 부정적인 결과에 대해 이야기해주십시오. 그러기 위해 그에 관련된 몇 가지 중요한 점들을 아래에서 살펴보십시오.

- 속임수를 쓴다면 심각한 문제에 빠질 수 있습니다. 즉 보호관찰, 제적, 정직, 또는 벌금과 딱지, 구속 등의 처벌을 받게 될 수 있습니다.
- 사람들에게 신뢰받지 못하고 나쁜 평판을 받게 됩니다. 아무도 친구가 되려 하지 않고 일을 같이 하려 하지 않아서 외톨이, 왕따가 될 수도 있습니다.
- 거짓말이 습관이 되면, 친구들 사이에서나 학교에서 거짓말을 하지 않고는 아무것도 할 수 없을 지경에 이르게 됩니다.
- 공정하게 규칙을 지키는 다른 학생이나 사람들에게 불공평하다는 느낌을 주게 되며 다른 사람에게 피해를 주게 됩니다.
- 늘 거짓말을 달고 살다보면 언젠가는 본인도 전혀 손을 쓸 수 없는

상황에 빠지게 됩니다. 일이 자기 한계를 넘어서게 되며, 자기 스스로도 사기꾼이라는 생각이 들게 됩니다.

3단계 – 그 자리에서 짚고 넘어가라

대부분의 아이들은 어떤 형태로든 속임수를 쓰며 그들이 그런 행동을 자주 하느냐 그렇지 않느냐는 부모의 반응에 따라 달라집니다. 당신의 목표가 아이를 정직하고 공명정대한 사람으로 기르는 것이라면, 반드시 반응을 보여야 합니다. 아이가 속임수를 쓸 때 어떻게 해야 할지 다음에서 알아보도록 합시다.

- **과민반응하지 말 것** : 침착을 유지하고 과민반응하지 마십시오. 물론 그러기가 쉽지는 않겠지만, 그것이 최고의 대응방식입니다.
- **보고 들은 것을 이야기할 것** : 다음과 같이 당신이 본 것에 대한 의견을 간략하게 표명하십시오. "네가 게임 말을 몰래 옮기는 것을 봤다. 그건 속임수야."
- **개인적으로 말할 것** : 당신이 본 것을 아이에게 이야기할 때는 남들이 보지 않는 데서 해야 합니다. 속임수를 썼다며 공개적으로 망신을 주는 것은 으레 상황을 더 악화시키고, 아이는 자기가 한 짓을 부인하게 될 가능성이 높습니다.
- **특정 행동에 집중할 것** : 아이에게 '사기꾼' 이라거나 '거짓말쟁이' 라는 낙인을 찍어서는 안됩니다. 그것은 역효과를 초래합니다. 아이의 성격이 아닌 행동에 초점을 맞추어 "공을 옮기는 것은 속임수야." "친구의 답을 베끼는 것은 속임수야."와 같이 말하면 됩니다.
- **당신의 기대를 전달할 것** : 아이에게 이렇게 말해주십시오. "경기를 계속하려면 규칙을 공정하게 지키기를 바래."라고요. 또한 정직성에

대한 당신의 기대를 짧고 분명하게 전달하십시오. 예를 들어 "공정
하게 경기해라.", "우리는 규칙을 지키는 데 동의했다.", "공정하게
경기하겠다는 약속으로 악수하자." 등의 말로 말을 해주십시오.

4단계 – 속임수를 쓰려는 충동을 물리치도록 가르치라

아이들은 친구들과의 관계에서 커닝에 대해 가장 큰 압력을 받는다는
연구 결과가 있습니다. 학교에서의 커닝은 새로운 수준으로 발전했습니
다. 학생들이 커닝페이퍼를 빽빽하게 써서 치마 속에 숨기거나 특별히 정
한 신호에 따라 기침을 하던 시대는 간 것이지요. 핸드폰 문자메시지는 발
각될 위험도 없이 정답을 곧바로 전송해줍니다. 몇 달러만 내면 어떤 주제
에 대해서든 보고서를 써주는 인터넷 사이트도 있습니다. 당신의 자녀에
게 "다른 아이들이 너에게 커닝에 동참하자고 하거나 정답을 알려준 적이
있니? 그때 너는 어떻게 했니?"라고 직선적으로 물었을 때, 아이가 얼마
나 당황해하는지, 자녀의 친구들 사이에 커닝이 얼마나 횡행하는지를 알
아보십시오. "네 친구들이 커닝을 하니? 어떻게 하니? 선생님은 어떻게
감독하시니? 커닝하다 걸리면 어떻게 되지?" 등으로 물어볼 수 있습니다.

중요한 점은 자녀의 입에서 "아니!"라는 대답이 나왔다고 그냥 지나쳐
서는 안 된다는 것입니다. 계속되는 친구들의 압력을 견딜 수 있도록 도와
주어야 합니다.

오늘날 커닝하는 분위기가 아이에게 주는 압력은 당신 생각보다 훨씬
클 수도 있습니다. 물론, 우리는 항상 우리 아이들이 그런 부정적인 영향
과 맞닥뜨렸을 때 단호하게 "싫어!"라고 말할 수 있기를 바랍니다. 그러
나 그렇게 하는 건 친구들에게 따돌림을 받을 수도 있는 복잡한 문제이므
로 진정한 도덕적 힘이 필요합니다.

도덕은 우리 아이들에게 부정적인 압력을 피할 수 있는 내면적인 인성

의 강화를 돕고, 소신을 지킬 수 있는 특정한 기술을 가르치는 것입니다. 아이가 도덕적인 무장이 된 후여야만 커닝에 동조하는, 부도덕한 일로 인한 주위의 압력에 당당히 맞설 수 있습니다.

- **자신감을 심어줄 것** : 아이가 자신의 신념을 지킬 수 있도록 가르치기 위해서는 자신감 있는 자세가 어떤 것인지를 보여줘야 합니다. 다리를 약간 벌리고 똑바로 서서, 얼굴을 꼿꼿이 들고 상대의 눈을 똑바로 쳐다봅니다. 자기 생각을 전달하기 위해 사용하는 그런 자세는 어떤 면에서 아이가 말하는 내용보다 더 중요할 수 있다는 것을 강조하십시오.
- **"싫어!"라고 분명히 말하게 할 것** : 부드럽지만 확고하고 단호한 어조로 "싫다!"고 말해야 한다는 점을 강조하십시오. 굴복해서는 안 됩니다. 아이의 목적이 다른 사람의 생각을 바꾸는 데 있는 것이 아니라, 스스로가 곤란에서 벗어나고 신념을 지키는 데 있다는 점을 상기시켜주십시오.
- **결심을 반복하게 할 것** : 아이에게 이렇게 말해주십시오. "때로 레코드 판이 튀는 것처럼 자신의 결심을 여러 번 반복해서 말하는 것이 도움이 된단다."라고요. "아니야, 그건 옳지 않아."라는 말은 아이에게 확신을 주어 자기 입장에서 물러서지 않는 힘을 줍니다.
- **이유를 말해줄 것** : 자신의 선택으로 인해 일어날 수 있는 결과에 대해 생각해보는 것은, 아이들이 요구받은 것을 하지 않을 수 있는 신념을 강화시키는 데 도움을 줍니다. 따라서 아이에게 자신이 "싫다!"고 말하는 이유를 상대에게 설명하라고 말해주세요. 그러면 아이는 이렇게 말할 수 있을 것입니다. "그것은 옳은 일이 아니야.", "너무 열심히 한 거라 보고서를 보여줄 수 없어." 라고요.

5단계 - 속임수를 계속 쓸 때 받을 벌을 정하라

부정직성의 문제를 어떻게 해결할 것인가는 부모들 사이에 매우 논란이 많은 문제입니다. 특히 아이에게 벌을 줘야 할 때는 더욱 그렇습니다. 마음이 흔들린다면 당신이 진정으로 중요하게 여기는 것이 아이의 성적인지 도덕성의 발달인지를 물어보시고, 아이의 부정직성을 변명하고 부인하고 무시하는 것은 커닝을 용인하는 것과 같다는 것을 잊지 마십시오.

어떤 노력에도 불구하고 아이가 부정직한 행위를 계속한다면 '정직' 이야말로 가장 중요한 덕목임을 강조하고 그에 따른 벌칙을 정해야 합니다. 그래도 버릇이 고쳐지지 않는다면, 진지하게 둘만의 시간을 가지고 충분히 대화하되 나쁜 태도를 범한 대가로 벌이 더 강화될 것임에 합의하셔야 합니다.

다음은 부정직한 행위에 대해 내릴 수 있는 몇 가지 벌입니다.

- 게임중에 아이가 속임수 쓰는 것을 보았나요? 그러면 즉시 게임을 중단하고 "너, 또 속임수를 쓰는구나. 게임은 공정함을 배우기 위해 하는 것이니 그런 태도를 보인다면 게임을 할 자격이 없다."라고 꾸지람을 하십시오.
- 커닝의 나쁜 점에 대해 최소한 5가지 이상의 예를 들어 반성문을 쓰게 합니다. 시험을 보면서 커닝하거나 보고서를 베낀 큰 아이들은 시험을 다시 보게 하거나 보고서를 다시 쓰게 해야 합니다.

6단계 - 정직성을 칭찬하라

공정과 정직, 진실함의 가치를 진지하게 가르쳐주고 아이가 그런 태도를 보일 때는 칭찬과 격려, 고마움의 표시를 아끼지 마십시오.

"엄마는 정말로 네가 정직한 것이 고맙구나. 네 말이라면 뭐든 믿을 수 있겠는걸!"

친구들의 압력을 이겨냈을 때는 특히 더 칭찬해주어야 합니다.

"친구의 부탁을 거절하는 것이 얼마나 힘든 일인지 엄마는 잘 안다. 네가 친구에게 당당히 네 보고서를 빌려줄 수 없다고 말한 것을 자랑스럽게 생각한단다."

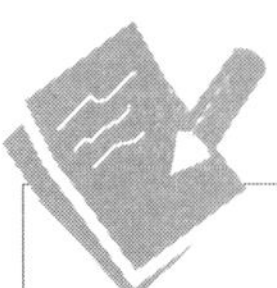

처음 21일 동안 지켜야 할 일

아이가 부정직성의 진정한 결과를 이해하도록 돕기 위해 언론에서 보았던 사건들의 예를 설명하면서 아무도 부정직성으로 인한 책임을 면할 수 없다는 것을 이해시키십시오.

기업이나 스포츠 팀, 정부의 속임수가 있을 때마다 아이에게 신문을 읽어주고 범죄와 망가진 삶, 정치와 공적인 신뢰에 대한 장기적인 영향을 함께 논의해 보십시오. '캐치 미 이프 유 캔' 이나 '대통령의 음모' 같은 영화를 보여주며 속임수가 피해자와 가해자 모두에게 어떤 해를 입히는지 알려줄 기회로 삼으십시오. 스포츠 스타나 영화배우, 대통령, 대기업 회장들, 종교인들 그 누구도 속임수에 대한 벌을 면할 수 없다는 것을 아이들도 알아야 합니다.

태도 개선을 위한 다짐과 기록

　자녀의 부정직성을 억제하고 지속적인 변화를 달성하기 위해, 당신은 위의 방법들을 어떻게 활용할 계획인가요? 다음 빈 칸에, 아이의 태도를 바꾸어 더욱 정직한 사람이 되도록 하기 위해, 24시간 이내에 당신이 꼭 시행하리라 생각하는 내용을 구체적으로 써보세요.

　나는 앞으로 ＿＿＿＿＿＿＿＿＿＿＿＿＿＿＿＿＿＿＿＿ 할 것이다.

태도 개선 상황 기록하기

　태도의 수정은 어려운 일이며, 끊임없는 연습과 부모의 지원이 필요합니다. 아이가 변화를 향해 가는 각각의 단계에서 아무리 작은 변화를 보이더라도 인정하고 칭찬해주십시오. 진정한 결과를 얻기까지 최소한 21일은 걸리니 절대로 포기하지 마십시오! 한 가지 전략이 효과가 없으면, 다른 전략을 시도하십시오. 자녀의 주간 진전상황을 아래 빈 칸에 쓰고 '태도변화 일지' 에 매일의 진전상황을 기록하십시오.

1주 : ＿＿＿＿＿＿＿＿＿＿＿＿＿＿＿＿＿＿＿＿＿＿＿＿

2주 : ＿＿＿＿＿＿＿＿＿＿＿＿＿＿＿＿＿＿＿＿＿＿＿＿

3주 : ＿＿＿＿＿＿＿＿＿＿＿＿＿＿＿＿＿＿＿＿＿＿＿＿

결과 검토와 진행중인 태도 개선

아이의 태도 중 여전히 개선이 필요한 부분은 어떤 부분인가요? 어떤 노력을 더할 필요가 있나요?

나쁜 태도 언론 속보

'미국 고등학생 Who's Who' 선정단체가 실시한 설문조사에서 밝힌 바에 의하면, 고등학교 성적우수자들 중 80퍼센트가 적어도 한 번은 커닝을 해본 적이 있으며, 그 중 절반은 커닝이 나쁜 것이라고 생각하지 않는다고 응답했습니다. 최근 〈U.S.뉴스앤드월드리포트〉 여론조사에서는 출세하기 위해서 커닝을 할 필요가 있다고 생각하는 대학생이 전체의 84퍼센트에 달했으며 4명 중 1명은 이력서를 허위 작성할 것이라고 답했다고 합니다.

잔인함

권장태도 : 친절, 관대, 자비

보바 박사님께

아내와 저는 열세 살 난 딸을 정말로 걱정하고 있습니다. 제 딸아이의 상태를 표현하자면 잔인하다는 말밖에 다른 말로는 표현할 길이 없습니다. 그 아이는 형제들과 다른 아이들한테, 심지어는 부모인 우리한테까지도 너무나 잔인하게 굴어서 우리의 괴로움은 상상을 초월합니다. 그 애 말로는 그것이 그저 조금 냉정한 것이랍니다! 도대체 자신의 행동이 사람들을 얼마나 괴롭히는 것인지 제 딸이 왜 모르는지 이해할 수가 없습니다. 저희는 볼모가 된 느낌으로 그럭저럭 지내고 있습니다. 저희는 대체 어찌해야 하나요?

이런 건 **나쁜 태도**야!

- "개가 그렇게 고통을 느낄지는 몰랐어."
- "우리 팀에 들어오는 것은 꿈도 꾸지 마. 네 아버지는 실직해서 장비를 사줄 능력이 없어."

잔인한 아이의 언어폭력이나 신체적 학대에는 가족들이 절대 관대해져서는 안 됩니다. 아이의 태도를 받아줄 경우, 상태는 더욱 나빠질 것입니다. 예를 들어 그 아이가 누나를 '뚱보'라고 불렀을 때 누나의 감정이 얼마나 상했는가를 동생에게 이야기해주고 동생으로부터 사과를 받아내야 합니다. 그러고도 동생이 그런 행동을 반복한다면 누나가 할 부엌일을 대신하도록 하는 종류의 도덕적 처벌을 가합니다. 아이에게 친절의 중요성을 이해시키기 위한 처벌이므로 벌을 가하는 사람의 태도는 진지해야 합니다.

좀 더 큰 아이들의 경우, 자신의 휴대폰으로 친구들 전부에게 '왕따' 학생에 대한 심술궂은 문자메시지를 보내기도 합니다. 그럴 때는 역할극을 통해 왕따 아이의 입장이 되어 악의에 찬 공격을 받았을 때 자신의 감정을 표현하도록 합니다. 그런 후에는 상대방에게 사과하게 하고 적당한 기간 동안 휴대폰을 압수합니다. 잔인함은 상대방의 마음에 상처를 주며, 결코 허락될 수 없는 일임을 아이에게 확실히 인식시키십시오. ✚

잔인한 아이들은 무자비하고 심술궂은 행동을 합니다. 절대로 타인의 감정이나 타인의 요구를 고려하지 않습니다. 그들은 심술궂게 상대방을 공격하고 괴롭히며 그들의 고통을 보고 의기양양해하며 승리감을 느낍니다. 문제는 그런 심술궂은 행동을 과시하는 아이들의 수가 나날이 늘어만 가고 있다는 심각성입니다.

1970년대 중반 이후로 타인을 괴롭히고 못살게 구는 아이들의 수가 꾸준히 증가해 왔다는 연구 자료도 제시되었습니다. 그것은 그러한, 동급생들 간의 잔인한 행동과 괴롭힘을 오히려 학교에서 과소평가하고 있음을 지적하였고, 교육자들의 각성을 요구하는 기회가 되었습니다.

아이들은 태어날 때 친절함이라는 능력을 타고납니다. 하지만 비관적이고 악의에 찬 메시지가 쇄도하는 세상에서 그 능력을 스스로 향상시켜

나가는 건 매우 어려운 일이기에 부모들 스스로가 그런 것들을 가르치고 고취시키는 능력을 지녀야 할 필요가 있습니다.

친절, 예의, 자비라는 미덕은 일찍 가르칠수록 좋습니다. 친절함이 보다 나은 세상을 만들며, 심술궂고 잔인한 행동보다 친절한 행동이 실제로 자신이 원하는 것을 얻는 데도 더 효과적임을 이해시켜야 합니다. 그리고 그것을 이해한 아이들은 더욱 기꺼이 생활 속에서 그런 태도를 보여주려 할 것입니다.

나쁜 태도 경계하기

아이가 잔인한 행동을 멈추길 바란다면 세심한 주의를 기울여서 그런 태도의 근본 원인을 밝혀내야 합니다.

진 단 아이가 잔인했던 때를 생각해 보며 몇 가지 질문에 답해보세요.

● **언제 _** 특정한 날이나 주, 어떤 달의 특정한 어느 때에 아이가 심술궂은 태도를 보이는 것 같은가요? 그렇다면 그 이유는 무엇이라고 생각하나요?

● **어디서 _** 집이나 학교, 놀이터, 이웃집, 친척집, 스쿨버스, 운동장 같은 특정한 곳에서 심술을 부리는 특정한 패턴이 있나요? 있다면 왜 그럴까요?

● **누구에게 _** 아이가 주로 누구에게 그런 태도를 취하는지 생각해봅시다. 동생이나 특정 친구들, 이웃 아이들, 장애인 또는 인종, 문화가 다른

아이들, 이성, 나이 든 친척 혹은 동물들인가요? 아이가 잔인성을 표출하는 대상으로 삼는 것에 공통점이 있나요? 아이가 괴롭히지 않는 이들이 있나요? 왜 그들은 아이의 잔인한 행동을 피해 가나요?

● **무엇을 _** 아이의 심술궂음은 어떠한 형태인가요? 아이의 잔인한 행동이나 말투가 당신을 걱정시키나요? 그렇다고 생각되는 것에 체크해 보세요.

☐ 다른 사람을 무시하는, 불친절하고 심술궂은 말을 합니다.

☐ 누군가가 부당한 대우를 받는 걸 보아도 거의 무관심합니다.

☐ 다른 사람이 괴롭힘 당하거나 비난받는 것을 보면 즐거워 합니다.

☐ 동물을 학대합니다.

☐ 보답을 바랄 때만 다른 사람에게 친절합니다.

☐ 다른 사람을 모욕하고 위협하고 비웃습니다.

☐ 다른 사람의 약점을 찾습니다.

☐ 남의 일에 무관심하고 도움이 필요하거나 슬픔에 잠긴 사람을 돕는 일도 거의 없습니다.

● **왜 _** 아이들이 잔인해지는 데는 몇 가지 보편적인 이유가 있습니다. 아이가 왜 그런 태도를 취하는가를 이해하기 위한 다음의 주요 질문에서 당신의 아이에게 해당하는 것이 무엇인지를 찾아보세요.

☐ 공감대 부족 : 아이가 불친절로 인한 감정적 충격을 완전히 이해하지 못할지 모릅니다.

☐ 자신감 결여 : 자신이 하찮다고 느껴서 다른 사람을 끌어 내리려 합니다.

☐ 보복의 필요 : 괴롭힘 당하고 비난받은 경험을 '되갚아주기'를 원합니다.

☐ 소속감을 원할 때 : 한 집단에 어울리기 위한 방법으로 그 집단 외의 사람들을 무시합니다.

☐ 문제 해결능력 부족 : 문제의 해결방법을 몰라서 모욕이나 욕설에 의존합니다.

☐ 질시 : 다른 아이를 시기해서 그를 끌어내리고 자신이 우월함을 느끼려 합니다.

☐ 자신이 당한 방식 : 자신이 불친절한 대우를 받았던 것과 똑같은 불친절한 행위를 모방합니다.

☐ 타인을 지배하려는 욕망 : 타인을 괴롭힘으로써 우월감을 느낍니다.

☐ 불친절을 목격함 : 다른 사람이 불친절한 대우를 받는 것을 보고 그 행동을 따라 합니다. 개인적으로 불친절한 상황을 목격했을 수도 있고 간접적으로 보거나 들었을 수도 있습니다.

☐ 친절이 요구되지 않을 때 : 아무도 불친절하면 안 된다고 말하지 않습니다.

☐ 사회성 결여 : 어울리고 협동하고 타협하고 화해하며 격려하고 경청할 줄 몰라서 다른 아이를 비난하는 데 의존합니다.

이제 당신의 답을 검토해 보세요. 예측 가능한 패턴이 보이나요? 아이의 태도에 대한 단서를 발견했나요? 그러한 태도의 원인을 더 잘 이해하게 되었나요?

당신의 반응에는 아무런 문제가 없나요?

다음은 당신이 아이의 잔인한 행동에 어떻게 반응했는지를 생각해보아야 합니다. 그러면 그러한 태도를 다루는 데 효과가 있거나 없는 것을 정확히 지적할 수 있습니다.

가장 최근에 아이가 잔인함을 보였던 때를 생각해보십시오. 그 때 당신의 언행은 어떠했나요? 당신의 행동에서 간과하기 쉬운 사소한 것에 관해 생각해 보세요. 당신의 어조는 어떠했나요? 비난했나, 비꼬았나, 재판관 같았나, 어느 편도 들지 않았나, 고함쳤나요? 당신의 몸짓은 어떠했나요? 당신의 표정은? 무슨 말을 했나요? 그 장면은 어떻게 시작되었고 어떻게 끝났나요? 이제 당신 스스로 아이의 입장이 되어 봅니다. 아이가 당신의 반응에 어떤 말을 할 거라고 생각되나요? 예를 들자면 자신이 그런 태도를 중단할 수 있도록 도와달라는 태도였나요? 아니면 상황을 더욱 악화시킬 수밖에 없는 태도였나요?

아이가 다른 어른들에게도 불손한 태도를 취하나요? 그럴 때 그들은 당신과 다른 반응을 보이나요? 그들의 반응이 당신의 반응보다 불손한 태도를 멈추게 하는 데 더 효과적인가요? 당신이나 다른 누군가가 행한 방법에서 아이의 심술궂은 태도를 억제하는 데 효과적인 방법을 알아냈나요? 아이의 심술궂음을 멈추게 하기는커녕 심술궂음을 더욱 증폭시키는 반응은 무엇이었나요? 예를 들어 볼기짝을 때렸나요? 고함쳤나요? 아이에게 똑같이 가혹하게 대했나요? 아이가 그런 태도를 취했을 때 당신이 보인 반응 중 효과적이지 못했던 한 가지를 써 보세요.

나는 다시는 __________________________ 하지 않을 것이다.

당신 자신의 나쁜 태도를 직시하라

날 때부터 잔인한 아이는 없습니다. 실제로 아이들은 공감대와 동정심을 충분히 가지고 있습니다. 그러나 우리가 이런 특성을 길러주지 않으면 그것은 발육 정지상태로 남아 있게 되어 잔인하고 무감각한 행동이 나타날 수 있습니다. 그런 아이들이 그런 성향을 어디서 배우나요? 진지하게 이런 태도의 근본 원인을 직시해야 합니다. 혹시 당신이 배우자나 가족, 친구, 혹은 아이들에게 예전에 잔인하게 굴었던 적은 없나요?

아이는 당신의 행동을 보는 것만으로도 친절에 대해 많이 배우게 됩니다. 당신은 최근에 어떠했나요? 당신 아이가 친절하기를 바란다면 당신부터 아이 앞에서 의식적으로라도 친절한 모습을 보여야 합니다. 매일 기회는 많이 있습니다. 친구의 아이를 돌보고, 앓고 있는 친구에게 전화를 하고, 쓰레기를 줍고, 아이를 달래고, 길을 가르쳐 주고, 상대방의 안부를 묻고, 가족을 위해 과자를 굽고, 항상 타인을 배려하는 말을 하는 것 등입니다. 그렇게 친절한 행동을 한 후에는 그로 인해 당신의 기분이 얼마나 좋았는지를 아이에게 꼭 말해줍니다! 당신의 일상 언어와 행동에서 친절을 보고, 친절하면 얼마나 기분이 좋은지를 강조하는 당신의 말을 듣는 아이는 당신의 행동을 기꺼이 따를 것입니다. '아이들은 생활에서 배운다.' 라는 옛말은 그릇된 것이 없습니다.

아이의 잔인한 태도를 고치기 위해 당신이 취해야 할 더 좋은 행위의 첫 단계는 무엇일가요? 당신이 변화해야 할 것을 적어보세요.

나는 앞으로 _________________________________ 할 것이다.

나쁜 태도, 이렇게 바꾼다

아이의 잔인한 태도를 근절하기 위해 다음 다섯 단계를 취합니다.

1단계 – 친절을 기대하라

《아이 돌보기*The Caring Child*》의 작가인 낸시 아이젠버그*Nancy Eisenberg*는 이렇게 말합니다.

"고통스럽고 불친절한 행위에 대한 자신의 관점을 표현하고 왜 그렇게 느끼는지를 설명해준 부모의 자식들은 그런 부모의 의견을 대체로 받아들인다는 것을 알았다."

아이가 불친절하게 구는 것을 볼 때는 즉시 잘못을 지적하고 그 이유를 명확히 이해시킵니다. 그런 후 이렇게 큰 소리로 말해줍니다.

"잔인함은 나쁘다. 잔인함은 절대로 용서받을 수 없다!"

다음의 몇 가지 예도 함께 실천해보도록 해요.

- "안경 쓴 사촌을 '눈 네 개'라 부르다니, 받아들일 수 없구나. 네가 사촌의 입장이 되어 생각해 보거라. 다시는 그런 말을 입에 담지 말아야 한다."
- "누나를 '뚱보'라 부르는 것은 잔인한 짓이다. 그것은 누나를 웃겨주는 것이 아니라 비웃는 것이나 다름없다. 다른 사람의 감정을 상하게 하는 행동은 절대 해서는 안 된다.
- "친구에게 컴퓨터로 불쾌한 메시지를 보내는 것은 정말 잔인한 짓이다. 게다가 희수에 관한 나쁜 소문은 확실한 사실도 아니지 않니?"

2단계 – 아이에게 친절을 경험시켜라

자녀에게 친절의 힘을 이해하도록 돕는 최선의 방법은 그에 관해 말하거나 읽는 것이 아니라 실제로 경험하게 하는 것입니다. 그러니 가족차원에서 지역사회에 봉사할 것을 고려해보세요.

도처의 가족들이 그들의 정력과 능력을 자발적으로 제공하여 우리 사는 세상을 더욱 살기 좋은 곳으로 만들고자 노력하고 있습니다. 그런 부모의 모습을 보면서 아이들은 봉사 정신을 갖게 되고 부모가 봉사의 특성을 매우 소중히 하는 것을 알게 됩니다.

거기에 참여하고 도움을 주고 자원하여 봉사하는 데는 수많은 방법이 있습니다. 음식물 제공, 공원의 쓰레기 줍기, 낡은 여성의 쉼터에 페인트 칠하기, 노숙자나 호스피스 시설에 식사 제공하기, 개인 교습 등은 아이들이 친절의 기쁨을 느끼도록 해주는 몇 가지 방법입니다.

당신 지역의 자원봉사 단체를 찾기 위해서는 사회 봉사 조직(Social Service Organization) 하의 전화번호부 업종별 분류 항목을 찾아봅니다. 그런 다음 전화를 해서 당신이 어떤 종류의 봉사활동을 할 수 있는지 알아봅니다(힌트 : 아이의 관심과 능력에 맞는 봉사활동의 기획을 찾도록 힘쓴다. 당신의 아이가 야외 활동을 좋아한다면 쉼터에 꽃을 심는 자원봉사를 하게 하고 바느질을 좋아하면 어려운 이웃의 이불을 만들게 하며 스포츠를 좋아하면 장애인 올림픽에서 활동하도록 한다).

심리학자인 엘리자베스 미드라스키*Elizabeth Midlarsky*와 제임스 브라이언*James Bryan*의 연구 조사에 따르면, 아이들에게 자신의 친절한 행동이 누군가에게 도움을 주는 특별한 방법임을 설명하는 것이 친절을 가르치는 데 효과적이라고 합니다. 그러니 봉사활동 중에 자연스레 행한 친절함을 찾아보고 아이들에게 감명을 줄 수 있는 기회로 이용해 보세요.

다음의 전략들은 친절한 행위가 긍정적인 효과를 만들어냄을 인식하는 데 도움을 줍니다. TIP은 세 가지를 기억하게 해줍니다.

T_ Tell : 아이에게 친절하게 대해야 할 대상과, 왜 그들에게 그렇게 해
야 할 필요성이 있는지를 **이야기해 준다.**

I_ Identify : 무엇이 친절하게 말하고 행동하는 것인지를 **확인시켜준다.**

P_ Point : 친절하게 행동하면 상대방이 어떤 반응의 차이를 보이는지
를 지적해준다.

위의 TIP을 행동으로 옮기는 몇 가지 예가 있습니다.

- "지훈아, 성수가 가방을 들어 올릴 때 친절하게 도와준 건 정말 잘
한 일이었어. 성수는 당황했지만 너는 기분이 좋아졌잖니?"
- "성길아, 친구들에게 괴롭힘을 당한 소년을 도와준 건 참 잘 한 일이었
어. 네 동생도 누군가로부터 괴롭힘을 당할 때 얼마나 고통스러워했었
는지 알지?"

3단계 – 아이의 대중매체 이용 상황을 체크하라

TV, 인터넷, 라디오, 음악, 영화, 비디오게임은 아이들에게 폭력적이고
잔인한 영상을 보여주고 신문 잡지의 기사들은 자극적이고 소름끼치는
사건을 크게 다루고 있습니다. 이런 것들의 집중포화 속에서 자라는 아이
들은 그 영향을 받을 수밖에 없습니다. 예를 들어, 폭력적인 TV 프로그램
에 반복적으로 노출된 아이들은 그렇지 않은 아이들에 비해 어려운 사람
들에 대한 동정심이 덜합니다. 《해악을 모른다 *See No Evil*》의 작가인 매
들린 르바인 *Madeline Levine* 은 이렇게 지적합니다. 수많은 연구에 따르면
매체 폭력을 목격하면 할수록 사람들은 그에 관해 더욱 무감각해진다.

아이가 무엇을 보고 듣는지 체크하십시오. 컴퓨터에 부모용 여과장치를
첨가하고 TV, CD, 비디오 게임, 영화의 내용에 명확한 기준을 정해야만 합
니다.

4단계 – 아이에게 타인과의 공감능력을 키워주라

잔인하게 행동하는 아이를 교육할 때 중요한 점은 자신의 행동이 다른 사람에게 미치는 영향을 이해시키는 것입니다.

상대의 감정과 요구를 고려할 줄 모르는 사람은 남에게 불쾌감이나 상처를 준다는 것을 가르쳐야 합니다. 안 그러면 그런 태도는 지속됩니다. 불쾌함을 당하는 사람의 감정적 충격을 아이들 스스로 돌아보게 해주는 몇 가지 질문이 여기 있습니다.

- "너의 태도 때문에 주안이가 얼마나 당황했는지 아니?"
- "넌 그 아이를 난처하게 했어. 이제 그 아이에게 무슨 말을 할래?"
- "누가 너에게 그렇게 말하면 어떻게 할래?"

5단계 – 잔인함에 대한 대가를 요구하라

마틴 호프만*Martin Hoffman*의 연구에 따르면 자녀들이 저지른 나쁜 행동의 해악에 관심을 기울이고 그에 대한 보상을 하게 하는 부모는 아이에게 친절함을 길러줄 수 있다고 합니다. 일단 잔인하게 행동했더라도 그 대가로 친절을 행하면 자신이 타인에게 저지른 불쾌감이나 상처를 희석시킬 수 있음을 알려주십시오. 다음은 불친절한 행동에 대해 책임을 질 수 있는 몇 가지 방법입니다.

- 사과시킬 것 : 어린아이들에게 "미안해!"라는 말에 담긴 의미를 가르치고 조금 큰 아이들이라면 어른이 재촉하기 전에 스스로 사과할 줄 아는 태도를 가르치세요. 누군가에게 사과를 할 때는 상대방과 얼굴을 맞대고 자신의 잘못을 진심으로 뉘우치며 진지한 태도로 할 것도 강조하십시오.

- **친절한 행동을 가르칠 것** : 아이의 친구들을 집에 초대하십시오. 아이는 친구들을 맞이하기 위해 스스로 청소를 하고 식탁을 차린 후 친구들을 정중하고 친절히 맞이하게 될 것입니다.

- **'불친절 하나에 친절 하나' 라는 규칙을 정할 것** : 아이가 불친절한 말을 한 만큼 친절한 말로 대가를 치르고 한 가지씩 봉사하게 합니다. 주의할 점은, 아이가 무엇이 친절한 말인지를 알고 그것을 지속적으로 사용할 수 있을 때만 적용해야 합니다.

- **봉사활동을 시킬 것** : 특히 짓궂은 행동으로 악명높은 아이들에게는 봉사활동이 좋은 결과를 낳기도 합니다. 소년소녀클럽(the Boys and Girls Club), 교회단체나 병원 같은, 어린이 자원봉사자를 원하는 지역 단체를 찾아서 당신 아이의 이름 옆에 아이의 잔인한 행동을 보상하기 위한 시간을 명확히 써넣습니다.

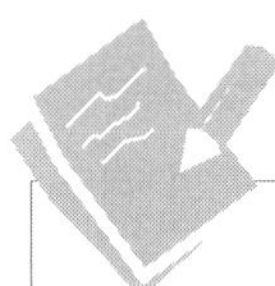 ## 처음 21일 동안 지켜야 할 일

매일 밤 몇 분 동안 그날 겪은 친절의 순간에 대해 이야기를 나누고 계속 그렇게 하도록 권합니다. 저녁식사 시간에 다음과 같이 질문을 하면서 봉사활동 기간(Care Sharing Session)을 정할 수도 있습니다. "오늘 다른 사람한테 어떤 친절한 일을 했지?, 오늘 누군가가 네게 친절하게 대해 줬니?, 그렇게 해서 그들이 어떻게 느낄 거라 생각했니?, 넌 어떻게 느꼈니?"

가정에서 친절을 강요하는 건 당신이 친절을 얼마나 중요하게 생각하는지를 아이에게 인식시킬 수 있습니다. 또한 아이의 친절한 행동은 우리가 사는 세상을 밝고 살기 좋은 곳으로 만들 수 있음을 깨닫게 해줍니다.

태도 개선을 위한 다짐 기록하기

아이의 잔인성을 완화하고 지속적인 변화를 얻기 위해 24시간 이내에 당신이 꼭 해야 할 일을 명확히 써보세요.

나는 앞으로 ________________________________ 할 것이다.

태도 개선 상황 기록하기

모든 태도의 변화는 힘든 일이며 지속적인 훈련과 부모의 지원이 필요합니다. 아이가 변화를 향해 내딛는 각 단계는 작은 것일 수 있지만 그 걸음 하나하나를 인정하고 축하하는 것을 잊으면 안 됩니다. 진정한 결과를 눈으로 확인하려면 최소한 21일이 걸림을 명심하고 포기하지 마십시오. 한 가지 전략이 효과가 없으면 다른 것을 시도합니다. 아래 밑줄에 당신 아이의 주간 발전과정을 써보고 당신의 '태도변화 일지'에 매일의 과정을 기록하세요.

1주 : ________________________________

2주 : ________________________________

3주 : ________________________________

결과 검토와 진행중인 태도 개선

아이의 태도 중 여전히 개선이 필요한 부분은 어떤 부분인가요? 어떤 노력을 더 할 필요가 있나요?

나쁜 태도 언론 속보

우리 아이들의 불친절이 경고 수위에까지 오르고 있습니다. 가족, 학교, 지역사회로 퍼져 나가기 전에 막아야 합니다.

전국적 조사에서 보면 학생의 43퍼센트가 학교 화장실에서 괴롭힘 당할까 두려워 학교 가기를 겁낸다고 말합니다.

몇몇 평가에 따르면 미국의 학생들은 괴롭히는 쪽의 가해자와 당하는 쪽의 희생자로 나뉩니다. 어떤 경우에는 같은 학생이 하루는 가해자가 되고 다음날은 희생자가 되기도 합니다.

전미교육협회(The National Educational Association)는 매일 160,000명의 아이들이 다른 학생들에게 공격받거나 협박 당할까 봐 학교를 결석하고 있다고 전합니다.

떼를 씀

권장태도 : 센스, 평정, 배려심

보바 박사님께

받아들이기 어려운 일이지만 저는 여덟 살짜리 제 아들에게 아주 질려버렸습니다. 아들은 매사를 자기 하고 싶은 대로만 하려고 하며 꼭 자기의 목적을 이루어야 직성이 풀리는 아이입니다. 제가 아이의 요구를 다 들어주면 일을 그르친다는 것을 알지만 거절하는 것도 너무 어려운 일입니다. 제 아들은 세상이 온통 자기를 중심으로 돌고 있다고 여기는 모양입니다. 아들은 저의 감정 따위는 안중에도 없고 자신의 태도가 얼마나 성가신지 알려고 하지도 않습니다. 이 아이를 어떻게 다루고 견디어내야 할까요?

이런 건 나쁜 태도야!

- "안아줘요, 아빠! 아빠는 거기 앉아만 있었잖아."
- "새 바비 인형 사줘요. 생일까지 못 기다려요. 지금 갖고 싶어요!"
- "엄마아아아아, 전화 써야 해요. 끊어요!"

아이의 요구에 절대로 굴복하지 마시고 그럴 때마다 대화를 멈추세요. 아이가 아무리 조르고, 불합리한 요구를 내세우고, 뭔가를 해 달라고 하더라도 절대 받아들이지 않겠다는 뜻을 확실히 표현해야 합니다. 예의 바르게 행동하게끔 태도를 바로잡아주며 요구사항에 관해 합리적 토론을 하자고 약속시간을 정하는 등 그 순간을 모면해야 합니다. 그렇게 하여 일단 당신이 노력한다는 것을 아이가 알게 되면 아이 스스로도 나쁜 태도를 변화시키기 위한 큰 단계를 뛰어넘은 것입니다. ✚

요구가 많은 아이들은 뭐든지 자기 맘대로, 그것도 당장 하기를 원합니다. 그래서 당신은 매번 지치고 말지요. 그런 일들은 자기 부모에게도 힘들 뿐 아니라 스스로의 인격 형성에도 해가 됩니다. 요구가 지나친 아이들이 자신이 원하고 느끼고 바라는 것만 생각하고 하려 하며 다른 사람의 관점을 이해하기를 배우지 않거나 다른 사람의 감정을 배려하지 않는 것은 그 때문입니다.

아이가 요구사항이 많아지는 데는 많은 이유가 있습니다. 당신이 아이와 충분한 시간 동안 즐겁게 놀아주지 못하기 때문에 아이가 무시 당한다고 느껴서일 수도 있습니다. 아이는 당신이 관심을 쏟는 파트너나 일, 형제자매를 질투할지도 모르는 일이며 경제적 부족함 때문에 박탈감을 느낄 수도 있고 학교생활에서 좌절하거나 어떤 문제로 특별한 어려움을 겪을 수도 있습니다. 자신의 요구사항을 합리적으로 알리는 방법을 알지 못하는 아이는 아무도 자신의 말을 들어주지 않으니까 조르고 들볶을 수밖에 없습니다. 주의 깊게 들어보십시오. 당신 생각에는 아이가 물질적인 것만 요구하는 것 같지만 사실은 당신의 사랑을 요구하는지도 모릅니다. 그럼에도 당신은 아이가 진정으로 원하는 것이 무엇인지 알려고 하지는 않고 그저 물질적인 것만 해결해주기 때문에 아이는 계속 망가져가는 것입니다. 그렇게 해서는 아이가 변하려고 생각할 이유가 없습니다. 조르고 들볶으면 뭐든 손에 들어오니 말입니다.

태도가 나쁜 아이들의 목적은 오직 한 가지입니다. 자신의 요구사항과 문제점을 합치시키는 것이지요. 그에 관한 대처방법 중 가장 나쁜 것이 굴복이기도 하고요. 물론 그런 아이들에게는 굴복하는 게 오히려 편하겠지요. 하지만 계속 그런 식으로 해결하려 들면 아이는 자신의 필요와 감정만을 중요시하는 응석받이에, 이기적이고 요구가 지나친 어른이 될 것입니다. 우리가 아이의 태도를 길들여 재치, 평온, 배려라는 진정 필수적인 성격의 특징이 자라날 공간을 만들어 주어야 하는 이유도 그 때문입니다.

나쁜 태도 경계하기

아이가 지나치게 요구하는 태도를 경계하고 진단해 볼까요?

진단 당신의 문제가 무엇인지 확실히 점검하고 아이의 태도를 고칠 수 있는 열쇠를 찾아보세요.

● 언제 _ 아이가 특정한 날, 주, 달의 특정 시간에 더더욱 떼를 쓰나요? 그러는 이유가 있나요? 지쳤거나 배고프면 사람들에게 더욱 주목받기를 바라며 요구사항이 많아지지 않나요?
아이가 자신의 요구를 들어주지 않는 아이들 집단과도 잘 어울리나요?
아이가 자기 집단에서 최연장자이며 으스댈 수 있는 위치인가요?

● 어디서 _ 학교나 탁아소, 집, 상점, 할머니 댁 등 더욱 아이의 요구가 많아지는 특정 장소가 있나요? 있다면 그 이유는 무엇인가요?

● **누구에게** _ 아이가 모든 사람에게 똑같이 요구의 행동을 나타내나요? 아니면 형제나 어린아이한테만 그런가요? 어떤 사람들한테는 자신의 요구행태를 내보이지 않기도 하나요? 그렇다면 누구인가요? 왜 그들에게는 그렇게 하지 않나요?

● **무엇을** _ 아이가 일상적으로 요구하는 특별한 문제나 사건이 있나요? 자기의 이야기나 요구를 들어주고 관심을 가져주고 특별대우를 해주는 등의 것이 아니라 물질을 원하나요? 또한 아이가 요구함으로 인해 배우는 것은 무엇인가요?

● **왜** _ 가족 내부에서 아이의 그런 행동을 자극하는 근본 원인이 있다면, 무엇이라고 생각하나요? 아이는 그런 행동이, 원하는 것을 얻는 데 최선의 방법이라는 것을 이미 터득한 걸까요? 아이가 다른 사람을 지배하려 하나요? 만약 그렇다면 그 이유는 무엇인가요? 아이가 당신의 주의를 끌려고 일부러 그런다고 생각되나요? 아니면 질투로? 아이의 요구가 종종 부당하지는 않은가요? 가족들이 아이의 말에 귀 기울이나요? 생활이 너무 바빠서 아이를 간과하고 있나요? 분명히 요구가 많은 아이는 성가십니다. 그러나 아이들은 대부분 사랑받고 주목받고 싶다는 기본 욕구가 충족되지 않을 때 그런 행동을 하는 것입니다. 물론 자기중심적이고 자기의 감정과 필요만 생각할 때도 그렇지요.

이제 당신의 대답을 검토해보고 당신의 아이를 잘 아는 다른 사람과 이야기해보세요. 예측 가능한 패턴이 보이나요? 그런 태도와 그 이유에 관해 더 잘 이해하게 되었나요?

당신의 반응에는 아무런 문제가 없나요?

최근에 아이가 떼를 쓴 때를 생각하고 그때 당신의 반응이 어떠했는지를 생각합니다. 아이의 요구는 무엇이었고 그것은 합리적이었나요? 당신은 어떤 태도로 반응했나요? 예를 들자면, 어조는 어떠했고 몸짓은 어떠했나요? 싸움 같았나요? 그랬다면 당신과 아이 중 누가 이겼나요? 당신은 아이의 요구에 굴복했나요? 아니면 기다리게 했나요? 합리적 토론을 했나요? 아니면 요구를 묵살했나요? 참을성을 잃었거나 격노해서 방을 뛰쳐나갔나요?

당신이 아이에게 반응한 방식 중 효과가 없었던 것은 무엇인가요? 아이가 나쁜 태도를 취해도 다시는 사용하지 말아야겠다고 생각되는 것을 써 보세요.

나는 다시는 ＿＿＿＿＿＿＿＿＿＿＿＿＿＿＿＿＿ 하지 않을 것이다.

당신 자신의 나쁜 태도를 직시하라

태어나면서부터 요구가 지나치고 인정이 없는 떼쟁이는 없습니다. 그렇다면 당신의 아이는 그런 행동을 어디서 배운 걸까요? 형제로부터? 친구로부터? 이웃으로부터? 친척으로부터? 아이에게 주의를 기울이고 단서를 찾아보십시오. 어쩌면 당신이나 당신 파트너일 수도 있거든요.

혹시 당신이 집에서 생각 없이 하는 행동들을 아이가 따라하는 건 아닐까요? 당신은 아이가 당신의 어떤 요구에 동의하기를 원하나요? 배우자와의 관계는 어떤가요? 경청하고 타협하고 양보하나요? 아니면 맞서고 독선적으로 행동하나요? 당신은 아이의 말을 잘 들어주나요? 아니면 당신이 하자는 대로 아이가 따르기만을 바라나요? 동료와 친구가 당신을 수더분하다고 여기나요? 아니면 요구가 지나치다고 여기나요? 혹시 당신의 지극히 일부분만을 아이에게 보여주고 있지는 않은가요?

당신 스스로를 변화시켜서 자녀에게 더 좋은 모델이 되며 그들의 성가신 행동을 잘 다루는 데 필요한 첫단계는 무엇인가요? 당신에게 필요한 변화를 아래에 써보세요.

나는 앞으로 ＿＿＿＿＿＿＿＿＿＿＿＿＿＿＿ 할 것이다.

나쁜 태도, 이렇게 바꾼다

떼쓰는 아이의 태도를 고치기 위해 다음 단계를 따라 해보세요.

1단계 – 허용의 하한선을 두라

아이가 그토록 떼를 쓰는 데는 몇 가지 전형적인 이유가 있습니다. 그것을 알아내기 위해 당신의 상황과 일치하는 것에 표시합니다. 아이가 떼를 쓰는 정확한 원인을 알아내면 개선하는 데 상당한 도움이 될 것입니다.

☐ 아이가 모두에게 주목받기를 원합니다.

⇒ 당신은 생활에서 일이나 다른 문제로 아이에게 무관심한 적이 있었나요? 아이가 성가서서 피한 적이 있었나요?

☐ 아이가 시샘을 합니다.

⇒ 당신이 아이의 동생을 더 귀여워한다거나 아이가 그렇게 느끼나요? 또는 그런 생각을 하게하는 다른 친척이 있나요? 아이는 또래들 사이에서 지위를 유지하는 데 확실한 소유권이 절대적으로 필요하다고 생각할지 모르며 당신의 관심을 포함하여 자신이 원하는 모든

것을 가질 자격이 있다고 생각할지도 모릅니다. 당신은 과거에 자녀의 요구를 묵살해서 아이에게 상처준 적이 있나요?

☐ 아이는 필요한 것을 합리적으로 부탁하는 방법을 모릅니다.

⇒ 아이에게 자신의 어려움을 표현하는, 예의바르고 수완 좋은 방법을 가르쳐준 적이 있나요? 아이는 아무도 자신의 말에 귀 기울인 적이 없으므로 당신의 주의를 끄는 방법은 쓸데없는 일에 떼쓰고 투덜거리는 것뿐이라고 생각할 수 있습니다. 이번이 그런 경우인가요?

2단계 - 아이에게 좋은 태도를 요구하라

아이에게 이렇게 말합니다.

"난 그것을 원하고 또 지금 원해."와 같은, 너의 뻔뻔하고 자기중심적인 요구를 더는 받아줄 수 없구나. 네가 원하는 것을 갖기 위해 무작정 떼를 쓰고 버릇없는 목소리로 너의 감정을 표현하는 것도 받아줄 수 없다. 정 원하는 것이 있다면 공손하게 부탁할 줄 아는 태도를 가져라."

그런 후 아이가 공손하게 부탁할 때까지 무시하고 당신 일만 합니다. 아이가 계속 떼를 쓰면 계속 무시합니다.

경고_ 일단 이 기준을 정하면 무슨 일이 있어도 되돌리지 말아야 합니다. 아이도 당신의 기준을 알아야 하며 그것을 지키지 못하면 아이는 절대로 상냥하거나 사려 깊은 태도 같은 걸 배울 수 없습니다.

3단계 - 거절을 두려워하지 말라

아이에게 세상이 자기를 중심으로 돌지 않으며 바라는 것 모두를 얻을 수 없음을 깨닫게 해줄 수 있는 단 한 가지 방법은 한계를 설정하여 아이의 기대심을 낮추는 것입니다. 그러기 위해 당신이 받아들일 수 없는 한계를 정합니다. 아이의 요구가 얼마나 강하든, 얼마나 성가시든, 얼마나 불쾌하든 상관 말고 아이가 승복할 때까지 포기하지 않습니다. 그것만이 아무리 떼를 써도 안 되는 것이 있음을 아이에게 가르치는 가장 확실한 방법입니다. 절대로 아이가 이기도록 해서는 안 됩니다. 또한 아이를 대하는 다른 모든 이에게 당신의 메시지를 전해야 함을 명심하십시오. 당신의 변화된 반응에 아이가 더 많이 동조할수록 그런 태도는 더 빨리 억제될 것입니다.

가혹하지만, 인생의 교훈인 '항상 제멋대로 할 수는 없다' 는 것을 아이가 배우도록 아이를 단련시켜야 합니다. 아이의 협조에 고마워하고 함께 실망하면서 말이지요. 때때로 아이에게 '필요(필연적)' 와 '희망(필수 요소는 아님)' 의 차이를 가르치는 것도 도움이 됩니다.

필요_ 여행을 위해 신청용지에 서명하기. 정해진 시간에 숙제하기.
희망_ CD를 살수 있는 여분의 돈, 저녁 식사 전의 과자, 친구에게 전화하기 위해 엄마에게 전화 좀 끊어 달라고 말하기.

일단 아이가 그 차이를 깨달아 공손하고 예의바른 말투로 부탁하면 정말 필요한 요구사항에만 대답합니다. 다음은 부모의 반응에 대한 몇 가지 예입니다.

- "영화 보러 가자고 공손하게 부탁하다니, 정말 감동했다. 하지만 우리는 할머니 댁에 가야 해. 영화는 내일 보러 가자."
- "나는 네가 지루함을 공손하게 표현하는 말을 들었고, 이해도 한다. 하지만 우리는 장난감이 아니라 야채를 사기로 했잖니?"

4단계 – 부탁할 때의 예절을 가르치라

자신들이 필요로 하는 것을 표현하는 데 서툰 아이들! 그래서 많은 아이들이 자신의 의사를 제대로 표현하기에 앞서 조르기를 먼저 배웁니다. 조르는 어조는 징징대고 우는 소리여서 듣는 사람을 짜증나게 합니다. 대체 아이들이란 왜 그럴까요? 그 이유는, 아이들은 듣기 좋은 어조가 무엇인지를 모르기 때문입니다. 그러니 감정을 참고 말하는 법을 가르쳐야 합니다.

당신이 먼저 예의바른 어조로 "제발, 죄송합니다, 실례합니다."라는 부탁의 말을 한 후, 아이가 반복해서 따라하게 하십시오. 일상생활의 일부가 될 때까지 거듭한 후 아이가 그 말을 할 때마다 감동을 나타내 보이고 아이가 그런 말을 잊을 때는 즉시 고쳐 주십시오. 여기에 몇 가지 예가 있습니다.

- "그 목소리는 조르는 목소리이고 무례하게 들려 무엇을 원할 때 내는 소리가 얼마나 온화한지 들어보렴. 듣고 따라해봐라."
- "아니, '실례합니다' 라고 말하면서 다른 사람을 방해하기 전에 너부터 다시 부탁해 봐."
- "내가 무례한 사람의 말은 듣지 않는다는 데에 너도 합의했잖아. 어떻게 하면 더 공손한 방법으로 부탁할 수 있겠니?"

5단계 – 공감하는 능력을 가르치라

조르는 아이들은 다른 사람의 감정을 거의 고려하지 않습니다. 그 아이들은 오로지 자신의 목적만을 생각합니다. 그들은 또한 자신들의 요구가 얼마나 경솔한지도 확실히 모릅니다. 그러므로 다른 사람의 감정을 배려할 필요에 관해 생각하는 것을 배워야 합니다.

다른 사람의 입장이 되어 그들의 감정을 느낄수 있도록 해주는 놀라운 미덕인 공감력! 다행인 건 그것이 가르쳐서 깨닫게 해줄 수 있는 종류라는 것입니다. 아이가 조를 때, 공감을 이끌어내도록 가르칠 만한 방법으로 다음의 세 가지가 있습니다.

- 역할 바꾸기 놀이를 해볼 것 : 아이에게 다른 아이가 되었다고 상상해 보라고 권합니다.

  "네가 손님이라고 생각해 봐. 넌 그 집에서 놀기 위해 손님으로 갔어. 그런데 게임을 고를 수도 없고 어떤 결정을 내릴 수도 없어. 기분이 어떻겠니? 다시 걔네 집에 가고 싶을까? 다음에 친구랑 더 즐겁게 놀려면 어떻게 할 수 있을까?"

- 남의 입장이 되어보게 할 것 : 아이가 막무가내로 조르면 멈추고 상대방의 감정이 어떨지 생각해 보게끔 합니다.

  "네가 지금 나라고 생각해 보렴. 그런 식으로 말하면 듣는 너의 기분은 어떻겠니? 그런 요구들을 들어 주고 싶겠니?"

- 다른 사람이 된 듯한 상상을 시켜볼 것 : "아빠가 쉬고 계시는 걸 알잖니. 그런데 방해하면 아빠가 좋아하시겠니? 네가 아빠라고 생각해 봐. 아빠의 하루에 대해 얘기해보자꾸나. 너는 아빠고 하루 일이 끝나서 방금 집으로 돌아왔어. 그런데 아들이 너를 막 흔들어 깨우며 숙제를 도와달라고 떼쓴다면 기분이 어떻겠니? 숙제를 도와달라고 부탁드릴 더 좋은 시간이 따로 있지 않겠니?"

가족끼리 '요구하지 않기 프로젝트'를 펼치십시오. 방법은, 배우자의 동의를 얻고 나서 당신과 당신 배우자도, 말썽쟁이 아이도, 또 그 형제들도 3주 동안 보통의 집안일이든 매우 중요한 일이든 생명을 위협하는 응급상황이 아닌 한 개인별로 요구하면 안 된다고 공표한 후 그것을 지키는 것입니다. 물론 당신도 지켜야 합니다. 변덕스런 바람을 표현하는 일도, 원하는 것에 대한 공상도, 어떤 종류의 부탁도 하지 말아야 합니다. 이것은 '자기부정 훈련'이라 부를 수 있습니다. 모든 사람이 이렇게 하여 나쁜 태도와 버릇을 고치면 어떤 현상이 일어날까요? 물론 좋은 결과가 생겨나겠지요.

태도 개선을 위한 다짐

덜 조르고 더욱 사려 깊은 아이로 변화시키기 위해 부모인 당신이 24시간 내에 무엇을 해야 할지 써 보세요.

나는 앞으로 _______________________________ 할 것이다.

태도 개선 상황 기록하기

태도를 바꾸는 것은 어려운 일이며, 끊임없는 연습과 부모의 지원이 필요합니다. 그러기에 아이가 변화해 가는 각각의 단계에서 아무리 작은 변화를 보이더라도 인정하고 칭찬해줘야 합니다. 진정한 결과를 얻기까지는 최소한 21일은 걸리니 절대로 포기하지 마십시오! 한 가지 전략이 효과가 없으면, 다른 전략을 시도하십시오. 자녀의 주간 진전상황을 아래 빈칸에 쓰고 '태도변화 일지' 에 매일 매일의 진전상황을 기록하십시오.

1주 : ____

2주 : ____

3주 : ____

결과 검토와 진행중인 태도 개선

아이의 태도에 여전히 개선되어야 할 부분이 있나요? 있다면 무엇이며 어떤 작업이 더 필요한가요?

____
____
____
____

지배적

권장태도 : 침착, 인내심, 협조

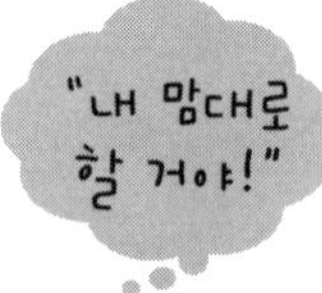

보바 박사님께

저희 부부는 여덟 살 난 딸아이를 키우는데 너무 걱정이 됩니다. 딸아이는 친구들을 끌고 다니며 매우 지배적이어서 자기가 원하는 것을 수첩에 받아쓰도록 하며 그 수첩을 항상 가지고 다니게 하면서 자신이 원하는 것을 기억하도록 강요합니다. 딸의 그런 보스 기질이 언젠가는 강력한 지도력으로 바뀔 수도 있겠지만, 딸이 스스로 온유해지지 않으면 결국, 친구들이 모두 떠나버릴지도 모른다는 생각에 마음이 매우 불안합니다.

 이런 건 나쁜 태도야!

- "우리 집이니까 내 맘대로 할 거야."
- "아냐, 그 영화 보기 싫어. 다른 데로 가자."
- "네 휴대폰 이리 줘. 네 친구가 아니라 내 친구를 부르는 거야."

지배적인 아이에게는 그런 태도가 친구들에게 어떻게 외면당하는지를 보여줘야 합니다. 운동장에서 아이를 면밀히 살펴보다가 아이가 주도권을 장악하려 하기 시작하여 혼자 남게 되면 한쪽으로 불러내 물어보세요. "왜 너 혼자 남았는지 알겠니?" "왜 친구들이 모두 풀장으로 가 버렸는지 알겠니?"라고요. 좀 더 큰 아이라면, 아이가 자기가 좋아하는 음악만을 듣자고 한다든지 즐겁게 춤추는 아이들에게 춤을 멈추라고 요구하면서 음료수병을 들고 건배하자고 하는 등 독불장군적인 태도를 보일 때 아이를 불러 물어보세요. "네가 친구들 앞에서 대장처럼 군 걸 알고 있니? 친구들이 어떤 반응을 보이던?" 하고 말이에요. 이런 간섭은, 아이로 하여금 자기 주변의 다른 모든 사람과 사물을 쥐고 흔들고자 하는 마음을 포기하고 자신이 원하는 것을 얻기 위해 양보와 타협에 의지하는데 도움을 줍니다. ✚

'지배적인 아이' 는 자기중심적이고 버릇없으며 둔감하고 무례합니다. 그들은 중앙에 나서고자 하며 다른 사람의 희망이나 요구는 고려하지 않습니다. 이런 아이들은 뭐든 제멋대로 하고 싶어 하고 그것이 가능하다고 생각합니다. 그들은 규칙, 활동범위, 게임규칙, 일정 등을 정하고 사람들을 끌어모아서 순식간에 분위기를 자신들의 뜻대로 밀고 나갑니다. 마치 자신의 견해가 무조건 옳은 것인 양 행동하며 또래의 의견에는 거의 귀 기울이지 않습니다. 우리는 그들의 부정적이며 독재적 특성이 긍정적인 지도력으로 잘못 해석될 수 있음을 조심해야 합니다. 착각하지 마세요. 그 아이들은 지도자가 아닙니다. 그들은 또래의 감정을 배려하지 못하는 독재자일 뿐입니다. 그들의 제멋대로인 태도를 침착, 인내, 협동이라는 미덕으로 대체하기 위해, 지금 당장 변화를 위한 절차를 밟으십시오.

나쁜 태도 경계하기

아이의 지배적인 태도를 억누르기 전에 그 원인과 발달상황을 생각해 보도록 해요.

진단 며칠 동안 아이의 독불장군 같은 행동을 더욱 주의 깊게 관찰 후에 다음의 질문에 답해 보세요.

● **언제 _** 특정한 날, 특정한 주, 특정한 달의 특정한 시간에 아이가 더 지배적이 되나요? 거기에 이유가 있나요? 예를 들어 아이가 지치고 배고프고 혹은 무시당한다거나 자기 말을 귀 기울여 들어주지 않았다고 느꼈을 때인가요?

● **어디서 _** 유치원, 집, 놀이터, 할머니 댁 등 아이가 더욱 독재자처럼 구는 특별한 장소가 있나요? 있다면 그 이유를 알기 위해 관찰해야 합니다.

● **누구에게 _** 형제나 더 어린 아이들, 이웃, 학급 친구, 동아리 친구, 혹은 당신이나 당신의 배우자에게 더욱 지배적인 경향이 있는지, 아이가 가장 멋대로 구는 사람에게 주의를 기울여 보세요. 예를 들어 아이가 모두 또는 특정 개개인에게 똑같이 지배적인 태도를 보이나요? 그렇다면 그 이유를 찾아보세요.

● **무엇을 _** 지배적인 아이의 말투 중에서 당신에게 가장 거슬리는 것이 있나요? 아이의 거만한 행동을 자세히 표현할수록 아이의 태도는 바꾸기가 쉬워집니다. 다음 항목에서 아이가 보여주는 행동에 표시해보세요.

☐ 다른 사람의 말을 듣지 않습니다.

☐ 항상 자기 뜻대로 하려 합니다.

☐ 자기 욕구를 다른 사람의 것과 절충해서 협상하거나 바꾸려 하지 않습니다.

☐ 다른 사람에게 무엇을 하라고 명령하고는 그대로 따르기를 바랍니다.

☐ 독점욕이 강합니다.

☐ 다른 사람에게 자신의 규칙을 강요합니다.

☐ 자기 마음대로 협의사항을 만들거나 규칙을 설정합니다.

☐ 자기가 바라는 것은 다른 사람들도 그럴 것이라 생각합니다.

☐ 근거 없이 다른 사람들을 차별합니다.

● **왜 _** 이제 아이가 왜 그렇게 멋대로 다른 사람을 지배하려 하는지를 생각해 보십시오. 왜 당신의 아이가 그렇게 독재적이어야 했는지 스스로에게 물어보십시오. 아이가 그런 행동을 하는 데는 여러 가지 이유가 있습니다. 다음은 그 중 몇 가지 고려할 사항들입니다.

☐ 당신이나 다른 누군가가 아이에게 무조건 강요한 적이 있었나요?

☐ 손윗사람들이 엄한 가풍인가요?

☐ 아이가 주변의 행동양식을 모방한 것인가요?

☐ 아이의 심리상태가 불안정하거나 자신감이 부족한가요?

☐ 통제가 필요한 아이인가요?

☐ 친구가 부족한가요?

☐ 아이가 사교술이 부족해서 또래들에게 따돌림을 당했나요?

☐ 아이가 완벽주의에 사로잡혀 있고 항상 자기 뜻대로 하나요?

□ 아이의 생각, 감정, 요구가 종종 무시당해 왔나요?

□ 다른 사람 앞에서 실수할까 봐 활동상황을 미리 구성할 필요가
있나요?

□ 종종 다른 사람이 아이를 지배하고 함부로 다루며 지나칠 정도
로 괴롭히나요?

□ 아이가 협력하면서 행동하는 방법을 모르나요?

당신의 반응에는 아무런 문제가 없나요?

당신은 아이가 지배자처럼 굴 때 어떻게 대하나요? 똑같이 명령하고 고
함치고 문제를 회피하고 불평하고 아이를 혼내거나 친구 데려오는 것을
금지하나요? 반응의 어느 부분이 효과가 없어서 아이가 계속 그런 태도를
취하나요? 아이의 말투는 당신의 어조와 닮지 않았나요? 아이의 나쁜 태
도를 지속적으로 다루고 있지 않나요? 아이의 지배적인 태도를 무시하나
요? 아이에게 고함치나요? 당신의 어떤 반응이 나쁜 태도를 방관하나요?
당신의 반응이 아이의 거만한 태도를 바꾸는 데 효과적이지 않았던 이유
는 무엇이라고 생각하나요?

당신이나 다른 사람이 아이를 그렇게 조장했을 수도 있나요? 예를 들어
부모, 선생님, 형제, 또래, 친척, 혹은 당신 스스로 아이에게 고집 세고 독
립심 강하다, 자신만만하고 외향적이다, 지도력이 있다는 등의 꼬리표를
달아 주면서 의도적이든 아니든 그런 태도를 조장했나요? 당신이 어떤 방
식으로든 그것을 강요하지 않았음을 확인하기 위해 자신의 행동을 돌아
보세요. 당신이나 이웃, 선생님들이 아이의 거만한 태도를 허락하지 않되
그 이유를 명확히 인식시켜야 합니다.

아이의 거만한 태도를 당신이 좋아하지 않음을 이해시키기 위해 어떻게

말했나요? 더 명확하게 할 수 있었나요? 아이가 지배적인 태도를 취할 때 다시는 되풀이하지 않겠다고 생각되는 반응 하나를 아래 줄에 써보세요.

나는 다시는 _________________________ 하지 않을 것이다.

당신 자신의 나쁜 태도를 직시하라

당신 아이의 지배적인 행동이 당신 행동을 모방한 결과는 아닌지 당신의 과거를 돌이켜보세요. 당신의 부모는 당신을 어떤 아이라고 말했나요? 거만하거나 기운찬, 독단적이거나 소극적이거나 온건하거나 조용하다고? 당신의 행동은 친구와의 관계에 어떤 영향을 미쳤나요? 부모님은 당신에게 어떤 방식으로 대해주었나요?

최근에 누군가가 당신이 독단적이라고 불평한 적이 있나요? 누가 불평했으며 그는 뭐라고 말했나요? 당신은 사람들에게 그들의 필요나 감정을 고려하지 않고 말한 적이 있나요? 자녀에게 그렇게 지배적이며 거만한 행동을 하나요? 사람들은 당신의 행동에 대해 불도저 같다거나 독단적이라고 여기나요? 아이 앞에서 당신이 독재자처럼 군 일이 있나요? 거만으로 인한 실수를 바로잡은 적이 있나요?

아이는 누구에게서 그런 행동을 배웠을까요? 당신, 배우자, 아님 친척인가요? 선생님인가요? 형제, 사촌, 친구인가요? 이웃집 아이인가요?

만일, 당신 스스로를 변화시켜 아이의 지배적인 태도를 고칠 수 있다면, 당신이 우선적으로 해야 할 첫 번째 일은 무엇일까요? 아이의 태도 변화를 위해 당신 스스로 필요하다고 느끼는 점을 써 보세요.

나는 앞으로 _________________________ 할 것이다.

나쁜 태도, 이렇게 바꾼다

아이의 독단적인 행동을 고치기 위해 다음 단계를 따른다.

1단계 – 독단적인 것이 왜 효과가 없는지를 단단히 알게 하라

어떠한 나쁜 태도를 막론하고 그것을 억누르기 위한 첫 번째 단계는 그 행동이 왜 부적절한지 인정하는 것입니다. 나쁜 태도로 인해 자신이 원하는 결과를 얻는 것이 아니라 단지 사람들만 잃을 뿐이란 것을 아이에게 알게 해 주는 것, 이 단계를 간과하지 마십시오. 당신 아이의 안하무인격인 행동이 타인에게, 그리고 그들과 관련된 사람들에게까지 미칠 수 있는 부정적 효과를 지적하세요. 아이는 자신의 그런 행동이 왜 인정받지 못하며 왜 사람들이 떠나가는 이유가 되는지를 이해해야 합니다. 다음은 지배적인 태도에 대해 여러 연령대의 아이들에게 해줄 수 있는 몇 가지 요점입니다.

- "오늘 네가 친구들과 놀면서 큰소리 내는 것을 여러 번 들었다. 친구들이 즐거워하지 않은 것을 알았니? 왜 친구들이 오늘 너와 놀기 싫어했다고 생각하니? 항상 네가 원하는 것을 하자고 명령하는 아이는 누구나 싫어한단다. 그건 두목행세 하는 거야."
- "난 네가 친구들에게 어떤 검색엔진을 이용해서 무엇을 검색하자고 말하는 것을 들었다. 친구들이 원하는 것으로 검색하자고 한 것은 몇 번이나 되지? 네가 하고 싶어 하는 것을 친구들이 절대로 하지 않겠다고 한다면 네 기분은 어떻겠니?"
- "너는, 항상 제멋대로 하려는 아이와 같이 놀거나 공부하고 싶니? 너희 구성원 중 누군가는 독불장군을 안 좋아할 거야. 다른 학생들이 너를 그룹에 넣어주고 싶도록 네가 더 좋은 아이가 되도록 노력해보자."

물론, 아이에게 그렇게 말하는 것만으로 아이의 행동이 바뀌진 않습니다. 특히 아이가 오래도록 타인들에게 하고 싶은 대로만 해왔다면 더욱 그렇습니다. 그럴 때마다 당신이 지적해 주세요. 공적인 데서 그렇게 하려면 당신의 귀를 잡아당기든지 코를 만지든지 하는 신호로 당신과 아이만이 알 수 있는 소리 없는 신호를 만들어야 합니다. 아이가 그릇된 행동을 할 때마다 아이에게 신호를 보내어 그것이 부적절한 행동이며 멈춰야 한다고 알려줘야 합니다.

2단계 – 대체할 태도를 설명하고 강조하라

나누고, 양보하고, 또래의 요구를 배려하는 아이들은, 부모가 그것을 강조하며 키웠기 때문이라는 연구조사 결과가 있습니다. 우리도 그렇게 가르쳐야 합니다. 주변 사람들과 함께 한다는 것이 무엇인지, 배려란 무엇인지에 관한 자기의 생각을 글로 쓰는 시간을 갖고 올바르게 설명해 주고 아이가 그것을 실행하기를 기대합니다. 다음은 아이가 덜 독단적이고 남을 더 배려하기를 바라는 부모의 요구사항입니다.

- 교대로 사이좋게 놀 것 : 당신의 자녀가 다른 사람들과 함께 하기를 원한다면 기대하는 바를 명확히 설명하세요. "놀 때는 함께 놀아야 한다. 네가 먼저 하고 다음은 지혜 차례이고 그 다음은 영수 차례다." "컴퓨터게임을 하려면 친구와 함께 해야지. 준혁이도 널 보고만 있고싶진 않을 거야."
- 분쟁의 소지를 없앨 것 : 아이가 특별히 아끼는 물건이 있다면, 손님이 오기 전에 치워놓고 분쟁의 소지를 최소화하세요. 만일 손님의 눈에 띄면 함께 놀거나 나누어야 하니까요.
- 타협할 것 : 좀 큰 아이들에게는 의미하는 바를 설명합니다. "타협할

때는 서로가 원하는 것을 조금씩 포기해야 한다."라고요. 아이는 각자가 자기 의견을 제시할 기회가 있다는 것을 이해해야 그대로 따르게 됩니다. 그러면 더욱 만족감을 느끼게 됩니다.

- 협상할 것 : 조금 큰 아이에게는 가족과 함께 컴퓨터로 일정 짜는 일을 시켜서 가족 모두의 관심과 목적이 적절한 방법으로 충족되는 방식을 보여줍니다. "우리 모두에게 맞는 일정을 만들고 모두가 필요한 것을 얻도록 함께 의논해보자. 그것이 협상의 의미란다."

3단계 – 단체행동 방식을 가르치라

지배적인 아이들은 자기중심적입니다. 그들은 자기 방식을 고집하고 다른 아이의 의견이나 바람은 고려도 안하고 심지어는 인정조차 안 하려합니다. 아이의 자기중심적이고 독단적인 태도를 억제하는 한 가지 방법은 다른 아이의 바람을 고려하도록 가르치기 위해 더욱 협동적인 행동을 행하도록 가르치고 그렇게 하길 기대하는 것입니다. 그에 도움이 될 몇가지 전략이 여기 있습니다. 한 번에 한 가지 행동만을 가르칠 것을 기억하고, 연습하고 본받고 계속해서 강조합니다. 그러면 얼마 안 있어 아이는 그런 행동을 일상에 제대로 접목시킬 것입니다.

- 협동심을 가르칠 것 : 아이에게 협동심이란, 좋은 팀플레이를 보이는 운동선수들처럼 각자가 동등한 조건에서 자신의 위치를 지키고 각자의 역할에 충실하며 공정한 게임을 하는 것과 같음을 의미합니다.
- 주인으로서의 예절을 가르칠 것 : 협동의 규칙은 항상 손님이 먼저임을 강조합니다. 당신 아이가 주인이면 당신 아이는 손님에게 먼저 게임이나 활동을 선택하라고 권해야 합니다.
- 공정함을 가르칠 것 : 독단적인 아이는 뭐든 자기 멋대로 결정을 하

고자 합니다. 그런 아이에게는 가위, 바위, 보나 사다리 타기, 동전 던지기 같은 공정한 방법을 사용하도록 가르치십시오. 이 전략은 두 아이가 규칙을 정하지 못할 때, 누가 뭘 할지 선택할 때, 누가 처음에 할지를 선택할 때 유용합니다.

- **시간을 정할 것** : 어떤 일이나 놀이를 할 때는 꼭 시간을 정하도록 합니다. 보통 몇 분 정도로 정하되 어린아이들에게는 모래시계 등의 장치를 사용하고 조금 큰 아이들이라면 손목시계의 분침을 사용하게 합니다. 시간이 다하면 일이나 놀이도 끝납니다.

4단계 – 협동 강조

어떤 태도든지 의욕을 북돋워주는 가장 단순한 방법 중 하나는 아이의 행동을 제대로 이해하는 것입니다. 아이의 노력이 친구들로부터 인정과 지원을 받는지 지켜보며 그 행동에 필히 동참합니다. 아이가 무엇을 잘했는지 설명해야 아이는 그런 태도를 자신 있게 반복할 것입니다.

- "네가 비디오 게임을 하고 싶은 마음을 참고 친구들 의견대로 야구를 했다는 이야기를 들으니 기쁘고 자랑스럽다."
- "네가 상필이에게 무슨 영화를 보겠냐고 묻는 소릴 들었다. 친구의 의견을 존중할 줄 알다니, 참 기쁘다."
- "너의 행동이 좋게 바뀐 것만으로도 기쁜데 네 동생에게 떼쓰지 말고 친구와 사이좋게 지내라고 가르쳤다니 너무 놀랍고 감동적이다."

이런 말들은 아이가 지배적인 태도를 억누르고 좀더 사려 깊은 행동으로 대체하는데 도움을 줄 것입니다.

아이가 계속해서 다른 사람을 지배하려 한다면 그때를 벌칙을 정할 시점으로 여기십시오. 한 가지 방법은 아이가 자신의 독재적 성향을 누그러뜨릴 때까지 자신이 지배하는 사람과는 놀지 못하게 하는 것입니다.

"네가 계속 독불장군처럼 굴며 함께 잘 놀지 못한다면 상철이는 놀러 오지 못한다. 상철이를 더 친절하게 대하도록 연습해 봐라. 그럼 지금이라도 상철이를 오게 할 수 있어."

때로 아이는 당신이 일부러 그러는 것을 이해할 때까지 심각한 충격을 받을 수 있음을 알아두십시오.

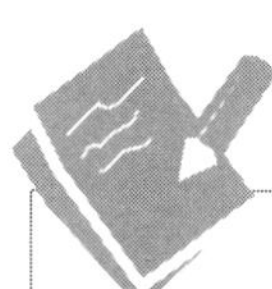# 처음 21일 동안 지켜야 할 일

아이와 '민주적 활동 프로젝트' 를 시작하도록 합니다. 이는 모든 가족 구성원들이 동의한 집안일을 받아들이기 전에 자신들의 느낌과 견해에 관해 살펴보도록 하는 것입니다. 일례로 어떤 TV쇼를 볼 것인지, 어떤 DVD를 빌릴 것인지, 어느 레스토랑에 가서 식사를 할 것인지, 어떤 보드게임 또는 비디오게임을 할 것인지 등이 있습니다. 요점은 거기서 아이가 민주적 활동, 여론의 중요성을 배우는 것과 그것이 자기 멋대로 하는 것보다 얼마나 더 효과적인지를 배우도록 하는 데 있습니다.

집은 아이에게 새로운 태도를 배우고 나쁜 버릇을 고치는 최고의 훈련장입니다. 아이가 주변 사람들을 쥐고 흔들려는 경향을 버릴 때까지 이 계획을 고수합니다.

태도 개선을 위한 다짐 기록하기

아이의 독단적인 태도를 고치고 그 태도가 오래 지속되게 하기 위해 이 책의 단계들을 어떻게 이용할 것인가요? 아래 밑줄 위에 아이의 태도를 변화시켜서 아이가 덜 지배적이고 남을 더 배려하도록 하기 위해 다음 24시간 내에 하겠다고 생각하는 것들을 명확히 써 보세요.

나는 앞으로 _________________________________ 할 것이다.

태도 개선 상황 기록하기

모든 태도 개선은 힘든 일이며 지속적인 훈련이 필요하고 부모의 지원이 필요합니다. 아이가 변화를 향해 내딛는 각 단계는 작은 것일 수 있지만 그 길의 하나하나를 인정하고 축하하는 것을 잊으면 안 됩니다. 진정한 결과를 눈으로 확인하려면 최소한 21일이 걸리니 포기하지 마십시오. 한 가지 전략이 효과가 없으면 다른 것을 시도합니다. 아래 밑줄에 당신 아이의 주간 발전과정을 써보고 당신의 '태도변화 일지'에 매일의 과정을 기록하세요.

1주 : ____

2주 : ____

3주 : ____

결과 검토와 진행중인 태도 개선

아이의 태도에서 아직도 개선을 필요로 하는 점이 있나요? 있다면 어디이며 당신이 해야 할 일은 무엇인가요?

나쁜 태도 언론 속보

'국립임상유아프로그램센터(The National Center for Clinical Infant Programs)'의 발표에 따르면, 아이들이 학교생활을 성공적으로 할 수 있을지를 예견하는 데는, 아이들이 얼마나 일찍부터 많은 양의 지식을 습득하느냐 보다, 아이들이 지닌 감정적·사회적 능력이 더 좋은 안내자가 되어주었다고 합니다. 더 중요한 것은, 충동적인 자극을 어떻게 억제하며 양보하고, 자기 차례를 기다리고, 교사에게 도움을 청하고 지시를 따르며 다른 아이들과 함께하는 동안 필요한 것들을 어떤 태도로 표현하는지를 아는 것이라고 했습니다.

당신의 아이는 이런 기술 중 어느 것을 배워야 한다고 생각하나요?

건방짐

권장태도 : 존중, 돌봄, 존경

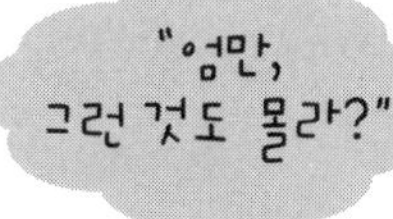

보바 박사님께

인정하긴 싫지만 한때 깜찍했던 열두살짜리 제 아들이 지금은 악몽처럼 변했답니
다. 아들은 성적이 뛰어난 훌륭한 학생이지만 저에게만은 낙제생입니다. 아들이
제게 하는 말을 누가 듣는다면 전 너무 부끄러워서 죽어버리고 싶은 심정이 될 겁
니다. 그 애가 좋아질 수 있다는 건 저도 압니다. 왜냐하면 다른 어른들한테는 공
손하거든요. 그래서 이웃에는 아들을 착하다고 속여서 말하곤 합니다. 어떻게 해
야 예전의 제 아들을 되찾을 수 있나요?

이런 건 나쁜 태도야!

- "할머니, 할머니는 너무 나이 드셔서 제 말을 이해 못 하세요!"
- "뭐야, 너한테 충고 받기 싫어!"
- "넌 정말 유행에 뒤떨어졌어. 예전에 남자친구가 있었다니 못 믿겠
  는걸."

이 순간부터 아이가 당신에게 불경한 말과 어조, 몸짓을 하면 즉시 그 아이 곁을 떠나버리세요. 한 번 그러고 마는 것이 아니라 아이가 주제넘은 행동을 할 때마다 그래야 합니다. 아이가 당신에게 중요한 어떤 일에 대해 말하거나 당신의 도움을 절실히 필요로 할 때 당신은 분명히 아이에게 주제넘은 태도는 참을 수 없고 더 이상 버릇없는 태도는 용납되지 않는다고 알려야 합니다. 이는 작은 아이나 큰 아이 모두에게 해당됩니다. ✚

주제넘은 말을 하고, 무례하며 건방진 아이들은 점점 증가하고 있습니다. 그들은 당신의 권위를 깎아내리고 당신이 말하는 모든 것에 도전하며 이기적이고 자기중심적입니다. 그 아이들이 퉁명스럽고 무례한 어조로 찌르듯 당신을 공격할 때, 그 상황이 너무 놀랍고 불쾌하더라도 당신의 감정을 고려하는 그 어떤 것도 그들에게 기대해서는 안 됩니다. 그랬다가는 오히려 더욱 혼란과 분개만이 당신 가슴을 지배할 테니까요.

그런데 그런 모든 일들의 근원은 대체 무엇일까요? 아이들은 왜 무례함을 근사함으로 여기는 것일까요?

사실 눈만 뜨면 보고 듣는 모든 것, TV, 외설적인 노래가사, 선정적인 역할의 모델들이 모두 무례하고 노골적인 새로운 문화에 기여하고 있긴 합니다. 아이는 그런 것들을 집과 학교에서, 또래들과 나누는 일상 회화에서, 이메일과 휴대폰 문자메시지에서 보고 들을 수 있습니다. 물론 이런 나쁜 태도의 주요 수령자는 보통 당신이 되겠지만요.

당신의 아이는 그저 그러한 무리 속에 섞여 있을 뿐이겠지만, 주제넘은 태도가 계속 용인된다면 그들은 사회적으로 매우 부정적인 결과를 얻게 될 수도 있습니다. 주제넘은 아이는 어떤 선생도, 어떤 부모도 혹은 어떤 어른들도 좋아하지 않습니다. 다행인 것은 그런 불경한 태도도, 가르치고 훈련하면 억제되고 좋은 태도로 바뀔 수 있다는 것입니다. 다만 당신이 태도교정계획을 지속하고 존경, 봉사, 경외의 미덕을 진지하게 가르치겠다는 것을 아이에게 확실히 알릴 경우에 한해서입니다.

나쁜 태도 경계하기

아이의 주제넘은 태도를 억제하기 전에 아이가 그런 끔찍한 행동을 하는 장소, 이유, 행동의 종류, 대상, 시기를 이해해야 합니다.

진단 다음의 질문들에 대답합니다.

● 언제 _ 아이가 더욱 분수를 모르고 날뛰는 특정한 날이나 주, 달의 특정한 시간이 있나요? 그 이유가 있나요? 예를 들어 관리가 필요한 상태이든지 과거보다 더 스트레스를 받았었나요? 단지 아이가 콘서트나 춤추러 갈 때, 혹은 다른 영향력 있는 행사에 참여할 때였나요? 아이가 하루 종일 코미디 쇼를 보며 집에 앉아 있지는 않던가요? 또, 아이가 주제넘고 건방지게 행동하기 시작한 것을 맨 처음 알아챘을 때는 언제인가요? 이런 태도를 유발시켰다고 생각되는 아이의 세계, 즉 가족, 학교, 친구들 사이에 무슨 일이 일어났는지 돌이켜 생각해 볼 수 있나요? 아이가 새로운 친구들과 어울리거나 최근에 학교를 옮긴 적이 있나요?

● 어디서 _ 아이가 학교나 유치원, 집, 차 안에서…, 특정한 아이, 혹은 특정한 아이들 집단과 함께 할 때 확실히 주제넘었던 특정한 장소가 있었나요? 아이는 그런 태도를 아무데서나 취하나요? 아니면 특정 장소에서만 취하나요? 만약 그렇다면 그 이유는 무엇이라고 생각하나요?

● **누구에게** _ 아이가 모든 이에게 똑같이 주제넘은 태도로 대하나요? 친구가 주위에 있을 때는 다르게 말하나요? 아이가 건방진 어조로 주제넘게 말하지 않는 누군가가 있긴 한가요? 만약 있다면 누구이며 왜 그런다고 생각하나요? 아이와 그들과의 관계에 다른 무엇이 있나요? 아이의 건방진 태도에 대한 그들의 반응은 어떤가요?

● **무엇을** _ 아이가 건방지게 될만한 특별한 문제나 사건이 있었나요? 아이가 더 많은 특권을 바라고, 관리나 독립을 요구하며, 주목받기를 바라며 보복의 기회를 바라지 않나요?

● **왜** _ 첫번째로 가장 중요한 문제는 아이가 왜 그렇게 주제넘은 태도를 취하는지 이해하는 것입니다. 당신이 아이를 경멸했었나요? 당신이 배우자나 다른 가족들 또는 친구들에게 주제넘게 대하는 것을 아이가 본 적이 있었나요? 이쯤에서 고려해야 할 것들이 몇 가지 있습니다. 아이가 새 집단과 사귀는 중인가요? 노골적인 연예오락 프로그램을 보거나 듣고 있나요? 새로운 이미지를 찾으려고 외모를 바꾸었나요? 당신의 아이는 그렇게 주제넘게 행동하는 것에서 무엇을 배웠나요? 그것이 실제로 효과가 있었나요? 집에 문제가 있나요? 당신과의 관계에 문제가 있나요? 아이가 어떤 이유로 당신을 원망하나요? 당신이나 다른 어떤 것들이라도 지금 당장 아이를 정말 화나게 만들고 있음직한 무언가가 있나요? 아이가 그런 태도를 취하는 이유는 무엇일까요?

당신의 반응에는 아무런 문제가 없나요?

아이의 주제넘고 경박한 태도에 당신이 주로 어떻게 대해왔는지를 생각해 봐야 합니다. 당신이 주의를 기울였든지 몰두했든지 관심을 가졌거나 존중해 줬거나 참견만 했거나, 성급했거나 흥미를 느꼈거나 무관심했거나 등에 관해서 말입니다.

아이가 주제넘었던 최근의 상황을 생각해보세요. 사건은 어떻게 시작되어 어떻게 끝났나요? 그 당시 당신은 무엇을 하고 있었나요? 당신은 아이에게 어떻게 행동했나요? 그것이 보편적으로 아이를 대하는 당신의 태도인가요? 한번쯤 아이의 입장에서 생각해 보았나요? 아이는 당신이 태도를 설명하는 방식에 동의할 것 같은가요? 눈동자를 굴리거나 어깨를 으쓱거리고, 히죽히죽 웃는 것 같은 몸짓을 하던가요? 당신의 태도에서 아이를 화나게 했을만한 것이 있었나요? 아이가 당신의 주제넘은 태도에 대해 묻는다면 당신은 어떤 대답을 할 수 있나요? 아이의 주제넘은 태도를 보고 당신은 참았나요? 비난했나요? 당신이 보인 반응으로 아이는 그 태도를 멈추든가 개선의 여지를 보였나요? 그런 주제넘은 태도를 멈추게 하는데 전혀 효과가 없었던 한가지 반응을 적어보세요.

나는 다시는 ＿＿＿＿＿＿＿＿＿＿＿＿＿＿＿＿＿＿ 하지 않을 것이다.

당신 자신의 나쁜 태도를 직시하라

태어나면서부터 주제넘고 건방지고 무례한 아이는 없습니다. 대체 아이들은 이런 태도를 어디서 배울까요? 형제자매한테서? 친구한테서? 이웃 아이들한테서? 사촌이나 친척들한테서? 당신과 당신 배우자는 서로 어떻게 대하나요? 당신들은 서로 경멸적으로 또는 경박하게 대화하나요? 욕을 하기도 하나요? 그렇다면 얼마나 자주 하나요? 당신은 친구를 어떻게 대하나요? 누군가가 당신을 주제넘거나 무례하다고 비난한 적이 있었나요? 어떤 상황이었나요?

이제 당신이 평소에 아이에게 어떻게 대하는지 생각해볼 시간입니다. 당신은 예의바르고 존중하는 어조로 아이에게 말하나요? 아이의 말을 주의 깊게 경청하는 시간을 갖나요? 예전에 빈정대고 얕보고 신랄하게 말하거나 무례했던 적이 있었나요? 아이를 저주한 적이 있었나요? 지나치게 비판적이거나 엄격하지는 않은가요? 남 앞에서 아이를 꾸짖나요? 아이를 형제자매와 비교하나요? 당신의 원칙은 공정한가요 아니면 지나치게 가혹한가요? 아이들이 당신의 평가에 동의하나요?

이제 당신과 아이의 관계를 진지하게 돌아보세요. 정말로 근본적으로 상호 존중하고 있는지, 당신과 아이의 관계가 아이의 건방지고 불경한 어조와 관련될 수도 있는 상황인지를요.

아이는 당신과의 관계를 어떻게 묘사하나요? 예를 들어 관계가 솔직하고 허심탄회하며 믿을 수 있고 애정이 넘치며 편안하다고 말할 수 있나요? 아니면 긴장되고 배타적이며 스트레스를 받는 상황이라고 여기나요? 그렇다면 왜 그런지, 아이와 좋은 관계를 맺기 위해 무엇을 할 수 있을지 생각해 보세요. 그리고 만약 당신들 둘 사이에 벌어진 틈이 있다면 당신은 진정으로 그런 틈을 메우고자 어떤 노력이든지 해야 할 것입니다.

아이들이 주제넘은 태도를 보일 때 그 태도를 긍정적으로 변화시키기 위해 당신이 취해야 할 태도는 어떤 것인가요? 당신 스스로에게 필요한 변화를 아래에 써 보세요.

나는 앞으로 _______________________________ 해야 한다.

나쁜 태도, 이렇게 바꾼다

아이의 주제넘은 태도를 바로잡기 위해 다음의 단계를 따라해 보세요.

1단계 – 아이의 주제넘은 행동을 명확히 확인하라

주제넘은 태도를 바로잡는 첫번째 단계는, 당신이 부적절하다고 여기는 행동이 무엇인지 정의하는 일입니다. 당신은 가벼운 농담과 철저한 무례, 불경, 주제넘은 태도 사이의 어디에 선을 긋나요? 욕에 대해 가정에서 정한 규칙이 있나요? 알려주지 않으면 아이는 그 경계를 알지 못합니다. 당신의 아이가 정말로 주제넘게 행동하거나 말한 것은 무엇인가요? 주제넘은 태도란, 무례하고 당황스럽고 고통스럽고 항상 불경스러운 것입니다. 주제넘음은 말, 어조, 몸짓 세 가지에 모두 깃들어 있습니다.

- 주제넘은 말 : "엄마는 정말 나빠요!", "꿈 깨!", "정말 밥맛이야!", "네까짓 게 뭘 알아?"
- 주제넘은 어조 : 빈정대고 적대적이며, 오만하고 부정적이고 당신의 어조나 단어를 조롱하듯이 모방하는 것.
- 주제넘은 몸짓 : 능글맞게 웃기, 한숨 쉬기, 두리번거리기, 비속한 손가락질.

아이가 보통 사용하는 주제넘은 말과 어조, 몸짓의 목록을 만들되, 아이의 주제넘은 태도를 목격한 다른 사람들과 이야기를 나누고 그들이 관찰한 것들도 첨가합니다. 마지막으로 당신이 작성한 목록을 당신과 함께 태도 개선 활동을 하게 될 어른들, 즉 배우자, 선생님, 조부모 등에게 보여드립니다.

2단계 – '주제넘은 태도 불허원칙'을 공표하고 고수하라

아이에게 주제넘은 행동과 말을 절대 용서하지 않겠다는 뜻을 단호하고 진지한 어조로 공표합니다. 협상, 절충 등을 위해 시간을 따로 낼 필요는 없으며 토론을 하더라도 길게 할 필요도 없습니다. 왜 주제넘은 행동이 더 이상 용납될 수 없는지를 설명한 후 가족의 가치관과 개인적 신념을 설명하고 주제넘은 태도가 그런 가치에 어떻게 반대되는가를 설명합니다. 물론 계속 주제넘은 태도를 취할 시 어떤 결과가 올지도 알려줘야 합니다. 다음은 그에 관한 새 기준을 설명하는 몇 가지 방법입니다.

- "뭔가 먹고 싶다면 아기처럼 칭얼거리지 말고 정중하게 부탁하거라."
- "우리 가족에게 욕은 금지사항이다."
- "내가 네게 말할 때 눈동자 굴리는 것을 보았다. 그것은 무례한 행동이니 다시는 하지 말아라"

3단계 – 주제넘은 태도로 걸어오는 대화를 거부하라

아이들은 자기들이 바라는 것을 얻는 데 효과가 없음을 깨달을 때 건방지고 주제넘은 언행을 훨씬 잘 멈춥니다. 그러니 당신의 아이가 당신 앞에서 주제넘은 태도를 보일 때면 공손해질 때까지 대꾸하지 마십시오. 그렇다고 무조건 무시하고 냉정하게 지나쳐 버리라는 것은 아닙니다. 다만 당신이 그 아이로부터 공손함을 바라고 있으며 아이가 공손하게 행동할 때까지는 상대하지 않으리라는 의지를 아이에게 알리라는 것입니다. 아이는 당신이 그 상황에 진지하며 절대로 꺾이지 않으리란 것을 느끼면 보통은 나쁜 태도를 멈춥니다. 이때 주의할 점은 한숨을 쉬거나 눈을 두리번거리거나 어깨를 으쓱하는 등의 과장된 몸짓을 보이지 말아야 합니다. 그렇게 하면 결국 아이의 나쁜 태도에 '반응한 것'이 되고 말기 때문입니다.

실제로 어떤 아이들은 당신이 화내는 것을 보고 즐길 수도 있다는 걸 기억해야 합니다. 다음은 그런 때 적절히 대답하는 예입니다.

- "그만, 주제넘구나. 네가 공손한 태도를 보이면 부엌으로 날 찾아오너라."
- "그런 건방진 소리는 들어줄 수가 없구나. 나는 상냥한 소리만 듣겠다."
- "네가 눈을 두리번거리며 능글맞게 웃지 않고 공손한 태도로 나의 이야기에 귀 기울일 수 있을 때 대화를 하겠다."

4단계 – 주제넘은 태도가 계속되면 엄격한 대가를 치르게 하라

당신이 바라는 바를 명확히 했는데도 주제넘은 태도와 몸짓이 계속된다면 이미 약속된 대가를 치르게 하고, 계속해서 아이가 그런 태도를 보이면 그때마다 불러서 그 행동이 왜 나쁜지를 짧게 설명합니다. 예를 들어 "전에 그런 어조로 나에게 말하지 말라고 이야기했잖니. 네가 네 가족에게 공손하게 말할 수 없다면 24시간 동안 네 휴대폰과 다른 모든 전화를 쓸 수 없다. 휴대폰을 서랍에 넣어 두어라."

이런 때는 토론이 개입되면 안 됩니다. 그저 냉정하게 벌칙을 말한 후에 그것을 강조하되 절대 취소해서도 안 됩니다. 아이에게 자기 태도가 용서받을 수 없음을 깨닫게 해줄 필요가 있기 때문입니다. 다음은 주제넘고 무례한 태도를 취하는 아이들을 다루기 위한 벌칙의 예입니다.

- 대가를 치르게 할 것 : 말대꾸하는 아이들은 공손하게 말할 수 있을 때까지 방에서 나가 있게 할 수 있습니다. "그건 주제넘구나, 5분 동안 나가 있어라." 물론 그 범위는 아이의 관심이 미치지 않는 곳임을 명심해야 합니다. 벌 받는 시간을 결정하는 가장 단순한 규칙은 한

살 당 1분으로 정하고 다섯 살은 5분, 열 살은 10분으로 정합니다. 그것이 아이들이 집중하고 견딜 수 있는 한계거든요.

- 사과하게 할 것 : 주제넘은 아이의 말은 무례할 뿐 아니라 남에게 상처를 주므로 자신의 행동에 대해 해명하게 해야 합니다. 비록 자신이 뱉은 고약한 말을 주워 담지는 못하더라도 최소한 사과로써 그 상처를 줄여줄 수는 있습니다. 네 살짜리라도 "미안해요!"란 말은 할 수 있습니다.

- 벌금을 내게 할 것 : 자녀가 주제넘고 무례한 태도를 보일 때면 벌칙금을 정해 돈을 내게 하십시오. 물론 나쁜 태도의 종류와 그에 따른 벌금은 구분해서 정해야 합니다. 아이가 돈이 부족하면 벌금을 상쇄할 만한 집안일 목록을 만들어 벽에 붙인 후 아이가 욕을 할 때마다 그에 따른 벌금을 부과하여 그에 해당하는 돈을 저금통에 넣게 합니다. 저금통이 꽉 차면 그 돈을 당신이 선택한 자선단체에 기부합니다.

- 권리를 박탈할 것 : 주제넘게 구는 아이가 조금 큰 아이라면 가족모임에 참여할 권리를 박탈할 수 있습니다. 시간을 행위의 정도에 따라 몇 시간에서 그날 남아있는 시간까지로 정합니다. 그렇게 한 후에도 나쁜 태도가 계속되면 더 엄격한 기준을 세워야 하며 친구를 만나는 것도 금지합니다.

- 잘못한 부분에 관한 행동을 제약할 것 : 전화를 받을 때 공손하지 못하고 무례하며 주제넘은 말을 하는 아이는 누구라도 일정기간 전화 사용을 금지시킵니다. 특히 밤 늦도록 전화를 주고 받는다면 상대방과의 교제도 금지시켜야 합니다.

5단계 – 긍정적인 효과를 내는 방법을 찾아라

주제넘은 아이들은, 제대로 버릇을 고치지 않으면 무례하고 모욕적이며 가시 돋친 말을 수도 없이 늘어놓을 수 있습니다. 그들의 메시지는 항상 불경하고 때로는 매우 해롭습니다. 그런 건방지고 오만한 말은 목표한 대상 말고도 아무 상관없는 사람들에게까지 해를 줍니다. 그러니 서두르십시오. 그 아이들에게 절실히 필요한 것은 자신들이 성장하면서 겪었던 해로움과 반대되는 도덕적이며 질 높은 경험입니다. 그리고 그런 경험은 어릴 때부터 하는 것이 좋습니다.

좋은 태도를 발전시키는 손쉬운 방법은 아이들이 좋은 태도를 보일 때 그들을 인정해주는 것입니다. 그러나 연구조사의 발표들을 보면, 대부분의 경우 어른들은 정반대로 행동합니다. 우리 아이들이 칭찬받아야 할만한 상황은 알아주지 않고 아이들이 그릇되게 행동할 때만을 골라 지적하거든요.

다음은 아이들이 좋은 태도를 행할 때마다 그들을 인정하고 기쁨을 표시하는 몇 가지 예입니다.

- "태홍아, 친절하고 나긋나긋한 목소리로 말하니 기분이 좋다."
- "수아야, 할머니께 말씀드리기 전에 다시 한번 생각해보는 진지함에 감동했다. 고맙구나."
- "지훈아, 진심으로 사과해주니 고맙다. 오늘 아침에 너 때문에 감정이 상한 건 사실이고 나 역시 나쁜 버릇 고치기가 어려운 줄은 알아. 그러나 나는 네가 좋은 태도를 갖기 위해 얼마나 노력하는지 알고 감동했단다."

아이가 주제넘은 언행을 할 때마다 중단시키고 아이가 자기 마음을 표현하는 더욱 적절하고 공손한 방법을 찾도록 돕습니다. 어쩌면 아이는 바로 그 순간 자신의 감정, 관심, 문제점을 솔직하게 표현하느라 자신의 태도가 주제넘다는 것을 깨닫지 못했을지도 모릅니다. 예를 들어 아이가 '당신은 우둔하다.'고 말했다면, 사실은, 당신이 자신들과는 다른 세대이기 때문에, 자신이 선생님과 또래들 때문에 겪는 스트레스와 압박감을 절대 이해하지 못할 거라고 말하려 했을 수도 있습니다. 다음은 그에 대한 예입니다.

엄마_네가 나더러 '우둔하다'고 했을 때 정말 마음 아팠다. 다시 한번 공손하게 말해줄 수 있겠니?

아이_그건, 저~. 엄마는 저희가 아니기 때문에 잘 모르신다는 거예요.

엄마_그렇구나. 그럼 다시 얘기해 보자꾸나. 대체 내가 모르는 무슨 일이 있는 거니?

아이_지혜가 자기네 반 친구들에게 제가 겁쟁이라는 이메일을 보냈어요. 요즘 그런 소리는 순식간에 퍼져요.

엄마_알겠다. 이제야 네가 왜 그렇게 당황했는지 알겠어. 그래서 넌 나의 그런 면에 대해 우둔하다고 말 한 거니?

아이_엄마, 엄마가 컴퓨터 사용법을 안 배우시면 이해할 수 없어요.

태도 개선을 위한 다짐 기록하기

지속적인 태도의 변화를 얻기 위해 이 책속의 단계들과 견해를 현명하게 분석하고 실천하세요. 아래 밑줄 위에 아이의 태도를 변화시켜서 아이가 덜 건방지고 남을 더 배려하도록 하기 위해 24시간 내에 당신이 무엇을 해야 할 것인지 명확히 적어보세요.

나는 앞으로 ______________________________________ 할 것이다.

태도 개선 상황 기록하기

모든 태도 개선은 힘든 일이며 지속적인 훈련과 부모의 지원이 필요합니다. 아이가 변화를 향해 내딛는 각 단계는 작은 것일 수 있지만 한 걸음, 한 걸음을 축하하고 인정해 주십시오. 진정한 결과를 눈으로 확인하려면 최소한 21일이 걸리므로 포기하지 말아야 합니다. 그리고 한 가지 전략이 효과가 없으면 다른 것을 시도하세요. 아래 밑줄에 당신 아이의 주간 진전 상황을 써보고 '태도변화 일지'에 매일의 과정을 기록하세요.

1주 : ____

2주 : ____

3주 : ____

결과 검토와 진행중인 태도 개선

아이의 태도 가운데 여전히 개선해야 될 부분은 어디이며 어떤 작업이
더 필요한가요?

나쁜 태도 언론 속보

최근의 여론 조사에서 아이들이 평소에 다른 사람을 존중한다고
느낀 비율은 성인 2천 명 중 12퍼센트에 불과했습니다. 대부분은
아이들을 '무례하다.' '무책임하다.' '원칙이 없다.'라고 묘사
했습니다.

욕심부림

권장태도 : 검소, 이타심, 관대

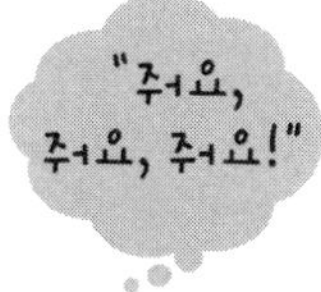

보바 박사님께

박사님이 아홉 살짜리 제 아들 문제에 대해 절 도와주셨으면 합니다. 아들은 너무나 탐욕스러워지고 있습니다! 저는 아이를 즐겁게 해 주느라 항상 애쓰고 다른 아이들이 가진 것은 뭐든지 해주었지만 그것이 역효과를 내고 있다고 생각합니다. 아들은 만족하는 것이 아니라 바라는 것만 더 늘어 갑니다! 게다가 항상 다른 누구보다 많은 것을 원합니다. 결국 저는 이런 탐욕스럽고 이기적인 괴물을 만들어 낸 것입니다. 아들의 태도를 어떻게 해야 바꿀 수 있는지요?

 이런 건 나쁜 태도야!

- "하지만 전 생일에 어릿광대와 타고 다닐 당나귀를 받아야 해요. 내 친구가 가진 거예요."
- "분명, 전 신발이 여섯 켤레가 있지만 신발은 많을수록 좋아요!"
- "할머니는 크리스마스 때 제게 겨우 5만 원 주셨어요!"

모든 것을 다 갖지 않아도 잘 살아갈 수 있다는 것을 아이에게 이해시키기 위해 짧은 동안이나마 절제와 참을성을 기르게 하십시오. 가족들과는 약속한 기간 동안 꼭 필요한 것 외에는 아무것도 사지 않는다는 원칙을 정하십시오. 아이들에게 매일 사주던 사탕이나 장난감 같은 것도 사지 말고 더 큰 아이들에게는 CD, DVD, 패션잡화, 장신구, 운동화, 화장품 등의 구매도 중지시키십시오. 소비심리는 쉽게 중독 됩니다. 그런 것이 없이도 잘 살 수 있다는 것을 가르쳐야 합니다. ✚

오늘날 탐욕스런 아이들이 많아진 것을 알아챘나요? 요즘 사람들은 오늘날 젊은이들이 점점 더 자기중심적이고 버릇이 없고 탐욕스럽고 물질만능주의에 빠지고 있음에 동의하고 있습니다. 그 이상한 족속들은 가진 것에 감사하기보다 습관처럼 많이, 많이, 더 많은 것을 원하는 듯합니다. 만족을 모르는 그들의 게걸스런 태도는 부모들의 지갑을 얇게 만드는 문제도 있지만 그보다 더 위험한 일은, 그들의 탐욕이 스스로의 마음과 영혼을 고갈시킨다는 것입니다.

자신이 원하는 것과 자신의 희망은 우선시하면서 다른 사람의 필요와 감정은 보류하는 자세라면 스스로의 인생을 불행하게 만드는 것입니다. 그런 자세는 사람들과의 관계보다 물질적 소유물에 더욱 큰 가치를 두며 그 결과, 탐욕이 아이들에게 지속적으로 성격형성에 영향을 미칩니다.

그런 물질적이고 탐욕적인 세계에서 아이를 키우는 것은 좋지 않습니다. 사고 또 사기를 부추기는 도발적인 광고에 저항한다는 건 아이들에게 그리 쉬운 일이 아니기 때문이지요.

아이들의 나이가 어릴수록 그러한 소비문화에 쉽게 빠져든다는 보도자료도 있습니다. 친구들이 산 것은 다 사야하고 최신 유행의 신발, 휴대폰, DVD 플레이어와 그 외의 전자제품을 자신도 가져야 한다는 물질욕은 크나큰 압력으로 아이들을 짓누릅니다. 심지어 경제력을 증가시키기 위해 소비를 촉진해야 한다고 말하는…, 마치 소비가 애국심의 중요한 일부인 것처럼 말하는 사회에서 아이들은 쉽게 소비문화에 빠져듭니다.

아이들의 탐욕을 바로잡지 못하는 가장 큰 이유 중 하나는, 부모들이 아이들의 소비욕에 지고 말기 때문입니다. 물론 모든 부모들은 아이들이 원하는 것을 해주고 행복하기를 바랍니다. 그러나 아이들에게 물질을 부추기는 것은 육아방침으로 볼 때도 좋지 않으며 아이들은 단지 남보다 많은 것을 가진 듯 허세를 부리느라 정작 필요한 것은 뒷전으로 밀리고 맙니다.

중요한 것은 스스로 만족하고 다른 사람의 즐거움을 인정하는 아이를 기른다는, 중요한 육아목표를 고수해야 한다는 겁니다.

아이가 "줘요, 줘요!"라고만 하며 항상 자기 자신을 앞세우고 가진 것에 감사하지 않나요? 그렇다면 바로 지금이 진지하게 태도를 바로잡을 시기입니다. 절약, 이타주의, 관용을 불어넣어 줄 장기 공약을 세우고 바로 지금 시작하세요.

나쁜 태도 경계하기

빨리! 지금 당장 탐욕이 어떻게 시작되는지를 이해하기 시작함으로써 그것을 미연에 방지해야 합니다.

진단 우선 당신 자신에게 다음 질문을 합니다.

● 언제 _ 특정 휴일, 학교가기 전, 생일 등 아이가 다른 때보다 더욱 탐욕스러워지는 때가 있나요? 또한 당신은 집을 떠나 있는 것으로, 다른 사람들이나 다른 일에 지나치게 많은 시간을 할애하는 것으로, 아니면

그저 완벽한 부모가 되어주지 못한다는 단순한 생각으로 아이에게 물량공세를 취하는 것으로 당신의 죄의식을 완화시키나요?

● **어디서 _** 학교나 유치원, 집, 상점, 할머니 댁 등 아이가 유난히 욕심을 부리는 특정한 장소가 있지는 않은가요? 있다면 그 이유는 무엇인가요? 혹시 아이는 할머니를, 아무도 사주지 않는 특별한 것을 사주는 표적으로 여기고 있진 않은가요?

● **누구에게 _** 아이는 누구 앞에서나 욕심을 부리나요? 자신의 욕심을 드러내지 않는 특정한 어떤 사람이 있진 않은가요? 있다면 누구이며 그 이유는 무엇인가요?

● **무엇을 _** 아이는 장난감, 게임기, 옷, 운동장비, 컴퓨터기기, CD, 돈 등을 끝없이 원하나요? 또는 유난히 애착을 보이는 탐욕의 대상이 있나요?

● **왜 _** 아이가 탐욕스런 태도를 보이는 이유에는 여러 가지 원인이 있을 수 있습니다. 예를 들어 당신의 가정이 물질을 중요시하는 분위기이거나 아이의 변덕과 욕구를 쉽게 채워주거나 아이에게 뭔가를 요구할 때마다 물질로 대신해주지는 않았나요?

당신의 친구 또는 이웃의 아이가 가졌다고, 자기 아이가 원하지도 않은 물질공세를 하지는 않았나요? 아이는 자기 또래 아이들의 인정을 얻는 방법이 최신 유행패션이나 전자제품을 소유하는 것이라고 여기지는 않나요? 물질로 인해 아이와 당신과의 관계가 돈독해지나요? 예를 들자면, 아이가 형제나 친척을 시기할 경우, 미안해서 아이에게 원하는 것을 해줄 때 그 물건이 당신의 사랑을 확신시키는 방법이라고 생각지는 않았나요? 조부모나 가족 중 다른 누군가가 아이의 응석을 너무 받아주나요? 그렇다면 왜 그렇고 누가 그러나요? 그리고 그러한 악순환을 멈추기 위해 당신이 해야 하는 일은 무엇이라고 생각하나요?

이제 당신의 대답을 점검해 봅니다. 예측 가능한 패턴이 보이나요? 아이의 탐욕스런 태도와 그 출처를 더 잘 이해하게 되었나요?

당신의 반응에는 아무런 문제가 없나요?

당신은 아이의 탐욕스런 요구에 보통 어떻게 반응하나요? 가장 최근에 아이는 무엇에 욕심을 부렸고 당신은 어떤 반응을 보였나요? 아이의 희망에 굴복한 채 원하는 것을 해주었나요? 아니면 아이의 태도에 관해 대화를 나누든가 무시했나요? "부자인 삼촌한데 부탁해 봐라.", "자리에 앉으면 사탕을 사 줄 테니 더 이상 말하지 마라.", "숙제를 시작하면 새 옷을 사주겠다."라고 말했나요? 계속 욕심을 부린다면 벌을 받아야 할거라던가 그에 따른 결과에 대해 아이에게 경고했나요?

당신의 반응 중 어떤 것이 아이에게 가장 효과가 없었나요? 아래에 최악의 반응을 써 보세요.

나는 다시는 _______________________ 하지 않을 것이다.

당신 자신의 나쁜 태도를 직시하라

태어날 때부터 탐욕스런 아이는 없습니다. 그렇다면 아이는 어디서 그런 행동을 배우는 걸까요? 당신에게서? 친척들에게서?

자녀가 복잡한 물질세계에 대처하는 데 도움을 줄 수 있는 최고의 역할 모델은 당신입니다. 당신은 물질에 관해 어떤 원칙을 갖고 아이에게 무엇을 보여줄 수 있나요?

예를 들어 아이는 당신이 자제력 있고 지혜롭게 행동하는 것을 보나요? 아니면 새로운 물건에 금세 싫증을 내고 변덕을 부리며 자꾸만 물건을 사들이는 누군가를 보고 있나요? 당신의 행동이 아이를 더 탐욕스럽게 혹은 더 자비롭게 되도록 가르치고 있는지 진지하게 되돌아보세요. 여기, 당신이 그런 예를 고려하는데 도움이 될 만한 몇 가지 질문이 있습니다. 이 예들은 당신이 의도적으로든 무의식적으로든 아이에게 보내는 태도입니다. 당신에게 해당되는 것을 표시해 보세요.

☐ 경제적으로 신중한 모범을 보인다.

☐ 충동구매를 해서 기본적인 필수품을 구입할 때 돈이 부족했던 적이 있다.

☐ 아이에게 학교나 집안의 규칙과 의무를 행하도록 하기 위해 물질로 보상하기도 한다.

☐ 마음이나 생각보다 물질에 관해 더 많이 이야기하곤 한다.

☐ 내가 소유한 것을 다른 사람이 가진 것과 비교하면서, 자신은 가장 친한 친구나 옆집 사람이 가진 것보다 항상 더 좋은 것을 가져야 한다는 경쟁심리가 있다.

☐ 휴가 때나 생일 또는 축일에 아이에게 줄 선물에 열중한다.

☐ 아이들과 함께 시간을 보내는 대신 멋진 선물을 사준다.

☐ 내 아이가 최신 유행패션으로 치장하거나 최신 전자제품을 가지기
　 를 바란다.

☐ 아이의 변덕스런 소비성향이 아이를 더 인기 있게 만들어줄거라 생
　 각하기에 아이의 요구에 굴복한다.

☐ 상점에 가면 내가 그것이 필요 없음을 알면서도 뭔가를 사야 할 필
　 요를 느낀다.

☐ 단지 아이의 친구들이 그렇게 한다는 이유로 아이를 비싼 캠프나
　 방과 후 프로그램에 보낸다.

☐ 내 아이는 종종 내가 다른 사람에게 자비로운 행동을 하는 것을 보
　 므로 자비야말로 내가 중요시하는 덕목이라는 데 동의할 것이다.

아이를 위해 당신의 탐욕스런 행동을 변화시키는데 필요한 첫번째 단
계는 무엇인가요? 당신에게 필요한 변화를 써 보세요.

나는 앞으로 ________________________________ 할 것이다.

나쁜 태도, 이렇게 바꾼다

이제 아이의 탐욕스런 태도를 바꾸기 위해 다음 단계를 밟으십시오.

1단계 – 강력한 가치관과 기술, 인간관계 등을 기르는 경험을 장려하라

아이들의 탐욕을 줄이는 첫번째 단계는 많은 물질이 삶의 만족을 가져
다 주지는 않으며 '인격이 물질보다 중요하다.' 라는 삶의 메시지를 심어
주는 것입니다. 물론 아이에게 그런 생각을 인식시키는 건 쉬운 일이 아닙
니다. 그런 일들에 관계된 경험과 행동이 병행될 때 아이는 그 개념을 이

해할 수 있게 될 것이고 그러기 위해서는 지속적인 당신의 노력이 필요합니다. 뚜렷한 가치관, 기술, 인간관계를 기르는 종류의 경험을 의도적으로 찾아 아이에게 해보도록 격려하고 그때마다 아이가 그러한 경험의 가치를 알도록 도와주세요.

다음은 그러한 방법들의 예입니다.

- "넌 정말로 할아버지와 즐겁게 지내는 것처럼 보인다. 할아버지는 분명히 너와 함께 있는 것을 좋아하셨어. 그런 것이 네가 영원히 기억해야 할 그런 시간들이란다."
- "엄마는 네가 손수 만든 카드를 받고 정말 기뻐하셨다. 그것은 네가 사준 다른 어떤 것들보다 훨씬 의미 있는 선물이었어. 엄마 표정 봤니?"

2단계 – 조르지 못하게 하고 요구를 순순히 들어주지 마라

아이의 탐욕을 억제시키는 다음 단계는 그 태도를 허용하지 않는 것입니다. 아이의 변덕과 소비욕구에 더 자주 'No' 라고 말하되 죄책감을 느껴서는 안 됩니다. 물론 늘 원하는 것을 얻어온 아이는 당신이 보이는 새로운 반응에 의아해할 것이며 반항을 할지도 모릅니다. 그럴 때 당신의 염려와 물질에 관한 새로운 방침을 설명하고 단호하게 고수하십시오. 다음은 조르는 아이를 잘 다스리기 위한 방법들입니다.

- 어린아이의 경우, 학교 갈 때 입는 옷, 생일파티와 선물, 축하선물 같은 데 드는 주요비용에 합리적인 예산을 정한 후 그것을 고수하고 절대로 아이에게 굴복하지 말아야 합니다. 더 큰 아이에게는 돈의 상한선을 제시하고 그것을 어떻게 사용할지 결정하는 책임을 맡겨보세요.
- 비싼 물건을 많이 사는 대신 가족들에게 줄 선물을 만들도록 격려합

니다. 조부모, 다른 가족들, 선생님, 친구들은 상점에서 산 물건들 보다 아이 스스로 만든 것에 더욱더 기쁨을 느낄 것입니다.

- 당신 가족과 주의 사람들에게 이제부터 '허례허식 금지'에 들어감을 즉시 알립니다.
- 종종 아이의 버릇을 망치는 데 일조하는 친구들과 조부모에게, 생일이나 축일에만 선물을 사주거나 혹은 아이의 교육기금 목적으로 돈을 주라고 제안함으로써 협조를 구합니다. 그들의 협조가 견고할수록 아이의 탐욕을 줄이는 효과는 커집니다.
- 아이가 당연히 해야 할 것을 하는데 물질적인 선물을 하지 않습니다.

3단계 – 탐욕을 조장하는 소비 매체를 모니터합니다

텔레비전은 아이들의 탐욕스런 태도를 자극하는 가장 영향력 있는 매체입니다. 광고방송 또한 아이들을 끝없는 소비욕구로 몰고 가고 있습니다. 아이가 TV의 광고방송에 노출되는 시간을 줄이기 위해 아이가 TV 보는 시간을 제약해야 합니다. 다만 어린이 TV는 엄격히 말해 비상업적이지는 않지만 광고 분량을 현저히 낮추고 질 좋은 프로그램을 제공하므로, 선택적으로 허용하되 당신이 아이와 그런 광고방송을 보고 있을 때는 그 목적을 이해시킵니다. 광고는 아이의 돈을 원합니다. 아이들이 광고주의 진의를 더욱 잘 알게 되면 아이들은 자기들이 보는 사소한 모든 것들을 덜 원하게 됩니다.

4단계 – 아이들이 자기 것을 존중하도록 칭찬하고 격려하라

칭찬은 가장 오래된 양육전략이지만 이 방법으로 효과가 있는 것은 일부에 지나지 않는다는 연구보고가 있습니다. 심리학자인 조안 그루섹 *Joan Grusec*은 이렇게 말합니다. "관대한 행동을 할 때마다 어머니로부터 자주 칭찬을 들은 아이들은 실제로 기본적 일상생활에서 그렇지 않은 아이들에 비해 덜 관대한 경향이 있음을 발견했다." 왜 그런 걸까요? 그런 아이들은 엄마의 칭찬이나 격려가 없으면 스스로 관대해야 할 필요를 느끼지 못하기 때문입니다. 그들이 행하는 선행은 그들 자신의 내적신념 때문이 아니라 사회적인 인정 때문입니다. 아이의 너그러운 행동을 격려해 주십시오. 하지만 칭찬의 방법과 내용을 주의 깊게 선택하여 아이가 그 행동의 가치를 이해하도록 해야 합니다. 다음은 그에 관한 예문입니다.

- 아이가 아닌 행동을 칭찬 : "네 장난감을 친구와 사이좋게 나눠 갖고 놀다니 참 친절하구나."
- 특정한 칭찬 : "모두가 같은 크기의 케이크를 받았다고 여기게 해준 너는, 정말 좋은 주인이었다. 오늘 초대받은 아이들은 모두 즐거웠을 거라고 확신한다."
- 가치 있는 칭찬 : "할아버지는 네 그림을 좋아하셨다. 네가 그렇게 공을 들여서 그림을 그린 것에 대해 정말 고마워하셨어."
- 진실한 칭찬 : 최선의 지원은 항상 진실입니다. 자신이 옳은 일을 했음을 아이가 알게 합니다. "네가 장난감을 사지 않으려고 애쓴 것은 알고 있지만, 정말로 그것이 필요한 건 아니라고 말했을 때 엄마는 정말 놀라고 기뻤단다. 너는 올바른 판단을 한 거야."

5단계 – 저축과 재정계획 세우기를 가르치라

아이들 대부분은 저축보다 소비를 원합니다. 우리는 아이들이 어릴 때부터 소비충동과 싸우고 돈을 관리하는 기술을 배우도록 도와야 합니다. 다음은 그에 관한 8가지 방법입니다.

- 돈을 쓰기 전에 먼저 모으는 규칙을 만들어 어린 아이들에게는 동전을 모으는 돼지저금통을 사도록 한다.

- 나이에 따라 차등 있게 주간 또는 월간으로 나누어 용돈을 주고, 아이가 돈을 규모 있게 쓰도록 가르친다.
- 물건을 사기 전에 사고 싶은 물품을 적어 며칠 동안 벽에 붙여두게 한다. 어린아이는 희망 목록을 그림으로 그릴 수도 있다.
- 큰 아이들의 경우, 오락이나 중요치 않은 항목에 대한 소비를 할 때는 자기 돈을 쓰게 하고 돈을 빌려주지 말아야 한다.
- 어린아이들은 저축계좌를, 열고 큰 아이들은 당좌예금 계좌를 개설하여 스스로 자신의 돈을 관리하고 소비할 수 있도록 도와준다.
- 용돈의 일정량을 아이가 선택한 자선행위에 사용하도록 한다.
- 용돈을 일정량을 항상 저축하도록 한다.
- 아이가 하찮고 경솔한 물건을 구입하고자 요구할 때는 대답도 하지 말고 굴복하지도 않는다.

6단계 – 남에게 베풀도록 가르쳐라

아이의 탐욕스런 태도를 억누르는 최선의 방법은 남에게 베푸는 것을 통해서입니다. 그런 일은 가족의 공동목적을 선택하는 것으로 할 수 있습니다. 예를 들어 어려운 아이들에게 주간 용돈의 일부를 준다든지 어린이보호재단(Save the Children)을 통해 고아를 입양한다든지, 쓰던 장난감 가운데 상태가 좋은 것은 고아원에 전달한다든지, 음식을 마련해서 외로운 이웃을 찾아본다든지 하는 것으로, 일단 목적이 정해지면 가족 모두가 실행하러 나섭니다. 또한 아이 스스로 선택한 자선행위에 자신의 용돈 중 일부를 사용하도록 하는 방법도 있으며 그러한, 직접적인 베푸는 학습을 통해 아이가 더욱 강력하게 탐욕에 맞서도록 도와줄 베풂의 태도를 길러줄 수 있습니다.

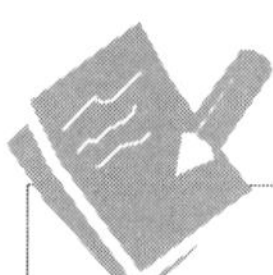

처음 21일 동안 지켜야 할 일

'가족 자선 실습'에 착수합니다. 이는 욕심과는 반대 의미를 나타내며 진정한 행복을 얻기 위해 대안적 방법을 강조하는 더욱 긍정적인 가치관을 주장합니다. 예를 들어 소유물의 5퍼센트나 10퍼센트 혹은 옷, 책, 장난감, 기구, DVD, CD, 다른 비싼 물품 등 집에 있는 것 중 가능한 모든 것을 거저 준다는 목표를 정합니다. 그 모든 물건들을 아이에게 포장하도록 하고 당신은 그것을 구세군이나 장애인 센터 등 선호하는 다른 지역 자선 단체에 가져다주는 것을 돕습니다. 그런 일들의 참여로 인해 아이는 실제로 '주는 것이 받는 것보다 행복하다.'는 크나큰 교훈을 얻게 될 것입니다.

태도 개선을 위한 다짐 기록하기

지금까지 아이가 욕심을 덜 부리도록 돕는 여섯 단계의 방법을 살펴보았습니다. 다음은 지속적인 발전을 위해 그것들을 어떻게 이용할 것인가를 살펴보도록 해요.

다음 밑줄 위에 아이의 태도를 변화시켜서 아이가 덜 탐욕스럽고 더 관대하도록 하기 위해 다음 24시간 내에 해야 할 것을 써 보세요.

나는 앞으로 _________________________________ 할 것이다.

태도 개선 상황 기록하기

태도를 바꾸는 것은 어려운 일이며, 끊임없는 연습과 부모의 지원이 필요합니다. 그러기에 아이가 변화를 향해 가는 각각의 단계에서 아무리 작은 변화를 보이더라도 인정하고 칭찬해줘야 합니다. 진정한 결과를 얻기까지는 최소한 21일은 걸리니 절대로 포기하지 마십시오! 한 가지 전략이 효과가 없으면, 다른 전략을 시도하십시오. 자녀의 주간 진전상황을 아래 빈 칸에 쓰고 '태도변화 일지' 에 매일 매일의 진전상황을 기록하십시오.

1주 : ____

____

2주 : ____

____

3주 : ____

____

결과 검토와 진행중인 태도 개선

아이의 태도에서 아직 개선할 필요가 있는 곳은 어디인가요? 아직 해야 할 일은 무엇인가요?

____

____

____

____

참을성 없음

권장태도 : 참을성, 자제, 평정

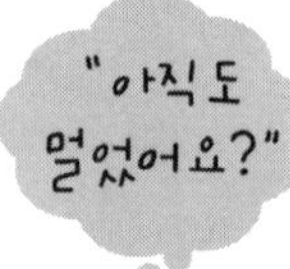

보바 박사님께

우리 둘째 아들이 너무 참을성 없는 탓에 가족들 모두 미쳐버릴 지경이에요! 그 애는 기다릴 줄을 몰라요. 아니, 기다리려 하지 않는다는 편이 더 정확할 것 같군요. 그 애는 모든 일에 성급해서 자기가 하고 싶어도 할 수 없는 일도 있다는 것을 이해하지 못해요. 너무 이기적이어서 자기 욕구만 생각하고 다른 사람의 감정에는 관심도 없습니다. 형제들도 그 애를 보면 화가 치미는 것 같고, 솔직히 저도 마찬가지에요.

이런 건 나쁜 태도야!

- "참을 수 없어요. 이거 지금 해야 해요!"
- "엄마! 컴퓨터 좀 그만 해요. 내가 당장 써야 한다구요."
- "아빠, 기다리는 데 지쳤어요. 다른 곳으로 가요."

일단 당신 스스로의 행동에 변화를 가져보십시오. 참을성을 요하는 일이 생겼을 때 일단 멈추고, 사실을 인정하며 커다란 태도변화를 행동으로 보여줌으로써 아이를 변화시키는 기회로 활용하십시오. 예를 들어, 음식점에서 줄을 서서 기다리거나, 정체된 도로 위에 서 있거나, 컴퓨터로 다운로드 받는 데 시간이 한정 없이 걸릴 경우에, 열을 내며 씨근거리거나 소리를 지르거나 초조하게 왔다갔다 하는 대신, '참을성 결핍이라는 치명적인 해충'의 습격을 가르침의 기회로 활용하라는 것입니다. 우선, 당신이 거의 굴복할 뻔했지만 그래도 참을성을 회복할 수 있음을 보여주기 위해 당신의 머리 속에 일어나는 일을 아이에게 이야기하고 당신의 노력을 아이와 함께 나누십시오.

"정말 참을 수 없어, 심호흡을 해야 해, 난 이 지긋지긋한 컴퓨터가 다운로딩을 마칠 때까지 빨래를 개킬 거야, 내가 지금 하는 거 어떠니? 상장을 받을 만 하니, 아니면 참을성을 더 길러야 할 것 같니?" 이렇게 말입니다. 당신이 자신의 인내심 부족을 인정하고 건강한 방식으로 바로잡아가는 모습을 보며 아이는 당신의 행동을 따라 할 것입니다. 그러니 아이에게 먼저 모범을 보이십시오. 인내심은 미덕일 뿐만 아니라 일을 성사시키는 보다 실용적이고 건전한 방식이라는 점을 자녀들에게 깨우쳐주십시오. ✚

참을성이 없는 아이들은 지금 당장 원하는 것 모두를 손에 넣으려고 합니다. 그들은 기다리기를 싫어하고 모든 일이 만족할 정도로 당장 이루어지기를 바라고 다른 사람들의 감정이나 요구는 신경 쓰지 않습니다. 그런 아이들의 내면에는 자기만을 위한 시계가 째깍거리며 돌아가고 있을 뿐 아니라 타인의 시간조차 자신의 요구에 응하도록 맞춰져야 합니다. 그러니 그런 아이들과 조화를 이뤄간다는 것은 정말 심한 고통이겠지요.

왜 자신이 기다려야 하는지 이해하지 못하는 아이들! 그들은 식당에서 음식이 늦게 나오거나, 영화가 시작되지 않거나, 비행기가 활주로에 묶여 있거나, 컴퓨터 다운로딩이 느리거나, 경기가 연기되는 등의 일들을 이해 하려 하기 보다는 자신의 스케줄에 방해가 되는 일들로만 여깁니다. 남들 도 모두 함께 불편을 겪는다는 사실에도 불구하고 말입니다.

참을성 없는 아이들이 생겨난 데는 분명하고 단순한 두 가지 원인이 있 습니다. 그 중 하나는 단거리 경주하듯 급속도로 인스턴트 사회를 이루게 된 것, 또 하나는 부모들이 모든 것을 아이들에게 곧장 양보하고 그들의 변덕과 바람과 욕구를 즉시 만족시켜 주는 잘못을 저지른 것입니다.

인내심은 우리가 사람들과 조화를 이루고 일의 자연스런 흐름을 따라 가는 매우 중요한 미덕입니다. 인내심은, 타인과 주위의 돌아가는 일에 세 심한 관심을 기울이라고 우리에게 가르칩니다. 인내심은 인격을 향상시 키고, 인간관계를 개선시키며, 우리를 행복하게 만듭니다. 그렇습니다. 우리 아이들에게 이를 확실히 인지시키기 위한 첫 걸음은 참을성 없는 태 도를 억제하고 인내심과 자제심, 침착이라는 미덕을 본보이며 바꿔가는 것입니다.

나쁜 태도 경계하기

전직 특수교육교사인 저는, 참을성 없는 아이들에 관해 많은 경험을 쌓 았고, 이런 나쁜 태도를 변화시키기 위한 첫 단계는 근본적인 원인을 이해 하는 것이라고 알고 있습니다.

진단 저는 항상 다음과 같은 질문을 스스로에게 던집니다.

● 언제 _ 아이가 더욱 참을성이 부족한 특정한 시간이나 시기가 있는

지? 이유는 무엇인지? 예를 들어, 말썽을 일으키는 것이나 친구를 만나고 싶은 것, TV를 보지 못하는 것 등을 염려하는지? 피곤하거나 배가 고프거나 스트레스를 받을 때 참을성이 더 없어지는 경향이 있는지? 아이가 언제나 동일한 일과와 스케줄을 필요로 하는 것 같은지를요.

● 어디서 _ 학교, 저녁 식탁, 차 안, 학원 등 특별한 장소에서 아이의 참을성이 더욱 없어질 가능성을 보이는 일정 장소가 있나요? 있다면 그 이유는 무엇일까요?

● 누구에게 _ 아이가 모든 사람에게 똑같이 참을성 없는 행동을 보이나요? 아이가 참을성 없는 방식으로 대하지 않는 사람들이 있나요? 있다면 누구이며 왜 그들만은 아이의 참을성 없는 행동을 보는 것에서 제외되는 것일까요?

● 무엇을 _ 아이가 유난히 참지 못하는 특정한 문제나 일이 있나요? 그것이 갖고 싶은 물건 때문인가요? 혹은 주위로부터 보다 많은 관심과 특권을 요구하는 것인지, 또는 귀찮은 심부름이나 하기 싫은 공부에 관련되는 것인가요?

● 왜 _ 당신의 자녀는 왜 그런 태도를 지녔을까요? 그러한 아이의 참을성 부족에 기름을 붓는 것은 무엇인가요? 당신은 평균 이상으로 참을성이 없는 사람인가요? 아이는 예사로 제멋대로의 행동을 하나요? 남들이 가진 것을 보면 아이도 당장 그것을 갖기를 원하나요? 그 모든 것들이 다 아니라면 아이가 특별한 욕구불만이 있거나 실패를 두려워하거나 걱정이나 스트레스를 발산하기 위한 또 다른 행동일까요? 아이가 가장

참을성 없는 모습을 보이기 쉬운 특정한 상황에서 당신이 그 아이의 입장이 되어 생각해 보면서, 참을성 부족이 욕구불만이나 실패의 두려움이나 집중력 결핍을 드러내는 신호일 수 있다는 사실을 간과하지 마시기 바랍니다. 혹시 스케줄이 너무 과중해서 아이가 긴장과 피로를 풀고 인내심을 가질 시간이 없는 것은 아닌지를요.

이제 당신의 답을 검토해보세요. 당신의 자녀를 잘 아는 사람과 상의도 해보세요. 그 사람은 아이의 참을성 없는 태도와 그 근원에 대해 더 나은 이해를 하고 있나요?

당신의 반응에는 아무런 문제가 없나요?

보다 예민한 기질과 집중력에 어려움을 가진 아이들도 있지만, 인내심과 집중력은 가르쳐서 길러질 수도 있습니다. 물론 나쁜 태도를 중단하는 법과 타인의 욕구를 고려하는 법도 배울 수 있지요. 그런데 당신의 자녀는 이런 행동을 어디에서 배우고 있나요? 형제? 친구? 이웃? 친척? 아니면 당신이 언제나 아이의 요구에 즉시 굴복함으로써 그것을 강화하고 있나요?

아이의 참을성 없는 태도에 대해 당신은 어떻게 대응하나요? 눈을 부라리며 발로 톡톡 바닥을 두드리나요? 흥분해서 아이에게 소리를 지르나요? 아이에게 먹을 것을 주면서 조금만 더 기다리라고 꼬드기나요? 아이의 변덕에 굴복하나요? 아이가 원하는 것을 더 빨리 얻을 수 있도록 매사를 서두르는 과격한 조치를 취하나요? 최근에 아이가 이런 나쁜 태도를 보였던 때를 생각해보고, 당신이 다시는 하지 않으려 노력할 것을 아래에 적어보세요.

나는 다시는 ______________________________ 하지 않겠다.

당신 자신의 나쁜 태도를 직시하라

당신은 자녀에게 어떤 종류의 모범이 되고 있나요? 예를 들어, 당신의 참을성 없는 태도에 대해 누군가가 불평을 한 적이 있나요? 그 사람은 누구이며 어떤 불만을 토로했나요?

그 사람의 불평이 정당하다고 생각하나요? 당신은 스트레스나 욕구불만, 변화 등에 얼마나 잘 대처하나요? 특정한 사례들과, 당신이 어떻게 했는지를 함께 생각해보세요.

몇 가지 예를 들어볼까요?

- 당신은 공항에서 보안검색대를 통과하기 위해 한없이 긴 줄에 꼼짝없이 서 있습니다. 당신은 사업상 중요한 약속에 가야하는데 길은 오도가도 못하게 밀려 있습니다.
- 은행의 컴퓨터 시스템에는 장애가 발생했고 당신은 거래가 처리되는 동안 기다려야 합니다.
- 아이가 숙제하는 데 애를 먹으면서 당신이 해주는 설명을 이해하지 못합니다.
- 당신은 예약된 시간에 맞춰 레스토랑에 갔는데 테이블이 준비되려면 적어도 45분이나 걸릴 것이라는 말을 듣습니다.

당신은 일이 그렇게 지체되는 것들에 얼마나 신중하게 대처했나요? 더욱 중요한 점은, 아이는 당신이 얼마나 참을성 있다고 말할 것 같은가요?

일상생활에서는 어떠한가요? 당신은 긴장을 해소할 시간을 찾고, 정말 참을성 있게 아이의 말을 들어주며, 하루하루의 생활을 깊이 생각할 기회를 갖나요? 스케줄은 어떤가요? 일정이 너무 꽉 채워진 나머지 스트레스를 받고 가족과 친구들에게 참을성 없이 대하나요? 아이에게 신발끈 묶는

법이나 잠자리 정돈하는 법, 자전거 타는 법, 운전하는 법 등을 알려주면서 참을성 없는 태도를 보이나요? 아이가 어려운 문제를 해결하기 위해 애쓰고 있을 때 당신은 참을성을 발휘할 수 있나요? 아이가 실수를 저지를 경우에는요? 여유 있게 받아들일 수 있나요? 당신은 참을성을 기르고 가족과 함께하는 시간을 즐기기 위해 무엇을 할 수 있나요?

당신의 태도가 자녀의 참을성을 기르는데 도움이 되는지 돌아보세요. 아이에게 참을성 없는 행동을 다스리는 더 나은 모범이 되기 위해 당신 스스로 취해야 할 첫 단계는 무엇인지 생각하는 바를 적어보세요.

나는 앞으로 _______________________________ 할 것이다.

나쁜 태도, 이렇게 바꾼다

다음은 자녀의 참을성 없는 태도를 개선하기 위해 드리는 행동지침입니다.

1단계 - 아이를 기다리게 하고 굴복하지 마라

자녀의 참을성 없는 태도를 변화시키기 위한 첫 단계는 단순히 아이를 기다리게 하는 것입니다. 아이의 변덕에 굴복하지 말고, 아이의 불필요한 질문에 답하느라 대화를 중단하지 말고, 아이가 바로 원하는 때에 원하는 것을 받게 해주지 못했다는 이유로 아이에게 미안함을 느끼지 마십시오. 그것은 성장의 중대한 요소일뿐더러 아이들의 인생에 필요한 행동들입니다. 한 연구기관에서는 이렇게 발표했습니다.

'인생에서 원하고 필요로 하는 것을 획득하기 위해 우리 모두에게 인내심은 꼭 필요한 요소입니다. 그것은 목표를 달성하고 갈등을 해결하고 순

간순간의 삶을 즐기는 데 도움을 줍니다.'

스탠포드대학의 심리학자인 월터 미쉘*Walter Mischel*은 네 살짜리 아이들로 이루어진 그룹을 대상으로 인내심에 관한 실험을 한 결과, 인내심이 삶에 얼마나 유익한 영향을 미치는지를 확인했습니다. 방법은, 아이들 앞에 음식을 놓아두고 선생님을 기다리는 것이었는데, 그때 실험에 참여했던 아이들을 성인이 된 후에 추적해본 결과, 어릴 때 선생님이 오실 때까지 음식을 먹지 않고 참고 기다렸던 아이들이 사회적으로도 훨씬 더 성공해 있었다는 사실을 알아냈습니다. 그들의 삶은 자신에 차 있었으며 인생의 좌절감에도 잘 대처한 것으로 밝혀졌고, 그 중 가장 오래 기다렸던 1/3은 언어와 수리 성적이 평균 200점으로, 네 살 적에 선생님을 기다리지 못하고 음식을 먼저 먹었던 학생들보다 상당히 높은 학교 성적을 받았습니다.

당신의 아이에게 조금은 기다림의 인내를 익히게 하십시오. 그에 대한 아이의 항의와 불평을 무시하는 것은 결국 당신이 당신의 아이에게 베푸는 은혜임을 아십시오.

2단계 : 아이의 인내심을 조금씩 키워라

참을성 없는 아이들의 태도를 변화시키는 가장 중요한 목표는 아이의 인내심을 키워서 아이가 점점 더 긴 시간 동안 기다릴 수 있게 하는 것입니다. 이것의 첫 번째 요소는 아이가 그 순간에 차분해지도록 해주는 것인데 다음은 그에 관한 몇 가지 요령입니다.

- 꼼짝하지 말 것 : 매우 차분한 목소리로 말합니다. "자제할 수 있을 때까지 꼼짝하지 마."
- '숨'을 참을 것 : 가능한 한 오랫동안 '숨'을 참은 다음 심호흡을 길게 몇 차례 시킵니다.

- 숫자를 셀 것 : 아이와 함께 1에서 100까지의 수를 천천히 세어봅니다.
- 노래를 시킬 것 : 낮은 연령의 아이에게는 '반짝반짝 작은 별' 등과 같은, 좋아하는 노래를 골라 부르게 합니다.
- 스트레칭을 시킬 것 : 높은 연령의 아이에게는 바닥으로 천천히 떨어지는 나뭇잎이나 허수아비 흉내를 냄으로써 목이나 등의 긴장을 이완시키는 방법을 보여줍니다.

참을성 없던 아이가 자신의 신경질적인 에너지와 욕구를 누그러뜨리는 법을 익히고 나면, 기다림의 시간을 조금씩 늘려가게 합니다. 그것은, 아이가 얼마나 오랫동안 기다릴 수 있는지를 파악하는 것으로부터 시작합니다. 단 1분 동안밖에 가만히 있을 수 없는 아이에게 10분 동안 견딜 것을 요구해서는 안 됩니다. 1분이라는 짧은 시간을 아이의 평균 참을성 수준으로 받아들인 다음, 참을성이 향상됨에 따라 점진적으로 기다리는 시간을 증가시켜 가십시오. 아이가 숙제를 하거나 심부름하는 일 등을 지루해 할 때도 마찬가지 방법을 씁니다.

아이의 참을성이 겨우 5분 정도라면 그 시간을 아이의 평균 학습시간으로 여기고, 적당한 휴식시간을 정하여 숙제를 나누어 마칠 수 있도록 합니다. 그러나 그러한 노력의 변화가 하룻밤 사이에 일어나지는 않을 것이므로 짧은 기간에 변화되기를 기대하지는 마십시오. 다만 당신이 꾸준히 목표를 향해 노력해간다면 분명 아이의 인내심은 놀라보게 향상될 것입니다.

3단계 – '필요'와 '욕구' 사이의 차이를 가르쳐라

물건이나 사물을 획득하는 데 따른 참을성이 부족한 아이는, 아이가 원하는 것을 사주거나 용돈을 쓰게 함으로써 즉시 아이의 충동을 채우는 대신, 한 시간이나 하루, 또는 일주일을 기다리라고 강요하십시오. 그 시간 동

안 아이는 그 물건이 정말 필요한지의 여부를 결정하게 되며 결국, '필요'
와 '욕구' 의 차이를 깨닫게 될 것입니다. 참을성 없는 아이들은 흔히 그 두
가지를 혼동합니다. 어떤 부모들은 아이에게 원하는 품목을 적거나 그림으
로 그려서 그것을 구입하기로 한 날까지 벽에 붙여두게 합니다. 어린 아이
들은 물건을 사기로 한 날까지 하루하루 달력의 날짜를 지워가도록 합니
다. 그러나 시간이 다 되기 전에 아이가 관심을 잃어버린다면, 결국 그 물건
은 정말 필요했던 게 아니라는 것에 동의할 것입니다.

4단계 – 방해하는 행동에 대해 단호한 태도를 취하라

"저는 대화를 마무리 짓지 못하게 돼요. 아이가 끊임없이 방해를 하거
든요." "저는 전화 통화 중인데, 아이가 끼어들어 방해를 해요."

익숙하게 들리나요? 부모들의 가장 큰 불평 가운데 하나는 아이들이 항
상 방해를 한다는 것입니다. 그리고 그것은 참을성 없는 태도의 또 다른
징후입니다.

아이가 당신을 방해하는 데 대해 단호한 태도를 취하십시오. 아이들이
엄마를 조르지 않고 기다리는 법을 익히도록 하는 것은 참을성을 기르는
또 다른 방법입니다. 나쁜 태도를 버리게 하는 과정에서 당신을 안내할 몇
가지 제안이 있습니다.

- 기다리는 동안 그들의 존재를 인정할 것 : 어린 아이들에게 유용한
  방법은, 아이의 등에 부드럽게 손을 대거나, 안아주거나, 검지를 들
  어 '잠깐만' 하고 말하는 것입니다. 그러면 아이는 당신에게 지속적
  인 주의를 기울이게 됩니다.
- '필요하다' 의 의미를 가르칠 것 : 아이도 누군가로부터 방해를 받게
  될 경우가 있습니다. 그럴 때는 상황을 잘 설명하여 아이가 분명히

알 수 있게 해야 합니다. 예를 들면, 위급하거나 누가 다쳤거나 어른이 "지금 엄마 좀 모셔 와라."라고 말하는 것 등입니다.

- **시간의 경과를 확인할 수 있는 도구를 사용할 것** : 어린 아이들은 시간개념이 제한되어 있기 때문에 기다리는 데 특히 어려움을 겪습니다. 시각적으로 시간을 알아볼 수 있는 것은 아이들이 참을성을 발휘하는 데 종종 도움이 됩니다. 그에 관한 몇 가지 예가 있습니다.
  - 시계 : "긴 바늘이 한 바퀴 완전히 돌고나면 내가 도와줄 거야."
  - 모래시계나 타이머 : "모래가 다 떨어질 때까지 혹은 타이머가 울릴 때까지 기다려."
  - 후렴구 : "천천히 알파벳을 외우거나 20까지 세는 거야. 아니면 반짝반짝 작은 별을 작게 불러. 네가 다하고 나면, 너의 부탁을 들어줄 수 있어."

- **적당한 때를 알게 할 것** : 방해하기에 부적절한 때를 이야기합니다. 사람이 매우 바빠 보이거나, 통화중이거나, 한창 대화중이거나, 잠들어 있는 경우 등입니다. 이런 대화는 아이로 하여금 방해가 적합하지 않은 순간을 보다 잘 인식하게 할 뿐 아니라 타인에게 더욱 사려 깊어지도록 해줍니다. "너는 엄마가 쉬는 중인 걸 알고 있잖니? 그런데 방해를 하면 엄마가 좋아할 것 같니? 엄마한테 숙제를 도와달라고 부탁하기에 좋은 때라고 생각해?" 또는, "엄마는 할아버지께 안부전화를 하고 있었어. 내 표정이 걱정스러웠던 걸 봤지? 그런 때 엄마한테 질문을 하는 건 좋은 때였을까?"

5단계 – 인내심을 강화하라

참을성은 하룻밤 사이에 강화되지 않습니다. 인내심의 가치를 강조하고, 왜 인내심이 미덕이 될 수 있는 행동인지에 대해 이야기하며 보다 참을성을 가지려는 아이의 시도를 인정해 주어야 합니다.

"너는 집에 가고 싶어 했고, 그러기에 기다리는 것이 더욱 어려웠다는 걸 알고 있다. 그런데도 무척 참을성 있게 기다려줘서 고맙구나."

"네가 오늘 동생을 얼마나 참을성 있게 대했는지 알아. 네가 숙제를 하고 있을 때 주위에 세 살배기가 돌아다니는 걸 참는 일은 쉽지 않다는 걸 알아. 네가 인내심을 발휘해줘서 고맙구나."

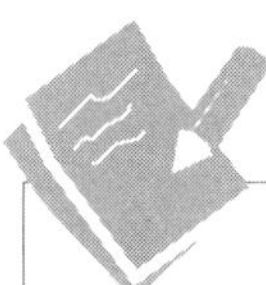 ## 처음 21일 동안 지켜야 할 일

이제 일상에서 인내심의 가치를 보여줄 수 있는 '인내심 키우기 프로젝트' 를 시작하십시오. 다음은 그 예입니다.

- "엄마가 머리를 다 말리려면 시간이 좀 걸릴 거야. 그러니 우리 기다리는 동안 여기 앉아서 얘기하자. 엄마가 욕실에서 나오는 대로 바로 출발할 거야."
- "얘들아, 축하해 줘. 아빠가 8개월 동안 매달렸던 거래가 마침내 성사되었단다."
- "저 책을 읽는 데 3주가 걸렸지만, 그동안 마음은 아주 뿌듯했단다."

가족의 한 사람으로서 인내심을 기르기로 맹세하고 실천하면서 참을성 부족에 기름을 붓는 일들이 어떤 것인지 논의해 보십시오. 아마도 오랜 시간 지속된 가족들 간의 스트레스를 줄이고 즐겁게 지내는 방법을 찾을 수 있을 것입니다. 다음의 예를 참고하십시오.

- 당신의 주간 스케줄에서 한 가지 일을 줄이십시오.

- 매일 저녁 한 시간 동안 전화를 받지 말고 응답기를 틀어놓으십시오.
- 불필요한 용건은 중단하십시오.
- 일정 시간에 30분 동안 TV를 꺼두십시오.
- 저녁식사 후에 가족시간으로 10분을 덧붙이거나 매일 저녁에 시간을 내서 온 가족이 짧은 시간이나마 함께 하도록 하십시오.

그렇게 추가된 시간 동안, 방해나 스트레스를 받지 않는 시간을 취하여 서로 즐겁게 지내고 참을성 있게 귀를 기울이십시오.

태도 개선을 위한 다짐

당신은 이 단계들을 어떻게 활용하여 아이가 참을성 없는 태도를 줄이고 장기적인 변화를 이루게 도와줄 것인가요? 아이가 더욱 참을성 있고 타인을 배려하도록 아이의 태도를 변화시키기 위해 당신이 앞으로 24시간 안에 행해야 할 일을 아래에 정확하게 적어 보십시오.

나는 앞으로 ________________________________ 할 것이다.

태도 개선 상황 기록하기

모든 태도 개선은 힘든 노력과 지속적인 훈련, 부모의 강화된 행동을 필요로 합니다. 아이가 변화를 향해 내딛는 각 단계가 비록 작은 실천 같아 보일지라도 하나하나 인정하고 축하해주어야 합니다. 또한 그에 대한 실제 결과를 보기까지는 최소한 21일이 걸립니다. 그러니 절대 포기하면 안 됩니다. 하나의 전략이 적중하지 않는다면 다른 것을 시도하셔야 합니다.

아래 칸에 자녀의 주간 진전상황을 적고 당신의 '태도변화 일지' 에 매일
의 변화를 놓치지 말고 기록하십시오.

1주 :

2주 :

3주 :

결과 검토와 진행중인 태도 개선

아이의 태도 가운데 여전히 개선해야 될 부분은 무엇이며 어떤 작업이
더 필요한가요?

무신경함

권장태도 : 민감성, 공감, 센스

보바 박사님께

전에는 실감하지 못했던 아이의 일면을 보았어요. 아이는 이웃 아이와 함께 야구를 하고 있었는데, 그때 다른 친구가 와서 인라인 스케이트를 타러 가자고 했죠. 그러자 아이는 이웃집 친구더러 집에 가라고 하고는 인라인 스케이트를 타러 휑하니 가버렸어요. 그 친구는 오도가도 못 하게 남겨 두고 말이에요. 애가 그렇게 무신경하다니 믿을 수 없을 정도예요! 아이가 자신 외에 다른 사람의 감정도 감지하게 하려면 어떻게 해야 하나요?

이런 건 나쁜 태도야!

- "걘 멍청이에요. 도대체 내가 왜 그 애의 기분을 신경 써야 해요?"
- "내가 그 애를 울렸다 하더라도 상관 없잖아요. 걘 바보란 말이에요."
- "옆집 아저씨의 어머니가 돌아가셨어요? 그런데 그게 나랑 무슨 상관이죠?"

무신경한 태도를 지닌 아이에게는 질문이 좋은 방법입니다. "너라면 기분이 어떻겠니?"라고 질문하세요. 아이가 상대의 입장이 되고 그의 시각에서 느끼도록 당신이 도와줄 수 있다면, 그것은 아이의 닫혀진 감성을 끌어올리는 큰 계기가 될 것입니다. 아이의 무신경한 언행을 중단시키고, 아이의 주의를 돌려 역할전환 게임을 청하십시오. 아이는 자기가 무신경하게 대했던 사람이 되기 위해 의자를 바꾸거나, 신발이나 모자를 교환하거나, 또는 가능한 다른 무엇이든 해야 합니다. 낮은 연령의 아이에게는 아이가 "멍청이"라고 불렀던 꼬마인 척하라고 요구하고, 높은 연령의 아이에게는 아이가 불쾌한 이메일을 보내버린 상대의 입장을 취해보라고 요구합니다. 그런 후 아이에게 묻습니다. "누가 너에 대해 그렇게 말하니 기분이 어때?" 아이가 자신이 무신경하게 대했던 상대방의 감정을 정말 마음 깊이 느낄 수 있도록 게임의 내용을 함께 정리해봅니다.

무신경함은 아이가 지닌 태도 중 빙산의 일각일 수도 있습니다. 잔인함과 건방짐, 반항심, 탐욕 같은 다른 나쁜 태도도 함께 지니고 있을지 모르거든요. 어쩌면, 무신경한 태도가 빠르게 감퇴하지 않는다면 또 다른 나쁜 태도마저 본성을 드러낼지 모릅니다. 그러므로 무신경한 태도가 타인에게 미치는 악영향을 아이에게 바로 알려주는 것은 인격을 수립하는 매우 중대한 요소입니다.

아이들은 모두 자기중심적인 상태로 태어납니다. 아기들의 일이란 본능적인 욕구를 충족시키는 것입니다. 하지만 부모는 그 반대로 자기밖에 모르는 아이들의 습성을 천천히 버리게 하면서 타인을 배려하는 감정의 가치를 가르쳐야 합니다. 물론 그러한 과정이 설교나 처벌 없이도 이루어질 수 있다면 가장 바람직한 방법입니다.

나쁜 태도 경계하기

아이의 무신경한 태도를 바로잡기 전에, 다음의 질문에 답해보세요.

진단 당신의 자녀가 어떻게 그토록 무신경해졌는지 생각해보세요. 사람들이 아이를 무신경하게 다루었나요? 아이는 자신의 태도가 다른 사람의 감정을 해친다는 것을 이해하나요? 물론 아이가 무신경한 다른 이유가 있을 수 있습니다. 따라서 아이의 나쁜 태도가 타인에게 어떤 영향을 끼치는지 이해하는 데 도움이 되도록 태도인식에 대한 다음의 질문에 답해보세요.

● 언제 _ 아이가 더욱 무신경해지는 특정한 시기나 이유가 있나요? 예를 들어, 아이가 피곤하거나 허기지거나 관심을 필요로 하는 때인가요? 또는 아이가 마음대로 하지 못하거나 무시당한다고 느낄 때인가요?

● 어디서 _ 학교, 유치원, 집, 상점, 할아버지 댁 등 아이가 더욱 무신경해지는 듯한 일정한 장소가 있나요? 있다면 그 이유는 무엇인가요?

● 누구에게 _ 아이는 모든 이들에게 똑같이 무신경한 태도를 보이나요? 아이가 보다 민감하게 대하는 사람이 있나요? 있다면 누구인가요?

● 무엇을 _ 아이가 유난히 무신경해지는 특정 문제나 일이 있나요? 아이가 사람들의 외모나 민족성, 나이, 성별, 지능, 능력 등에 대해 자주 이야기하나요?

● 왜 _ 당신의 아이는 왜 그런 태도를 지니고 있나요? 사람들이 아이에게 무신경했나요? 당신이나 다른 사람들이 아이에게 무신경한 태도를

보였나요? 가정에서 감정을 인정하지 않거나 표현하지 않나요? 당신은
자녀의 감성지수, 즉 타인과 자신의 감정을 읽을 수 있는 능력에 관심을
기울였나요? 최근에 아이가 화를 내거나 우울해했나요? 아이가 기운이
다 빠져 있나요? 학교에서 아이에게 무슨 일이 일어나고 있나요? 아이
는 세상사의 스트레스에 둘러싸여 있나요? 또는 부모의 이혼이나 죽음,
질병과 같은 위기에 처해 있나요? 아이가 무신경함으로 인해 얻는 것이
있나요? 이 점은 결정적입니다. 아이는 어떤 태도가 그 순간 유리하게
작용하기 때문에 그런 태도를 취합니다. 무신경함을 통해 아이가 무엇
을 얻었나요? 아이는 고통으로부터 자신을 지키기 위해 무신경함이라
는 안전장치를 필요로 하는 것일까요? 예를 들어, 정말 예민한 일부 아
이들은 집이나 학교에서의 심한 괴롭힘과 들볶임으로부터 자신을 방어
하기 위해 억지로 '무감각' 해진다고 합니다.

그러한 태도에 대한 당신의 생각을 신중하게 검토해보세요. 대체 아이
가 왜 그토록 무신경한지 그리고 그런 태도가 어디에서 비롯되었는지에
대해 더 나은 인식을 하게 되었나요?

당신의 반응에는 아무런 문제가 없나요?

자녀의 무신경한 태도에 대해 현재 어떻게 대응하고 있나요? 아이에게
소리를 지르거나, 문제를 회피하거나, 모든 이에게 불평을 늘어놓거나, 효
과적인 결말을 찾거나, 아이의 친구나 학교를 탓하거나, 스스로를 비난하
나요? 당신이나 다른 사람이 아이의 감정이나 관심을 불합리하거나 어리
석거나 하찮다고 간단히 처리해 버리지는 않나요?

당신의 대응 중 어떤 부분이 제대로 작용하지 않기에 아이가 계속 무신
경한 태도를 과시하나요? 혹시 당신의 음성인가요? 당신의 일관성 없는

태도인가요? 당신은 아이에게 소리를 지르나요? 어느 대응이 가장 효과적
이지 않은지 스스로 자문하고, 그것을 아래에 적어놓고, 다시는 그렇게 하
지 않을 것을 결심하십시오.

나는 다시는 _________________________________ 하지 않을 것이다.

당신 자신의 나쁜 태도를 직시하라

당신은 당신의 부모가 무신경하다고 느꼈었나요? 당신의 집에서는 감정
을 털어놓는 것이 허락되었나요? 되돌아보면, 어린 시절의 당신은 무신경
한 아이였나요? 그렇다면 그 때는 언제였으며 누구에게 그랬나요? 당신의
부모는 어떻게 대응했고, 현재 당신은 그 대응에 대해 어떻게 생각하나요?

당신은 자녀에게 어떤 종류의 모범을 보이고 있나요? 예를 들어, 최근
집이나 직장에서 당신의 무신경에 대해 불평한 사람이 있나요? 누가 불평
을 했고, 무슨 말을 했나요? 당신의 태도가 자녀에게 무신경함을 가르치
고 있나요? 아이 앞에서 당신의 무신경한 과실을 바로 잡은 적이 있나요?

당신이 자녀의 무심한 행동을 고치기 위해 취해야 할 모범적인 태도의
첫번째 단계는 무엇인가요? 당신이 이루어야 할 변화를 적어보세요.

나는 앞으로 _________________________________ 할 것이다.

나쁜 태도, 이렇게 바꾼다

자녀의 무신경한 태도를 수정하기 위해, 다음의 다섯 단계를 따르십시오.

1단계 – 무신경한 태도를 묵인하지 마라

당신의 자녀가 무신경함을 드러낼 때마다 그 자리에서 중단시키고 주의를 주고 당신이 왜 아이의 태도를 용납할 수 없다고 생각하는지 확실한 말로 설명하십시오. 당신의 때맞춘 개입은 아이가 관심의 초점을 자기 자신에서 자신의 행동이 남에게 끼치는 악영향을 고려하는 것으로 옮겨가게 합니다. 다음은 그에 관한 예입니다.

- "그건 무신경했어. 너도 네 친구들이 널 어떻게 대해주길 바라는 스타일이 있잖아. 난 네가 그와 똑같은 방식으로 친구를 대할 거라고 기대하고 있어."
- "네가 친구들을 대할 때 그들의 감정을 생각하지 않는 모습을 보니 무척 걱정스러워. 너도 사람들을 친절하게 대할 수 있어."

2단계 – 자녀에게 정서적인 사고력을 가르쳐라

정서적인 사고력을 수립하기 위한 3단계가 있습니다.

- 아이에게 정서적인 단어를 익히게 할 것 : 아이가 타인의 감정을 헤아릴 줄 알게 되려면 감성지수를 높이는 훈련을 해야 합니다. 그렇게 하려면 그에 관계된 적절한 정서적인 단어를 알게 하고 정서적인 사고력을 계발해야 합니다. 그러기 위해서 다음 목록에 있는 것과 같은 '감정단어' 들을 아이에게 가르치고 실천하게 하세요. 매일 다른 감정단어를 활용하거나 매주 새로운 단어를 활용하는 것도 고려해보십시오.

[정서적인 아이로 키워주는 '감정단어' 목록]

두려워하는	흥분한	경악한	화난
안절부절못하는	걱정스러운	우려하는	부끄러워하는
무시무시한	거북한	수줍어하는	어리둥절한
쓰라린	지루한	용감한	염려하는
침착한	주의 깊은	기분 좋은	편안한
걱정하는	자신만만한	당황한	만족하는
비판적인	까다로운	호기심 있는	냉소적인
우울한	기뻐하는	실망한	낙담한
싫증난	고민 많은	동요한	의기소침한
열망하는	신랄한	당혹스러운	고무된
열광한	격노한	격분한	흥분한
지쳐버린	피로한	무서워하는	안달하는
깜짝 놀란	욕구불만의	익살맞은	성난
반가운	울적한	탐욕스러운	부루퉁한
떳떳하지 못한	행복한	들볶인	미운
무력한	주저하는	희망찬	잔혹한
적의적인	히스테리의	다친	성마른
무관심한	열등한	불안정한	격렬한
노한	따분한	초조한	질투하는
신경과민의	즐거운	게으른	의심 많은
외로운	사랑하는	애정 깊은	미친
비열한	장난기 있는	불쌍한	변덕스러운
신경질적인	좋은	마비된	압도된
전전긍긍하는	인내심 강한	비관적인	만족한

거만한	난감한	역겨운	거부된
분개한	꺼리는	들떠 있는	짜증난
우스운	슬픈	안전한	겁먹은
안정된	민감한	위태한	소심한
충격 받은	어리석은	유감스러운	졸린
긴장된	동정적인	놀란	의심스러운
소름 끼치는	지친	난처한	위험한
혼란된	불쾌한	산란한	사악한
의기양양한	다정한	피곤한	굉장한
근심스러운	구역질나는	바보 같은	

- 다른 사람들이 어떻게 반응하는지에 초점을 맞출 것 : 여러 가지 감정상태에서 사람들의 표정과 음색, 자세, 버릇을 지적하는 것은 아이가 타인의 감정에 민감해지게 합니다. 기회가 생길 때, 당신의 관심을 설명하고 당신이 감정을 판단하는 데 어떤 단서가 도움이 되었는지를 공유하십시오.

  – "오늘 네가 놀고 있을 때 상희의 표정을 봤니? 그 애는 뭔가 걱정이 있어 보였어. 네가 그 애한테 괜찮은지 물었어야 해."

  – "아빠가 애써 고지서를 처리하고 있을 때 네가 끼어들었어. 네가 차에 대해 말했을 때 아빠가 왜 의자에 털썩 주저앉았는지 아니?"

  – "너, 오늘 할머니와 얘기하면서 할머니 표정을 봤니? 내 생각에 할머니는 당혹스러워 보였어. 할머니 귀가 잘 안 들리는 것 같더라. 할머니와 얘기할 때는 좀더 큰 소리로 말하지 그러니?"

- 다른 사람 기분을 자주 물어볼 것 : 아이의 감성을 기르고 공감능력

을 증가시키는 가장 쉬운 방법은 아이에게 "다른 사람의 입장이 되어 그가 정말 어떤 기분일지 깊이 생각해 보렴." 하고 요구하는 것입니다. 기회가 닿을 때마다, 실생활뿐만 아니라 책과 TV, 영화에 나오는 상황을 활용하여 질문을 자주 던지십시오.

— "네가 친구의 스케이트보드를 망가뜨렸을 때, 그 애 기분은 어땠을 것 같니?"

— "태풍 때문에 많은 이재민이 발생했어. 여기 지도에 보이지? 네 생각에는 사람들 기분이 어떻겠니?"

이상의 질문들은 아이가 타인의 관심거리를 생각하고 그의 욕구에 대한 감성을 키우게 합니다.

3단계 – 민감한 행동은 칭찬하고 긍정적인 효과를 부각하라

자녀가 민감한 태도를 보일 때마다 당신이 얼마나 기쁜지를 아이에게 알리십시오.

- "소희야, 동생이 울음을 터뜨렸을 때 네가 안아주는 모습이 무척 사랑스러웠어. 네가 동생을 아주 부드럽게 얼러줬잖니, 네가 얼마나 다정한 아이인지 알게 되어 행복하단다."

다정하고 친절한 행동은 아무리 사소한 것이라도 사람들의 삶에 기쁨을 줍니다. 아이에게 그런 마음의 소중함을 깨우쳐주십시오.

- "진규야, 네가 선생님한테 전화를 해서 수술 후의 안부를 물었잖니? 선생님이 아주 기뻐하시더라."

- "서라야, 네가 정글짐에서 정은이 옆에 앉았을 때 그 애가 지은 미소를 봤니?"

4단계 – 감정과 필요 사이에 연결을 지어라

사람의 감정이란 자신을 필요로 하는 일에 따라 움직인다는 것을 아이가 깨달을 수 있게 하는 질문을 던지십시오.

부모 _ "모래밭에서 울고 있는 여자애를 봐. 저 애 기분이 어떤 것 같니?"

아이 _ "슬픈 것 같아요."

부모 _ "저 애 기분을 나아지게 하려면 뭐가 필요할 것 같니?"

아이 _ "저 애는 무릎을 다쳤으니까 아마 누군가 저 애를 안아주면 좋아할 거예요."

5단계 – 무신경함이 계속된다면 나쁜 태도를 억눌러라

당신의 자녀가 남의 감정에 대해 계속 무신경한 태도를 보인다면, 그 버릇을 완전히 고칠 때가 되었음을 인식하십시오. 방법은 아이의 연령과 기질에 맞춰야 합니다. 예를 들어, 친구들을 친절하게 대해야 한다는 것을 이해할 때까지 친구와 노는 것을 금지시키거나 당신이 따로 정한 원칙을 행하세요.

"네가 친구를 친절하게 대할 수 없다면 그들과 함께 놀 필요가 없다."

또 다른 방법은 상대방에게 진심으로 사과하게 하는 것입니다. 방법은, 그림이나 글로 사과의 뜻을 전하거나, 직접 만나거나, 전화통화로도 할 수 있습니다.

앞으로 3주 동안 당신의 가족에게 날마다 '정서적 사고 훈련'을 행하게 하십시오. 가족구성원 모두 다른 가족에게서 관찰한 것 중 기억에 남는 감정을 한 가지씩 말하거나 쓰거나 그려야 합니다. 보고할 때는 감정에 라벨을 붙이고 그 사람이 그런 식으로 느낀다고 생각한 이유를 설명해야 합니다. 몇 가지 예가 있습니다.

- "아빠는 오늘 정말 당황스러워 보였어요. 아마 상사가 회사를 그만두기 때문인가 봐요."
- "소연이는 들뜨고 즐거운 듯해요. 생일파티에 초대 받았기 때문이겠죠."
- "소희는 너무 슬퍼 보여요. 제일 친한 친구가 이사한다는 걸 알게 되어 그런 듯해요."

그 다음, 당신의 가족은 '정서적 지지게임'을 함으로써 타인의 감정이나, 필요를 지지하는 말이나 행동을 하는 특정한 일을 연습해야 합니다. 이는 어떤 일에 대해 아이의 이해가 옳았는지를 확인하고 분명하게 해주며 감정이입을 하는 기회를 줄 수 있습니다. 그리고 그것은 다음과 같은 식으로 작용할 것입니다.

- "아빠, 중요한 프로젝트가 취소될까봐 걱정이세요? 강아지랑 같이 산책 나가서 그 일에 대해 더 얘기해주세요."
- "소연아, 정말 즐거워 보인다. 생일파티에 초대 받았니? 드레스 고르는 걸 도와줄 테니 같이 쇼핑하러 갈래?"
- "지섭아, 밖에 나가서 공놀이라도 하는 게 어떠니? 옆집에 새로 이사온 아이가 같이 놀고 싶어 할 거야."

태도 개선을 위한 다짐

아이의 무신경한 태도를 지속적으로 개선해가기 위해 당신은 위의 다섯 단계를 잘 지켜나갈 자신이 있나요? 아이를 좀더 다정하고 인정 있는 태도로 변화시키기 위해 당신이 앞으로 24시간 안에 해야 할 일을 아래에 정확하게 적어보십시오.

나는 앞으로 ________________________________ 할 것이다.

태도 개선 상황 기록하기

태도를 바꾸기란 어려운 일이며, 끊임없는 연습과 부모의 지원이 필요합니다. 그러기에 아이가 변화를 향해 가는 각각의 단계에서 아무리 작은 변화를 보이더라도 인정하고 칭찬해줘야 합니다. 진정한 결과를 얻기까지 최소한 21일은 걸리니 절대로 포기하지 마십시오! 한 가지 전략이 효과가 없으면, 다른 전략을 시도하십시오. 자녀의 주간 진전상황을 아래 빈칸에 쓰고 '태도변화 일지' 에 매일 매일의 진전상황을 기록하십시오.

1주 : ____

2주 : ____

3주 : ____

결과 검토와 진행중인 태도 개선

아이의 태도 중에 여전히 개선의 여지가 남아 있는 부분이 있나요? 그렇다면 어떤 작업이 이루어져야 하나요?

나쁜 태도 언론 속보

아버지도 자녀를 민감하고 다정하게 키우는 데 중대한 기여를 할 수 있다고 합니다. 1950년대에 시작된 장기적인 연구가 밝혀낸 바에 따르면, 자녀 나이 5세 때, 아버지가 양육에 긍정적으로 참여한 어린이들은 30년 후 아버지가 부재했던 어린이에 비해 더욱 다정하고 민감한 어른이 되었다고 합니다. 제대로 된 가정에서 자라는 1학년 남학생들에 관련된 또 다른 연구에 따르면, 아버지가 아들의 훈육과 학업에 더욱 책임을 지고 자녀의 개인적 문제에 관여하는 어린이들은 다른 사람의 감정과 욕구에 상당히 많은 공감을 하게 되는데, 이는 아버지의 공감 능력과는 상관 없었다고 합니다.

무책임함

권장태도 : 책임감, 신뢰감, 믿음직함

보바 박사님께

이런 글을 쓰게 되어 부끄럽지만, 열한 살 된 우리 아이는 너무 책임감이 없어요. 그 애는 자기 일을 전혀 처리하지 못하고 숙제를 하는 데도 옆에서 계속 잔소리를 해야 해요. 대개는 결국 남편과 제가 숙제를 끝마치고 말죠. 아이의 변명을 듣느니 그 편이 더 쉽거든요. 우리는 아이가 좋은 성적 받기를 원하지만, 이제는 전부 틀린 일에 매달리고 있다는 생각이 들어요. 도와주세요!

이런 건 나쁜 태도야!

- "아빠, 저 대신 식탁 정리 좀 해주세요. 전 TV 보고 있거든요."
- "내가 왜 DVD 반납일을 지켜야 해요?"
- "그건 선생님이 실수한 거예요. 선생님은 내 과제를 확실히 확인하지 않았어요."

자녀의 무책임함을 메꾸어주는 행위는 당장 그만 두십시오. 선생님에게 아이의 태도를 너그러이 봐달라는 쪽지도 더 이상은 보내지 마십시오. 아이가 눈에 보이지 않는 곳에 있다고 쓰레기를 아무 곳에나 버려도 안 됩니다. 아이가 반납일을 어긴 도서관 책의 연체료도 내주지 마십시오. 아이가 잊고 두고 간 축구화를 가져다주지도 말고 오히려 아이에게 자신이 범한 무책임한 태도의 결과를 받아들이게 하십시오. 당신의 역할은 안내자이지 행위자가 아님을 유념하셔야 합니다. ✚

이런 말들이 익숙하게 들리나요? "잊어버렸어요, 이것 좀 처리해주세요, 그건 내 잘못이 아니에요, 그걸 하긴 했는데 버스에 두고 내렸어요." 이는 무책임하고 버릇없는 아이들이 하는 말이고 말썽쟁이 유전자의 한 부분입니다. 그리고 그런 아이들은 자신이 부주의한 것에 대한 변명을 아주 잘 찾아내기도 하지요.

부정하기, 변명하기, 남 탓하기, 합리화하기, 비난하기 등은 이런 아이들이 자신의 행위를 정당화하기 위해 이용하는 전략입니다. 무책임한 태도를 지닌 아이들은 이기적이어서 자신의 행동이 남들에게 어떤 악영향을 끼치는지 관심도 없습니다. 그들은 세상이 자기를 중심으로 돌아간다고 생각하면서 내심 다른 사람들이 자신의 일을 해주고, 잠에서 깨워주고, 장난감을 찾아주고, 자기가 잘못 둔 물건을 제자리에 놓을 것이라고 생각합니다. 그들은 실수를 하면, 대개 자신의 잘못을 인정하거나 사과하지 않습니다. 결국 그것은 다른 사람의 잘못이 되고 마는 것이지요.

그런 태도는 아이의 현재와 미래 삶의 모든 영역에 심각한 영향을 끼치게 될 것입니다. 그것을 대체할 태도인 책임감, 신뢰성, 믿음직함은 자녀의 도덕적 인격과 미래의 행복을 위해 필수적입니다. 그러므로 지금 당장 나쁜 태도 고치기를 시작해야 합니다.

나쁜 태도 경계하기

자녀의 무책임한 생활방식을 개선하기 전에, 일단 나쁜 태도의 발단을 분석해봅시다.

진단 당신의 자녀가 무책임하게 행동하거나 말하는 것은 정확히 무엇인가요? 예를 들어, 아이가 자기 일을 처리하지 않나요? 다른 사람의 소유물을 함부로 다루나요? 과제를 하려고 하지도 않고 시작해도 제대로 끝내지 않나요? 물건을 아무 곳에나 두고 잃어버리나요? 깨워주지 않으면 일어나지 못하나요? 구슬리거나 윽박질러야 하던 일을 마치나요? 혹은 아이 대신 다른 사람이 해줄 것으로 기대하나요? 당신이 아이에게 무엇을 하라고 말하면 아이가 끝까지 일을 해내고 약속을 지킬 것으로 기대할 수 있는 빈도를 1에서 10까지 등급까지로 나누어본다면 얼마인가요? 당신의 진단이 명확할수록, 태도개선계획을 세우는 데 더욱 효과적일 것입니다.

● 언제 _ 아이가 이런 태도를 보이는 특정 시간이 있나요? 등교 직전? 식사 시간? 심부름? 숙제? 축구 경기? 그렇다면, 그 이유는 무엇일까요?

● 어디서 _ 학교, 유치원, 학원, 친척 집 등 아이가 더욱 무책임해지는 듯한 장소가 있나요?

● 누구에게 _ 아이가 모든 사람들에게 동일한 태도를 보이나요? 아이가 이런 태도를 더욱 과시하는 듯한 사람들이 있나요? 예를 들어, 교사, 코치, 조부모? 아이가 어떤 사람에게는 그런 태도를 보이고 다른 사람에게는 그렇지 않은 이유가 무엇이라고 생각하나요?

● **무엇을 _** 아이가 더욱 무책임해지는 경향이 있는 문제나 일은 무엇인가요? 예를 들어, 숙제인가요? 도서관 책? 심부름? 개인 물품? 다른 사람의 물건? 옷? 스포츠 장비? 귀가 시간? 약속?

● **어떻게 _** 아이가 무책임할 때 그 태도를 드러내는 전형적인 방식은 무엇인가요? 예를 들어, 아이가 다른 사람을 탓하나요? 변명을 하나요? 거짓말을 하나요? 그렇게 하는 데 다른 사람을 끌어들이나요? 아이는 자신이 일으킨 문제를 누군가가 해결해줄 것으로 기대하나요? 모르는 척하나요? 당신의 요구에 반항하나요? 신경 쓰지 않는 듯이 보이나요? 자신을 상기시키지 않고, 깨우지 않고, 물건을 제자리에 두지 않았다는 등의 핑계로 자신의 무책임에 대해 당신 탓을 하나요?

● **왜 _** 당신의 아이는 왜 이런 태도를 갖고 있나요? 아이는 그것으로부터 무엇을 얻나요? 예를 들어, 아이는 일이나 숙제를 회피하나요? 누군가가 아이를 대신하여 사태를 수습해주나요? 그것이 실패나 곤경의 가능성으로부터 아이를 구해주나요? 그것이 아이를 가르치는 것보다 더 쉬운 일인가요? 당신은 아이에게 무책임한 적이 있었나요? 아이가 책임감 있어야 한다는 가르침을 받은 적이 있나요? 가족들 모두가 자신의 역할을 다하나요? 아이가 무책임함으로부터 무엇을 배운다고 생각하나요?

이제 당신의 답을 훑어보세요. 예상할 수 있는 패턴이 보이나요? 아이가 왜 그런 태도를 익혔는지에 대한 최선의 진단은 무엇인가요? 아이를 잘 알고 있는 다른 사람과 의논하여 그들도 동의하는지 알아보세요. 그러나 한 가지, 명심해야 합니다. 아이는 그런 태도가 효과적이기 때문에 활용하는 것입니다. 그것이 소용없다는 것을 아이에게 가르치기 위해 당신은 무엇을 할 수 있나요? 이제 아이의 태도에 당신이 어떻게 대응하는지를 살펴보도록 합시다.

당신의 반응에는 아무런 문제가 없나요?

당신은 자녀의 무책임한 행동에 어떻게 대응하나요? 예를 들어, 아이가 무책임했던 최근의 경우는 무엇인가요? 무책임한 행동을 마음속의 사진으로 찍어두시고 당신에게 그 이미지의 초점을 맞춰보십시오. 당신의 대응은 어떠했나요? 아이가 대충 넘어가게 두었거나 책임을 지웠나요? 아이를 위해 변명을 해주었나요? 또는 아이 스스로 사과하게 했나요? 당신이 끼어들어 아이의 숙제나 일을 대신 해주었나요? 무책임한 태도에 대한 부모의 기타 대응 가운데 당신에게 해당되는 것이 있는지 다음 사항들을 체크해보세요.

☐ 구원자 : 아이를 돕고 곤혹스런 문제를 해결해줍니다.

☐ 행위자 : 아이의 책무를 대신하거나 마무리 짓습니다.

☐ 변명자 : 아이의 마무리 부족이나 나쁜 태도를 변명해줍니다.

☐ 과잉기대 : 아이에게 너무 높거나 비현실적인 기대를 겁니다.

☐ 낮은기대 : 아이에게 거는 기대의 수를 최소화합니다.

☐ 능력부여자 : 아이에게 가능한 한 일을 쉽게 만들어주려 합니다.

☐ 상기자 : 항상 아이에게 과제와 일과 스케줄을 생각나게 해줍니다.

☐ 기타 : ____

당신이 다시는 하지 않아야 한다고 여러 차례 노력했던 한 가지는 무엇인가요?

나는 다시는 ________________________________ 하지 않겠다.

당신 자신의 나쁜 태도를 직시하라

당신의 성장기를 생각해보세요. 당신은 집에서 심부름 하는 일에 책임을 느꼈었나요? 주로 어떤 심부름이었나요? 지금도 책임감을 느끼나요?

최근의 연구결과들에 따르면 몇 십 년 전의 어린이들이 현재의 어린이보다 훨씬 더 많은 집안일에 책임을 졌다고 합니다. 그렇다면 우리의 생활양식 속에 변화된 무엇이 아이들의 책임감 감퇴를 일으키게 만들었을까요? 또한 그것은 아이들의 태도에 어떤 영향을 끼치나요?

당신의 자녀는 처음부터 나쁜 태도를 지니고 태어나지는 않았습니다. 그렇다면 아이는 그러한 무책임한 태도를 어떻게 발전시킨 것일까요? 혹시 당신을 비롯한 가족들에게서 배웠을 수도 있지 않을까요? 신중하게 생각해보고 당신에게 적용되는 것을 체크해보세요.

☐ 당신은 집안에서 책임감의 중요성을 강조하나요?

☐ 당신은 문제가 생기면 남을 탓하고 자신의 행동에 대한 책임을 지지 않나요?

☐ 당신은 학교에 아이를 데리러 갈 때 항상 늦나요?

☐ 당신은 학부모회의에 참석하고 학교에서 전해지는 통지문에 때맞춰 알맞게 답하나요?

☐ 당신은 자신의 문제에 변명을 하나요?

☐ 고지서와 DVD, 도서관에서 빌려온 책들이 당신의 책상 위에 잔뜩 쌓여 있나요?

☐ 당신은 실수를 저지를 경우, 그것을 인정하나요?

☐ 당신은 약속한 일을 이행할 사람이라고 사람들이 인정하나요?

☐ 당신은 자신의 소유물을 잘 관리하나요? 아니면 함부로 굴리며 쉽게 대체할 수 있는 것으로 여기나요?

당신의 자녀가 무책임한 태도에 대처하도록 돕기 위해 당신이 취해야 할 첫 단계는 무엇인가요? 당신 스스로 이루어야 할 변화를 적어보세요.

나는 앞으로 ______________________________________ 할 것이다.

나쁜 태도, 이렇게 바꾼다

자녀의 무책임한 태도를 다스리기 위해 다음의 단계를 따르십시오.

1단계 – 무책임한 태도에 대해 아이에게 분명한 메시지를 전하라

책임감에 대한 신념과 기대를 설명하고 정성을 들여 책임감에 대한 가족 모토를 정하세요.

언젠가 어떤 할아버지는 제게 이렇게 말했습니다. "자녀에게 책임감이라는 인생의 중요한 메시지를 전하는 건 매우 소중한 일이야. 나도 나의 손녀들에게 그러한 모토를 카드에 적어 침실 벽에 붙여놓게 했었지. 그러자 아이들은 머리를 맞대고 '약속을 지키자, 최선을 다하자. 신뢰를 주는 사람이 되자'는 규약을 개발해냈어. 그리곤 그것을 실천하기 시작하자 아이들의 인생이 바뀌기 시작하더군."

당신도 아이들에게 말하십시오. 가족 모토를 개발하여 그것을 매일 행동으로 옮기라고요. 그리고 그러한 신념에 대한 아이의 이해를 평가하기 위해, 다음과 같은 질문을 스스로에게 제기하십시오.

- "책임감 있는 사람은 어떻게 말하고 행할까?"
- "너는 이 집에서 어떤 책임을 맡고 있니? 아빠는? 엄마는? 다른 형제
  들은?"
- "집이나 학교에서 네 책임을 다하지 못하면 어떤 일이 일어날까?"
- "그건 남들에게 어떤 영향을 미칠까?"
- "내가 매일 일하러 가지 못하면 어쩌지? 제때에 예방접종을 맞추러
  널 병원에 데려가지 못하면 어쩌지?"
- "제때에 세금을 내지 못하면 어쩌지? 그러면 무슨 일이 일어날까?"

2단계 – 책임감을 기대하고 요구하라

아이들의 무책임한 태도를 변화시키는 중요한 요소는 책임감을 전적으로 요구하는 것이며 가장 쉬운 출발점은 바로 집입니다. 우선 아이에게 당신이 위임하고 싶은 책임을 생각해보십시오. 당신은 아이들을 모아놓고 그들이 책임져야 할 모든 일과 집에서 거들 수 있는 부가적인 방법에 대해 함께 머리를 짜내야 할 것입니다. 이를테면 화분에 물주기, 침대 정리하기, 먼지털기 등 사소한 집안일, 양치질하기, 샤워하기 등의 개인적인 책무, 장난감, 자전거, 게임기 치우기 등의 개인물품, 능력껏 최선을 다해 숙제하기, 도서관에서 빌려온 책 반납하기 등의 학업 등을 포함할 수 있습니다. 그 다음, 가족들 각각에게 당신의 기대와 불이행에 관한 처벌을 명확하게 설명하십시오. 그런 후 다음의 단계들을 따르십시오.

- 아이가 일하는 법을 분명히 알 수 있도록 각 책무를 한 걸음씩 최소한 번 이상 아이와 함께 실천하십시오. 이는 아이의 서툰 습관을 바로 잡아줄 수 있는 기회입니다. 특히 낮은 연령의 아이들을 비롯한 대부분의 아이들은 상기시켜주는 것을 필요로 합니다.

- 과제와 책임, 단어나 그림 등을 이용하여 할 일과 완료일이 명시된 차트를 만들어 벽에 걸어두십시오. 글을 읽지 못하는 사람도 자기의 책무를 알 수 있도록 쉽게 만들어야 합니다. 책임을 완수한 아이들은 차트에 표시를 해서 알립니다.

- 당신이 무엇을 해도 좋으나 단 한 가지, 자녀 스스로 할 수 있는 일은 절대 하지 마십시오. 당신이 아이 대신 일을 끝내줄 것임을 아이가 알고 있다면 아이는 절대 책임감을 익히지 못할 것입니다. 당신의 역할은 도우미이지 행위자가 아님을 인식해야 합니다. 일단 당신이 자신의 역할을 똑바로 받아들이면, 전쟁은 절반이 끝난 것이나 다름없습니다. 결국, 아이의 책임은 당신이 아닌, 아이에게 달린 것입니다. 따라서 당신이 해야 할 일과 하지 말아야 할 일의 구분을 당신과 아이의 마음에 분명히 새겨주십시오.

3단계 – 책임감 있는 결정을 내리는 법을 가르쳐라

책임감에서 중요한 것은 좋은 결정을 내리는 것입니다. 무책임한 태도를 자주 보이는 아이들은 대부분 자신의 서툰 결정을 인정하지 않고, 나쁜 결과에 대해 다른 사람을 탓하거나 구제받기를 기대합니다. 당신의 자녀에게도 그런 특성이 보인다면, 의사결정법을 가르쳐야 합니다. 나쁜 태도를 고치는 데 의사결정은 많은 도움이 되거든요. 그에 관한 다음의 몇 가지 요령을 참고하십시오.

- 질문을 던질 것 : 선택치를 좁히고 가능한 모든 결과를 생각하도록 돕기 위해, 각각의 선택 이후에 대해 스스로 질문하는 것을 아이에게 가르치십시오. '내가 지금 저걸 하면 내일도 좋다고 느낄까? 다음 주에는 어떨까?'

- 한 가지 의사결정 규칙을 가르칠 것 : 나중에 후회할 수도 있는 선택은 제거하십시오.
- 알아맞춰볼 것 : 낮은 연령의 아이에게 "오늘 저걸 택하면 내일 기분이 어떨까?"라고 질문하며 답을 알아맞추게 합니다.
- 이해득실을 따질 것 : 높은 연령의 아이에게는 각 가능성의 이해득실을 따지도록 하기위해 자문자답하게 하십시오. "내가 저것을 택할 경우 일어날 수 있는 장단점은 어떤 것들일까?"

4단계 – 변명을 받아들이지 마라

책임감 없는 아이들은 흔히 변명 또는 거짓말을 함으로써 자신의 책임에서 벗어나려고 합니다. 그러므로 '우리는 변명을 받아들이지 않는다'는 새로운 가족 방침을 세워야 합니다.

아이가 자기의 책임을 회피하려는 태도를 보이면 그 방침을 강행하고, 아이가 문제의 해결책을 찾을 수 있도록 도와주어 변명의 여지를 없애야 합니다.

아이가 도서관에서 빌려온 책을 잃어버리고 변명을 한다고 가정해봅시다. "그걸 빌려온 지가 언젠데 여태껏 그걸 기억할 수 있겠어요? 더구나 우리 집에서는 물건 찾기가 얼마나 힘든 줄 아세요?" 그 태도에 대한 당신의 대응은, "그건 변명이야. 우리 집에서 변명은 통하지 않아. 다시는 그런 일이 일어나지 않도록 네가 할 수 있는 일을 당장 생각해보자."

그리하여 부모와 아이는 '변명 박멸 해결책'을 고안하여 아이가 도서관에서 빌려온 책을 잊어버리지 않는 곳에 둘 수 있도록 방문 근처에 상자를 갖다놓는 것입니다. 그런 후 아이는 상자에 반납일을 적은 큰 카드를 붙여놓습니다. 그 결과는 더 이상 변명도, 책을 잃어버리는 일도 없게 되는 것이지요. 아이의 변명이 해결책으로 변화된 예는 또 있습니다.

- "너무 바빠서 장난감을 치울 수 없었어요." : 아이 스스로 규칙을 생각나게 할 수 있는 그림을 그려 눈에 띄는 곳에 붙이게 한다. '지금 할 일을 미루지 말자.' '놀이가 끝나면 바로 장난감을 치운다.'
- "경기가 시작되는 시간을 몰랐어요." : 아이에게 시간표를 작성하여 그것을 냉장고나 방문에 붙이게 한다.
- "엄마한테 통지문 전하는 걸 잊어버렸어요." : 현관문 가까이 바구니를 놓아둡니다. 아이는 집에 돌아오자마자 가방을 비우고 통지문을 바구니에 넣습니다.
- "숙제하기에 너무 늦었어요." : 새로운 집안 규칙! '놀기 전에 숙제를 다 해야 함' 을 인지시킨다.

5단계 – 그래도 나쁜 태도가 계속된다면?

당신은 마지막 결단, 극약처방을 내려서라도 자기 행동에 책임지는 법을 가르쳐야 합니다. 그에 대한 가장 효과적인 방법은 아이에게 약간의 괴로움을 주는 것입니다. 그러면 아이는 불편해서라도 자신의 태도를 변화시키고 싶은 생각이 들 것입니다. 무엇보다 특히 명심할 점은, 아이가 괴로워하는 것을 안쓰럽게 여겨 아이를 봐주고 고통에서 구해주지 않아야 한다는 점입니다. 그러한 무책임한 태도에 대한 좋은 결과의 예가 있습니다.

- 남긴 음식을 치우지 않았다 : 아이가 아이스크림을 조리대 위에서 녹아버리게 남겨두었다면 규칙을 시행할 때입니다. "이틀 동안 아이스크림은 없어!"라고 말이지요.
- 세탁물을 빨래통에 넣는 것을 잊어버렸다 : 아이가 세탁물을 빨래통에 넣지 않으면, 깨끗한 옷을 입지 못할 것이고 다음 세탁일까지 기다리게 해야 합니다.

- **심부름을 하지 못했다** : 아이와 약속한 심부름값을 주지 않습니다.

- **물품을 파손했다** : 아이가 부수거나 찢거나 물건을 잃어버렸다면, 그
  것이 아이 소유이든 다른 사람 소유이든 아이 스스로 그것을 찾거나
  고쳐놓아야 합니다. 스스로 돈을 벌어서라도 말입니다. 아이에게 돈
  이 없으면, 아이가 적당한 가격으로 일할 수 있는 집안일 목록을 만
  들어 손상된 물품값을 갚도록 합니다.

- **과제를 마치지 않았다** : 미리 정해진 시간까지(매일 같은 시간이 이상
  적입니다) 숙제를 마치지 못하면, 그날 저녁이나 다음 날까지 아이의
  권리를 제한합니다.

- **점심값 가져가는 것을 잊었다** : 아이는 당연히 그날 점심을 굶어야 할
  것이기에 다음부터는 점심값 가져가는 것을 잊지 않을 것입니다. 특
  히 당신이 아이를 동정하지 않을 것을 아이가 알고 있다면 말입니다.

6단계 : 책임감 있는 행동을 강화하라

변화는 절대 쉽지 않고, 특히 아이가 무책임한 행동에 길들여졌을 경우
는 더욱 그렇습니다. 그런 아이에게 즉각적인 태도개선을 기대해서는 안
됩니다. 다만 변화해가는 단계마다 아이가 기울이는 노력을 인정해 주고
아주 조그마한 태도의 변화도 축하해주어야 한다는 점을 잊지 마십시오.
다음은 그에 관한 예입니다.

- "지성아, 네가 이웃집 유리 깬 것을 인정하고 책임지겠다고 한 태도
  는 정말 훌륭했어. 너의 용기가 고맙구나."
- "TV 보기 전에 숙제를 다 해놨더구나. 정말 믿음직스러워졌어."

이제 당신의 집에서 '책임감 캠페인' 을 수행할 때입니다. 우선 자녀에게 정말 중요한 일을 맡기되, 아이가 그 일을 할 수 있으리라는 믿음을 가지십시오. 아이가 낮은 연령이라면, 작은 화분에 물을 주는 것을 맡겨 보십시오. 아이에게 씨앗을 주고 직접 씨를 뿌리게 하는 것도 좋습니다. 화분의 나무를 마당에 옮겨 심을 만큼 키가 클 때까지 아이가 매일 물을 줄 것이라고 믿고 싹이 올라올 때 아이의 밝아지는 표정을 지켜보세요.

높은 연령의 아이라면, 기술과 헌신과 인내력을 요구하는 프로젝트를 찾아보십시오. 가족의 웹 사이트 만들기나 가족휴가 계획하기, 동물보호소에서 버려진 개나 고양이를 입양하여 돌보기, 휴대폰 등을 사기 위한 용돈벌기 등도 좋습니다.

태도 개선을 위한 다짐

당신은 아이의 무책임한 태도변화를 위해 위의 5단계를 어떻게 활용할 것인가요? 아이를 보다 책임감 있는 아이로 변화시키기 위해 당신이 앞으로 무엇을 행해야 할지 생각한 것을 적어보세요.

나는 앞으로 ________________________ 할 것이다.

태도 개선 상황 기록하기

아이의 나쁜 태도를 고치기 위해서는 부모 스스로도 지속적인 훈련과 단호한 태도를 지녀야 할 뿐 아니라 아이가 변화해가는 순간순간을 놓치지 말고 관찰하여 작은 변화라도 칭찬해주어야 합니다. 그러나 진정한 결과를 얻기까지는 최소한 21일은 걸리니 절대로 포기하지 마십시오! 단, 한 가지 전략이 효과가 없으면, 다른 전략을 시도하셔야 합니다. 자녀의 주간 진전 상황을 아래 빈 칸에 쓰고 '태도변화 일지'에 매일 매일의 진전 상황을 기록하십시오.

1주 : ________________________________

2주 : ________________________________

3주 : ________________________________

결과 검토와 진행 중인 태도 개선

아이의 태도에서 여전히 개선을 필요로 하는 부분이 남아있나요? 그렇다면 어떻게 해야 할까요?

____

____

____

질투

권장태도 : 감사, 신뢰, 용서

보바 박사님께

저희에겐 소중한 딸이 네 명 있어요. 그런데 제일 막내 때문에 걱정이 많습니다. 그 애는 친구들과 언니들을 시기하고 자기 자신한테도 만족할 줄을 모릅니다. 항상 자신을 남과 비교하면서 자기는 예쁘지 않다, 똑똑하지 않다, 아주 건강하지 않다고 말하며 남을 시기합니다. 우리 딸이 타인을 시기하지 않고 자신만의 특성을 인정하고 감사히 여기게 하려면 어떻게 하면 좋을까요?

이런 건 나쁜 태도야!

- "아빠, 우리 집은 왜 남들보다 못 살아?"
- "나보다 내 친구들을 더 좋아하잖아요!"
- "어쩌란 말이야? 난 쟤만큼 살을 뺄 수 없어!"

자녀가 가장 질투심을 드러내는 어떤 주제나 개인 한 명에 초점을 맞추기 바랍니다. 아이의 눈이 질투로 불타오르는 때는 언제인가요?

☐ 외모 : 머리카락, 몸무게, 키?
☐ 재능 : 음악적 재능, 등급, 운동신경?
☐ 물질적 소유 : 휴대전화, 바비인형, 게임기?
☐ 패션 : 신발, 보석, 모자, 청바지?
☐ 또래관계 : 왕따를 당하지 않으며 초대를 받나요?

위에 든 예 중 아이에게 해당하는 한 가지만을 골라 아이가 그것을 시샘하게 된 진짜 이유를 알아보세요. 그런 후, 아이가 그 방면에 경쟁심이나 질투심을 가질 이유가 충분하다고 인정된다면 그게 무엇이 되었든 부모로서 아이를 도와주어야 합니다.

만약 그것이 수학과목이라면 시간을 내어 아이를 가르치고 시험에서 좋은 성적을 낼 수 있도록 해주세요. 아이가 축구실력이 떨어진다면 매일 밤 함께 달리기를 하면서 지구력을 높일 수도 있습니다. 만일 부모 입장에서 그러지 못할 이유가 있다면 외부의 도움을 받는 방법도 있습니다. 그러나 아이의 시기심이 부정적인 감정에 기인한 감정이라면, 아이의 상태에 맞춰서 문제를 해결해야 합니다. 가령, 새로 태어난 동생이 있을 경우 부모가 아이와 함께하는 시간을 갖는 데 신경을 써야 할 것이며, 아이가 너무 수줍음을 타서 친구 사귀기가 힘들다면 사교술을 가르쳐서 내성적인 성격을 극복하도록 만들어야 합니다.

자, 그러면 이제부터 아이가 시기하는 대상 가운데 제일 정도가 심한 것을 골라 실행하기 바랍니다. 그리고 그 시기심이 어디에서 비롯된 것인지 알아내어 깨끗이 해결될 때까지 절대 포기하면 안 됩니다. ✚

시기심이 많은 아이들은 항상 타인의 성공, 행운, 소유물, 자질 등을 탐내며 자기 것으로 만들고 싶어 합니다. 자신의 좋은 점이나 나쁜 점을 돌아볼 줄도 만족하지도 못합니다. 그러면서 늘 비교만 하지요.

'저앤 나보다 더 똑똑해, 쟤는 나보다 더 인기가 많아, 쟤네 부모는 부자야, 쟤는 나보다 더 예뻐' 라고요.

생각의 시작을 늘 '쟤는, 그 애는, 나처럼, 나보다' 식으로 함으로써 정작 자기가 가진 장점을 깨닫지도, 인정하지 못하고 끝내 감사하는 마음보다는 분노를, 남을 배려하기보다는 나의 욕구만을 채우려고 하기 때문에 가슴을 질투심으로 가득 채웁니다.

분명히 아이들의 시기심을 자극할 만한 요인들은 너무나 많습니다. 그 중에는 오늘의 화려하고 자극적인 대중문화가 한몫을 하는 것도 사실입니다. 대중문화라는 것이 워낙 상업적이어서 아이들로부터 자기 자신을 성찰하기보다는 '남에게 어떻게 예쁘게 보여야 하고, 어떤 조건을 가져야 대중문화에 뒤처지지 않고, 남의 눈에 들기 위해 꼭 갖추어야 하는 것들'을 중심으로 남에게 보이기 위한 것들을 주입시킵니다. 그러니 어린아이들의 감정으로는 그런 까다로운 기준에 맞추어가는 동급생들에게 시기심이 생기는 건 어쩌면 당연한 일이기도 합니다.

매스컴을 상대로 하는 광고주들은 또 어떻고요? 미성숙한 소년소녀들이 느끼는 사치와 불안감을 마케팅에 이용합니다. 어린아이들을 소비자로 삼아 유명 패션과, 전자장비, 장난감 광고에 수십 억 달러를 들입니다. 그러니 모든 아이들이 갖고 싶어 하는 물건을 가진 아이를 그렇지 못한 아이가 시샘하는 걸 어떻게 말릴 수 있겠습니까?

그뿐이 아닙니다. 뮤직 비디오와 TV쇼, 영화, 잡지와 광고판을 통해 어른들이 제시하는 이상적인 신체기준을 끊임없이 주입받고 있습니다. '소녀의 이미지' 하면, 극도로 깡마르고 몸에 지방이라곤 하나도 없습니다.

완벽한 신체비율에, 티 하나 없는 투명한 피부, 길고 굽이치는 머리카락을 떠올립니다. 소년의 이미지는 또 어떻고요? 키가 큰 근육질 몸매에 섹시한 걸음걸이와 거동을 떠올립니다. 아이이기 때문에, 그리고 이미지에 자신을 맞추고자 애쓰는 데서 오는 고통…. 그런 조건들을 갖지 못한 일부 아이들은 자신의 경쟁력을 증명하기 위해 자신이 선망하는 다른 누군가가 되고 싶은 것입니다. 물론 그에 편승하여 부모의 잘못된 자녀 양육법도 아이들의 시기심에 부채질을 해댈 수 있습니다. 예컨대, 요즘 세상은 어느 돈 많은 집 귀한 자식(더 높은 성적, 경기득점, 미인대회 수상, 유명학교 입학)이 상을 제일 많이 받는가로부터 시작하여 치열한 경쟁의식으로 인한 분노와 시기가 일기도 합니다.

이 세상에 존재하는 그 어떤 대회도 '승자' 는 단 한 명입니다. 승자가 되지 못한 나머지 아이들은 자신도 1등을 한 아이와 같은 자질을 갖추기를 바라는 마음이 굴뚝같기에 좌절합니다. 아이들은 입에 침이 마르도록 말합니다. "개가 더 나아, 개가 더 예뻐, 개가 더 영리해" 라고요.

부모들 역시 자녀에 대한 높은 기대로 말미암아 내 자식보다 나은 아이를 가진 부모에게 질투를 느낍니다. 그래서 "넌 왜 미선이처럼 높은 점수를 받지 못하는 거니?" "정수처럼 멋지게 공을 차 봐. 골은 늘 개가 넣고 말잖아." 하면서 아이의 마음에 상처가 되는 말을 쏘아댑니다. 그런데 정말 조심해야 할 것은 아이들 눈에 포착되는 어른들의 시기심입니다. "남훈이가 어떻게 렉서스 *Lexus* 자동차를 다 샀지?, 은실이가 예뻐진 걸 보니 보톡스를 맞은 게 틀림없어, 쳇, 성수는 온갖 곳에서 다 초대를 하는군."

도대체 이러한 시기심은 어디에서 오는 것일까요?

질투하는 애들은 단지 문화, 매체, 동급생 집단의 소외된 아이들뿐일까요? 반드시 그렇지는 않습니다. 대부분의 아이들이 보이는 시기심은 주위 사람들로부터의 관심과 사랑을 절대적으로 원하기 때문에 생기는 것입니다. 그런 아이들은 유난히 불안해하고, 애정결핍을 느끼거나 가족과 화목하지 못하고, 친구들과의 기준과 기대치를 맞추지 못하는 애들입니다. 그런 아이들이 시기심으로 내뱉는 말의 행간을 읽어 시샘과 갈구 뒤에 숨겨진, 상처 입고 고독한 자아를 찾아내는 것이 부모들이 해야 할 일입니다.

질투란, 다만 동급생 대 동급생, 학급친구 대 학급친구, 이웃 대 이웃 간에만 발생하는 게 아닙니다. 가정에서도 발생합니다. 대부분의 부모들이 인정하는 바에 의하면, 질투의 가장 부질없는 형태 중 하나는 형제자매 간의 라이벌 의식입니다. 부모는 아이들에게 애정을 주려고 노력하지만 그 뜻과는 반대로 아이들은 도리어 그러한 부모의 애정표현 방식에 불만을 드러냅니다. "저보다 걔를 더 사랑하잖아요!"라고 말입니다. 그러므로 아이 개개인에 대한 관심을 줄이지 않으면 형제자매끼리의 질투가 서서히 가족연대감을 해쳐 가족 간의 관계가 영원히 나빠질 수 있습니다. 그러니 아이들의 시기심은 바로 잡아야 할 충분한 사유가 되며 교정 시기는 빠를수록 좋습니다.

7가지 치명적 죄악에는 들지 못했지만, 아이들의 도덕적 성장과 자아존중, 사회적 유대, 가족의 화합을 해치는 일들은 죄악입니다. 시기심 대신 감사하는 마음, 신뢰, 용서하는 마음을 갖도록 해야 합니다. 그러한 나쁜 태도들을 개선하는 일은 서둘러야 합니다.

나쁜 태도 경계하기

자녀의 시기심을 변화시키기 전에, 아이의 질투심이 무엇으로부터 비롯되었는지, 왜 표출이 되었는지, 아이가 그런 것들을 어떻게 이용하는지 잘 생각해보세요.

진 단 아래의 질문들은 아이가 시기심을 갖는 이유를 파악하는 데 많은 도움이 될 것입니다.

● **언제 _** 하루 동안 또는 주중이나 월중에 아이의 시기심이 더욱 커지는 특정한 때가 있나요? 예컨대 떨어져 있던 아빠가 집에 오시는 때나 운동경기의 내용이 격렬하게 전개될 때인가요? 만일 그렇다면 이유는 무엇일까요? 그런 때 부모는 아이에게 더욱 관심을 기울이거나 사랑을 재확인시켜줄 필요가 있지 않을까요? 부모가 그 아이 외의 다른 형제자매에게 더 관심을 기울이지는 않나요? 또 아이의 그런 태도는 언제 시작되나요? 시기심을 유발한 원인이 새 동생, 이사, 새 친척, 부모의 새 근무 일정, 더 경쟁이 심하고 어려운 학급에 들어간 것들 때문일까요?

● **어디서 _** 아이가 시기심을 잘 일으키는 특정한 장소나 주제가 있나요? 예컨대 학교나 탁아소, 집, 가게, 할머니 댁에서 그렇게 하나요? 그 이유는 무엇인가요? 동급생들 간에 또는 형제자매 간에 라이벌 의식이 커지는 상황은 어떤 상황인가요?

● **누구에게 _** 아이가 가장 질투하는 대상이 누구인가요? 친구, 급우, 팀원, 형제자매, 당신? 왜인가요? 아이가 분노하게 된 원인은 무엇인가요? 모든 사람을 똑같이 시기하나요? 시기하지 않는 몇몇 사람이 있나요? 만약 그렇다면 누구인가요? 아이가 그들을 시기하지 않는 까닭은 무엇인가요? 아이가 시기하고 있다는 걸 어떻게 아나요? 시기 어린 말을 내뱉고, 어떤 이를 공정하지 않게 대하며, 근거 없는 소문을 퍼뜨리고 당사자를 따돌리거나 공격적으로 대하나요?

● 무엇을 _ 아이가 일반적으로 시기심을 드러내는 특정한 이슈나 물건이 존재하나요? 그것이 전자기기, 패션, 장난감 등의 소유물과 관련이 있나요? 유행? 몸무게, 키, 머리, 체격 등의 외모? 지능, 운동 등의 능력? 유머감각? 누구에게나 관심 받기를 바라나요? 다른 애들이 다 누리는 특권을 자신만 누리지 못하고 있다고 생각하나요? 불공정한 대우를 받는다고 느끼나요? 규칙 및 훈련이 공정치 않다고 생각하는 아이의 생각은 정당한 것인가요?

● 왜 _ 무엇 때문에 아이가 그토록 시기하나요? 아이에게 자아존중이나 자기확신의 의식이 결여된 건 아닌가요? 친구가 없고 사교성이 부족한가요? 자신을 동급생이나 형제자매와 비교하나요? 그러한 그 애의 생각이나 행동이 어쩌면 옳을 수도 있나요? 아이는 자신과 부모 간의 유대가 자신의 성취 덕분이라고 느끼나요? 가정에서 점수와 등급, 혹은 경쟁력을 성격보다 더 중요하게 여기나요? 아이가 가정에서의 자기 위치를 위태롭게 느끼진 않나요? 예를 들어, 부모의 결혼생활에 긴장감이 돌거나, 의붓 형제자매가 있거나, 새로운 관계를 맺기로 약속한 상황은 아닌가요? 아이가 통제나 영향력이 미미하다고 느껴, 화를 내지는 않나요? 부모가 다른 사람을 시기하는 모습을 보고 있지는 않은가요?
아이가 질투를 느끼는 상황 속으로 부모 자신이 걸어 들어가 생각해보세요. 당신이 그러한 상황에 처해 있다면 어떤 기분이 들까요? 어떤 행동을 보일까요? 아이가 느끼는 질투심은 정당한가요? 왜 그런가요? 정직한 마음으로 느껴보세요.

이제 마음으로 쓴 답안을 살펴보세요. 어떤 예측 가능한 유형이 보이나요? 아이의 시기심에 대해, 또한 그것이 비롯된 원인에 대한 이해가 커졌나요?

당신의 반응에는 아무런 문제가 없나요?

아이가 가장 최근에 시기심을 보인 때가 언제인지 생각해보세요. 당신은 아이에게 어떤 태도로 대했나요? 예컨대 무의식중에 아이를 무시했거나 아이에게 벌을 주거나 나무랐나요? 그에 대한 아이 생각이 옳은지 확인은 해보았나요? 아이의 잘잘못을 가렸나요? 아이한테 시기하는 짓은 '죄악'이라고 말했나요? 아이가 느낄 감정은 그냥 무시하고 지나갔나요? 아이한테 "스트레스 받지 말라"고 말했나요? 공개적으로 수치심을 느끼게 했나요? 아이 생각에 동의했나요? 당신은 아이의 질투에 늘 위와 같은 대응을 하나요?

당신은 또한 아이로부터 시기심을 유발시키는 어떤 짓을 하고 있지는 않은가요? 예컨대 아이가 자기보다 낫다고 생각하는 옆집 아이와 비교했나요? 아이 앞에서 스포츠에 재능을 지닌 조카를 칭찬하지 않았나요? 날씬한 어떤 아이를 칭찬해주지는 않았나요? 아이의 형제자매가 뛰어나게 잘 다루는 악기를 배우라고 등을 떠밀진 않았나요? 아이로 하여금 다른 어떤 사람처럼 되라고 강요하지 않았나요?

아이의 시기심을 없애기 위해 노력한 것 중 성공하지 못한 대응법은 무엇이었나요? 다시는 취하지 않겠다고 생각하는 행동 한 가지를 적어보세요.

나는 다시는 _______________________________ 하지 않겠다.

당신 자신의 나쁜 태도를 직시하라

자신의 성장기를 돌이켜보세요. 질투에 사로잡힌 적이 있었던가요? 이유는 무엇이었나요? 시기심이 얼마나 지속됐나요? 시기심을 마음속에 품고 있었나, 밖으로 표현했나요?

당신을 잘 아는 사람들이 당신을 시기심이 많은 사람이라고 표현하던가요? 당신이 가장 부러워하는 사람들은 누구인가요? 당신의 배우자? 형제자매? 친구? 이웃? 이유는 무엇인가요? 주로 어떤 것에 가장 질투심을 느끼나요? 이를테면, 외모, 돈, 몸무게, 의류와 관련된 것인가요? 능력, 재능, 소유물, 혹은 지위와 관련됐나요? 친구들에게 자신의 시기심을 얘기하나요? 가족에게는? 동료들에게는? 당신이 시기의 말을 하는 것을 아이가 얼마나 자주 듣나요? 그 태도를 고치기 위한 어떤 노력을 하나요?

어느 집 아이들이나 형제자매 간에 질투를 하며 성장합니다. 부모들은 물론 한 아이만을 편애하지도 않고 설사 그렇더라도 눈에 보일 정도로 그러지는 않습니다. 그러나 때로 자신의 의지와는 전혀 상관없이 모든 부모들은 자신의 태도들 점검하고 반성해볼 필요가 있습니다. 혹시 내 속에 잠재되어 있는 시기나 질투심을 아이가 엿본 것은 아닌지 생각해보세요. 아이들 각자가 자신이 지닌 자질과 장점에 눈을 뜨고 당신의 특별한 사랑은 느끼게끔 하는 데 당신이 얼마나 잘 하고 있는지를 평가할 수 있는 질문 몇 가지를 아래에 제시합니다. 스스로 인정하는 질문 옆에 표시를 한 후 태도 개선 선언을 하십시오. 그리고 잠시 아이의 입장이 되어 물음에 답해보세요.

☐ 맏이에 대한 기대를 버릴 수 없나요?

☐ 막내를 더 예뻐하나요?

☐ 아이들 저마다 당신으로부터 특별한 사랑을 받고 싶어 하나요?

☐ 다른 사람들 앞에서 아이를 비교하지 않으려 하나요?

☐ 아이들 저마다 고유한 재능을 계발할 기회를 제공하나요?

☐ 아이들 각자의 고민에 대해 열린 자세로 들어주하나요?

☐ 아이들 하나하나를 대할 때 똑같은 무게의 시선으로 바라보나요?

☐ 아이들 각자에게 동등한 시간을 할애하나요?

☐ 아이들 간에 싸움이 벌어질 때마다 한 아이만을 두둔했나요?

☐ 아이들 각자의 취미, 친구, 학교, 홍미에 똑같은 관심을 갖나요?

☐ 아이들 각자에게 공정한 규칙과 기대치를 정해주는 것을 아이들이
인정하나요?

☐ 아이들에게 공정한 역할과 기회를 주고 있나요?

물음에 체크를 하였으면 다음 단계로 당신의 아이들을 다른 집 아이와 비교하지는 않았는지, 아이들 자신이 다른 아이와 비교되고 있다고 느낄 만한 언행을 하지는 않았는지, 그래서 아이가 시기심을 갖게 된 것은 아닌지 생각해보세요.

이를테면, 아이가 성적표를 보여줬을 때, 다른 아이들의 성적을 물어 보지는 않았는지? 아이의 친구들이 어떤 곳에서 초대를 받고, 어떤 캠프, 스포츠, 음악레슨에 참석하는지를 물어보나요? 여기서 말하고 싶은 것은, 아이가 때때로 자기또래의 아이와 비교되고 있다는 느낌을 가질 수도 있다는 것입니다. 더불어 꼭 명심해야 할 것이 있습니다. 당신이 표출하는 몸짓, 즉 공허한 미소, 어깨 으쓱하기, 미간 찌푸리기, 눈썹 치켜세우기 등은 직접 말로 의미를 전달하는 것만큼이나 상당한 힘을 지니고 있다는 것입니다. 언제고 아이가 자신의 또래 친구에 관한 이야기를 할 때 혹시 당신도 모르는 새 보였을 수도 있는 비언어적 신호를, 거울을 들여다보며 진지하게 관찰해보세요.

만약 아이의 시기심이 형제자매 간의 라이벌 의식에 있다면, 아이들과 개별적으로 이야기를 나누어 형제자매에 관해 갖고 있는 생각을 알아내야 합니다. 그렇게 하면 아이들의 관계를 평가하는 데 도움이 될 것입니다.

이제 당신이 무엇을 해야 하는지 파악이 되었나요?

당신의 자녀들에게 좋은 본보기가 되고자 한다면 무엇을 해야 하나요?
생각한 바를 아래의 빈 줄에 적고 실행에 옮겨보세요.

나는 앞으로 ____ 할 것이다.

나쁜 태도, 이렇게 바꾼다

다음은 시기심을 유발하는 가장 흔한 원인들 중 몇 가지입니다. 아이에게 적용 가능한 항목을 체크해보십시오. 잘 활용하면 아이의 시기심을 없애는 데 많은 도움이 될 것입니다.

1단계 – 원인을 파악하라

- 좀더 관심을 기울일 필요가 있다 : 어느 한 아이만을 편애하고 있거나 혹은 아이가 그렇게 생각하나요? 그 아이와 함께 하는 시간을 방해하는 다른 관계나 약속이 있나요?

- 아이가 불안감을 느낀다 : 아이에 대한 믿음이나 자기 확신이 부족한가요?

- 아이는 친구들의 인정을 받기를 원한다 : 아이에게 친구가 없나요? 아이는 초대를 받거나 인기를 얻는 방법이 다른 사람들처럼 되는 것이라고 생각하나요?

- 아이는 경쟁을 의식한다 : 당신은 아이의 시험 점수나 인기, 지위를 높이는 등의 일에 연연하나요? 그로 인해 아이가 부모의 인정을 받으려면 다른 사람과 경쟁해야 한다고 느끼나요?

- 아이가 최신물건을 사달라고 조른다 : 아이가 유행에 민감한, 특정한 물건을 내세우면서 친구들에게 자신의 위치를 과시하나요?

- 자신의 힘으로 통제할 수 없는 일들에 대한 보상심리 : 이혼, 병, 경제적 곤란 등, 아이의 힘이 미치지 못하는 어떤 일들이 가정에 발생했나요?
- 자아존중 의식의 부족 : 아이가 다른 아이의 재능과 외모나 자질을 시기하는데, 그 이유가 스스로를 가치 없고 사랑스럽지 않거나 호감이 없다고 느끼기 때문인가요? 아이가 스스로를 다른 애들과 끊임없이 비교하면서, 자신은 결코 성공할 수 없으리라 인식하고 있나요?
- 세상이 공평치 않다고 느낀다 : 당신은, 아이들 중 한 명을 차별하나요? 한 아이를 다른 아이보다 더 모질게 다루나요? 아이들에게 적용하는 기준과 기대치가 균등하지 않은가요? 아이의 입장에서 보면 아이가 옳을 수도 있나요? 항상 다른 아이들을 제쳐두고 한 아이만 편드나요?

이제 자신의 내면을 들여다보고 냉정하게 판단을 해보세요. 아이가 시기하게 된 원인을 밝혀내면 시기심을 고치는 데 큰 도움이 됩니다.

2단계 – 비교는 금물

아이의 행동을 나무라거나 칭찬할 때 다른 어떤 아이와도 비교하지 마십시오. 생각 없는 부모의 한 마디 말은 아이 마음에 깊은 상처를 줄 수 있습니다.

"넌 왜 네 친구처럼 정리정돈을 못하니?" 아이들은 이 이야기를 듣고 '그 애가 나보다 낫다고 생각하시는구나.' 라고 단번에 해석을 내립니다. 다음은 그에 대해 명심해야 할 사항들입니다.

- 아이의 현재는 아이의 과거와 비교할 것 : 아이들의 학교생활, 시험점수, 생활통지표는 아이의 과거와 비교해야지 형제자매나 친구들

의 것과 비교하면 안 됩니다. 아이가 더 열심히 노력하도록 자극을 주기 위한 처방이라고 생각할 수도 있지만 아이 입장에서는 받아들일 수 없는 일임을 명심하십시오. 아이는 이렇게 말할 것입니다. "저보다 걔가 더 좋지요?" 칭찬받은 아이로서도 부담이지만 그와 비교된 아이는 분노를 느낍니다.

- 누구와도 비교하지 말 것 : 아이의 어떤 행동이라도 절대 다른 아이와 비교해서는 안 됩니다. "네 동생같이만 해봐." "네 형처럼 정리정돈 할 수 없니?" 이럴 경우, 아이는 너무도 당연하게 다음과 같이 해석합니다. "저보다 낫다는 말씀이시군요." 또는 "걔를 저보다 더 좋아하시는군요."

- 외모를 비교의 대상으로 삼지 말 것 : 아이한테, 다른 애가 더 날씬하다, 더 잘 생겼다, 더 단정하다, 머리 모양이 좋다, 옷을 더 잘 입는다고 말하는 건 아이를 짓밟는 짓입니다. 차라리 "쟤가 너 살 빼는데 도움이 될 수 있겠구나." "저 애가 한 머리 모양을 한다면 좋을 텐데."하고 말하십시오.

- 성취한 일로 불평하지 말 것 : 아이들 모두가 똑같이 1등을 할 수는 없습니다. 다만 부모는 아이가 최선을 다한 것으로 만족한다는 점을 깨우쳐주십시오. "넌 왜 트로피 못 탔어?" 혹은 "어떻게 영어에서 1등을 놓칠 수 있지?" 등의 말은 절대로 하지 말아야 합니다.

3단계 – 라이벌의식을 부추기는 상황을 최소화하라

아이들은 본시, 기질과 흥미, 필요한 것들이 서로 다르므로 아무리 부모라고 해도 아이들을 똑같이 대한다는 건 현실적으로 불가능합니다. 부모로서 공정해지려고 노력했음에도 아이로부터 공정하지 못하다는 평가를 받았다고 하여 자신을 너무 몰아세울 필요는 없습니다. 어떤 부모도 자식으로부터 공정하다는 말을 듣기는 힘들거든요. 게다가 인생은 실제로도 불공평하지 않은가요? 부모로서 형제자매나 친구 간의 사이를 해치는 상황을 최대한 줄이고 아이의 분노가 오래가지 않도록 노력하는 것, 아이의 친구가 놀러 왔을 때 공정하게 대하는 태도를 보이면 됩니다.

다음의 방법들은 친구와 형제자매 간에 발생하는 질투와 불협화음을 최소화하는 데 도움이 될 것입니다.

- **아이들의 말을 경청할 것** : 아이들의 말을 공정히 경청한다는 것은, 아이들 각자의 생각을 존중하고 그들의 이야기를 듣겠다는 메시지를 전달하는 위력이 있습니다. "얘기해줘서 고맙다. 이제 네 형의 얘기도 들어봐야지." 핵심은 이것입니다. 아이들 각자와 공정한 관계를 구축해서 아이로 하여금 부모님은 자신들 모두의 의견을 존중하며 한쪽에 치우치지 않고 자신들의 이야기를 경청한다는 점을 알려주는 것입니다.
- **편들지 말 것** : 아이의 친구들끼리, 혹은 형제자매 간에 다툼이 생길 때 중립을 지키고 아이가 어쩔 줄 몰라 할 때만 의견을 제시하십시오. 편들게 되면 분노가 쌓이고 편애하는 것처럼 보일 수 있습니다.
- **아이의 불평에 맞장구치지 말 것** : 다음의 규칙 하나를 명심하기 바랍니다. 아이들이 동급생 또는 형제자매 간의 다툼으로 상처를 입었다고 호소하지 않는 한, 아이들의 말을 믿지 마십시오. 아이들의 말을 너무 믿게 되면, 라이벌의식과 질투를 일으킬 수 있습니다. 그러므로 일단 그러한 원칙을 세웠다면 일관되게 밀고나가야 합니다. "네 일은 네 스스로 해결하거라." 또는 "이 정보가 도움이 되겠니? 안 되겠니?" 등의 태도로 대응하면 남의 비밀을 발설하고, 다른 사람을 깔아뭉개고, 잡담을 즐기는 아이들의 태도를 바꾸는 데 탁월한 효과가 있습니다.

- **함께하는 훈련을 할 것** : 형제자매 간의 라이벌 의식이 문제라면, 부
  모와 아이와의 관계를 공고히 하여 부모가 편애한다는 느낌을 지워
  주어야 합니다. 가장 쉬운 방법은 아이가 부모와 '단둘이 있는 시간'
  을 늘리는 방법으로 그렇게 할 수 있는 순간을 잡아야 합니다. "네
  동생이 자고 있구나. 같이 책이나 읽을까?" 아니면 각각의 아이들과
  단둘이 있을 수 있는 시간을 정해 달력에 표시를 해놓으십시오. 그런
  후 둘만의 시간을 보내는 것입니다.

4단계 – 고유의 기술 또는 자질을 훈련시키라

본인의 자질에 일찍 눈뜨는 것은 아이에게 도움이 됩니다. 그럴수록 자
신의 정체성을 높이 평가하고 타인에게 분노와 시기를 표현하지 않을 가
능성이 높아지거든요. 다음은 아이를 고유의 특별한 자질에 눈뜨게 하는
열쇠가 되는 것들입니다.

- **강점을 찾을 것** : 우선 눈에 띄는 아이의 자질을 고릅니다. 예컨대,
  예술적 재능이라던가 유머감각, 친절, 우아함, 강한 힘, 유연성들 말
  입니다. 다만 아이의 그런 점들은 당신의 바람이 아니라 이미 아이
  안에 존재하는 것들이라는 것을 명심하십시오.
- **자질을 칭찬할 것** : 아이의 재능이나 좋은 점을 자주 칭찬해주십시오.
  하루에 한 가지씩 시작하여 점진적으로 늘려갈 수 있습니다. 칭찬할
  때는 아이가 무엇 때문에 인정을 받는지 구체적으로 언급해서 정확히
  알게끔 합니다. "넌 생각하는 게 굉장히 열려 있구나. 결론을 내리기
  전에 항상 모든 사람들의 생각을 들어보는 것 같아." "네 스스로 길을
  잃은 사람에게 다가가 길을 알려주는 것을 보고 난 정말 감동을 받았
  단다. 넌 정말 친절한 아이야.", "넌 매사를 항상 밝고 긍정적으로 말

하더구나. 네 말을 듣는 것만으로도 기분이 좋아져.”

- 기능을 발달시킬 것 : 아직 어린 아이의 자태가 우아하고 매력적이라면 무용을 가르쳐 보세요. 음악적 성향을 지녔다면 음악레슨을 받게 하고요. 10대 청소년인 아이가 패션에 열정을 갖고 있다면, 모델학원을 찾아보세요. 아이의 재능을 계발하여 고유의 특별한 자질을 향상시켜, 아이가 자신감을 갖도록 만들어 주세요.

- 갖고 있는 특별한 자질에 지원을 쏟을 것 : 아이가 지닌 자질을 다른 사람들에게 보여줄 수 있는 방법을 찾아보세요. 아이한테 예술적 성향이 있다면, 가족의 문구용품을 디자인하게 해보고, 운동에 재능이 있다면 경기에 참가시켜 경기능력을 북돋을 수 있습니다.

5단계 – 시기심 낮추는 방법을 알아보라

시기심이란, 항상 자기보다 나은 것을 원하기 때문에 생기는 것만은 아닙니다. 자기연민에 빠져 주위의 동정을 바라기도 하고, 우울함에 젖어 이리저리 방황하면서 자신뿐 아니라 부모의 삶까지도 비참하게 만들 수 있고, 자기가 가장 되고 싶어 하거나 부러워하는 사람을 헐뜯고, 떠들어대거나 깎아내릴 수도 있습니다. 아이의 감정이 시기심으로 불타오를 때 부모는 무엇을 하나요? 다음은 그에 관한 몇 가지 유의사항입니다.

- 문제를 찾아 골라낼 것 : 무조건 아이의 말을 믿어서는 안 됩니다. 우선은 정말로 아이를 괴롭히는 것이 무엇이고 그 원인이 어디에 있는지 알아내는 일입니다.

  “넌 정말 여정이를 질투하는구나. 여정이는 서라네 파티에 초대받았는데 왜 넌 초대를 못 받았는지 궁금하니?”

- 아이에게 자신의 감정을 깨닫게 할 것 : 때로는 누군가가 자기의 마

음을 알아주는 것처럼 위안이 되는 일도 없습니다. "넌 영철이가 너보다 더 공정한 대우를 받는다고 생각해서 상처받은 거지?" "넌 야구게임에서 상을 받지 못해 실망했구나."

- **문제를 다른 각도에서 바라볼 것** : 아이들은 스스로 시기심에 사로잡히거나 공정하지 못한 대우를 받고 있다는 생각에 빠져 상대방의 느낌은 전혀 고려하지 못하는 경우가 많습니다. 그럴 때 아이에게 이렇게 물어 보세요.

  "이 문제를 좀 다른 각도에서 생각해 보자꾸나. 네 친구라면 어떤 느낌을 받을 것 같니?" 그러면 좀더 많은 부분을 공감할 수 있을 것입니다.

- **시기심이 생기는 시점을 노릴 것** : 만일 아이가 "코치님은 동현이를 좋아하시나 봐. 경기에 빠짐없이 출전시키는 걸 보면 말이야."라는 말을 하면 즉시 아이에게 질문을 던지십시오. "네가 경기에 많이 투입되지 못해서 속상한 것은 이해할 수 있어. 하지만 코치님은 왜 동현이를 출전시킬까? 동현이가 훌륭한 플레이를 펼치기 때문이 아닐까? 네가 원하는 것도 그거 아니니? 실력을 향상시키려면 무얼 해야 할까?"라고 말하며 아이가 자신의 시기심이 어디서 시작되는 것인지를 생각하고 깨닫게 하십시오. 예컨대 동현이라는 아이가 많은 노력을 하거나 우수한 선수일 거라는 점 말입니다.

- **과거의 성공을 일깨울 것** : 아이가 다른 아이의 성공을 시기하고 있다면, 과거에 자신이 이룩했던 성공을 상기시켜 주십시오. "올해는 도영이가 예술상을 받았구나. 넌 작년에 받았고."

- **대처할 방법을 제시할 것** : "세상에는 자기가 하고 싶거나 되고 싶다고 해서 될 수 있는 일이 그리 흔치 않아. 너 대신 효정이가 선발되어 지금 몹시 실망하고 있겠구나. 안타깝게도 그런 일은 앞으로도 많이 일어날 거야. 네가 할 수 있는 다른 일들을 찾아보고 기운을 차려봐."

- 승자를 진심으로 축하하게 해줄 것 : "지현이가 1등을 해서 네가 질투하는 거 알아. 등수는 바꾸고 싶다고 해서 바뀌는 게 아니잖아. 하지만 축하는 해줄 수 있지. 사람들은 네가 이겼다는 사실보다는 졌을 때 어떻게 했는지를 더 잘 기억하는 법이거든. 이제 지현이를 어떻게 축하해줄래?"

 처음 21일 동안 지켜야 할 일

'가족 축복갤러리 프로젝트'를 개시합니다. 아이와 가족이 감사드려야 할 좋은 일들을 기록하는 간단한 방법인데, 가족들의 타고난 재능, 강점, 특별한 자질을 기록할 수 있습니다. 이렇게 하면 아이가 자신에게 없는 것 또는 열렬히 갖고 싶어 하는 다른 사람의 것 대신 자기가 갖고 있는 것에 관심을 기울이는 데 도움이 될 것입니다. 아래에 제시한 몇 가지 프로젝트 아이디어를 이용하면 다양한 연령대의 아이들이 즉석에서 자신들에게 내리는 축복을 재발견할 수 있을 것입니다.

- 사진 콜라주 : 아빠의 유머감각, 엄마의 따뜻한 미소, 막내의 암벽등반, 소정이의 운전기술 등 가족구성원 각자의 타고난 강점과 기여도를 보여주는 사진들을 수집합니다.
- 가정의 축복을 스크랩하기 : 나날이 발전해가는 가족구성원들의 재능을 스케치북이나 스탬프로 찍은 흰 종이, 이를테면, '소정이의 테니스실력향상 연표'에 기록합니다. 이때, 재능은 한두 가지로 축약하는 것이 적절하며 기량향상에 관한 메모도 곁들입니다.
  어린 아이의 경우에는 특기가 될 만한 것을 사진으로 찍어놓거나 그림을 그려서 아이의 개인 스크랩북에 붙입니다.

- 성취일지 쓰기 : 아이들 저마다 빈 일지 또는 작문연습장을 마련합니다. 아이들이 성취한 것과 성공한 것을 정기적으로 일지에 적도록 독려합니다.
- 가정의 축복 웹사이트 구축 : 가족의 웹사이트를 구축해 가족구성원들의 재능과 축복을 진열합니다. 이 방법은 대가족이 함께 참여할 수 있는 재미난 방법입니다. 웹사이트를 가족구성원 모두의 이메일에 연결되게 하면 가족신문의 역할도 하게 될 것입니다.
- 영예의 전당 : 어린이 전용게시판을 만들어 아이들이 가장 잘한 일과 재능을 전시합니다.

태도 개선을 위한 다짐

당신은, 아이의 시기심을 줄이고 지속적인 변화를 모색하기 위해 위에 제시한 단계들을 어떻게 활용할 생각인가요? 아래의 빈 칸에, 아이의 태도 개선에 돌입하여 아이가 덜 시기하고 남과 다른 점을 감사히 여길 수 있도록 앞으로 24시간 내에 무엇을 할 것이지 정확히 적어보세요.

나는 앞으로 ____ 할 것이다.

태도 개선 상황 기록하기

모든 종류의 태도 개선에는 힘든 작업의 끊임없는 연습, 부모의 도움이 필요합니다. 변화를 이루기 위해 아이들이 밟아가는 과정 하나하나는 작은 것일 수 있으니, 이를 하나씩 이룰 때마다 인정해주고 축하해주는 것을 잊지 마십시오. 모든 과정은 적어도 21일이 지나야 결과를 실제로 볼 수 있으니, 포기하지 마십시오. 만약 하나의 전략이 효과가 없었다면, 곧바로 다른 방법을 시도하십시오. 다음의 빈 줄에 아이가 매주 변화해가는 진행상황을 적고, 매일의 진행상황은 당신의 '태도변화 일지'에 기록하십시오.

1주 : ____

2주 : ____

3주 : ____

결과 검토와 진행중인 태도 개선

아이의 태도 가운데 여전히 개선해야 될 부분은 어디인가요? 어떤 작업이 더 필요한가요?

____

____

____

____

헐뜯음

권장태도 : 관용, 공정, 동정심

보바 박사님께

저희의 열 살 된 아이가 너무 비판적이라 걱정이 됩니다. 그 아이는 다른 사람들을 끊임없이 힐난하는데 이를테면, "넌 돌대가리야." 또는 "제대로 좀 할 수 없니?"하는 식입니다. 걔 형제들도 그 애와 함께 있으려 하질 않아요. 친구들한테도 언제 그렇게 할지 누가 알겠어요? 가능하다면 그 아이의 태도를 바꿀 방법을 알려주세요. 아이가 무슨 이유로 그렇게까지 됐는지 궁금하고 속상합니다.

이런 건 나쁜 태도야!

- "우리 반에 있는 애들 중에서 괜찮은 솜씨를 가진 애는 없어."
- "난 가족들이 싫어! 항상 쓸데없는 얘기만 한다니까."
- "왜 가? 장담하는데, 바보 같은 영화를 보게 될 거야. 가는 사람은 모두 바보야."

일단 당신부터 비난성 또는 비판성 언행을 삼가하십시오. 부모가 아이들의 선생이자 안내인이 되는 건 좋은 일이지만 그렇다고 해서 아이들의 활동을 엄히 금하고, 친구선택을 못하게 하거나 의견을 무시하는 면허를 소지한 건 아닙니다. 그러니 비꼬기, 비판성 언행, 말 끊는 따위의 짓은 하지 마십시오. 이런 부정적인 태도는 가정 내에서 전염병처럼 재빨리 확산될 수 있습니다. 재빠르고 저질스러운 판단으로 사람들이 고통을 받고 정말 감정이 상할 수도 있다는 점을 기억하기 바랍니다. 당신은 건설적인 비평태도의 본보기가 될 사람입니다. 그러니 언행에 주의를 기울여 모범을 보이고 바로 지금부터 비판적인 태도를 줄이기 바랍니다. ✚

"준영이는 고약해." "넌 멍텅구리야." "넌 두뇌이식이 필요해." 비판적인 아이들은 자신 및 타인에게서 오로지 좋지 않은 점만을 찾아내어, 모든 사물, 모든 사람을 깔아뭉개는 경향이 있습니다. 이같은 비판성 태도 저변에는 자만, 불만족, 적의, 노여움, 또는 분노가 도사리고 있을 수 있습니다. 이런 감정들은 엄청난 좌절감을 안겨주는 것들로서, 거의 모든 상황을 영구히 '재미없는 것' 으로 바꿀 수 있습니다.

부정적인 태도는 중학생 또래의 아이들에게 한정되곤 했는데, 요즘에는 그보다 더 나이가 어린 아이들에게까지 확산되고 있습니다.

"실수하면 안 돼!"라고 말하는 태도 역시 마찬가지로 무례하면서 자기중심적인 태도입니다. 왜냐하면 비판적인 아이들은 다른 사람들이 어떤 상처를 입을지는 대개 신경 쓰지 않기 때문입니다. 그런 아이들은 오로지 자신의 우월감 또는 열등감, 또는 자신의 생각에만 관심이 있고, 이를 모든 사람들이 안다고 확신합니다.

명심할 것은, 아이들은 태어날 때부터 비판적이지 않다는 사실입니다. 연구 결과를 보더라도 이런 태도들은 자라면서 학습되는 것이 분명합니다. 요즘의 대중문화는 젊은이들에게 부정적인 메시지를 쏟아붓고 있습니다. 증명이 필요하다고요? 대중가요를 자세히 들어보세요. 비판과 절망적인 가사가 얼마나 자주 언급되는지 관심을 가져보세요. 아이들의 대화를 엿들으면서 부정적인 발언을 몇 번이나 하는지 세어보세요. TV 시트콤을 시청하다 보면, 비하성 발언을 끊임없이 듣게 됩니다. 그런 속에서 자라는 아이들이 부정적인 태도를 지니는 건 어쩌면 당연합니다.

인정하는 바이지만, 부정적인 태도를 바꾸는 일은 쉽지 않습니다. 하지만 점검 없이 지내면 부정적인 태도가 아이들 인생의 모든 영역에 침투하여 좋은 성격발달을 저지하는 경우가 많습니다. 비판적 태도는 전염성이 강하거든요. 아이한테 필요한 것은 부정적인 태도 대신 인내와 공정함, 연민이라는 덕입니다. 그러니 나쁜 태도가 보인다면 즉시 바로잡아야 합니다. 바로 지금에요.

나쁜 태도 경계하기

아이의 비판적 성향을 이해하는 열쇠는 그 참 근원을 찾아내는 것입니다. 그러니 아래에 제시한 '진단 프로세스'를 한 단계 한 단계 밟아가세요.

진단 아이의 비판적인 태도를 바꾸기 위해서는 특정계획 개발이 요구됩니다. 그에 따른 태도 자각에 관한 아래의 다섯 가지 질문에 대답하기 바랍니다.

● 언제 _ 부정적인 태도를 보이기 시작하나요? 그와 비슷한 시간대에 새로운 사건이 있었나요? 예컨대, 새로 오신 선생님, 학교에서의 어려움, 인간관계의 마찰, 빡빡한 일정, 가족구성원의 교체, 이런 것이 아이

의 부정적인 태도를 초래했을 수도 있나요? 하루 중 아이가 부정적인 태도를 보이지 않는 때 혹은 상황이 존재하나요? 왜 그렇고 왜 그렇지 않은가요? 눈치 챈 유형을 적어보세요.

● 어디서 : 학교, 집, 가게, 할머니 댁 등, 아이가 아주 쉽게 부정적인 태도를 보이는 특정 장소가 있나요? 왜 그런가요? 아이의 부정적인 태도에 불을 붙이는 특별한 상황이나 장소가 있나요?

● 누구에게 _ 아이가 부정적인 말을 내뱉을 때 주로 듣는 사람은 누구인가요? 형제자매, 사촌, 친구, 선생님, 코치, 보모, 당신? 왜 그런가요? 아이가 부정적인 태도를 보이지 않는 사람이 있나요? 만약 그렇다면 그게 누구인가요? 왜 그렇게 하나요? 아이의 부정적인 태도에 불을 지피는 특별한 상황이나 사람이 존재하나요? 아니면 자기 자신에 대해 가장 부정적인 태도를 취하나요? 이유가 무엇인가요?

● 무엇을 _ 아이가 특히 부정적인 성향을 드러내는 특정한 때가 있나요? 어떤 유형인가요? 예를 들어, 숙제할 때 부정적인 태도를 보이나요? 아니면 특정한 주제에 대해서인가요? 선생님? 스포츠?

● 왜 _ 아이가 그토록 비판적인 태도를 취하는지 원인을 추측해보세요. 가족 중에 누구를 본받고 있나요? 관심을 끌고자 하나요? 부정적인 메시지에 너무 노출이 잦았나요? 아이가 비판적인 태도를 취하게 된 원인이 무엇인지 생각해보시고 한층 더 심각한 원인을 가려내십시오. 예를 들면, 아이가 고민에 빠진 건 아닌지, 그렇다면 어떤 것 때문인지, 스스로 자신을 비하함으로써 고통 받고 있는지? 당신의 아이를 잘 아는

다른 어른들과도 얘기해보세요.

자, 이제 당신이 답안을 쓸 차례입니다. 예측 가능한 어떤 유형이 보이나요? 아이의 비판적 태도에 대한 이해를 키웠나요? 그리고 그 원인이 어디에 있는지 알게 되었나요?

당신의 반응에는 아무런 문제가 없나요?

먼저, 아이의 지나친 비판적 태도에 대해 당신이 어떻게 반응하는지 자문해보세요. 당신이 보인 반응이 아이의 부정적 태도를 더 나쁘게 만들 수도 있나요? 아이의 비판적인 태도를 형성하는 전형적인 부모의 대응방식은 '~하는 중' 으로 끝나는 경우가 많습니다. 즉 모욕을 주는 중, 비판하는 중, 비평하는 중, 꾸짖는 중, 창피를 주는 중, 겁주는 중, 소리치는 중. 만약 당신이 '~하는 중' 의 한 가지 방식으로 이것 가운데 어느 한 가지로 아이들을 가르치고 있다면 어떻게 바꿀 건가요?

아이가 당신에게 부정적인 태도를 드러낸 가장 최근의 일을 생각해보세요. 무엇이 발단이었나요? 아이의 언행? 당신이 한 행동은 무엇이었나요? 결말은 어땠나요? 위에서 언급한 '~하는 중' 가운데 어느 것이 사용됐나요? 아주 조그마한 변화도 큰 차이를 만들 수 있습니다. 아이가 부정적인 태도를 드러낼 때 절대로 하지 않을 한 가지를 아래에 적어보세요.

나는 다시는 ________________________________ 하지 않겠다.

당신 자신의 나쁜 태도를 직시하라

당신의 어린 시절을 돌아보세요. 자신이 비판적이었는지, 혹은 건설적이었는지를요. 당신은 모욕성의, 분노성의, 또는 악의성의, 또는 무례한 비하성 말을 했었나요? 부모님은 그런 당신을 어떻게 대하였나요? 부모님이 당신의 나쁜 태도를 바로잡는 데 도움이 되었나요?

지금은 어떤가요? 비판적인 태도는 학습으로 얻어집니다. 또한 대부분 타인으로부터 흡수하거나 흉내를 내며 형성됩니다. 가정에서 사용하는 언어의 종류를 들여다보세요. 전반적인 의사소통이 부정적으로 흐르나요? 가족구성원들이 가정 내의 분위기를, 따뜻하고 수용적이며, 긍정적이라고 평가하나요? 아니면 더 비판적이고 부정적으로 평가하나요? 가족구성원 중에 원인이 있지 않다는 점을 확인하기 위해 정직한 시선으로 가족들을 살펴보세요.

아이의 친구들은 어떠한가요? 이웃은? 사촌들은? TV는? 동급생들은? 음악은? 코치 선생님은?

이젠 당신의 태도를 신중히 평가하고, 그 가운데 아이가 본받을 수 있는 점이 무엇인지를 찾아보세요. 예를 들어, 다른 사람들이 당신을 긍정적인 또는 비판적인 사람이라고 생각하나요? 당신은 기분파인가요? 때때로 까다롭거나 호전적인가요? 사람들의 좋고 싫음을 구분하는 경향이 있나요? 그런 비판적인 메시지를 아이 앞에서 얼마나 자주 입 밖에 내나요? 전반적으로 당신은 긍정적인 말을, 아니면 부정적인 말을 자주 하는 편인가요? 일상생활에서 당신이 아이들과 상호 작용하는 방법은 어떤가요? 통상적으로 아이들한테 비판을 더 하는 편인가요? 아니면 칭찬을 더 하는 편인가요? 아이가 당신의 평가에 동의하나요?

이제 아이의 부정적인 경향을 다른 것으로 바꾸겠다는 약속을 할 시간입니다. 바로 당신 자신의 행동을 바꾸는 일부터 시작하세요. 아이들의 부정적인 태도를 바로잡기 위하여 아들, 딸들에게 더 좋은 본보기를 보이려면 스스로 할 첫번째 조치는 무엇인가요? 스스로에게 필요한 변화를 적어보세요.

나는 앞으로 ______________________________ 할 것이다.

나쁜 태도, 이렇게 바꾼다

아이의 비판적 태도를 없애기 위해 다음의 단계들을 따라 해보세요.

1단계 – 깊이 파고들라

비판적인 태도를 갖게 된 이유는 많을 수 있습니다. 아래의 예에 체크해 보세요.

- ☐ 아이가 자신에 대해 누구보다 우수하고 영리하다는 믿음을 갖고 있을 수 있습니다. 이같은 현상은 어린 아이가 지닌 만용일 수도 있지만 당신이 아이가 세상의 중심이며 아이의 입에서 나온 말들은 황금과 같다고 교육시킨 결과일 수도 있습니다.
- ☐ 아이 스스로 자신이 지닌 열등의식 또는 자신감 부족을 지나치게 보충하는 것일 수 있습니다. 그런 경우 아이는 자신의 부족한 부분을 감지하고 이를 방어하기 위해 남을 비하하며 혹평을 가합니다.
- ☐ 아이가 집이나 학교에서 심각한 수준의 정신적 혹은 신체적인 학대를 받아, 그에 대한 적대감을 공격적인 태도로 나타내어 복수하는 경우일 수도 있습니다.
- ☐ 어쩌면 아이가 사람들의 관점 및 정체성의 다양함에 대해 이해가 불

가능하도록 학습을 받았거나 복잡한 또는 모호한 현상에 적절히 대
처할 수 없는 경우일 수도 있습니다.

□ 어쩌면 아이가 부정적인 태도 및 모든 것과 모든 사람을 폄하하는
걸 '멋있다'고 하는 자기들끼리의 문화에 젖어 있는 것일 수도 있습
니다.

아이의 나쁜 태도를 고치려고 캠페인을 벌이기 전에, 그것이 어디로부
터 비롯된 것인지 면밀히 살펴보기 바랍니다.

2단계 – 긍정적인 면을 부각시키라

아이의 부정적인 태도를 없애는 최고의 방법은 직접 해보는 것입니다.
아이가 따라할 수 있도록 가정에서 일부러 긍정적인 시각을 더 강조함으
로써 아이의 태도 변화에 힘쓰기 바랍니다. 다음에 몇 가지 방법을 제시합
니다.

- 긍정적으로 독백하는 모델이 될 것 : 아이들은 보통 다른 사람이 하
는 말을 들으면서 부정적인 면을 습득합니다. 그러니 아이가 들을 수
있게 부지런히 큰 소리로 긍정적인 말들을 하기 바랍니다. 예컨대,
"오늘 참고한 요리법이 마음에 들어. 정말 맛있는 음식이 만들어졌
어." "내 자신이 자랑스러워. 난 오늘 내가 '할 일'에 온 힘을 기울였
지. 그리고 계획했던 일을 모두 끝냈어."
처음에는 자신을 확신하는 일이 이상하게 여겨질지 모르지만 일단
아이가 긍정적인 언행을 따라하는 걸 보게 되면 일말의 망설임도 사
라질 것입니다.
- 가족 서약서를 만들 것 : 가족구성원들이 스스로에게 혹은 서로에게

비판적인 언행을 삼가하는 방법 중 하나로, 가족구성원들 앞에서 비판을 삼가하겠다고 선언합니다.

"우리 가족은 서로 깎아 내리는 짓을 하지 않습니다. 그런 짓은 사람들을 뿔뿔이 흩어지게 합니다. 가정에서의 우리 의무는 가족 모두가 잘 되도록 힘쓰는 일입니다."라는 가족 서약서를 만들어, 가족 모두가 서약하고 지키도록 합니다. 그런 후 기억을 확실이 되살릴 수 있도록 잘 보이는 곳에 붙입니다.

- 부정적 활동 감시할 것 : 아이들의 TV청취 및 시청취향을 관찰하세요. TV쇼, 인터넷, 노래가사, 비디오게임 및 영화 등을 통해 인생을 부정적으로 보는 시각이 얼마나 많이 전달되나요? 아이가 부정적인 태도를 갖는 데 영향을 미칠 것 같은 매체는 즉시 꺼버리십시오.

- 비하성 발언을 피할 것 : 많은 교사들이 내게, '비하성발언 장례식'이라고 부르는 활동 하나를 가르쳐 주었는데, 이 활동은 학급 내에서 부정적인 말을 줄이는 데 위력이 있다고 합니다. 그 활동은 다음과 같이 시작합니다. 우선 교사는 학생들한테 종이에 부정적인 언사를 가능한 한 많이 적으라고 시킵니다. 학생들은 그 종이들을 구두 상자에 담아 운동장 쪽으로 들고 가면서 엄숙히 행진합니다. 그곳에 구두 상자를 파묻습니다. 그러한 상징적 행위와 함께 부정적인 말들은 땅에 묻히고 학생들에게는 다시는 꺼낼 수 없는 메시지로 전달됩니다. 집에서도 그런 장례식을 거행하면 어떨까요? '부정적인 모든 말들은 죽었다' 는 메시지의 의식을요.

3단계 – 긍정적이면서 적절한 대안을 가르쳐라

부정적인 태도를 지닌 아이들은 비판적인 말들을 너무 많이, 자주 함으로써 긍정적인 말들을 잊어버리고 아예 못쓰기도 합니다. 아이들은 때때로 긍정적인 말을 내뱉는 걸 어색해하는데, 그 이유는 그런 말을 한 경험이 많지 않기 때문입니다. 아이들에게 실제로 긍정적인 태도를 가르치거나 재교육시켜야 함을 간과하지 마십시오.

- **격려의 말을 가르칠 것** : 세상을 좀 더 친절한 곳으로 만드는 제일 쉬운 방법 중의 하나는 용기를 주는 말, 사려 깊은 말을 하는 것이라는 점을 아이들한테 설명하는 것으로 시작하십시오. 이렇게 물어볼 수도 있습니다. "사람들 얼굴에 미소를 주고 기분을 좋게 만들려고 할 때 너는 무슨 말을 하며 다른 사람들은 어떻게 말하던?" 이에 대한 아이디어를 적어 벽에 붙여놓으십시오. 다음에 몇 가지 예가 있습니다. "제가 할 수 있는 일이 있을까요?" "즐거웠어요." "더 나아지시길 빕니다." "뭐 필요한 거 있으세요?" "괜찮으세요?"
- **긍정적인 말 두 마디 하는 규칙을 만들 것** : '긍정적인 말 두 마디 하는 규칙' 이라고 부르는 전략을 택해 실행해보십시오. 아이는 특정 시간 동안 적어도 두 마디의 긍정적인 말을 해야 합니다. 일주일 동안 매일 밤, 가정이라는 울타리 안에서 가족을 상대로 시작할 수도 있습니다. "모두들 저녁상에서 일어나기 전에 적어도 긍정적인 말 두 마디를 해야 한다."
- **집에 놀러온 친구를 격려할 것** : "친구가 놀러오면 걔가 돌아가기 전에 적어도 긍정적인 말 두 마디를 하는 걸 잊지 말거라." 그리고 아이가 집 밖으로 나갈 때, 위 규칙을 부드럽게 상기시키십시오. "오늘 긍정적인 말 두 마디 하는 거 잊지 마."
- **긍정적 태도를 실천할 것** : 아이의 일상대화에서 긍정적인 말이 부정적인 말보다 더 자연스럽게 나올 때까지 위 규칙을 실천할 수 있는 기회를 계속 찾아내십시오.

- 아이의 비판에 설명을 요구할 것 : 아이가 계속 비판적 태도를 견지하면, 아이가 말하는 내용을 갖고 상대할 수 있습니다. 아이가 매번 무차별적으로 안하무인의 비판적 말을 할 때마다 그 이유를 설명하라고 도전장을 내미십시오. 처음에는 아이의 손을 이끌고 절차를 따라야 할 것입니다. 하지만 아이는 비판적 태도나 발언의 이유를 설명해야 한다는 것을 이해하고 그 버릇을 개선할 것입니다.

아이_ "경마기수들은 전부 멍청해."

부모_ "사실은 말이야, 운동선수들 가운데 상당수가 아주 머리가 좋단다."

아이_ "영웅이는 정말 소극적이야."

부모_ "영웅이가 소극적이지 않은 경우도 있어. 난 그런 경우가 몇 개 떠오르는데."

아이_ "그래요, 걘 수영장을 하루에 10 바퀴씩 수영해요."

아이_ "난 힙합 음악은 질색이야. 잠깐만요, 실은 힙합 음악을 많이 좋아해요. 좋은 곡도 있고 나쁜 곡도 있죠. 하지만 최근에 산 건 정말 실망이에요."

4단계 – 남을 비하하면 벌주기

만약, 계속 다른 전략들을 시도해도 여전히 아이가 비판적인 말을 할 경우, 긍정적인 말을 하도록 강요하고 가르쳐야 합니다. 또한 자신의 비판적 언어로 인해 다른 사람들이 상처받을 수 있음을 깨우쳐 주십시오. 아이도 자기의 비판적 언사로 인해 다른 사람들이 상처를 입을 수 있다는 사실을 알아야 하기 때문입니다. 아래에 다양한 연령대의 아이들이 사용하기 적당한 방법 세 개를 제시합니다. 하나를 택한 다음 일관되게 밀고 나가십시오. 아이는 부모가 그 문제를 진지하게 생각하고 있음을 알아야 합니다.

- **부정적인 말을 긍정적인 말로 바꿀 것** : 부정적인 말을 못하게 하는 좋은 규칙은 "부정적인 말 한 마디 = 긍정적인 말 한 마디"를 하는 것입니다. 누군가가 부정적인 말을 뱉었을 경우에는 곧바로 자신의 말을 긍정적인 어떤 것으로 바꿔야 합니다.

  만약 아이가, "이건 멍청한 짓이야. 왜 이렇게 해야 되죠?"라고 말한다면, 그 말을 다른 긍정적인 것으로 바꾸라고 독려합니다. "그래, 만약 내 옷장을 청소하게 되면 여유 공간이 좀 생길 거야." 이 규칙을 실행하면 부정적인 언사는 점차 사라질 것입니다. 하지만 훈련을 멈추지 말아야 합니다.

- **진심으로 사과할 것** : 누구든 남의 마음에 상처를 입히는 비하성 발언을 할 때마다 그 말을 들은 사람한테 진심으로 사과하게 합니다. 사과할 때는 왜 미안한지, 그 말을 들은 사람이 어떻게 느낄 거라고 생각하는지, 말을 다시 주워 담기 위해 뭘 하고자 하는지가 들어 있어야 합니다. 예를 들면, "너한테 멍청하다고 말해서 미안해. 네가 기분이 좋지 않다는 걸 알아. 다시는 그런 말 하지 않을게. 하지만 만일 또 실수하면, 내가 대신 네 숙제를 해줄게."라고요. 나이 어린아이들은 사과할 내용을 그림으로 그려도 좋습니다.

- **비판항아리 사용하기** : 새로운 가정 규칙을 만듭니다. 즉 가족 중에 누구라도 비하성발언을 하면, 그 죄 하나에 대해 자기 용돈 중 일정한 금액을 항아리 속에 집어넣어야 합니다. 물론 부모님도 포함됩니다. 돈이 없으면 일을 해서 갚습니다. 항아리가 다 차면 자선단체 등에 기부합니다.

가정에서는 매일 가족구성원들이 행한 비판적 언행을 추적하여, 부정적인 언행 카운트다운 안을 개시합니다. 비하성발언, 냉소적이거나 비꼬는 질책성 발언, 혹은 비판성 발언을 규칙적으로 얼마나 자주 내뱉었는지 알고 나면 놀랄 것입니다. 그 다음 21일간은, 가족이 모두 부정적인 발언을 삼가하겠다고 약속합니다. 처음에는 비판적 말 한 마디를 내뱉을 때마다 긍정적인 말 한 마디를 해야 합니다. 그러다 보면 부정적인 말 대 긍정적인 말의 비율이 천천히 바뀌기 시작할 것입니다. 그쯤에서 목표를 하나 세우는 게 이상적입니다. 즉 21일이 다 지날 무렵엔 가족 모두가 부정적인 말 한 마디에 긍정적인 말을 적어도 두 마디는 하도록 합니다. 이 전략만 실행해도 가족들 간에 활력이 살아나고 변화가 생기며 아이들의 비판적인 태도가 엄청나게 개선되는 점에 놀랄 것입니다.

태도 개선을 위한 다짐

덜 부정적인 아이가 되고 지속적인 발전을 하기 위해, 위 단계들을 어떻게 활용할 것인가요? 아이의 태도를 변화시켜 아이를 더욱 긍정적이고 낙관적으로 만들 수 있도록 앞으로 24시간 내에 당신이 해야 할 일을 적어보세요.

나는 ________________________________ 할 것이다.

태도 개선 상황 기록하기

태도 개선은 어려운 일이며, 끊임없는 연습과 부모의 지원이 필요합니다. 그러기에 아이가 변화를 향해 가는 각각의 단계에서 아무리 작은 변화를 보이더라도 인정하고 칭찬해줘야 합니다. 진정한 결과를 얻기까지는 최소한 21일은 걸리니 절대로 포기하지 마십시오! 한 가지 전략이 효과가 없으면, 다른 전략을 시도하십시오. 자녀의 주간 진전상황을 아래 빈 칸에 쓰고 '태도변화 일지'에 매일 매일의 진전상황을 기록하십시오.

1주 :

2주 :

3주 :

결과 검토와 진행중인 태도 개선

아이의 태도 중 여전히 개선을 요하는 부분이 있나요? 어떤 작업이 더 필요한가요?

게으름

권장태도 : 성실, 끈기, 생산성

보바 박사님께

제가 이 사실을 인정해야 한다는 건 고통입니다. 하지만 받아들여야겠지요.
아홉 살 난 제 아들이 너무 게을러요. 대체 어디서 그런 태도를 배웠는지 모르겠
어요. 남편과 저는 기진맥진할 때까지 일하고 직업을 네 개씩이나 가져서 간신히
먹고 삽니다. 다른 두 아이들은 공부에 대한 열정이 너무 강해서 너무 열심히 공
부하지 말라고 할 정도인데, 막내둥이는 매일 밤 그 애를 공부시킬 때마다 전쟁을
치르듯 해야 합니다. 아이의 태도를 바꿀 방법이 없을까요?

이런 건 나쁜 태도야!

- "화분에 물 줘야 하는 걸 알고 있지만 전 누워서 TV를 볼래요."
- "이봐, 난 저번 주에 나뭇잎을 쓸었다고."
- "선생들이 우리한테 말하는 건 모두 어디서 베껴 온 거야. 왜 그걸
  공부해야 되는 거야?"

부모 스스로 게으름을 피워보기 바랍니다. 그리곤 애들이 좋아하는지 보세요. 아마도 대부분의 아이들은 자기가 할 일을 부모가 대신 해줄 때까지 기다리며 게으름을 부릴 것입니다. 그렇더라도 아이들의 일들을 해주지 마세요. 빨래도, 침대정리도요.

누구나 해야 할 일이 있다는 것과 그 일을 하고 안 하고의 차이점을 아이들이 직접 체험하게 해야 합니다. 그것이 게으른 태도를 바꾸는 첫 단계입니다.

"열심히 했더라면!" "걘 제일 쉬운 길만 간다니까." "그렇게 하는 일 없는 사람은 첨 봤어!" 만약 당신 아이한테 이런 말이 적용된다면, 당신은 못되고 말 안 듣는, '일을 무서워하는' 아이를 기르고 있는 것입니다. 그러나 당신만 그런 것은 아니니 안심하십시오.

게으름 병은 현재 엄청나게 확산되고 있습니다. 게으른 아이들은 쉬운 길만을 가려고 하며, 지름길을 택하고, 최소한의 노력만 하며, 할 수 있는 최선의 노력 따위에는 관심도 없습니다. 그러기에 게으름병에 감염된 사람의 종말은 누구나 예측할 수 있습니다. 그런 부류의 아이들이 보이는 성취도는 지극히 낮으며, 타고난 각자의 특성은 금세 퇴색합니다. 또한 게으름은 어떤 징후에 불과하거나 무책임, 무감각, 자기중심 같은 다른 나쁜 태도와 큰 관련을 갖는 경우도 많습니다. 실패나 낙담, 또는 장기적이거나 최근의 상처로 인한 고통을 피하기 위해 생겨난 태도일 수도 있습니다. 또, 당신이 아이한테 너무 큰 압력을 가하여, 아이가 부모의 기대에 부응하다가 스트레스를 받았거나 부모가 제시한 목표에 이르는 데 필요한 기술이나 천부적 재능이 부족한 상태일 가능성도 있습니다. 일부의 경우, 게으른 줄 알았던 아이들이 사실은 가벼운 만성질환에 오랫동안 시달려 온 경우도 있었다고도 하니 반드시 아이의 건강 상태도 체크해보아야 합니다.

깊이 명심해야 할 사항은, 고의로 게으름을 피우는 아이들은, 자기 자신뿐 아니라 남들에게도 해를 끼친다는 사실입니다. 마땅히 해야 할 일을 하지 않고 남이 대신 해주기를 바라는 태도 역시 매우 이기적인 태도 중의 하나입니다. 그렇다고 게으른 아이들이 자신들로 인해 타인이 어떤 영향을 받는지를 알아차릴 것을 기대하지는 마십시오. 다만 통제하면서 되도록 빨리 태도 개선에 들어가야 합니다.

게으르다는 딱지가 붙은 아이는 평판에 치명적 손실을 입습니다. 증명해보라고요? 당신이라면 게으른 아이를 고용하거나, 팀의 일원으로 뽑거나, 친구로 삼고 싶나요? 모든 사람들이 원하는 사람은 근면하고, 참을성 있으며, 생산적인 사람입니다. 그러니 부지런히 나쁜 태도를 개선하기 바랍니다.

나쁜 태도 경계하기

아이의 게으른 태도를 당장 뜯어고치려 하기 전에 그 태도가 정말 무책임에서 비롯된 것인지, 아니면 실패에 대한 두려움이나 절망과 같은 좀더 심오한 감정에서 생겨난 것인지를 밝혀내기 바랍니다.

진단 당신 스스로에게 다음과 같은 질문을 해 보십시오.

● 언제 _ 아이가 하루, 일주일, 한 달 중에 특히 게을러지는 특별한 때가 있나요? 만약 그렇다면, 그 이유가 무엇이라고 생각하나요? 이를테면, 아이가 지쳤거나, 과도한 일정에 시달리거나, 질렸거나 스트레스를 받았나요? 아니면, 숙제나 음악 수업, 혹은 집안일을 할 때 그런가요? 아이가 항상 아니면 특정한 때에만 게으른가요? 이유는 무엇인가요?

● 어디서 _ 학교나 유치원, 집, 야구장 등 아이가 특히 게을러지는 특정한 장소가 있나요? 왜 그런가요? 좀더 구체적으로 생각해보세요. 아이가 가장 게으름을 피우는 장소가 학교라면, 학교의 어느 곳에서 그러나요? 수학시간? 아니면 체육 시간에? 만일 그렇다면 이유가 뭔가요? 공부를 하고 싶지 않거나, 공부하는 데 어려움을 겪는 건 아닐까요? 어려움과 '게으름'의 차이는 엄청납니다. 공부에 어려움을 겪는 건, "게으름"의 차원이 아니라 학업문제이며, 그에 따른 굴욕감, 수치, 강한 자의식 또는 실패를 가리고자 아이가 취하는 방법의 하나일 수도 있습니다. 그러니 그런 점으로 인해 아이가 게으름을 피울 수도 있다는 사실을 놓치지 마십시오.

● 누구에게 _ 아이가 모든 사람한테 똑같이 게으름을 피우나요? 그렇지 않은 사람이 있다면, 누구인가요? 그 까닭은? 그 사람들은 아이를 어떤 태도로 대하나요? 다소 기대를 하나요? 과제해결의 모델이 되어 주나요? 아이의 노력에 힘을 불어 넣나요? 그다지 비판적이지 않나요? 또, 아이는 오로지 친구들하고 있을 때만 게으름을 피우나요? 왜 그렇게 하나요? 동급생들 사이에 본인이 얼간이 또는 착해빠진 아이로 보이고 싶지 않기 때문은 아닐까요? 아이 친구들이 아이한테 게으르다는 딱지를 붙였나요? 아니면 형제자매들과 함께 있을 때만 게으르게 행동하나요? 만약 그렇다면, 질투나 라이벌 의식을 갖고 있지는 않나요?

● 무엇을 _ 대체 무엇 때문에 아이가 게으름을 피우나요? 숙제, 독서, 운동, 장난감 치우기, 애완동물 먹이주기, 악기 연습하기, 자기 방 청소를 왜 하지 않으려는 걸까요? 혹시 자기는 노력을 하지만 결국은 아무것도 이룰 수 없으리라는 생각 때문에 아예 매사에 의욕을 잃은 것일까

요? 그렇다면 그러한 문제를 추려 목록을 만들어 두세요. 예를 들어, 아이가 자전거를 닦을 때, 컴퓨터 작업을 할 때, 피아노를 칠 때, 또는 운동 연습을 게을리 할 때 게으름을 부리는 것 등에 대해서 말입니다. 아직 문제가 발생하지 않았지만,그로 인해 발생할 문제까지 헤아려서 만들어도 좋습니다.

자, 이제 작성한 목록을 읽어보세요. 어떤 유형이 존재하나요? 예컨대, 아이가 학교와 관련된 부분에서는 가장 게으르지만, 수영 연습을 할 때는 오히려 부지런을 떨지 않던가요?

이제 핵심적인 질문으로 들어갑니다. 왜냐고요? 이를테면, 아이가 학교와 관련된 부분에 대해 유난히 게으름을 피운다면, 그 아이는 정리정돈, 집중하기, 복잡한 과제 다루기, 공부방법 등에 문제가 있을 수 있습니다. 부모 입장에서 무엇이 정답이라고 생각하나요?

● 왜 _ 아이가 게으른 태도를 갖게 된 이유는 무엇인가요? 자녀가 해야 할 일이 있나요? 현실적인 부담이 있는 일인가요? 허드렛일이거나 꼭 해야만 하는 일인가요? 다른 사람들이 일하는 광경을 보나요? TV, 비디오게임, 또는 친구들이 일을 너무 방해하나요? 아이한테 그 일을 해낼 만한 능력이 있나요? 아이가 버릇이 없어서 다른 사람이 자기 일을 대신 해주기를 기대하며 당연하다고 여기나요? 아이가 기억력이 없고, 활력이 적고, 겁에 질린 것 같고, 시간관리를 형편없이 하고, 쉽게 산만해지고, 풀이 죽어 있는 이유는 무엇일까요? 혹시 만성질환이 있거나 건강에 문제가 있나요? 아이가 담배를 피우거나 알코올을 남용하고 있을 가능성이 있나요? 아이가 좌절해 있거나 무기력한 상태인가요?

자, 이제 어떤 예측 가능한 유형이 보이나요? 자녀의 이런 게으른 태도의 원인이 어디에 있는지 알았나요?

당신의 반응에는 아무런 문제가 없나요?

이번에는 아이의 게으른 태도에 대한 당신의 반응을 숙지하는 일입니다. 당신은 아이의 게으른 태도를 꾸짖고, 소리치고, 훈계하고, 하지 말라고 애원하고, 어르고, 겁주고, 뇌물을 주고, 도와주고, 대신 해주고, 아예 포기하거나 그밖의 다른 것을 하는 편인가요? 아이가 당신의 생각에 동의하나요? 아이의 게으른 태도 배후에 실은 더 심각한 문제가 숨어 있을 수 있다는 걸 생각해볼 시간은 가져 보았나요?

아이가 게으른 태도를 보였던 가장 최근의 시점을 생각해보세요. 아이의 과제나 사건의 발단은 무엇이었나요? 그때, 아이는 무얼 하고 있었나요? 당신은 아이한테 무얼 원한다고 말했나요? 아이는 당신 말에 어떻게 반응했나요? 당신이 보인 반응으로 아이가 태도를 바꾸었나요? 그렇지 않았다면, 가장 실패한 방법 중 한 가지를 적어보세요.

나는 다시는 _________________________________ 하지 않겠다.

당신 자신의 나쁜 태도를 직시하라

처음부터 게으르게 태어나는 아이는 없습니다. 만일 아이가 게으르다면 누군가로부터 또는 무엇인가로부터 배운 것입니다. 대상은 형제, 자매, 이웃, 친척들 아니면 당신일 수도 있습니다.

당신은 항상 쉬운 길로 가나요? 자신이 할 일을 제쳐두고 다른 사람이 대신 그 일을 맡아 해주길 바라거나 일을 도와 줄 사람을 고용하나요? 일의 목표를 정하고 달성한 적이 몇 번이나 되나요? 당신이 맡은 일을 망설임 없이 최선을 다해 끝마치는 모습을 아이가 보고 자라나요?

심각하게 자신의 도덕성을 점검하고 진정으로 아이의 본보기가 되는데 부끄러움이 없는지 따져보세요.

당신 자녀들의 게으른 태도를 극복시키기 위해 당신이 24시간 이내에 해야할 일을 적어보세요.

나는 앞으로 _______________________________ 할 것이다.

나쁜 태도, 이렇게 바꾼다

자녀의 게으른 태도를 고쳐 적극적인 아이가 되도록 도와주기 위해 다음 단계를 따라 하세요.

1단계 – 아이의 신체적 · 정신적 건강 상태를 평가하라

아이가 꼼짝 안 하는 이유가 질병 또는 만성피로 증후군 때문이 아닌가 확인할 필요가 있습니다. 아이를 소아과에 데리고 가서, 검진을 받고 혈액 검사를 받게 한 때가 언제인가요? 혹시 아이의 게으른 태도가 감정의 불안정에 의한 것은 아닐까요? 최근에 아이의 마음이 심란해지고 위축된 원인은 없었는지 생각해보세요. 그저 정상적인 사춘기 현상인지 아니면 호르몬에 의한 것인지를요.

최근에 아이가 어떤 범상치 않은 압력이나 스트레스를 받고 있었나요? 이사를 새로 했나요? 새로운 학교에 전학 갔나요? 치한한테 희롱 당했나요? 학교 급우들이 지나치게 경쟁적인가요? 아이의 일정이 너무 빡빡한가

요? 가정에 변화가 있었나요? 이혼, 사망, 혹은 질환? 아이가 축 쳐져 있나
요? 소년소녀들의 우울증이 지난 30년 동안 1,000배나 많아졌다는 사실을
알고 있나요? 성장한 자식이 마약이나 알코올을 마시고 피곤하고 무기력
한 상태에 빠진 적은 없나요? 아이의 게으른 태도가 단순히 무책임하거나
이기적이어서 그런 게 아니라, 어쩌면 마음의 병일 가능성도 있다는 게 밝
혀질지도 모릅니다.

2단계 – 생산성의 본보기가 되라

이번 달에 서약서 하나를 만들어보세요. 한 가지 과제를 골라 어떤 어
려움이 있더라고 끝까지 포기하지 않고 달성하겠다는 의지를 보여주세
요. 그러나 새로운 과제를 수행하기에 앞서, 당신 스스로 이런 독백을 하
고 들어보세요. "성공할 때까지 무지 노력할 테야!"

본보기를 보이는 것은 제일 좋은 교수방법이기 때문에, 스스로의 행동
을 점검하고 모범적인 태도를 보이는데 신경을 써야 합니다.

아이들에게는 본보기로 삼을만한 행동모델이 필요하며 그를 통해 아이
들은 인생이 오직 즐겁기만 한 게 아니라, 희생과 고된 노동도 수반한다는
사실을 쉽게 이해하게 됩니다. 그러한 방법은 좋은 태도향상에 도움이 됩
니다. 아이들에게 좋은 본보기가 될 만한 몇 가지 예를 들어보겠습니다.

- 아이들이 공부할 때 일할 것 : 아이들이 공부를 할 때, TV를 보지 말
  고 생산적인 업무, 이를테면 독서, 편지쓰기, 금융업무 끝마치기, 또
  는 할 일의 목록을 만드는 따위의 생산적인 작업을 하십시오.
- 계획성 있는 삶의 모범을 보일 것 : 아이들과 함께 달력을 보고 해야
  할 일의 우선순위 목록을 만들도록 하십시오.
- 당신의 작업장을 보여줄 것 : 아이들에게 당신 사무실 또는 다른 업

무장소, 식료품 가게, 청소, 집안일 등의 일들을 목록에 포함시켜 돕도록 합니다. 아이들은 부모가 하는 일을 보면서 부모의 노동과 생활을 이해하게 됩니다.

- 대화 시간을 만들 것 : 자동차 라디오를 끄고 당신의 하루와 아이들의 하루에 대해서 이야기해보세요.
- 명확한 일정을 세울 것 : '먼저 일하고 놀아라.' 라는 식의 원칙을 가지고 명확한 일정을 세워 가정의 정책을 수립하세요.
- 정리정돈을 할 것 : 업무 공간을 마련해서 아이들에게 자신만의 '사무실 공간' 을 마련해주세요.
- 아이의 일에 관심을 보일 것 : 아이가 하는 일에 관심과 흥미를 보이십시오.

3단계 – 노력과 고된 일의 가치에 대해 가르쳐라

내가 브리티시 콜롬비아 주의 어느 학교 교실에 들어갔을 때, 나는 그 반 담임 선생님이 인내를 강조하는 사람이라는 걸 즉시 알아챘습니다. 교실에 들어서자마자 손으로 직접 쓴 커다란 급훈이 눈에 들어왔기 때문입니다.

급훈에는 '천재는 1%의 영감과 99%의 노력으로 이루어진다' 는 토머스 에디슨의 글이 쓰여 있었고 그 반 선생님은 내게 이렇게 말했습니다.

"저는 저 급훈을 붙이며 학생들에게 이렇게 말했죠. 성공의 열쇠는 게으름을 피우거나 변명을 하거나 할 일을 미루지 않고 열심히 일하는 데 있다. 아이들은 저 글을 따라 읽으며 행동으로 옮기고 있어요. 저 한 줄의 글이 가져다주는 위력이 그렇게 클 줄 정말 몰랐어요."

생산과 노동의 중요성을 지속적으로 강조함으로써 그 반 아이들은 선생의 메시지를 '이해했고 자신들의 삶에 적용' 했습니다. 성공을 달성하는데 근면이 얼마나 중요한지 아이들이 이해할 수 있도록 아래에 몇 가지 방법을 제시합니다.

- **근면함에 대해 토의할 것** : 근면이란, 맡은 일을 끝낼 때까지 열심히 일하는 것임을 일부러 시간을 내어서라도 가르치십시오. 그리고 그 말을 자주 사용해서 아이들에게 자신의 삶에서 근면이 얼마나 중요한 역할을 하는지 이해시키십시오.
- **생산성을 강화시킬 것** : 아이들이 열심히 공부하거나 일에 매달릴 때, "네 일에 그토록 열심인 걸 보니 무척 근면하구나. 힘들더라도 용기를 내거라."라며 근면함에 대한 긍지를 갖도록 해주십시오. 그러면 근면함도 강화됩니다.
- **인내심을 강화시킬 것** : 인내심 많은 사람들의 말을 경청할 기회를 제공하고 그 말을 인생에 적용할 수 있도록 가르치고 질문하십시오. "포기를 모르는 사람은 어떤 말을 할까?"라고요. 그런 후 그 구절들을 목록으로 만들어 보게 하십시오.

  '난 할 수 있어!, 다시 해볼래, 포기하지 마, 그만두지 않을 테야!, 이 일은 힘들지만 계속 해볼래, 내 전부를 걸겠어.' 그런 후 '포기를 모르는 표현!' 이라는 제목을 달아두십시오.

  식구들 모두는 적어도 그 제목 안에 있는 구절들을 하루 한 가지 정도는 소리내어 읽도록 원칙을 정합니다.
- **가훈을 만들 것** : 가훈이 없다면, 다음과 같이 생산성을 강조하는 가훈부터 만들어보세요. "두드리고, 두드리고, 두드려라. 그러면 열릴 것이다.", "우리 가족은 일단 시작한 일은 무슨 일이 있어도 끝마친다.", "도중에 포기하는 사람들은 결코 이루지 못한다.", "시작보다 끝맺음이 중요하다."라는 가훈을 침실 벽에 붙여 놓으십시오.

4단계 - 미루는 습관을 고치도록 정리정돈을 습관화하라

게으른 아이들의 생활은 매우 어수선하여 물건을 아무 곳에나 두고 정작 필요할 때는 찾지 못합니다. 침대도, 옷장도, 가방도, 노트도 정리돼 있지 않은 건 물론, 옷장을 열면 우수수 쏟아져 나오는 물건들 때문에 머리에 헬멧을 써야 할 정도입니다. 그런 아이들한테는 삶의 잡동사니와 혼동을 몰아내는 방법을 꼭 가르쳐야 합니다. 그렇다고 당장 정리정돈 잘하는 단정한 아이들로 탈바꿈시키자는 건 아닙니다. 다만 아이들의 물리적 환경과 마음을 청소하여 삶에 질서를 부여해주려는 것이지요.

일단 간단한 정리도구를 마련하십시오. 나이가 어린 아이들은 보관함, 서랍, 행거에 장난감과 옷가지를 정리하도록 도와주고 조금 큰 아이들은 좀더 복잡한 도구와 장비, 이를테면 다이어리, 파일캐비닛, 전자수첩 같은 것들을 사주십시오.

5단계 - 급한 일의 순서를 정하라

어떤 아이들은 이렇게 말합니다. "그 페이지에는 공부할 게 너무 많아요." "이걸 어떻게 전부 한 번에 할 수 있죠?"

일이 너무 어려워 결코 완성시킬 수 없을 것이라고 생각하여 지레 겁을 먹는 것이지요. 그러니 그런 종류의 일은 아이가 해낼 수 있는 분량만큼씩 나누어서 하도록 도와주어야 합니다. 다음은 그에 관한 몇 가지 예입니다.

- 아이의 숙제를 한 번에 할 수 있는 분량만큼씩 나누어서 아이가 하루만큼의 분량만을 공부하게 합니다. 물론 각 공부를 마치고 나면 짧은 휴식을 취합니다. 그렇게 일을 쪼갬으로써 한 가지 일에 집중하기 힘들거나 과도하게 집착하는 아이들에게 '내가 하지 못할 일은 없어!'라는 확신과 성취감을 심어줄 수 있습니다.

- 아이가 몇 가지 과제를 훌륭히 해내면, 단계적으로 쪼개는 부분의 크기를 늘려 나갑니다.

  조금 큰 아이들은 일일계획, 주간계획, 나아가 월간계획을 세울 수 있습니다. 물론 일의 마감 시한에 따라 일정을 조정할 수도 있고요.
- 아이들이 할 일을 중요도에 따라 순위를 매겨 목록으로 작성하게 도와줍니다. 아이가 청소년이라면 그 목록을 정기적으로 업데이트 하도록 권하고 어린아이들에게는 그날 할 일 몇 가지를 그림으로 그리게 하여 상기시켜줍니다.

6단계 – 노력과 생산성을 강조하라

아이가 자신의 게으른 태도를 극복하기 위한 결심과 노력을 하기 시작했다면, 매 단계를 지날 때마다 지원을 계속하고, 칭찬하고 그 덕목을 강화시키십시오. 그러나 너무 칭찬에 관대할 경우 오히려 아이의 자만심을 부추겨 일을 그르칠 수도 있으니 칭찬의 수위를 조절하십시오. 아이의 생산성과 노력을 강화시키는 몇 가지 방법을 아래에 제시합니다.

- 의욕을 북돋아 줄 것 : "연주 능력이 정말 많이 향상되었구나. 계속 열심히 하렴."
- 칭찬을 해줄 것 : "침대를 정말 잘 만들었구나. 그리고 그 퀼트는 바닥에 깔려있을 때보다 침대에 깔아놓을 때가 훨씬 멋있어."
- 다른 사람 앞에서 아이를 칭찬할 것 : "여보게, 이 구두, 정말 반짝거리지? 막내아들이 깨끗이 닦아주었다네."

가족 전체를 바꾸라

게으른 태도가 가정을 좀먹기 전에 서둘러 '게으름 반대 캠페인'을 벌이십시오. 게으름은 미처 깨닫기 전에 습관이 되어버리기가 십상이거든요. 그러기 위해서는 가장 시급하게 고쳐야 할 것 두세 가지를 우선 알아내야 합니다. 가족들이 불량식품을 너무 많이 먹어서 점점 살이 찌나요? 식구들 모두가 운동부족으로 빌빌대나요? 제발 찾아오는 사람이 없으면 할 정도로 집안이 엉망진창인가요? TV를 과도하게 시청하나요? 가족이 각자 바빠서 저녁 식사도 각자 하나요?

위 문제들 가운데 하나를 골라, 적극적으로 일일 캠페인을 벌이십시오. 이를테면, 매일의 운동계획을 세운다거나 일일 최대 시청시간을 정해 TV시청을 잠정적으로 제한합니다. 또한 가족모임을 열어서 집 안팎을 청소할 계기를 만듭니다. 중요한 점은 무엇을 계획했든 온 식구가 한 배를 타고 적극적으로 밀고 나가며, 포기하지 말아야 한다는 점입니다.

태도 개선을 위한 다짐

당신은 아이가 게으름을 덜 피우고 지속적인 변화를 달성할 수 있도록 위 단계들을 어떻게 이용할 생각인가요? 아이의 태도 바꾸기에 돌입해서 아이가 더 근면해지고 활동적이 되도록 만들기 위해 24시간 내에 꼭 해야 할 것을 적어보세요.

나는 앞으로 _________________________________ 할 것이다.

태도 개선 상황 기록하기

태도의 개선은 어려운 일이며 끊임없는 연습과 부모의 지원이 필요합니다. 그러기에 아이가 변화를 향해 가는 각각의 단계에서 아무리 작은 변화를 보이더라도 인정하고 칭찬해줘야 합니다. 진정한 결과를 얻기까지는 최소한 21일은 걸리니 절대로 포기하지 마십시오! 한 가지 전략이 효과가 없으면, 다른 전략을 시도하십시오. 자녀의 주간 진전상황을 아래 빈 칸에 쓰고 '태도변화 일지' 에 매일 매일의 진전상황을 기록하십시오.

1주 :

2주 :

3주 :

결과 검토와 진행중인 태도 개선

아이의 태도 중에 아직도 고쳐야 할 부분이 남아 있나요? 그렇다면 부모로서 어떤 노력을 더 해야 하나요? 아래의 빈 칸에 써보세요.

교활함

권장태도 : 믿음직함, 진심, 신뢰감

보바 박사님께

저희 자식은 매력적인 열한 살 사내아이입니다. 두뇌가 명석하고, 잘생겼으며, 믿을 수 없을 정도로 운동도 잘합니다. 그러나 자신이 원하는 것을 얻기 위해 지독히 머리를 쓰기 때문에 걱정이 됩니다. 모든 문제를 기지로 해결하려고 해서, 이젠 저희 부부도 아이의 말을 들어주지 않습니다. 그러면 그 애는 우리가 한 말을 트집 잡아 자기가 무기력하다고 거짓을 떨며 다른 사람을 비난하고 자신이 원하는 것을 얻을 때까지 사람을 피곤하게 만듭니다. 변명하는 능력 또한 타고나서 아이 말의 진위를 파악하기가 힘듭니다. 그 아이하고 있으면 우리는 마치 현실의 서바이벌 게임에 가담한 듯한 느낌이 드는데, 문제는 저희가 아이에게 지고 있는 것입니다. 도와주세요!

- "아빠 나를 밤 늦게까지 못 자게 만들려는 거죠. 왜 그렇게 치사해요?"
- "5달러 주면 할게. 근데 이게 내가 마지막으로 제안하는 거야."
- "저 선생은 나한테 나쁜 감정이 있어. 날 비난할 거야. 하지만 그게 내 잘못은 아냐."

당신은 이 순간 이후로 기존의 태도를 바꿔, 아이가 속임수를 쓸 때마다 속임수라고 일러주고, 아이가 원하는 바를 얻거나 성취하고자 하는 어떤 노력도 절대 받아주지 말아야 합니다. 그러려면 부모가 먼저 지쳐버릴 수도 있습니다. 또한 부모로서 아이를 이기는 일은 쉬운 일이 아니라는 것도 잘 압니다. 하지만 한 가지는 꼭 기억하셔야 합니다. 속임수를 쓰는 아이는 자신이 원하는 것을 얻기 위해 책략을 꾸미며 그것을 받아줄 대상을 필요로 합니다.

첫째, 아이의 속임수를 믿어주고, 변명을 들어주고, 비방을 받아들이고, 죄책감 유도에 넘어가거나 조금씩 묵인해주는 태도를 버리고 단호하게 대응하십시오. 그리고 당신의 생각을 아이한테 이용당한 모든 사람들에게 알려서 아이의 나쁜 태도를 고치는 데 동참시키십시오.

속임수를 쓰는 아이들의 말투는 대부분 다음과 같습니다. "할 수 있다고 아빠가 말씀하셨어." "선생님이 나한테 말하지 않았어." "날 사랑하지 않아요." "내일 꼭 할게. 약속해." "배가 아파서 학교 못 가겠어."

그런 아이들은 딱 한 가지 목적을 가지며, 그것을 얻기 위한 방법에 몰두합니다. 더구나 명예로운 문제아의 후보자격을 유지하기 위해선 거의 어떤 것도 마다하지 않을 것입니다. 변명, 비난, 거짓말, 위협, 죄를 범하는 것은 이 아이들이 사용하는 몇 개의 도구에 불과할 뿐이며 오히려 더 심각한 건 이 아이들이 당신을 지치게 만들 수 있다는 것입니다.

하지만 여기서 진짜로 발생하는 중요한 문제는 무엇인가요? 속이는 아이들은 다만, 정신적으로 불안한 성장기 어린아이들에 불과한 걸까요? 물론 그렇게 생각할 수도 있습니다. 하지만 한 가지 중요한 사실 하나는 명심하기 바랍니다. 이 아이들이 태어날 때부터 계획적이고, 술수를 쓰고, 거짓말을 하고, 전술적이었던 건 아니라는 점입니다. 이 아이들은 단순히 자신이 원하는 바를 얻을 도구로써 그런 짓을 학습한 것일 뿐이며 일단 그런 방법이 성공하자 그것은 교묘한 전술방법의 하나로 아이의 머릿속에 저장되어 같은 행동을 거듭하게 되는 것입니다. 또 다시, 또 다시. 하지만 오로지, 오로지, 오로지, 당신이 받아줄 때만 효과가 있음을 간과해서는 안 됩니다.

속임수는 결코 하루아침에 배울 수 있는 게 아니며 처음엔 그리 교활하거나 복잡하지도 않습니다. 오히려 아주 미숙하고 의도적이지 않은 경우가 더욱 많습니다. 그저 아픈 척하고, 어리광을 부리며 타당하지 못한 보상을 해달라고 버티기도 하는데, 아주 놀랍게도 그런 방법이 쉽게 먹혀드는 것이지요. 그러한 시행착오를 거치면 아주 어린 천사 같은 아이라도 원하는 것이 있을 때는 어떻게 해야 할지를 배우며 누가 제일 쉬운 대상이 될지를 알아냅니다.

이를테면, 3살짜리 아이는 엄마가 자기한테 장난감을 사주도록 유도하기 위해 자지러지게 우는 방법이 놀랄 만큼 효과적임을 학습합니다. 다섯 살짜리 아이는 사랑스럽게 껴안으면서 사탕발림으로 애교를 떨며 그런 행동이 아빠에게서 "그래!"라는 대답을 얻어내는 데 놀랄 만치 효과적이라는 사실을 재빨리 깨닫습니다. 일곱 살짜리 아이는 "절 사랑하지 않지요?"와 같은 말을 적재적소에 날림으로써 엄마가 부모로서 죄책감을 느끼도록 하여 바라는 바를 얻어 낼 수 있다는 사실을 깨닫습니다. 아빠한테 사정해서 제발, 제발, 제발 과학 프로젝트 좀 대신해 달라고 하고, 그 결과 아빠가 대신 해줍니다. 그러는 사이에 아이들의 조그맣던 거짓말은 눈덩이처럼 불어나고, 즉석에서 하던 변명은 장황한 거짓말로 진화하고, 비방은 더 정교한 형태를 띠게 되며, 거짓말 하는 범위는 점점 더 크고 넓어집니다. 아이는 점점 더 노련하고 능숙한 사기꾼이 되어가는 것이지요. 아! 당신이 항상 꿈꾸던 대로요.

이런 아이와 함께 산다는 건 참으로 어렵고 힘이 듭니다. 당신의 말을 허튼소리로 변질시키고 당신을 지치게 해 눈물을 흘리게 만들며 당신 머리에 1그램의 지능이라도 남아 있는 건지 의심이 들 정도로 사람을 후립니다. 정말이지 너무나 교묘한 속임수인 거지요.

그런 아이들의 수법에 넘어가 두 손을 드는 건 끔찍한 고통입니다. 그런 태도를 갖게 된 아이들은 인생의 굴곡을 이겨낼 만한 힘을 키울 수가 없습니다. 좌절, 두려움, 일 등에서 자신에게 고통을 주는 것은 무엇이든지 피해가려 하며 그에 대한 대처 방법을 배우기보다는 우선 그러한 고통에서 도망치려 합니다. 그리하여 아이들 특유의 자립심과 발랄함, 자신감을 개발할 잠재능력을 손실케 하는 것이지요.

속이고, 정직하지 못하고, 계획적인 수법을 사용하다보면 도덕적 발달역시 저해를 받습니다. 사실, 속이는 태도는 아이의 성격에 치명적인 해악을 끼칩니다. 한 번 속일 때마다 아이의 양심 및 도덕적 양심은 그만큼 망가지며 가족의 조화까지 무너뜨려 가족들의 마음에서 신뢰와 평화를 빼앗아갑니다.

그렇다면, 이런 나쁜 태도는 어디에서 비롯된 것일까요? 어쩌면 멀리 볼 것도 없이 그 답은 당신 안에 있을지도 모릅니다. 당신이 아이를 뇌물에 의존하도록 키웠을 수도 있으며 무거운 것은 언제든 달려가 들어주었을 것이며, 일이 잘 안될 때는 남을 탓했을 수도 있습니다. 또한 아이가 당신이 속임수를 쓰는 광경을 보았을 수도 있습니다. 즉 당신이 아이와의 약속을 지키지 않거나, 진지하게 대하지 않고 교활한 방법을 쓰는 모습을 아이가 지켜보았거나, 집이나 학교, 혹은 일터에서 가족과 이웃들이 쓰는 수법을 학습했을 수도 있습니다. 아니면 아이의 심층 내부에 존재하는 불안감, 불신, 수치, 또는 실패에 대한 두려움에서 비롯되었을 가능성도 있습니다. 그러니 이제는 더 이상 교활한 행동을 보이지 마십시오. 사실, 더 머뭇거릴 필요도 없습니다. 당장 이 나쁜 태도를 정직, 성실, 신용으로 바꾸는 캠페인을 시작하여 아이가 어째서 속임수를 쓰게 되었는지, 집에서는 어떤 행동을 하고 있는지를 깊이 생각하여 자녀의 나쁜 태도를 고치는 데 주력하시기 바랍니다.

진 단 아이가 왜 그런 속임수를 쓰는지, 그렇게 해서 아이가 얻는 것은 무엇인지 아래의 질문에 답해 보세요.

● 언제 _ 하루, 일주일, 혹은 한 달 중에 아이가 속임수를 더 잘 부리는 특정한 때가 있나요? 이유가 있나요? 이를테면, 매주 토요일 오전 열 시 정각에 아이가 속임수를 쓰곤 하는데, 우연찮게도 그 시각이 가족들이 집안일을 함께 하기로 한 때인가요? 아이가 매달리며 무엇을 요구하는 때가 거의 시계추처럼 정확하게 매일 밤 8시 정각인가요? 아이가 속임수를 쓸 때마다 달력에 표시해보십시오. 어떤 유형을 찾아낼 수도 있습니다. 어쩌면 성적통지표가 집으로 배달될 날짜가 다가오고, 피아노연주회 날짜가 다가오거나, 아이가 아빠네 집에 가서 머물러야 할 차례가 돌아올지도 모릅니다. 어떤 것들에 해당되는지 유형을 찾아보세요.

● 어디서 _ 학교나 유치원, 집, 가게, 피아노 교습소, 축구장 등 아이가 쉽사리 속임수를 쓰는 특정한 장소가 있나요? 이유가 무엇인가요? 특정한 장소에서 바라는 것을 얻는 경향이 있나요? 가게에서 앙탈을 부려 장난감을 사도록 만드나요? 친구들과 놀다가 주먹을 날리고는 집으로 전화를 해 도움을 청하나요? 수업받기 싫어서 피아노 레슨중에 배가 아프다고 하나요? 그 무엇이 되었든 이유는 분명 있습니다. 그러니 찾아내기 바랍니다. 아이가 도망치려고 하는 게 대체 무엇일까요?

● 누구에게 _ 속이는 아이들은 누구를 넘어뜨릴 수 있는지 알아내는 데 탁월한 재능을 갖고 있습니다. 그러니 아이의 교묘한 수법에 가장 쉽게 넘어가는 사람이 누구인지 알아보세요. 보모? 놀이방 선생님? 학교 선생님? 친척, 사촌, 고모나 삼촌, 할머니, 할아버지? 코치? 친구, 급우, 또는 동급생? 형제자매? 당신? 당신의 배우자? 아이의 속임수 대상에서 제외되는 사람은 누구인가요? 이유는 무엇인가요? 핵심은 그 사람들이 아이의 속임수에 어떻게 대응하는지를 관찰하는 것입니다.

● 무엇을 _ 아이가 교묘한 수법을 사용하는 경향이 두드러지는 특정한 주제나 물건이 있나요? 이를테면, 자기가 맡은 집안일이나 숙제, 목욕하는 것, 저녁식사, 양치질, 홀로 잠자는 것 또는 제시간에 맞춰 잠자는 것, 바이올린 연습이나 운동 연습하는 것, 학교, 놀이방 또는 유치원에 가는 것, 치과나 병원에 가는 것, 무엇인가요?

● 왜 _ 아이들이 속임수를 쓰고, 의존적이며, 남을 비방하게 된 데는 많은 이유가 있으나, 중요한 점은 대체로 아이가 어떤 것 또는 어떤 사람을 피하려고 그렇게 되는 경우가 많다는 것입니다. 아이가 피하려는 것

은 무엇인가요? 공부, 수치, 두려움이나 고통, 실패할 가능성, 관계의 깨짐, 처벌, 당신의 승낙 또는 당신의 사랑을 잃는 것, 불안전 또는 불안과 싸우는 것, 책임지는 것? 아이가 속임수를 쓰게 된 원인으로 무엇이 가장 타당하다고 생각하나요?

이제 작성한 답안을 잘 살펴보도록 해요. 당신의 아이를 잘 아는 다른 사람이 작성한 내용과 비교해도 도움이 될 것입니다. 어떤 예측 가능한 유형이 나타났나요? 아이의 나쁜 태도에 대한 이해가 넓어졌나요? 그리고 아이의 그러한 태도가 무엇 때문에 비롯되었는지 알게 되었나요? 그 태도를 고치기 위해 당신이 할 수 있는 일은 무엇인가요?

나는 앞으로 ＿＿＿＿＿＿＿＿＿＿＿＿＿＿＿＿＿＿＿＿ 할 것이다.

당신의 반응에는 아무런 문제가 없나요?

아이가 당신을 속인 가장 최근의 사례 몇 가지를 생각해보세요. 어떤 것에 관한 것이며 어떤 수법을 사용했나요? 가장 중요한 건, 당신의 대응 방식입니다. 겁을 주거나 꾸짖었나요? 논쟁을 벌였나요? 똑바로 행동하라고 사정하고, 어르고, 뇌물을 주었나요? 아이에 대한 생각을 접고 다만 그런 나쁜 태도가 사라지기만을 바랐나요? 다른 어른에게 부탁하여 아이의 태도를 고쳐달라고 부탁했나요?

최소한 아이한테 그건 좋지 않은 태도라고 이해시켰나요? 어떤 방법을 사용했나요? 아이가 사과하도록 만들었나요? 아이한테 무엇을 하든 스스로 할 능력이 충분히 있다고 격려했나요? 아이가 안 하려는 것을 강요했나요? 아이의 체면을 떨어뜨리거나 특권을 박탈했나요? 그렇게 함으로써 아이의 태도가 효과적으로 고쳐졌나요? 왜 그렇게 생각하나요? 아니면 아이의 수법에 넘어가서 아이가 원하는 걸 들어주었나요? 아이가 할 일을 대신 해주었나요? 타인을 비방했나요? 아이가 힘든 일을 피하는 걸 내버려 두었나요? 연민을 느꼈나요? 왜 그냥 놔두었나요? 이 경우, 아이가 당신한테 배운 건 무엇인가요?

속임수를 쓰는 아이들은 무엇이 효과적인지 깨닫는 데 아주 뛰어납니다. 따라서 아이한테 속아 넘어간 부모는 아이에게 맞서 대응하는 걸 포기하게 되고 아이는 다시 한 번 자기가 원하는 것을 얻습니다. 아이는 당신에게서 무엇을 배웠나요? 아이가 당신을 조종하는 기술에 따라 결국 아이의 행동을 받아들이거나 묵인하게 되었나요?

아이가 당신의 부족한 인내심을 이용하지는 않던가요? 아이의 자신감을 지켜 주려고? 스스로를 동정하고, 애교를 부리거나 무력한 상태를 드러낼 때 당신의 마음이 약해진다는 사실을 아이가 깨우쳤나요? 당신이 일이 많아 지쳐 있을 때 당신을 조금만 더 괴롭히면 당신이 무너질 수 있다는 사실을 알고 있을 수도 있지 않은가요? 아이의 그러한 태도에 대적할 만한 에너지가 없나요? 아니면 아이를 믿고 싶거나 믿나요? 아이가 다른 사람이 보는 앞에서 괴상한 짓을 하면 체면 구길까봐 묵인하나요? 아이가 자신감에 상처를 입을까봐 겁나서 그렇게 하나요? 굳이 아이를 꾸짖어, 아이와의 좋은 관계를 깨고 싶지 않은 것인가요?

당신의 처방 중 아이한테 효과가 없었던 방법 한 가지를 생각해보세요. 다시는 사용할 일이 없도록 아래에 적기 바랍니다.

나는 다시는 ＿＿＿＿＿＿＿＿＿＿＿＿＿＿＿＿＿＿ 하지 않겠다.

당신 자신의 나쁜 태도를 직시하라

당신은 부모님을 속여본 적이 있나요? 물론 있을 것입니다. 그런데 어떤 이유로 얼마나 많이 속였나요? 예컨대, 귀가시간을 어기고, 나쁜 점수를 받고, 허락받지 않고 어디론가 가버리고, 당신이 한 일을 갖고 나이 어린 여동생을 나무랐던 일에 관한 것인가요? 아니면 음악 레슨, 학교 숙제, 심부름이나 집안일 하는 것을 피하려고 그랬나요? 어떤 수법을 사용했나요? 이를테면, 가벼운 거짓말을 하고, 애교를 부리거나 말싸움에서 이기고, 무력한 척 가장하고, 부모님 중 한 분을 다른 분과 싸움 붙이고, 부모님이 동정하도록 만들었나요? 부모님이 한 번이라도 당신에게 무어라 한 적이 있나요? 부모님 두 분 가운데 누가 가장 만만했나요? 속이기 힘든 부모님은 누구였나요? 왜 그랬나요? 부모님의 약점은 무엇이었나요?

지금은 어떤가요? 집이나 일터에서 속임수를 쓴 적이 있나요? 누구한테 잘 그러나요? 아이들한테? 배우자? 직장 동료? 친구들? 친척? 무슨 수법을 가장 잘 쓰나요? 아이들이 말을 듣도록 뇌물을 주거나 위협하나요? 사장을 비방하나요? 뻔히 보이는 거짓말을 하나요? 거짓으로 질환, 두통, 피로를 호소해서 어떤 것을 모면코자 하나요? 화를 내고 위협하거나 죄를 저지르나요? 속임수를 써먹었던 사람들이 당신의 수법을 꿰뚫은 적이 있나요? 언제까지 속임수를 부릴 것인가요?

당신과 다른 사람들 사이에 어떤 종류의 속임수가 왔다갔다하는지 알고 있나요? 당신과 배우자 사이는 어떤가요? 아이들과 당신 사이는요? 그런 것들의 목록을 만들어보세요. 그런 후에 일, 변화, 고통, 체력 손실, 정면으로 부닥치는 문제 등, 당신이 가장 피하고 싶은 문제가 무엇인지를 파악하는 겁니다. 당신이 속임수를 써가면서까지 피하고 싶은 것은 무엇인가요? 그런 두려움들 중 정당한 것은 무엇인가요? 피하기보다 부딪혀야 하는 것은 어떤 것인가요?

당신은 왜 아이가 속임수 쓰는 것을 내버려두나요? 아이가 곧 극복하리라 생각하며 그저 성장해가는 현상으로 치부하는 건가요? 아이는, 당신이 책임을 지거나 'No!'라는 말을 두려워하기 때문에 속임수를 학습하는 것은 아닐까요? 정말 그럴지도 모르는데 왜 방관하나요? 아이에게 스트레스를 주고 싶지 않아서? 아이가 자신감을 상실할 수도 있다고 생각해서? 아이와의 관계에 금이 갈까봐 두려워서? 너무 바빠서 아이와 함께하는 시간을 내지는 못하기 때문에 죄책감을 느껴서? 아이의 어린 시절의 추억에 좋지 않은 기억으로 남을 것을 우려해서? 아이한테 속은 것을 알게 되면 어려운 상황에 부딪히고 아이의 감정을 상하게 하고 아이의 가장 친한 친구로서의 관계에 영향이 미칠까봐, 또는 진실이긴 하지만 듣게 되면 고통스러워 할 말을 아이에게 하게 되어 아이가 당황할까봐 말을 꺼내지 못하고 있나요? 그렇다면 그것이 당신 혼자만의 일이라는 생각에서 벗어나십시오. 세상의 수많은 부모들이 당신과 같은 입장에 처해 있습니다. 변화의 첫번째 열쇠는 정직하게 인정한 후 변화할 것을 약속하는 일입니다.

아이한테 좋은 본보기가 되기 위해 취할 필요가 있는 첫번째 단계는 무엇인가요? 아래에 적어보고 꼭 실천할 것을 약속하세요.

나는 앞으로 _______________________________ 할 것이다.

나쁜 태도, 이렇게 바꾼다

아이가 속임수를 쓰는 태도를 없애기 위해 아래의 단계를 밟기 바랍니다.

1단계 – 아이의 속임수 수법을 파악하라

아이들이 원하는 바를 얻고자 할 때 주로 사용하는 가장 흔한 속임수 몇 가지를 아래에 적어보았습니다. 당신의 자녀에게 해당되는 항목들을 표시해보십시오.

- [ ] **거짓말** : "버스에 두고 내렸어요." "벌써 했어요." "친구가 빌려갔어요."

- [ ] **누가 시켰어요** : "아빠가 허락하실 거예요." "하지만 엄마가 괜찮다고 하셨어요."

- [ ] **변명하기** : "선생님이 나한테는 말씀하시지 않았어요." "샐리 일인 줄 알았어요."

- [ ] **떠넘기기** : "제가 어떻게 좋은 점수를 받을 수 있겠어요, 선생님이 좋질 않은데." "코치한테 가서 소리치세요. 제 잘못이 아니니깐." "나한테 뭐라 하지 마세요. 절 못 나가게 하려 했으면 말씀을 하셨어야죠."

- [ ] **애정표현 혹은 애교작전** : "엄마 진짜로 사랑해요. 정말 열심히 할게요." "미안해요, 아빠. 까먹었어요. 안아도 되죠?"

- [ ] **내숭떨기** : "전 정말 못해요, 아빠. 아빠, 제-발, 절 도와주실 거죠?"

- [ ] **죄책감 자극하기** : "절 더 도와주셨더라면 시험을 더 잘 치를수 있었을 텐데." "전 세계를 통틀어 최악의 부모님들이야." "다른 애들 부모님들은 그렇게 하라고 하세요."

- [ ] **아픈 척하기** : "배가 아파…, 머리도." "너무 피곤해…, 아파."

- [ ] **자책** : "난 못해!" "너무 어려워!" "다들 날 비웃을 거야."

- [ ] **공갈치기** : "오늘 밤 늦게 자도 된다면 그걸 할게요." "뭘 주실 거예요?"

- [ ] **침묵작전** : 우울하고 침울한 상태로 입을 삐죽 내밀고 웃지도 않으며 몸을 움츠린다.

- [ ] **감정에 호소** : 눈물을 보이고, 히스테릭하게 울음을 터뜨리며, 몸을 떨고, 매달리며 사정한다.

☐ 말로 협박하기 : "해주지 않으면, 사는 동안 아빠하고 말하지 않을 거야, 멀리 도망가 버릴 거야, 이제부턴 사랑하지 않을 거야. 다신 숙제하지 않을 테야."

☐ 장황한 연설로 기운빼기 : 매번 트집을 잡아 당신을 KO시킨다.

☐ 폭력적인 분위기 조성 : 벌컥 화를 내고, 깨물고, 고함을 지르고, 주먹을 휘두르거나 그밖의 다른 폭력적인 행동을 한다.

☐ 약점 이용하기 : 당신이 지쳐 있든가 너무 바빠 자세한 얘기를 나눌 시간이 없는 때를 이용하여 부탁한다.

☐ 기타 :

아이가 바라는 바를 얻기 위해 가장 흔히 사용하는 전략을 알게 되면, 아이가 그 전략을 시도할 때마다 눈치를 채고 그 짓을 못하게 할 수 있습니다. 아이의 삶에서 중요한 역할을 담당하는 주변 사람들에게도 당신이 발견한 사실을 반드시 전하고 협조를 요청하십시오. 그러면 아이가 속임수를 더 이상 쓰지 못하게 하기 위해 모두 한 배를 탄 셈이 됩니다.

2단계 – 나쁜 태도를 지니게 된 진짜 목적을 파악하라

아이들이 속임수를 쓰는 데는 여러 가지 이유가 있지만 일반적으로는 달갑지 않은 어떤 것을 피하려는 데서 비롯됩니다. 또 다른 가능성은 아이가 정말 이기적인 성격을 지녀서 자신이 갖고 싶은 것을 얻어야만 직성이 풀리므로 목적을 달성하기 위해 타인을 속일 가능성입니다. 당신의 아이에게 해당하는 가능성을 체크해보기 바랍니다.

☐ 수치심에서 벗어나기 위해 : 실패나 당황스러움을 피하여 체면을 지키고자 한다.

☐ **관계가 깨질 것에 대한 두려움** : 친구나 주변 사람들 눈에 비칠 이미지에 신경 쓴다.

☐ **처벌을 모면하려고** : 자신의 행동이 드러났을 경우에 받을 처벌을 피하려고 한다.

☐ **승낙을 거두지 말 것** : 자신이 좋아하는 어떤 사람의 칭찬이나 사랑을 놓칠까봐 두려워한다.

☐ **부족한 경험과 실력** : 당신이 아이의 부탁을 너무 자주 들어주었기 때문에 이젠 정말로 아이가 스스로 할 수 있는 일이 없게 돼 버렸다.

☐ **불안감·두려움** : 상황이 아이로 하여금 불안하게 만들어, 아이가 피하려고 한다.

☐ **책임 회피** : 자신의 행동을 책임지지 않으려 하거나 피하려고 한다.

☐ **일하기 싫어서** : 하기 싫은 일, 집안일 또는 공부하는 것을 피한다.

☐ **이기적** : 자신이 원하는 것을 얻거나 자기 멋대로 하기 위한 방법을 생각해낸다.

☐ **기타** : ______________________________________

아이가 속임수를 쓰게 된 참 목적이 무엇인지 가장 어울리는 답을 적어보세요. 또한 아이를 잘 아는 다른 사람이 적은 것과 비교해보세요. 그것은 다음 단계에서 사용하게 될 것입니다.

지금 이 순간부터 아이가 어떤 수법으로든 당신을 흔들어대려 할 때면 즉각 멈추도록 해야 합니다. 그것은 공공장소뿐 아니라 가정에서도 실시합니다. 그에 관한 방법은 다음 단계에서 설명할 것입니다. 아이의 나쁜 태도를 어떤 이유로든 용납해서는 안 됩니다.

3단계 – 기본적인 속임수를 알아내라

일단 아이의 속임수를 알아내고 그 배후의 목적을 파악한 뒤, 당신이 아이의 수법을 꿰고 있다는 걸 아이에게 알리는 한편, 아이가 속임수를 쓰면 당장 그 자리에서 아이의 행동을 스톱시키십시오. 만일 아이가 흥분하거나 이성을 잃는다면, 이야기를 나눌 수 있을 정도로 차분해질 때까지 기다려 주십시오. 더 나이 어린 아이는 당신 옆에 앉혀 놓고 잠시 기다리거나 아이를 조용한 곳에 두고는 마음이 가라앉을 때까지 기다립니다. 조금 큰 아이는 자기 방에 들어가 몇 분 있으라고 말하거나, 아이의 마음이 진정될 때까지 다른 방에서 기다리세요. 그런 후 아이와 속임수에 대한 대화를 나누어야 합니다. 대화를 할 때는 나지막하고 단호한 목소리로 사실에 입각하여 말합니다. 판단과 장황한 연설, "계속 그렇게 해라. 소년원에 들어가게 될 테니까." 라는 따위의 말은 아무 도움도 되지 않으며 절대로 해서도 안 됩니다. 다음에 몇 가지 예를 들어보겠습니다.

- "내가 보기에, 넌 네 차례가 되면 머리가 아프다고 하는구나. 반 아이들 앞에서 얘기하기가 두렵니?"
- "넌 장난감코너에 가서 그 자동차들을 보자마자 울컥 화를 내더구나. 지난주에 아빠랑 가서도 그랬지?"

  어린아이는 설명을 하지 못하고 우물쭈물할 것입니다. 바로 그때 정곡을 찌르는 겁니다. "갖고 싶어서 주먹을 휘둘러 봤자 소용없어!" 라고요.
- "넌, 옆집 아이가 우리 차에 탈 때마다 무언가가 없어졌다고 말하더구나. 대체 그 아이를 차에 태우고싶지 않은 이유가 뭐니?"
- "넌 계속 네 장난감 상자를 선반 위에 못 올리는 척했어. 하지만 난 네가 의자를 갖다 놓고 그 의자 위에 올라가서 무거운 비디오게임 상자

를 내리는 걸 봤어. 이젠 더 이상 힘 없다고 핑계 대지 마."

- "넌, 네가 좋지 않은 플레이를 펼쳐서 심판한테 레드카드를 받을 때마다 꼭 다른 사람을 탓하더라. 네가 상대편 선수의 발을 걸어 넘어뜨렸는데 어째서 네가 아니고 네 동료가 했다고 하는 거니? 넌 네 행동에 책임을 져야 해. 게다가 레드카드를 받은 선수는 너뿐이잖아."

몇 가지 주의사항

아이한테 속이는 이유를 대라고 채근하지 마십시오. 아이는 정말 모를 수도 있습니다. 속임수를 쓰는 사람들 특히 어린아이들은 대체로 의도적으로 그러지는 않습니다. 다만 상황에 대응할 뿐이며 조금 큰 아이들은 그저 습관적일 수도 있습니다. 그러니 당신과 아이 사이에 심오한 도덕적 논의가 오가리라는 기대는 하지 마십시오. 그렇게 되면 좋겠지만 그럴 가망은 없습니다. 결국 당신은 아이의 거짓되고 부정직한 방법에 관해 아이와 직접 얘기하게 될 것이고, 분명히 아이는 당황하여 죄를 부인하거나 당신의 말에 전혀 귀 기울이려 하지 않을 것입니다. 이때 당신은 아이에게 단호하게 말해야 합니다.

"더 이상 그런 태도는 용납할 수 없어."

아이한테 속을 수도 있는 다른 사람들에게도 아이의 수법을 전달해 당신과 함께 같은 배를 타게끔 만들어야 합니다.

4단계 – 아이가 두려움을 속임수로 피하는 일이 없도록 도움을 주라

아이가 불안해하거나 두려워하는 어떤 것을 피하려고 속임수를 쓴다면, 아이의 문제를 빨리 해결하려는 생각을 버려야 합니다. 생각해보세요. 만약 아이가 그 일을 해낼 수 있고 아이에게 거는 기대치가 공정한 것이며 달성할 수 있는 정도의 것인데도 아이가 그 일을 피하려 한다면 아이의 태도를 순순히 받아주어야 할까요? 안됩니다. 그것을 들어주는 건 큰 실수를 범하는 것입니다. 그 대신 아이에게 자신의 두려움과 대면하라고 요구하십시오. 인생을 살다보면 많은 시간을 문제에 대처하는 방법을 배우는 데 사용해야 하며 그 시기는 어릴수록 좋습니다.

아이가 느끼는 두려움을 그냥 지나치지 마십시오. 두려움은 대단히 현실적입니다. 아이를 나무라는 대신 아이의 공포를 이해하고, 위로해주고, 아이를 믿고 있으며 아이가 성공할 것을 확신한다고 말해주십시오. 당신이 아이를 구원할 수는 없으나 아이가 성공할 때까지 도와줄 수는 있다고 분명히 말하십시오. 아이가 속임수를 버리고 자신의 두려움과 맞설 수 있게 해주는 몇 가지 아이디어를 제시합니다.

- **감정을 이해할 것** : "어려울 거라는 건 알아. 하지만 넌 할 수 있어." "네가 얼마나 불안해하는지 알아. 하지만 내가 여기 있잖아."
- **대응기술을 가르칠 것** : 아이에게 불안함을 다룰 수 있는 건전한 방법 몇 가지를 가르칩니다. 이를테면, 머릿속으로 다음과 같은 문장 한 구절을 외우도록 하여 스트레스를 극복하게 도와줍니다.
  "침착해지자, 안정을 취하자.", "난 할 수 있어.", "내가 못하는 건 없어."라는 말을 속으로 하게 하며 아이의 두 눈을 감기고 천천히 숨을 들이마시고 내뱉기를 세 번 하도록 시킵니다. 더불어 아이한테 마음이 평온해지는 장소, 이를테면 해변, 침대, 공원 등을 머릿속에 떠올리라고 합니다. 불안이 엄습하면 두 눈을 감고 천천히 숨을 쉬면서 위의 장소들을 상상하라고 일러줍니다.
- **비난을 받아들일 것** : 아이가 자신의 행동으로 인해 받는 비난을 수용하는 방법을 배우도록 도우십시오. 당신 스스로의 결점부터 인정하고 보완하여 아이가 보고 따라 할 수 있는 역할 모델이 되십시오.

예컨대, "이건 전부 내 잘못이야. 너를 여기로 끌고 오기 전에 영화 섹션을 읽어 봤더라면 쇼가 시작된 지 30분이 넘어서 도착하는 일은 없었을 거야." 그런 다음, 가족들이 스스로의 실수에 책임을 지고 다른 이에게 비난의 화살을 돌리지 않기를 기대하십시오.

- **가정교사를 둘 것** : 아이의 태도가 보다 나아지는 데 특별한 도움이 필요하다고 생각되면 기회를 마련해주기 위해 가정교사를 고용하십시오.
- **기술을 습득할 것** : 새로운 기술을 익히는 데는 많은 연습이 필요합니다. 그러니 아이가 다른 사람들 앞에서 그 기술을 시연할 자신감을 갖출 때까지 거듭 연습을 시키십시오. 단 한 걸음의 진전이라도 축하하고 단계를 밟는 도중 아이가 기울인 자그마한 노력도 인정해주어야 합니다. 크건 작건 아이의 성공을 축하해주어야 하는 건 물론입니다.

5단계 – 정직과 윤리를 강화시켜라

조심하십시오. 이미 일이 벌어진 후 오랜 시간이 지나서야 "너, 작년 중간고사 때 부정행위를 저질렀다며?" 또는 "너, 지난 일요일에 집안일 하기 싫어서 교회에 가야한다고 거짓말한 거 기억나니? 지금 생각하니까 아주 괘씸하더라. 아무리 생각해봐도 네게 너무 실망스러워."라는 등 이미 지나간 잘못에 대해 이러쿵저러쿵 하는 것은 아무 소용이 없습니다. 진정으로 아이의 나쁜 태도를 바로잡고자 한다면 아이의 태도에서 문제를 발견하자마자 아이를 어떻게 할 것인지를 결정해야 합니다. 그래야 아이도 자신의 잘못을 시인하고, 쉽게 자신의 잘못을 인정하며 부모의 타이름을 존중합니다.

아이에게 자신의 도덕적이지 못한 태도에 주의를 기울이고 자신의 잘

못된 태도와 정정당당한 자세로 대면하고 올바를 태도에는 속임수가 개
입될 틈이 없다는 걸 가르치기 위해 여태껏 내가 해온 결정들은 늘 최선이
었음이 많은 분들의 감사편지와 전화로 확인되고 있음을 덧붙이며, 자녀
를 반듯한 아이로 키우는 데 도움이 될만한 몇 가지 방법들을 제시합니다.

- "남의 물건을 허락도 없이 가져왔으면, 주인한테 사과하고 되돌려
  줘야 한다."
- "물건을 깨뜨리면 네가 번 돈으로 배상해야 한다."
- "누군가에게 정직하지 않은 행동을 했다면, 그 사람한테 네가 잘못
  한 바를 인정하고 진정으로 사과하여라."
- "연습할 것이나 집안일 등의 일이 하기 싫어서 속임수를 써서 회피
  했다면 너는 나중에 다시 그 연습을 하든지 집안일을 하든지 해서 하
  지 않은 일을 보충해야만 한다."

아이가 자신에게 강요된 결정과 당신이 주입시키려는 도덕적 내용 사
이의 연결고리를 즉각 이해할 것을 기대하지는 마십시오. 그저 시간이 해
결해 줄 것을 기대하십시오. 지금으로선 속임수를 쓰는 아이가 도덕적이
지 못한 행동을 할 때마다 자신이 저지른 잘못과 대면하게 하여 깨닫고 바
로잡는 것이 시급합니다. 처음에는 깨닫지 못하더라도 아이도 결국 알게
될 것입니다. 왜냐하면 그 후로도 당신은 줄곧 아이에게 책임을 물을 테니
까요.

가정에서 지금 당장 '변명 없음, 비방 없음 정책'을 실시하기 바랍니다. 속이는 아이들은 대부분 책임을 회피합니다. 항상 다른 사람 탓이라고 핑계를 대며 변명을 합니다.

"제가 어떻게 기억하겠어요? 당신 잘못이에요." "코치님이 나한테 말씀을 안 하셨어요." "선생님이 제게 일깨워주셨어야 했어요." 등의 태도는 절대 받아주지 마십시오. 그 대신 정직과 책임이 당신 가정의 새로운 운영지침임을 선포하십시오. 다음은 그에 대한 지침입니다.

1. 식구들 모두에게 '변명 없음, 비방 없음 정책'을 선포하십시오. "이 순간부터 변명도, 타인 비방도 허락하지 않습니다. 모든 식구는 자신의 행동, 의무, 일, 그리고 일정에 책임을 져야 한다."는 말을 분명히 해두고 절대로 변명을 받아주지 마십시오.

2. 당신과 배우자 혹은 아이들이 핑계를 만들고 남을 탓하는 가장 공통적인 주제에 관해 '브레인스토밍'을 실시하십시오. 그 목록에는 일반적으로 치과예약, 집안일, 비디오 빌린 것, 플루트연습, 학교 시험준비, 숙제, 점심값 챙기기 등이 포함됩니다.

3. 가족 중 누군가가 정책에 위반된 행동을 했을 경우, 아무도 변명을 하거나 남을 탓할 수 없음을 확실히 합니다. 물론 자기 할 일을 명확히 알도록 차트나 체크리스트, 일정표를 만들어 냉장고 위에 붙여 놓고 모두 볼 수 있도록 해야 합니다. 그것은 필요에 따라 증거로도 활용될 수 있습니다. 어린아이들을 위해서는 그림차트를 만들어 주세요. 다음에 몇 가지 아이디어를 제시합니다.

차트, 집안일, 기대치, 규칙

- 달력 : 약속, 숙제일정, 연습일정, 연주회, 파티, 이벤트, 도서관에 책 반납하는 날 등, 개인의 일정을 기록하기 위해서는 썼다 지웠다 할 수 있으며 달력이 인쇄된 화이트보드가 좋습니다.
- 계약 : 속임수나 게으름 등의 이유로 규칙을 위반한 경우, 결정내용 및 행동계약을 서면으로 작성하여 관련 당사자 모두에게 사인하도록 합니다.
- 냉장고 자석 : 식구들 각자가 자기 자석을 하나씩 지정하여 특별한 이벤트 공지나 메모를 자석으로 클립해 냉장에 붙여둡니다. 가장 효과적인 메모는 '집안일' '숙제' 등 한 단어로 작성된 것입니다.
- '변명금지, 비방금지 정책'을 성공시키는 열쇠 : 아이들의 변명, 죄책감, 또는 책임전가 수법에 넘어가지 마십시오. 속임수는 묵인해 주기 때문에 자꾸 쓰는 것입니다.

태도 개선을 위한 다짐

아이의 속임수 쓰는 태도를 고치고 변화시키기 위한 당신의 계획은 무엇인가요? 아이의 태도 바꾸기에 돌입하여 좀더 정직하고 솔직한 아이를 만들기 위해 24시간 안에 해야 할 일을 적어보세요

나는 앞으로 _________________________________ 할 것이다.

태도 개선 상황 기록하기

태도의 개선은 어려운 일이며, 끊임없는 연습과 부모의 지원이 필요합니다. 그러기에 아이가 변화를 향해 가는 각각의 단계에서 아무리 작은 변화를 보이더라도 인정하고 칭찬해줘야 합니다. 진정한 결과를 얻기까지는 최소한 21일은 걸리니 절대로 포기하지 마십시오! 한 가지 전략이 효과가 없으면, 다른 전략을 시도하십시오. 자녀의 주간 진전상황을 아래 빈칸에 쓰고 '태도변화 일지'에 매일 매일의 진전상황을 기록하십시오.

1주 : ____

2주 : ____

3주 : ____

결과 검토와 진행중인 태도 개선

아이의 태도 가운데 여전히 개선해야 될 것은 무엇이며 어떤 작업이 더 필요한가요?

____

____

____

____

편협함

권장태도 : 관용, 개방적인 마음, 융통성

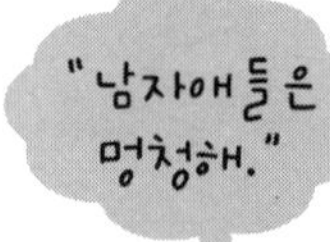

보바 박사님께

아내와 저는 언제나 편견을 지양하며 관용을 베풀며 살아왔습니다. 그런데 어찌된 일인지 열 살 난 저희 아들은 종종 매우 편협한 태도를 보입니다. 도대체 어떻게 해서 그런 생각을 하게 되었는지는 알 수 없지만, 그 아이는 일단 어떤 생각을 품으면 다른 견해는 결코 받아들이려 하질 않습니다. 자신이 옳다고 굳게 믿기 때문에 그 아이의 생각을 돌이킬 방법이 없습니다. 문제는, 그 생각이라는 것이 무분별하고 편협한 경우가 많다는 것입니다. 저희 아이가 다른 사람들의 생각에 귀를 기울이도록 만들 방법이 없을까요?

이런 건 **나쁜 태도야!**

- "나는 백인이 아닌 애들하고는 절대 놀지 않을 거야."
- "여자들은 믿을 수가 없어. 뒤에선 언제나 딴 짓을 하거든."
- "무슨 일이든 혼자서 처리할 거야."

당신의 아이가 성별("여자애들은 머리가 나빠"), 인종("중국인들은 비열해"), 종교("이슬람교도들은 전부 테러리스트야"), 나이("노인들은 모두 망령든 사람들이야") 등등의 것들 중에서 특히 어떤 부분에 폐쇄적이며 편협한 생각을 갖고 있는지 파악하십시오. 그런 후 그런 생각은 편파적이며 옳지 못한 견해라는 사실을 깨닫게 해줄 근거와 방법을 모색하십시오. 아직 학교도 다니지 않는 어린아이가 특정인종에 대한 편견을 갖고 있다면 다음의 방법을 시도해보십시오. 다양한 배경을 지닌 아이들이 함께 어울릴 수 있는 유치원이나 놀이방에 보내거나, 아이가 편견을 품고 있는 인종에 대해 긍정적 이미지를 심어줄 수 있는 장난감이나 음악, 책, 비디오를 접하게 하거나, 실제 인물 중에서 바람직한 역할 모델(role model ; 모방하고자 하는 행동이나 역할의 대상이 되는 사람 – 역주)을 제시하는 것도 좋은 방법입니다. 신체적 장애를 가진 사람에 대해 편견을 지닌 십대 자녀를 둔 경우라면, 아이를 설득해 장애인올림픽 자원봉사프로그램에 참여할 기회를 갖게 하거나 장애를 딛고 성공을 이룩한 인물에 대한 이야기를 해주는 것도 좋은 방법 중의 하나입니다. 청각장애를 극복하며 작곡에 몰두했던 음악가 루트비히 반 베토벤Ludwig van Beethoven, 루게릭병을 앓는 장애인이며 위대한 물리학자인 스티븐 호킹Stephen Hawking, 신경쇠약과 싸우며 글을 썼던 버지니아 울프Virginia Woolf, 청각 및 시각 장애를 안고 있었음에도 사회사업에 힘썼던 헬렌 켈러Helen Keller, 전기(傳記) 및 영화 '뷰티플 마인드Beautiful Mind'를 통해 소개된 바 있는 정신분열증 환자이자 뛰어난 수학자 존 내쉬John Nash, 하나밖에 없는 팔로 공을 던졌던 투수 짐 애봇Jim Abbot에 대한 이야기를 아이와 함께 나누어보세요. 이것을 주제로 다룬 책이나 영화를 보게 하거나, 실제인물의 이야기를 들려주는 것도 좋습니다.

경험의 부족과 그로 인해 비롯되는 무지는 당신의 아이가 편견을 키우게 되는 가장 주요한 원인의 하나입니다. 그러므로 아이에게 자신의 편견과 대면할 기회를 제공하는 것이야말로 아이로 하여금 자신의 견해가 편협하며 근본적으로 옳지 못한 것임을 깨닫게 해줄 가장 효과적인 방법이 됩니다. ✛

"어른들하고는 말이 안 통해, 우리에 대해 아무것도 모른다니까!", "뉴스는 믿을 게 못 돼.", "내가 만약 아시아계였다면 대학에 들어가는 데 훨씬 유리했을 거야. 실제로 그 애들은 더 많은 기회를 누리고 있다고."

편협한 태도를 지닌 아이들은 다루기가 상당히 까다롭습니다. 그들은 항상 자신의 방식만을 고집하고, 자신의 생각에 대한 믿음이 확고하여 새로운 견해를 받아들이려 하지 않습니다. 자신의 견해가 옳은 것, 그것도 유일하게 옳은 것이라 여기는 그들에게 그것이 옳지 못하다는 사실을 납득시킨다는 것은 그야말로 진이 빠지는 일일 수밖에 없습니다. 그렇게 편협한 성향의 아이들은, 현상을 오로지 자신의 입장에서만 바라보며 자신이 듣고자 하는 말만을 듣습니다. 여기서 그들이 듣고자 하는 말이란, 자신의 신념에 부합하거나 자기 방식을 고수하는데 '도움'이 되는 견해를 의미합니다. 결국 편협한 아이들은 자기중심적이라는 또 하나의 문제를 안고 있는 셈입니다.

그 아이들은 마치 새로운 견해를 받아들이는 것 자체를 두려워하기라도 하듯 자신의 신념에 반하는 생각이 들어올 수 있는 문을 처음부터 굳게 닫아 버린 채 견문을 넓히고 타인의 감정과 생각에 대한 이해를 증진할 수 있는 기회를 스스로 차단해버립니다. 더 심각한 문제는 그러한 태도가 그들의 인성발달마저 저하시켜 새로운 견해에 대해 마음의 눈을 닫아버리게 함으로써, 타인을 배려할 줄 알며 올바른 윤리의식을 지닌 인간으로 성장시켜 줄 다양한 미덕을 갖출 기회를 스스로 없애버린다는 것입니다.

다음은 편협한 태도를 지닌 아이들에게 결여되기 쉬운 미덕입니다.

- 이해의 미덕 – 타인의 입장을 인식하고 공감할 줄 아는 태도
- 존중의 미덕 – 타인을 존중할 줄 아는 태도
- 친절의 미덕 – 타인의 안녕을 배려하는 태도
- 공정의 미덕 – 편견을 배제하고 공평한 기준에 따라 행동하는 태도
- 관용의 미덕 – 자신과 다른 신념, 다른 행동양식을 지닌 이들을 포함하여 모든 인간의 존엄성과 가치를 존중하는 태도

편협한 태도가 지닌 또 하나의 문제는 그 편협함이 완고함으로 이어질 수 있다는 것입니다. 편협함으로 인해 신념과 행동양식의 차이를 초월하여 모든 인간의 권리를 존중할 줄 아는 능력, 즉 관용의 능력자체가 위험에 처하게 되는 것입니다.

편협한 성향의 아이들은 자신의 신념에 부합하는 견해만을 받아들이고자 하고 그 외의 것에 대해서는 귀를 기울이지 않기에 너무 성급하게 견해를 확립할 위험이 크며, 그렇게 확립된 견해는 객관적 사실이 아니라 무조건적 일반화의 산물인, 이른바 고정관념에 근거할 경우가 많습니다. 문제는 이 고정관념을 바탕으로 아이들이 편견과 증오를 키울 수도 있다는 것입니다. 생각해보세요. 차이를 인정하려고 들지 않으면서 어떻게 다른 신념과 성별, 능력, 문화, 그리고 종교를 받아들일 수 있을지를요? 결국 불행히도, 편협한 눈으로 새로운 견해들을 차단한 채 자신만의 폐쇄적인 견해를 고집하는 아이들은 차이를 인정하고 받아들임으로써 관용을 배울 수 있는 기회를 박탈당하는 것입니다.

아이들이 편견과 편협함을 키우는 요인에는 여러 가지가 있습니다. 부모를 비롯한 가족 중 누군가가 인종주의적이거나 성차별적인 발언을 하는 것을 듣고 무의식적으로 혹은 의도적으로 그런 생각을 키우게 될 수도 있고, 또래친구나 미디어를 통해 어떤 편견을 갖게 될 수도 있는데, 자신

과 다른 성향을 지닌 무리와 대립함으로써 자신의 가치체계 및 정체성을 확립하는 경향이 있는 친구들과 어울리는 경우, 혹은 자신도 모르는 사이에 학교 등 자신이 속한 공동체 내에서 겪은 부정적 경험으로 인해 심각한 편견이나 오해를 품게 되었을 수도 있습니다.

자신과 관점이나 문화가 다른 다양한 사람들과 접할 기회가 전혀 없는 아이의 경우에도 역시 편협함에 빠질 가능성이 높습니다. 아이가 자신의 힘으로는 해결할 수 없는 두려움이나 불안을 안고 있을 수도 있습니다. 이런 경우, 아이가 취하는 편협한 태도는 두려움을 해소하기 위해 자신이 지닌 문제점을 다른 사람에게 덮어씌우는 버릇을 낳기도 합니다.

아이들이 보다 조화로운 세상에서 살아가기를 원한다면, 우리는 그들에게 편견을 지양하고 관용을 베풀도록 가르쳐야 합니다. 지금 이 순간에도 다양화가 진행되고 있는 세계, 이곳이 바로 그 아이들이 살아가게 될 세상입니다.

다양화 경향의 한 예로, 현재 많은 국가에는 한때 소수민족이라 불리던 아프리카계 흑인, 라틴계, 아시아계, 이슬람계 등의 인종들이 이제는 국민의 다수를 이루는 경향이 두드러지고 있습니다. 그러한 변화를 두려움과 편견과 증오로 대응하는 아이들이 있는가 하면 차이를 인정하고 받아들이는 법을 배워나가는 아이들도 있습니다. 보다 폭넓은 융통성과 관용을 갖출수록 당신의 아이는 기꺼이 타인에 대해 배우고자 할 것이며, 타인에 대해 더 많이 알수록 그 아이는 어떤 유형의 사람을 만나든 결코 거북해하거나 두려워하지 않고 그들과 조화할 수 있을 것입니다. 무슨 일에든 너무 늦은 때란 존재하지 않는 법이지만, 조금이라도 일찍 융통성과 관용의 미덕을 길러준다면 은밀하고도 무서운 해악을 끼치는 편협함이 당신 아이의 마음속에 자리 잡는 것을 막을 수 있습니다.

나쁜 태도 경계하기

당신의 아이가 편협한 태도를 갖게 된 근본적인 원인을 파악하십시오.

진단 다음의 질문을 통해 당신의 아이가 편협한 태도를 지니게 된 계기와 그러한 태도를 고수하는 원인에 대해 생각해보세요.

● 언제 _ 당신의 아이가 특별히 편협한 태도를 보이는 시간적 계기가 있나요? 특정 TV 프로그램, 인종 차별주의적 성향을 지닌 친척이 방문할 때, 혹은 특정기념일 등 아이의 편파적 성향을 자극하는 시기가 있나요? 있다면 그 이유는 무엇이라고 생각하나요? 또래친구나 친척 혹은 당신의 친구 중에 편협한 시각을 지닌 사람이 있어 당신의 아이가 그들의 관심과 인정을 받고 싶다는 생각에서 그런 태도를 보이는 것은 아닌가요?

● 어디서 _ 당신의 아이가 유난히 편협한 태도를 보이는 장소가 있나요? 학교나 유치원, 집, 놀이터에 있을 때, 혹은 당신 친구의 집을 방문했을 때 아이가 평소보다 더 자신의 편협한 견해를 고집하지는 않나요? 혹 그렇다면 아이가 그 장소에서 더욱 편파적이 되는 이유는 무엇인가요?

● 누구에게 _ 당신의 아이는 누구에게나 똑같이 편협한 태도를 보이나요? 그렇다면 그 이유는 무엇인가요? 아이의 편협한 사고를 부추기는 사람이 있지는 않은가요? 있다면 누구일까요? 친척, 이웃, 형제자매, 친구 중에 그런 사람이 있나요? 주변의 어른들은 어떤가요? 선생님이나 당신의 친구 중에 그런 사람이 있지는 않은가요? 혹 당신의 아이가 편협한 태도를 드러내지 않는 어떤 대상이 있나요? 있다면 누구인가요? 왜 그런가요?

● **무엇을** _ 당신의 아이가 특별히 편협한 태도를 보이는 주제나 대상이 있나요? 있다면 무엇인가요? 특정 인종, 문화, 종교, 성별, 나이, 성적(性的) 취향, 외모, 능력 어느 것인가요? 어떤 식으로 자신의 편견을 표하나요? 자신과 다르다는 이유로 그 사람을 경멸하는 태도를 보이거나 비하하는 발언을 하나요? 특정그룹의 단점을 공격하거나 인격모독적인 농담을 하나요? 다른 어떤 견해도 거부한 채 자신만의 생각을 고집하나요?

● **왜** _ 첫번째로 해야 할 일은 당신의 아이가 왜 편협한 태도를 보이는지, 그러한 태도를 통해 그 아이가 얻는 바가 무엇인지를 파악하는 것입니다. 다음은 아이들로 하여금 편협한 태도를 갖게 만드는 요인들입니다. 당신의 아이에게 해당하는 바가 무엇인지 생각해보세요.

- 자신과 다른 사람을 이해하지 못합니다.
- 과거의 부정적인 경험으로 인해 특정 그룹에 대한 반감을 품고 있습니다.
- 특정집단을 비하하는 발언을 하는 사람이 주변에 있습니다.
- 타인의 약점을 공격하거나 자신과 다른 성향을 지닌 무리와 대립하는 데서 자기정체성의 의미를 찾는 또래문화에 속해 있습니다.
- 누구도 그 아이의 견해에 반박하는 사람이 없는, 이른바 편협한 태도를 용인하는 환경에 노출되어 있습니다.
- 가정 내에서 오직 하나의 관점만이 허용되고 있습니다
- 자기중심적입니다. 누구도 아이의 견해에 대해 반대의견을 제시하는 사람이 없어 자신만이 옳다고 믿게 되었습니다.
- 자유로운 대화나 토론이 허용되지 않는 권위적인 가정에서 자랐습니다.

- 같은 성향의 구성원으로만 이루어진 환경에서 자라 다양한 사람들과 접할 기회가 없었습니다.
- 정보의 부족으로 편협한 사고를 하게 되었습니다
- 기타 : ______________________________

이제 당신의 생각을 차근차근 정리해보세요. 어떤 패턴을 이끌어 낼 수 있었나요? 당신의 아이가 보이는 편협한 태도의 양상과 그 원인에 대해 보다 명확한 원인을 찾을 수 있었나요? 있다면 그것은 무엇인가요?

당신의 반응에는 아무런 문제가 없나요?

이번에는 아이의 편협한 태도에 당신이 어떻게 반응했는지를 생각해보세요. 최근에 아이가 편파적인 발언이나 행위를 했던 때도 떠올려 보세요. 그날의 상황을 머릿속에 차근차근 재연해보고 그때 문제가 되었던 것은 무엇이며, 아이의 태도에 당신이 어떻게 반응했는가도 생각해보세요. 당신의 아이가 편견이 담긴 발언이나 농담을 했을 때 혹 웃음을 보이지 않았나요? 그래서 아이로 하여금 자신의 말이 재치 있었다는 생각을 갖게 하는 빌미를 주지는 않았나요?

그때 당신이 보인 신체언어는 어떠했나요? 아이에게 미소를 보이거나 고개를 끄덕이지는 않았나요? 당신 역시 또 다른 편파적 발언으로 응하지는 않았나요? 혹 아이의 말을 무시하거나 못 들은 척 넘어가지는 않았나요?

당신의 아이가 했던 말에 대해 당신은 거북함을 느꼈나요? 그랬다면 그것을 아이에게 표현했나요? 당신이 거북함을 느끼는 이유를 아이에게 설명했나요? 말로 표현하지 않았다면, 당신이 취한 신체언어를 통해 아이가 당신의 불쾌감을 알아챘을 가능성은 있나요?

당신은 그때 아이가 표현한 견해가 옳다고 생각했든가, 아니면 그르다고 생각했나요? 아이의 발언에 대한 당신의 견해를 아이에게 제시했나요? 했다면 그 방식은 어떠했나요? 그 주제에 관해 함께 이야기를 나누면서 아이의 발언이 편파적인 이유와 그에 대한 근거를 제시했나요? 아이로 하여금 자신의 입장을 설명하도록 요구하고 거기에 충분히 귀를 기울였나요? 아이에게 어떠한 정보를 바탕으로 그러한 견해를 확립하게 되었는지 설명하도록 요구했나요? 혹 아이의 견해에 대해 반박할 필요를 느끼지 않았다면, 아이로 하여금 다른 견해가 있을 수 있음을 알게 할 방법에 대해 생각해보았나요?

당신의 아이가 특정인에 대한 편견이 담긴 발언을 할 때 자신의 견해에 대해 진지하게 생각해보도록 이끌어 주었나요? 편견의 대상이 느낄 감정에 대해 생각해보도록 요구했나요? 그 대상에게 정중히 사과의 뜻을 전함으로써 그가 받았을 상처에 대해 보상하도록 요구했나요? 아이는 그 요구에 응했나요?

당신의 반응 중 아이의 편협함을 고치는 데 도움이 되지 않았던 태도는 어떤 것이었나요? 그것을 따로 적어놓고 다음에 아이가 편협한 태도를 보였을 때 그러한 반응을 취하지 않도록 노력하십시오.

나는 다시는 ________________________________ 하지 않겠다.

당신 자신의 나쁜 태도를 직시하라

당신이 자란 가정의 환경은 어떠했나요? 구성원 모두가 하나의 기본방침을 정해놓고 따르도록 요구받았나요? 아니면 다양한 견해를 접할 기회를 누릴 수 있었나요? 당신은 자신의 감정과 생각을 자유로이 표현할 수 있었나요? 당신과 부모님의 견해가 서로 다를 경우, 그것을 해결하는 방식은 어떠했나요? 당신의 부모님은 자식들이 편파적인 발언을 할 때 어떻게 반응했나요? 당신의 부모님이 누군가에 대해 편협한 태도를 보인 적이 있나요? 있다면 그 편견의 대상 및 내용은 무엇이었나요?

당신의 부모님이 지닌 정치적, 개인적 편견이 있다면 무엇인가요? 그것들 중 지금까지 당신에게 영향을 미치는 것이 있나요? 있다면 당신도 그것을 자녀에게 심어주고 있지는 않은가요? 있다면 그것은 무엇인가요? 당신의 낡고 편협한 견해들이 당신의 자녀에게 옮아가고 있다면 그 일이 어떠한 방식으로 일어나고 있는지 곰곰이 생각해보세요.

이제 타인이 아닌 당신 자신을 들여다보세요. 스스로에 대해 공명정대하며 관대하다고 생각하는지, 편파적이고 편협하다고 생각하는지, 관용에 대한 자기평가가 자녀나 동료, 배우자, 혹은 친구들의 견해와 일치하는지, 혹 자신의 부정적인 면을 숨기고 있지는 않은지, 스스로 인정하고 싶지 않은, 그래서 남에게 보이기 꺼려지는 부끄러운 면이 당신 안에 숨어 있지는 않은지, 다른 민족적, 문화적 배경을 지닌 친구를 집으로 초대하거나 그들이 당신의 가족행사에 동참하도록 허용할 수 있는지를요. 누군가 당신이 있는 자리에서 편파적인 발언을 하면 당신은 어떤 태도를 취하나요? 만약 그 자리에 당신의 자녀가 함께 있다면 당신은 어떤 태도를 보였을까요?

당신은 가족구성원 각자가 자신의 의견을 자유로이 개진하도록 허용하나요? 당신의 자녀 혹은 배우자, 친구나 동료가 당신과 다른 견해를 제시하면 당신은 어떻게 대응하나요? 당신은 그들에게 자신의 입장을 설명하도록 허용하고 거기에 귀를 기울이나요? 당신은 어떤 견해를 확립하기에 앞의 주제에 대한 다양한 견해를 충분히 수렴하고자 하나요? 당신의 아이는 당신이 자신의 견해에 귀를 기울인다고 생각하나요? 혹 당신이 이미 확정된 견해를 갖고 있으므로 자신의 생각이 받아들여지지 않을 것이라는 생각에 대화를 포기하지는 않나요? 당신의 가정에 자유로운 토론문화가 정착되도록 하기 위해 당신이 할 수 있는 일이 무엇이라고 생각하나요?

당신의 자녀가 본받지 않도록 당신이 지닌 편협함을 타파하려면 어떻게 해야 한다고 생각하나요? 당신의 아이에게 관용을 갖춘 인간의 본보기가 되기 위해 첫번째로 해야 할 일이 무엇인지 생각해보고 실행에 옮겨야할 것을 적어보세요.

나는 앞으로 ____________________________________ 할 것이다.

나쁜 태도, 이렇게 바꾼다

아이로 하여금 편협한 태도를 버리도록 하고 싶다면 다음에 제시하는 각 단계를 따르십시오.

1단계 – 가정을 청소할 것

태어날 때부터 편협하고 고집스러우며 자기중심적인 아이는 없습니다. 아이들은 이 치명적인 태도, 즉 편협함을 어디에선가 학습하기 마련이며, 그들이 편협한 태도를 습득할 가능성이 가장 높은 곳 중의 하나가 당신의 코 앞, 바로 가정입니다. 어쩌면 아이는 편협함을 당신에게서 배웠는지도 모릅니다. 아이의 편협한 사고방식을 고쳐주기 위해 당신이 첫번째로 해야 할 일은 당신 속에 웅크리고 있을지 모를 편견을 인식하는 것입니다. 당신 안에 있을지 모를 몇 가지 편견을 소개합니다. 어쩌면 그것들은 너무도 깊이 박혀 있어 미처 그 존재를 인식하지 못했을지도 모릅니다. 그러나 잊지 말아야 할 것은 당신의 아이에게는 그것들이 똑똑히 보인다는 사실이며 불행히도 당신의 그 편협함은 당신의 아이에게 스며들 가능성이 얼마든지 있습니다.

다음에 제시하는 사항을 살펴보고 당신에게 해당하는 부분에 표시해 보세요.

☐ 신뢰에 대하여 : "내 아이가 그런 잘못을 저지를 리 없어."

☐ 부에 대하여 : "열심히 일하면 여러 가지 특권을 누릴 수 있어."

☐ 교육에 대하여 : "무슨 일이 있어도 대학, 그것도 아이비리그에 속하는 학교에 들어가야 제대로 된 교육을 받을 수 있어!"

☐ 성적 취향에 대하여 : "동성애자들은 모두 지옥에 떨어질 거야."

☐ 인종 및 종교에 대하여 : "중국인은 비열하고 아시아계 학생은 성적이 좋으며 흑인은 리듬감이 뛰어나고, 유태인은 모두 부자이고 라틴민족은 사랑에 정열적이고 이탈리아인은 모두 마피아이며 아일랜드인은 전부 술주정뱅이야."

☐ 정치에 대하여 : "옳든 그르든 내가 지지하는 당이 이겨야 해!"

☐ 성 역할에 대하여 : "여자에게 필요한 것은 아름다운 얼굴이지 똑똑한 혀가 아니야. 그리고 금발여자는 멍청해. 여자는 늘 자기 멋대로만 하려고 하고 남자는 여자보다 우월하며 풋볼선수는 머리가 나쁘고 운동을 좋아하지 않는 남자는 소심해."

☐ 특정집단에 대하여 : "경찰은 모두 인종주의자이며, 부랑자들이 직업을 얻지 못하는 것은 노력을 하지 않기 때문이야."

☐ 나이에 대하여 : "노인들은 모두 망령이 든 사람들이고 십대들은 자기밖에 몰라."

위에 제시된 편견 중 어느 하나라도 당신에게 해당되는 것이 있다면 그

것은 언제든, 당신이 의식하지 못하는 사이에, 불행히도 당신의 아이에게
로 옮아갈 수 있습니다. 이제 당신이 할 일은 당신의 아이가 보고 배우는
일이 없도록, 당신이 인식한 스스로의 편견을 마음속에서 몰아내도록 노
력하는 것입니다.

2단계 – 들을 줄 아는 사람이 되어라

편협한 아이들은 오로지 자신이 듣고자 하는 말만을 듣기 때문에 다른
사람들의 말에 귀를 기울이는 법이 없습니다. 그 결과, 그들은 계속해서
편협한 태도를 키워가게 됩니다. 당신의 아이에게 '듣는 법'을 가르침으
로써 아이가 새로운 견해에 귀를 기울이고 나아가 그것들을 열린 마음으
로 받아들일 수 있도록 하는 방법 몇 가지를 제시합니다.

- 당신 스스로 본보기가 될 것 : 아이들이 듣는 법을 배우는 것은 당신
  의 말을 통해서가 아니라 당신의 행위를 통해서입니다. 당신이 누군
  가의 말에 귀를 기울일 때 당신의 아이는 그것을 보고 모방을 합니
  다. 굳이 계기를 만들려하지 말고 일상의 기회를 자연스럽게 활용하
  면 됩니다. 아이의 말에 귀를 기울여주면 아이는 그런 당신을 보고
  배우게 될 것입니다. 지금 하고 있는 일을 멈추고 아이의 말에 귀를
  기울여보세요. 아이를 위해, 들을 줄 아는 사람의 본보기가 되십시
  오. 아이와 눈을 맞추고, 아이의 말에 고개를 끄덕이거나 미소를 보
  내고 아이를 향해 살며시 몸을 기대어 당신이 귀를 기울이고 있음을
  아이가 느낄 수 있게 하십시오.
- 들을 줄 아는 태도를 가르칠 것 : 'SOLER' 안에는 바람직한 청취 기
  술 5가지가 담겨 있습니다.

S_ sit upright : 몸을 바로 하고 앉는다.

O_ be open and show your interest : 열린 마음으로 상대의 말에 귀를 기울이며 그 사실을 상대가 느낄 수 있도록 한다.

L_ lean in : 몸을 상대방 쪽으로 살며시 기울여라.

E_ eye to eye at the speaker and nod : 상대의 눈을 바라보며 고개를 끄덕여라.

R_ review in your mind : 상대의 말을 마음속으로 차분히 되새겨라. "지금 내가 듣고 있는 말의 의미는 무엇인가요?" 라는 질문을 던져라.

아이에게 위의 다섯 가지 기술을 알려주고, 종이에 적어 냉장고 문에 붙여 놓고 실천을 통해 완전히 숙달할 수 있도록 도와주십시오.

- 의미를 헤아리며 듣도록 할 것 : 저녁식사 자리라든지 혹은 언제든 아이와 함께 있을 기회가 생기면 아이로 하여금 말하는 사람에게 관심을 기울이도록 가르칩니다. 방법은, 가족모두가 돌아가면서 그날 있었던 일에 대해 간단히 이야기하되 한 사람의 말이 끝나면 다음 사람이 그 내용을 정확하게 반복한 다음 자신의 이야기를 풀어놓습니다. 그런 식으로 모두에게 순서가 돌아가고 난 후 각 이야기가 전하고자 하는 바가 무엇인지에 대해 이야기를 나누어 봅니다.
- 새로운 사실에 주의를 기울이도록 가르칠 것 : 식구들이 모여 대화를 나눈다거나, 책을 읽는다거나, 뉴스 혹은 다큐멘터리를 볼 때 자신이 알지 못했던 새로운 사실을 발견하면 그것을 식구들에게 알림으로써 새로운 사실에 귀를 여는 태도를 가르칩니다. 좀더 재미를 주고 싶다면, 이미 다른 사람이 언급한 사실을 반복하는 것은 무효로 처리

하는 규칙을 정하세요.

- **새로운 정보를 제공할 것** : 당신의 아이가 어느 정도 다른 사람의 말에 귀를 기울일 줄 알게 되었다면, 이제 아이가 가장 편협한 태도를 취하는 주제들에 대해 대화하며 다양하고 새로운 정보를 제공함으로써 자신의 견해가 편파적이라는 사실을 깨우쳐 주어야 합니다. 대부분의 편견과 증오는 무지에서 비롯되는 법입니다. 그러므로 아이가 품고 있는 편견을 주제로 다양한 정보 및 견해를 제시하는 일은 무엇보다 중요합니다. 아이와 함께 박물관을 관람하거나 아이 스스로 인터넷을 활용하여 다양한 정보를 접하도록 하는 것도 좋으며, 관련된 주제를 다루고 있는 영화나 책 등을 통해 아이가 새로운 견해와 만나도록 해주는 것도 좋습니다.

3단계 - 편견과 독단에 맞서라

아이들은 누구나, 때로 편파적인 발언을 하거나 편협한 견해를 품기도 하며, 혹은 누군가에게서 들은 차별주의적 농담을 흉내내기도 합니다. 중요한 것은 당신이 거기에 대해 어떻게 반응하느냐에 따라 당신의 아이는 그러한 행위를 반복할 수도, 그렇지 않을 수도 있습니다.

당신의 입장을 아이에게 분명히 밝히십시오. 당신의 아이가 편파적인 발언을 하는 것을 들었을 경우, 당신이 느끼는 불쾌감을 아이에게 표현하고 아이에게 이렇게 말하세요. "방금 네가 한 말은 매우 편파적으로 들리는구나. 그런 말은 다시 듣고 싶지 않다." 아이로 하여금 그 속에 담긴 당신의 불쾌감을 읽어냄으로써 당신의 가치관을 이해할 수 있도록 해야 합니다. 편협함에 대한 당신의 태도는 나중에 그 아이가 독선과 편견이 담긴 발언과 마주쳤을 때 택하는 태도의 본보기가 될 것입니다. 편견에 대한 바람직한 대응의 두 가지 예를 소개합니다.

- "네가 에미넴(Eminem ; 미국의 랩 뮤지션. 그의 몇몇 음악은 특정 대상을 지나치게 비하한 가사로 물의를 빚기도 했다 – 편집자 주)을 좋아하는 건 안단다. 하지만 그의 노래 중 일부는 여성을 지나치게 폄하하는 내용을 담고 있어. 그런 태도는 옳지 못해. 난 네가 그 점을 알아주길 바란다."

- "라틴계 사람이 대통령에 오르는 건 있을 수 없는 일이라고 네 삼촌이 말했을 때 난 굉장히 불쾌했단다. 그건 지극히 편협한 견해야."

4단계 – 편견을 인식하는 법을 가르칠 것

아이가 스스로 편협한 태도를 고쳐야겠다는 것을 인식하기 위해서는 먼저, 편견이란 무엇이며 그것을 어떻게 인식해야 하며 그것들이 끼치는 해악이 무엇인지를 분명히 이해하고 있어야 합니다. 다음은, 그러한 문제를 해결하는 데 도움이 되는 예들입니다.

- **편견의 정의를 제시할 것** : 자녀에게 다음과 같이 편견에 대한 개념을 정확히 설명해주세요.

  "편견이란 특정 집단이나 주제에 대해 우리가 일률적으로 적용하는 개념을 말한단다. 하지만 대부분의 사람들은 그에 대해 잘못 알고 있기도 해. 자기의 마음에 들지 않는 집단에 속한 구성원 모두가, 혹은 그 주제와 관련된 사항 모두가 자기의 생각과 부합되는 건 아니기 때문이지. 게다가 그것들은 편파적인 경우가 많단다."

  그리고 당신의 아이에게 말을 걸거나 영향을 끼칠만한 사람이, '넌 항상, 넌 절대로, 그들은 모두'와 같은 표현을 쓴다면 그냥 넘기지 말고 꼭 주의를 주세요. 그러한 말 뒤에 따르는 문장들은 편견을 담고 있을 가능성이 높습니다.

- **편견을 찾아낼 것** : 아이가 편견을 판단할 수 있는 좋은 방법은 TV를 보면서 편견들을 찾아내는 것입니다. 게임처럼 시간을 정해놓고 누가 더 많은 편견을 찾아내는지 점수를 매겨도 좋습니다. 누구든 편견을 발견할 때마다 '편견!'이라고 외치며 그 사실을 마음에 새길 수 있도록 하는 것입니다. 아이와 함께 이렇게 외쳐보세요. "리포터가 말했어. '로스앤젤레스 지역의 선생님들은 모두 형편없습니다.' 그건 편견이야!"

- **해악을 끼치는 편견의 예를 제시할 것** : 우리의 문화 속에는 아이들의 올바른 태도를 좀먹고 편협한 태도를 부추기는 부당한 편견들이 수도 없이 도사리고 있습니다. 당신의 아이에게 그러한 편견의 예를 제시하고 아이와 함께, 어쩌면 그 아이가 별 해가 없다고 생각할 수도 있는, 그러나 실제로는 심각한 해악을 내포하고 있으며 언젠가는 아이의 시각을 흐리게 만들 수도 있는 편견들에 대해 이야기를 나누어 보세요. 여기 그러한 편견의 예가 몇 가지 있습니다.

  '십대들은 자기밖에 생각할 줄 모른다.', '어른들은 시대에 뒤떨어진 사람들이다.', '운동선수는 멍청하다.', '외모에 신경 쓰는 사람은 무식하다.', '치어걸은 헤프다.', '여자애들은 수학을 못한다.' 등 몇 가지 편견들을 제시한 다음, 아이에게 그런 것들이 어째서 편파적 생각인지 그 근거를 대도록 유도하세요. 아이는 수학을 잘하는 몇몇 친구의 이름을 떠올림으로써 그 생각이 부당한 편견임을 깨닫게 될 것입니다.

- **'증명해 보세요!'** : 아이의 편견을 지양하는 데 도움이 되는 게임 하나를 소개합니다. 가족 중 누구든 편견이 담긴 발언을 하면 나머지 구성원 중 하나가 그에 대해 정중히 반대의사를 표시합니다. 방법은 그 말을 한 사람을 향해 "증명해보세요!"라고 말하는 것이지요. 예를

들어, 당신의 아이가 '운동선수는 머리가 나쁘다' 는 말을 했다면, 형제나 자매 중 하나가 이렇게 말합니다. "내 생각은 좀 달라. 우리 학교 야구선수 중에는 성적 뛰어난 애들이 다섯 명이나 되는걸."

- **미디어를 활용할 것** : 영화, 광고, 음악, TV, 책, 그리고 사람들 사이에서 유행하는 우스갯소리 등은 당신의 아이로 하여금 편견을 키우게 만드는 주범입니다. 그러니 미디어에서 자행되는 부당한 편견을 목격했을 때 그것을 지적하고 자녀와 함께 그에 대한 이야기를 나누세요. 자녀에게 편견을 인식하는 눈을 키워줄 수 있는 훌륭한 방법이 됩니다.

당신의 아이에게 이런 질문을 던져 보세요.

– 신문의 경우 : "엄마도 신문에서 경찰들의 가혹행위에 대한 기사를 많이 보았단다. 하지만 좋은 사람들도 많아. 그런데 그 기사를 본 사람들은 '경찰이란 모두 폭력을 휘두르는 사람들이구나.' 라고 생각하게 되지 않을까?"

– TV 뉴스의 경우 : "뉴스에선 흑인들을 공격적인 사람들로 그리는 경향이 있는 것 같아. 주로 그들이 나쁜 짓 하는 장면을 내보내면서 말이야. 그런데 사실은 좋은 사람들이 훨씬 많단다. 네 생각은 어때? 뉴스를 만드는 사람들이 공정한 시각에 입각해 기사를 내보낸다고 생각하니?"

– 책의 경우 : "이 책을 보렴, 여기서도 계모를 사악한 존재로 그리고 있네. 계모들이란, 모두 못된 사람들일까? 아이들이 이런 책들을 계속 읽게 되면 계모에 대해 어떤 생각을 갖게 될 거라고 생각하니?"

5단계 – 아이의 편견을 지적할 것

한 가지 자명한 사실이 있습니다. 당신의 아이가 편협한 견해를 제시했을 때, 그 자리에서 지적하지 않는다면 아이는 편협한 태도를 계속 키워나갈 것이라는 점입니다. 아이의 편견에 맞서십시오. 그러나 과잉반응을 보이거나 섣부른 비난을 가하지는 말아야 합니다. 그런 반응들은 아이가 그러한 말을 사용하지 않도록 할 수 있을지는 몰라도 아이가 지니고 있는 편협한 태도 자체를 고쳐주지는 못합니다. 당신이 지향해야 할 바는 아이의 편협한 태도를 변화시키는 것이며, 그러한 변화로 가는 유일한 길은 아이의 말에 귀를 기울임으로써 아이가 그런 생각을 품게 된 이유를 파악하는 것입니다. 그런 후에 아이의 견해에 반대 근거를 제시하세요.

아이의 편견에 대응하는 바람직한 태도를 소개하겠습니다.

- 먼저 아이의 말에 귀를 기울일 것 : 아이의 편견과 맞닥뜨렸을 때 취해야 할 점 중 가장 실천하기 어려운 것은 도중에 어떠한 판단도 내리지 않고 아이의 말을 끝까지 들어 주는 것입니다. 아이의 말에서 가능한 한 많은 정보를 수집하고 그것을 통해 아이가 그런 생각을 품게 된 원인을 파악하십시오. 아이의 마음에 편견과 편협함이 자리 잡기 전에, 아이 스스로 그것을 몰아내도록 도울 수 있는 방법은 그것뿐입니다.

  아이가, "영어를 사용하지 않는 애들은 우리 학교에 다니지 못하도록 해야 해."라는 편견에 사로잡힌 말을 한다면 다음과 같이 물어보세요. "왜 그래야 한다고 생각하는지 네 의견을 말해주겠니?", "그 이유를 설명해주겠니?", "그런 말을 어디서 들었는지 말해주겠니?"

- 아이의 편견에 맞설 것 : 당신의 아이가 편견을 품게 된 원인을 분명히 파악했다면, 이제 아이의 편견에 맞설 차례입니다. 아이에게 정확한

정보를 제공하고, 아이의 편견에 대한 반대근거를 제시하며 아이의 견해가 어떠한 점에서 그른지를 설명해 주십시오. 예를 들어 당신의 아이가, "부랑자들도 취직을 해서 살 집을 마련해야 한다."고 말하면 다음과 같이 말해 주세요. "그 사람들이 직업이나 집이 없는 데는 여러 가지 이유가 있을 수 있어. 몸이 아파서 일을 하지 못할 수도 있고, 열심히 노력해도 일자리를 찾지 못하는 사람도 있을 수 있고. 그리고 집을 마련하려면 아주 많은 돈이 든단다. 모든 사람이 아파트나 집을 살 수 있는 건 아냐."

- 근거를 요구할 것 : 아이에게 자신의 견해에 대한 근거를 제시하도록 요구할 필요가 있는 경우도 있습니다. 만약 자녀가, 노인들은 모두 망령든 사람들이라고 주장한다면, 아이와 함께 인터넷에서 그러한 견해에 반하는 근거들을 찾아보십시오. 예를 들어 당신은 아이와 함께 그랜드마 모지스(Grandma Moses ; 80세가 넘어서 자신의 미적 재능을 발견하여 그림을 그리기 시작한 미국의 할머니 – 편집자 주)에 대한 자료를 찾아 거기에 대해 이야기를 나누어 볼 수도 있을 것입니다. 아이가, "암에 걸리면 죽을 수밖에 없어."라고 말한다면, 아이와 함께 랜스 암스트롱(Lance Armstrong ; 암투병을 이겨낸 미국의 사이클 선수. 철의 심장으로 불린다 – 편집자 주)에 대한 자료를 찾아보세요. 혹은 '천식이 있는 사람은 운동선수가 될 수 없다' 라고 말한다면 이렇게 말해보세요. "애야, 재키 조이너 커시(Jackie Joyner-Kersee ; 불멸의 미국 여자 육상 선수 – 편집자 주)에 대해 알고 있니?" 라고요.

6단계 – 상대에게 상처를 주는 말을 했을 경우 도의적 책임을 요구하라

타인을 모욕하는 발언은 결코 용납될 수 없다는 사실을 아이에게 분명히 인식시키십시오. 편견과 편파적인 발언이 갖는 해악은 상대에게 상처를 안겨주는 것 외에 증오를 낳습니다. 아이가 편견이 담긴 말을 누군가에게 던진다면, 즉각 아이에게 상대방이 느꼈을 고통에 대해 차근차근 설명해 주고 사과시키십시오. 중요한 것은 그것이 진심이어야 하며, 상대방에게 정중히 전해져야 한다는 것입니다. 그런 후, 아이에게 다음과 같은 메시지를 분명히 전달하십시오.

"네가 편견에 사로잡혀 내뱉은 말로 인해 누군가가 상처를 입었다. 너는 그것을 어떻게 보상해줄 수 있다고 생각하니?"

자신의 편견에 찬 말 한 마디가 누군가에게 상처를 주었다는 사실은 돌이킬 수도 없지만 그 행위에 대한 책임 역시 분명히 져야 함을 깨닫게 하기 위해서입니다.

아주 어린 아이의 경우라면 상대에게 사과의 뜻을 담은 그림을 전하게 하거나 전화를 걸어 미안하다고 사과를 시키는 것도 좋습니다. 다음에 제시하는 몇 가지 예를 활용한다면 자녀들에게 편견의 해악과 도의적 책임을 이해시키는 데 많은 도움이 될 것입니다.

- "유정이에게 영어 발음이 서툴다고 말한 건 옳지 못한 태도였어. 그 말로 인해 유정이는 마음에 상처를 받았을 거야. 유정이는 외국에서 살다왔기 때문에 이제 막 영어를 배우기 시작했잖니? 그런데도 너는 아무런 배려 없이 친구에게 상처를 주었어. 내 생각에 그건 너의 편협함 때문이라고 생각되니 유정이에게 사과하도록 하렴."

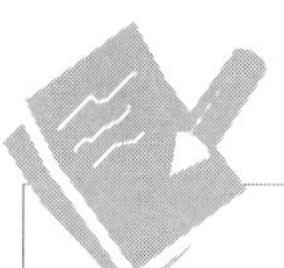

가족만의 '토론의 밤'을 만들어 보는 것, 그것은 가정 안팎의 현안에 대해 생산적인 대화를 나눌 수 있는 훌륭한 방법이며 당신의 아이들이 대화의 기술을 익히고 다양한 견해에 귀 기울이는 법을 터득할 수 있는 좋은 기회입니다. 이를 통해 편협한 태도를 고집하던 당신의 아이는 자신과 다른 견해에 귀를 열고 나아가 자신의 의견을 수정할 수도 있습니다. 명심할 것은 모든 의견은 똑같이 존중되어야 하며, 각각의 구성원은 나머지 구성원들이 귀를 기울이는 가운데 자신의 견해를 펼칠 권리를 보장받아야 한다는 것입니다.

다음에 제시하는 사항들을 활용해 즐겁고 유익한 토론의 밤을 누리길 바랍니다. 무엇보다 이것들이 당신의 아이가 편협한 태도를 버리는 데 도움이 되길 바랍니다.

- 공정한 토론규칙을 정할 것 : 토론에 임할 때는 다음의 다섯 가지 규칙을 꼭 지켜야 합니다.

  (1) 다른 사람의 말에 귀를 기울인다.

  (2) 상대를 몰아세우는 행위를 금한다.

  (3) 반대 의견을 자유로이 제시하되 정중한 태도를 지킨다.

  (4) 목소리를 높이지 않는다.

  (5) 모두에게 공평한 기회가 주어져야 한다.

- 건의함을 만들 것 : 구성원들이 가정 내 문제를 비롯해 다음 토론에서 거론하고 싶은 주제를 적어넣을 수 있는 건의함을 만드십시오. 나이가 어린 자녀의 경우, 이야기하고 싶은 주제를 그림으로 표현하여 제시하는 방법을 활용해도 좋습니다.

- 시사문제를 토론의 주제로 활용할 것 : 아이들의 관심을 유발할 수

있는 시사문제를 선택해 함께 이야기를 나누어보는 것도 좋은 방법
입니다. 예컨데, 어린 자녀를 둔 경우라면 애완견을 기르는 문제나
보도에서 자전거나 스케이트보드를 타는 행위를 허용하는 문제, 혹
은 학교의 예술후원 문제 등에 대해 함께 이야기를 나누어보세요. 조
금 큰 아이가 있는 경우라면 음주 허용 연령을 낮출 것인가, 운전면
허에 대한 연령제한을 상향조정하는 것이 필요한가, 낙태의 권리는
보장되어야 하는가, 이라크 전쟁의 명분을 정당화할 수 있을 것인가,
도박을 양성화해도 될 것인가, 과거 흑인들이 받은 고통에 대해 미국
이 보상을 해야 할 것인가, 사형제도는 옳은가 등에 관해 토론을 해
볼 수 있을 것입니다.

- 구성원들이 관심을 갖고 있는 가정 내 문제를 토론의 장으로 끌어들
일 것 : 가족구성원들과 관련된 가정 내 문제 역시 훌륭한 토론 주제
가 될 수 있습니다. 예컨대 어린 자녀가 있는 가정의 경우, 형제 간의
다툼, 집안일의 분담, 차별대우, TV채널에 대한 선택권 등의 주제로
말이지요. 조금 큰 아이들의 경우라면, 부모와 시간을 보내는 문제,
귀가시간이나 컴퓨터 사용의 제한문제, 연령제한 영화의 관람을 허
용할 것인가의 문제, 자동차 사용 문제, 친구 선택 혹은 이성교제 문
제 등에 관해 의견을 나누어보세요.

태도 개선을 위한 다짐

지금까지 저는 우리 아이들의 편협한 태도를 고쳐나가도록 도와줄 여
러 가지 사항들을 제시했습니다. 이제, 당신의 아이가 편견을 지양하고 보
다 균형적인 시각을 갖도록 하기 위해 어떤 행동을 취할 것인가요? 여기
에 당신의 아이로 하여금 편협한 태도를 버리고 관용의 미덕을 갖추도록

돕기 위해 당신이 취할 행동을 적어보세요.

나는 앞으로 ________________________________ 할 것이다.

태도 개선 상황 기록하기

태도의 개선은 어려운 일이며, 끊임없는 연습과 부모의 지원이 필요합니다. 그러기에 아이가 변화를 향해 가는 각각의 단계에서 아무리 작은 변화를 보이더라도 인정하고 칭찬해줘야 합니다. 진정한 결과를 얻기까지는 최소한 21일은 걸리니 절대로 포기하지 마십시오! 한 가지 전략이 효과가 없으면, 다른 전략을 시도하십시오. 자녀의 주간 진전상황을 아래 빈칸에 쓰고 '태도변화 일지' 에 매일 매일의 진전상황을 기록하십시오.

1주 : ________________________________

2주 : ________________________________

3주 : ________________________________

결과 검토와 진행중인 태도 개선

쉬지 말고 다음의 질문을 던지십시오. 아이의 태도 중 여전히 개선이 필요한 부분은 어떤 부분인가요? 어떤 노력을 더 할 필요가 있나요?

나쁜 태도 언론 속보

지금의 미국 청소년들은 지나치게 편협한 경향이 있다는 우려가 나오고 있으며 이러한 경향은 나이가 어릴수록 더 심각하다고 합니다. 연구 결과에 따르면, 혐오 범죄(hate crime : 특정 대상에 대한 무조건적인 증오심에서 비롯되는 범죄 - 편집자 주)의 상당수가 19세 미만의 청소년에 의해 행해지고 있으며, 이런 식의 그릇된 혐오감이 오늘날 각 학교마다의 교실에 만연되어 있다고 합니다. 다음은 우리 아이들이 지닌 편견의 심각성을 보여주는 자료들입니다.

• 노스이스턴 대학에서 메사추세츠 내 고등학교 30곳을 대상으로 실시한 조사에 따르면, 그 중 3분의 1에 해당하는 학생들이 한 번 이상 혐오 범죄의 피해자가 되었던 경험이 있다고 밝힌 바 있습니다.

• 고등교육조사위원회에 따르면, 미국 대학 내에서 매년 최소 1백만 건에 달하는 혐오 범죄가 발생하고 있다고 합니다.

반항적임

권장태도 : 존경, 복종, 기댈 수 있음

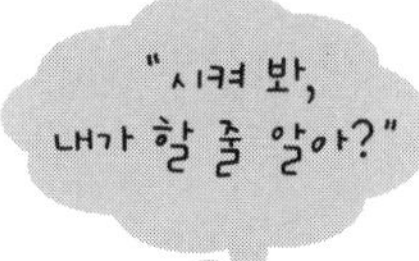

보바 박사님께

저희 막내아들은 원래 다루기가 힘들었지만, 이제는 완전히 악몽이 되어가고 있습니다. 아들은 말도 듣지 않을뿐더러 사사건건 말대꾸를 하며, 저희가 시키는 일은 거의 하지 않습니다. 아들을 길들이기 위해, 모든 방법 즉 벌 세우기, 규칙, 반성하기 등을 시도해보았지만 모두가 허사였습니다. 제 아들은 언제든 집안에 문제를 일으키는 도화선이 될 수 있으며 저는 생존게임에 참여하여 패배하는 것 같은 느낌을 받습니다. 제가 아이의 문제로 이런 편지까지 쓰게 되리라곤 꿈에도 생각지 못했습니다. 도대체 제 아이가 말을 잘 듣게 하려면 어떻게 해야 하나요?

이런 건 나쁜 태도야!

- "안 할 거예요, 아빠. 절대 안 해요."
- "내가 왜 엄마, 아빠가 원하는 대로 해야 하죠?"
- "그래요? 내가 말을 잘 들을 것처럼 보이나요?"

우선 가장 중요한 문제가 무엇인지, 일의 가치를 따져 순위를 정하십시오. 부모 입장에서 힘든 일 중 하나는 아이들의 반항에 봉착해서 너무 당황하거나, 대립하려는 데 있습니다.

요즘 아이들은 부모세대와 많이 달라서 부모가 원하는 대로 따르는 아이는 찾아보기 힘듭니다. 그러나 방법이 없는 건 아닙니다. 한꺼번에 여러 가지를 바꾸려 하지 말고 아이에게 가장 시급하고 중요한 한 가지를 행하게 하십시오. 그것만으로도 당신은 아이의 태도에 커다란 변화를 일으키는 올바른 길에 서게 됩니다. 가령, 어린아이들이 서로 때리지 않고 사이좋게 노는 것이 중요하게 생각될 경우, 평소에는 그리도 중요해 보였던 장난감 정리하는 일이 크게 중요하지 않게 생각될 겁니다. 조금 큰 아이들의 경우에도 마찬가지입니다. 일단 숙제를 마치는 것이 중요한 임무라면 침대정리 정도는 그리 중요하게 생각되지 않는 것이지요. 그러니 아이와의 전쟁을 현명하게 이끌 수 있는 열쇠는 바로 가장 중요한 일은 선택하는 것입니다. 그리고 일단 아이들이 그것을 따르기 시작했다면 서서히 다른 것들도 요구하십시오. 그렇게만 된다면 당신은 예전처럼 정신을 차리고 집안일이나 다른 일, 또는 아이들과의 관계도 회복할 수 있음과 동시에 아이의 반항적 태도도 변화시킬 수 있습니다. ✚

"안 할 거야." "엄마 나빠." "왜 내가 해야 돼요?" "그래요. 내가 엄마 말대로 하는지 두고 보자고요."

이런 반항적 언사를 최근에 당신의 어여쁜 자녀들로부터 들어보신 적이 있습니까? 물론, 아이들은 때때로 엄마 아빠의 말씀을 듣지 않으려고 합니다. 그런 자녀들에게는 대체로 준엄한 눈초리나 단호한 징벌이 필요합니다. 그러나 아이들이 지속적으로 부모의 말을 듣지 않는다면 아이들은 이미 부모의 통제로부터 벗어난 것임을 깨닫고 인정하십시오. 반항은 나쁜 태도의 여러 측면에서 보았을 때 가장 좋지 않은 행동 유형에 속하니 반드시 원인을 찾아 치료해야 합니다.

반항하는 아이들은 자신을 책임 있는 존재로 놓고, 기본적으로 부모의 권위를 발가벗겨, 마치 부모가 이류시민이라도 되는 양 깔아뭉갭니다. 그러한 태도는 통제 불가능과 무례가 극단으로 치달았을 때 나타납니다. 아이는 '할 수 있는 한 심하게' 부모를 강요하여 자신이 원하는 것을 하게끔 만듭니다. 그러한 부모와 자식 간의 파워 게임은 오랜 기간, 무시무시하게 진이 다 빠질 정도로 진행될 수도 있으나 자신의 승리를 확실히 하기 위해 아이들은 그 어떤 것도 멈추지 않을 것입니다. 아마도 세계 제3차대전은 부모가 아이에게 쓰레기를 버리라거나 개를 산보시키라는 작은 심부름 때문에 시작될 수도 있습니다.

반항하는 아이들은 자기중심적 성향이 보통을 넘으며 매우 무례합니다. 조금 더 깊이 들어가보면, 그들의 행동에는 부모에 대한 모욕, 경멸, 완벽한 무시가 담겨져 있습니다. 결국, 말을 듣지 않는 아이들은 그들의 요구를 채우기 위해 다른 사람들의 요구를 단호히 거부하는 방법을 취하는 것이지요. 그러한 아이들은 자기만 생각하는데 익숙하여 다른 사람의 기분이나 걱정에 대해서는 무심하며 가족의 화합은 물론 아이 자신의 도덕적 품성 형성에도 매우 치명적인 결과를 낳게 합니다.

반항적이고 상대를 무시하며 예의를 지키지 않는 태도는 절대로 참고 넘어가서는 안 됩니다. 그렇다고 그러한 행동의 원인을 알고자 노력하지 않아도 된다는 뜻은 아닙니다. 반항적인 아이들은 극도로 무리한 요구를 하고 우리를 좌절시키는 행동을 합니다. 하지만 아이들이 그러한 행동을 하는 데는 자신에게 부여된 규범, 한계, 규칙이 서로 맞지 않아서일 수도 있음을 명심하십시오. 그런 아이들은 기질이 매우 성급할 수도 있고, 반항하기 쉬운 신경계를 갖고 있을 수도 있으며, 체내 화학물질이 불균형하거나 우울한 성향일 수도 있습니다. 또한 자신이 갈망하는 것에 대해 부모의 주의를 기울이게 만드는 다른 방법을 몰라서일 수도 있습니다. 그러므로 반항하는 아이들의 태도를 완전히 변화시키기 위해서는, 아이의 태도뿐만 아니라 부모와 아이가 맺고 있는 관계를 위해서도 광범위하고 철저하게 원인을 분석하는 것이 필요합니다. 모든 원인을 고려한 후 일단 머릿속에 가장 괜찮은 처방이 떠올랐다면 그때부터는 아이의 반항적인 태도를, 존중하고 따르며 신뢰하는 태도로 바꾸기 위해 엄격하게 아이를 다루어야 합니다.

나쁜 태도 경계하기

반항하고 말을 듣지 않는 태도는 가장 바꾸기 힘든 태도 중의 하나입니다. 그러나 분명히 고칠 수 있습니다. 당신이 첫번째로 행해야 할 것은 마음을 편히 하고 그러한 태도가 어떻게 시작되었는지 살펴보는 것입니다.

진 단 당신의 아이가 왜, 그리고 어떻게 반항적이고 말을 듣지 않는 태도를 갖게 되었는지 숙고하십시오.

● 언제 _ 아이의 반항적 태도가 하루의 어느 특정한 시간에 증가하는지를 아십니까? 잠잘 시간이 다가오는 목욕 이후의 시간입니까? 숙제할 시간이 다가오는 저녁식사 이후입니까? 체육관에 갈 준비를 해야 하는 토요일 아침입니까? 무엇이 아이의 반항적 태도의 원인이 되는 걸까요? 요즘 아이는 어떤 친구들과 어울려 다닙니까?

● 어디서 _ 학교, 특정 친구의 집, 수영장 등 아이가 반항적인 태도를 더 많이 보이는 특정 장소가 있습니까? 있다면 무엇이 원인일까요?

● 누구에게 _ 아이가 모든 사람들에게 똑같이 반항적인 행동을 보입니까? 아이가 말을 더 잘 듣는 사람이 있습니까? 그 사람은 아이들이 말을 잘 듣게 만드는 특별한 방법을 갖고 있는 걸까요? 그에게 조언을 구하거나, 그가 아이를 어떻게 대하는지 지켜보십시오. 그리고 그의 방법을 따라해 보십시오.

● 무엇을 _ 부모가 요구하는 것 모두를, 혹은 몇 가지를 아이가 거부합니까? 이를 알아내기 위해 종이 한 장을 반으로 접어 두 개의 리스트를 만듭니다. 한 쪽에는 집안을 전쟁터로 만드는 원인들, 예를 들어 숙제, 심부름, 통금시간, TV시청, 기상시간, 컴퓨터 사용시간, 특정한 친구들과 놀러 다니는 것 등을 적어놓습니다. 그리고 아이가 가끔은 말을 듣는 것(또는 분쟁을 조금이라도 덜 일으키는 것)을 다른 한쪽에 적습니다. 여기에는 축구하기, 저녁시간 맞춰 들어오기, 개에게 먹이주기 등이 포함될 수도 있습니다. 마지막으로, 적어놓은 것들을 살펴보십시오. 아이들은 대체로 자기가 좋아하는 요구를 따르고, 덜 위협적인 것, 실패할 위험이 적어보이는 것을 잘 따른다는 것을 알 수 있습니다. 아이의 행동을 잘 설명할 수 있는 행동양식을 찾으셨습니까? 찾으셨다면, 그것은 무엇입니까?

● 왜 _ 아이가 말을 듣지 않게 된 근본적인 원인이 무엇이라고 생각하십니까? 가족관계에 그 원인이 있습니까? 아이가 무의식적으로, 혹은 명확하게 경계와 규범, 제한에 대한 자신의 요구를 밝힙니까? 아이가 정말로 당신이 실질적인 권위를 갖는 진정한 가족의 수령이 되기를 원합니까? 아이가 다른 사람의 행동을 그대로 따라하고 있습니까? 아이가 그러한 행동을 하면 쉽게 원하는 것을 얻을 수 있다고 생각하기 때문에

계속 그렇게 행동하는 것일까요? 아니면 근본적으로 아이의 기질이 그렇다고 여겨집니까? 아이가 우울증이나 정신적 상처를 입은 적이 있습니까?

아이에게 이러한 태도가 나타난 것을 처음 목격한 때는 언제입니까? 아이가 반항적 행동을 일으킬 특정 요인이 있었습니까? 엄격한 선생님? 동네깡패들? 친구들과의 문제? 이사? 이혼, 질병, 새로운 직업, 새로 태어난 아기 등 집안의 변화? 그것도 아니라면 아이의 반항적 태도는 원래부터 있어왔던 문제입니까?

"제 아들은 두 살 때부터 잠자리에 들 시간이라고 말하면 짜증을 냈어요." "제 딸은 유치원 선생님이 시키는 것도 하지 않았어요."라고 말하는 부모님들의 말처럼요.

이제 당신의 대답을 살펴볼 차례입니다. 아이의 행동을 예측할 수 있는, 지금까지 모르고 지나쳤던 행동양식이 있습니까? 그것을 발견하기 위해 아이를 잘 아는 사람들과 대화를 나누십시오. 아이가 왜 그러한 태도를 갖게 되었는지, 그리고 어떻게 그러한 태도가 더욱 커져갔는지에 대한 당신의 생각을 적어보세요.

당신의 반응에는 아무런 문제가 없나요?

아이의 반항적 태도에 당신은 어떻게 반응하고 있습니까? 예를 들어, 가장 최근에 아이가 당신의 요구에 불응하거나 거부했을 때, 당신은 어떤 태도를 취했습니까? 소리를 질렀습니까? 벌을 주었습니까? 잔소리를 했습니까? 겁을 주었습니까? 아니면 아이의 이러한 행동을 선생님, 유모, 다른 부모들, 경찰 등 다른 사람에게 얘기하고 도움을 청했습니까? 아이가 반항을 할 때 다른 어른들도 대부분 함께 있었습니까? 만약 그렇다면, 그들은 어떻게 반응하던가요? 당신을 응원합니까? 함께 아이를 꾸짖습니까? 모른 척합니까? 당신에게 소리를 지릅니까? 중재합니까?

당신은 아이의 반항적 태도를 항상 벌합니까? 만약 그렇다면 어떻게 벌합니까? 방에 가두거나 엉덩이를 찰싹 때려줍니까? 훈계합니까? 아이가 갖고 있는 특권을 중단시킵니까? 사죄를 요구합니까? 벌을 내릴 때 아이는 어떠한 반응을 보입니까? 어떤 식으로 벌을 줄 때 가장 효력이 있습니까?

다른 식의 반응도 있을 수도 있습니다. 아이의 모든 반항을 무시하는 경우입니다. 그렇게 하는 이유는 무엇입니까? 단지 편하기 때문입니까? 그저 아이가 거쳐야 하는 단계라 여기기 때문입니까? 너무 바빠 일일이 대응하기 힘들어서입니까? 아이의 말대꾸나 장광설이 너무 길어지면 회사에 늦을까봐 걱정이 되어서입니까? 아이의 행동이 위협적으로 느껴져서입니까? 다른 형제자매들이나 아이들이 그 장면을 보았을 때 받을 정서적, 신체적 상처를 걱정하기 때문입니까?

아이의 반항이나 불응하는 태도를 멈추게 하는 데 전혀 도움이 되지 않는 당신의 반응은 무엇입니까? 그러한 반응을 다시는 하지 않도록 기억하기 위해 아래에 적어 놓으십시오.

나는 다시는 ________________________________ 하지 않겠다.

당신의 반응에는 아무런 문제가 없나요?

많은 부모들이 요즘 아이들은 자기가 자랄 때보다 훨씬 더 부모에게 반항적이고 무례하다고 말합니다. 그 말에 동의하십니까? 왜 그렇게 되었을까요? 여러분의 어린 시절을 한번 생각해보십시오. 부모님께 반항한 적이 있습니까? 얼마나 자주, 그리고 무엇 때문에 반항을 했습니까? 반항을 할 때 부모님은 어떤 반응을 보였습니까? 당신 부모님의 훈육 방식은 당신이나 당신의 훈육 방법에 어떠한 영향을 미쳤습니까?

아이들이 왜 그렇게 반항적이 되었는지를 생각해보십시오. 아이가 당신이나 다른 부모들의 태도를 보면서 자신의 태도를 형성하고 있지는 않습니까? 또는 친척? 사촌? 형제자매? 친구들? 아니면 아이는 자기를 대접하는 주변의 분위기에 맞춰 반응하는 것은 아닙니까? 아이와 가까운 사람들의 태도에 비슷한 점이 있는지 살펴보고, 실마리를 찾으십시오.

이제는 당신 자신의 태도를 살펴볼 차례입니다. 아이가 반항적인 행동을 당신에게서 배우고 있지는 않은가요? 예를 들어, 당신은 친구들 사이에서 모든 것이 당신 뜻대로 되기를 고집하지는 않습니까? 집에서도, 직장에서도 그렇습니까? 가족이 하는 요구나 노골적인 거부에 관심을 기울입니까? 가정의 규범과 기대가 즉각적으로 받아들여지기를 바랍니까? 동료들과는 어떻습니까? 배우자와는 어떻습니까? 양보하거나 서로의 요구 사항을 받아들이는 편입니까? 아니면 간섭하지 말자는 방침으로 아이들을 너무 풀어놓는 편입니까? 가정 내 규범이 거의 없거나 일관성이 없고, 가족화합, 존경, 원칙, 책임감에 대한 어떠한 기대도 갖고 있지 않습니까? 부모의 정상적 역할 '어른으로서의 궁극적 책임'을 다하기보다는 아이의 친한 친구로서의 역할만 하려고 하는 편입니까?

당신의 배우자나 아이의 생물학적 부모로서의 관계는 어떻습니까? 아이들은 당신의 태도에서 무엇을 봅니까? 당신은 아이에게 너무 많은 것을 요구하거나 통제하지는 않습니까? 아이가 당신이 말다툼하는 것을 본 적이 있습니까? 당신은 상대방의 요구를 따르지 않을 뿐만 아니라 듣는 것조차 거부합니까? 아이에게 '침묵요법'을 사용합니까? 상대의 말을 듣고 그냥 지나치거나 심지어 나가버립니까? 소리를 지르고 문을 쾅 닫고 갑니까? 다른 사람을 때리거나 물건을 집어던진 적이 있습니까? 아이는 당신을 어떻게 생각할 것 같습니까? 독재자? 협상가? 싱거운 사람? 맘 편한 사람? 당신은 아이들, 배우자, 친구, 동료들과 보내는 하루 일과를 어떤 스타일로 경영하나요?

당신은 반항하는 아이와의 관계를 어떻게 맺고 있습니까? 솔직하게 말해서 아이에게 당신의 요구사항을 어떻게 표현하나요? 조용하고 위엄 있는 목소리로 말하는 편입니까, 성미가 급하게 말하는 편입니까? 예의가 바른 편입니까, 아니면 무례한, 심지어는 냉소적이기까지 한 편입니까? 얼굴표정이나 행동은 어떻습니까? 눈알을 굴리거나 어깨를 들썩이거나 능글맞게 웃습니까, 아니면 예의 바르게 기다립니까? 아이에게 노골적으로 당신의 요구에 따를 것을 요구합니까, 아니면 아이의 요구를 들어줍니까? 당신 자신에 대한 평가에 아이도 동의합니까? 아이의 입장에서 생각해보십시오. 당신이 그 아이라면, 당신의 말투를 듣거나 당신의 태도로 대접받고 싶을지 생각해보십시오.

나쁜 태도, 이렇게 바꾼다

아이의 반항적인 태도를 변화시키려면 다음의 단계를 거치십시오.

1단계 – 화산의 내부를 들여다보라

반항적인 행동에는 많은 이유가 있지만, 여기서는 가장 전형적인 이유

몇 가지만을 적어놓았습니다. 당신의 자녀에게 해당되는 이유에 표시를 하십시오.

☐ **잘못된 훈육** : 당신의 훈육방식이 너무 엄격하여 아이들이 반항을 한다거나, 너무 관대하여 반항적 태도를 보여도 그냥 넘어간다든지, 혹은 일관성이 없어서 아이가 어떻게 행동해야 할지 모릅니까?

☐ **틀어진 관계** : 아이가 부모 중 한 사람과 마찰이 있습니까? 부모와 함께하는 시간이 부족합니까? 아이가 스스로 사랑받지 못한다거나 존중받지 못한다고 느낍니까?

☐ **분노** : 아이가 형제자매나 또래 친구들, 혹은 당신이 관계를 맺고 있는 사람들에게 질투를 느끼고 있습니까?

☐ **불만족** : 자기 비하, 불만족, 스스로 많이 부족하다는 감정을 다른 것으로 보상받으려 합니까?

☐ **폭발하기 쉬운 급한 성미** : 아이가 자신의 화를 다스리는 데 어려움을 겪고 있습니까? 쉽게 불이 붙는 성격입니까?

☐ **과도한 걱정, 스트레스** : 아이가 학업, 대인관계, 운동 등에서 성공에 대한 강한 압박감을 받고 있습니까? 집안에 큰 상을 받기 위한 경쟁이 존재합니까? 계획이 너무 촘촘히 짜여 있어 잠시라도 마음을 놓을 틈이 없습니까?

☐ **학습장애** : 아이가 들은 것을 진행하는 데 어려움을 겪게 만드는 학습장애의 가능성이 혹시 있습니까? 만약 있다면, 전문가의 도움을 구한 적이 있습니까? 아니라면, 그 이유는 무엇입니까?

☐ **우울** : 아이가 반항적인 태도를 일으키는 감정상의 문제나 우울, 정신적 상처 등으로 고통 받고 있지는 않습니까?

☐ **비현실적 기대** : 아이에게 갖는 기대가 너무 크거나 비현실적이지는

않습니까? 아이가 성장하는 단계마다 반드시 충족되어야 하는 기대가 있습니까?

□ 알코올 또는 약물복용 : 아이가 알코올이나 약물에 빠져 있지는 않습니까?

□ 아동학대 : 아이를 무례하게 대접하고 있지는 않습니까? 아이가 최근 언어적으로나 신체적으로 학대받은 적이 있습니까?

□ 기타 : ....

아이가 반항하는 태도를 보이게 된 데는 많은 원인이 있고, 근본 원인을 찾아 제대로 다루고 대처하는 데 해결의 열쇠가 있습니다. 일단 그 원인을 찾는다면 당신은 아이의 태도를 치료하는 데 필요한 도움을 받을 수 있다고 확신해도 됩니다.

2단계 – 기대하는 것을 정확히 말하라

당신과 아이 모두가 차분해져 있는 지금 이 순간부터, 아이에게 당신의 요구를 들어주기 바란다는 사실을 이야기하십시오. 분명하게 이야기하여 아이가 당신의 의도를 오해하지 않도록 해야 합니다. 다음과 같이 말입니다. "지금 나는 아주 진지한 마음으로 말하는 거야."

실제로 '당신의 진지한 말투'를 분명히 알 수 있게 해야 합니다. 만약 아이가 당신의 말을 듣지 않는다면 그에 따른 대가가 있을 거라고 말해주십시오. 아이 스스로 자신이 받게 될 대가를 결정하는 것도 고려할 수 있으나, 이는 아이를 의사결정 과정에 포함시키기 위한 방법일 뿐이므로 아이의 제안을 꼭 들어주어야 할 필요는 없습니다. 다만 계약서에 아이가 받게 될 대가에 대해 적어놓고 거기에 서명하게 하고 내용을 여러 차례 큰소리로 읽게 하여 이의가 없게 해두어야 합니다. 어린 아이는 계약서에 낙서를 할 수도 있으므로 아이의 손이 닿지 않는 곳에 보관하고, 필요할 때 적절하게 사용하십시오.

만약 아이에게 당신과의 약속을 지킬 수 없는 분명한 이유가 생긴다면 아이의 말을 들어주되 다음과 같이 말씀하십시오.

"내가 요구하는 것을 할 수 없는 정당한 이유가 있다면 지금 바로 이야기해주렴. 내일 시험이 있어서 공부를 해야 하니 오늘만 심부름을 못 할 거 같다든가 하는 식으로 말이야. 하지만 그 이유를 나한테 말할 때는 반드시 존댓말로 공손하게 해야 한다."

더불어 유예시간이 그리 길지는 않을 거라는 사실도 알려주세요.

3단계 – 요구사항을 정중하게 말하라

이제 아이가 당신의 요구에 따르겠다는 약속을 할 시간이 되었습니다. 아이를 주목시킨 뒤 당신의 요구를 단호하고 침착하게, 그리고 정중하게 말씀하십시오. 목소리를 높이지 말고 낮게 해야 합니다. 소리 지르는 것만큼 아이를 불안하게 만드는 것도 없습니다. 그렇다고 너무 부드럽고 작게 말하면 아이는 집중을 멈추고 오히려 책에서 본 모든 술수를 써서 당신을 지치게 할지도 모릅니다. 그런 일이 일어나지 않도록 하십시오.

다음의 방법들은 아이와의 말다툼을 줄이는 데 도움이 될 것입니다.

- 말수를 줄일 것 : 말을 줄일수록 메시지는 더욱 선명해집니다. '숙제' 또는 '침대' 처럼 말입니다. 요구사항을 짧고 부드럽고 정확하게 이야기하십시오.

- 10초 규칙 사용할 것 : 명령, 위협, 달래기, 간청하기는 10초 내로 끝내야 합니다. 10초가 넘는다면 당신은 이미 너무 많은 말을 하고 있는 것입니다.

- **경고할 것** : 하던 일을 멈추고 주의를 다른 곳으로 돌리는 데 어려움을 겪는 아이들도 있습니다. 특히 좋아하는 일에 빠져 있을 때면 더욱 그렇습니다. 그런 경우에는 시간제한을 두십시오. "3분 동안만 도와주렴." 또는 "2분만 이야기하자."라는 식으로 말입니다.

- **복습이론을 사용할 것** : 아이가 당신의 요구를 잘 알아들었는지 확인하기 위해서는 복습이론을 사용하십시오. 요구사항(짧을수록 좋습니다)을 말하고 난 뒤 당신이 말한 것을 아이가 당신에게 다시 말하는 것으로 '복습(반복)' 하게 하는 것입니다.

- **기록갱신 기법을 사용할 것** : 아이에게, 왜 당신의 요구를 들어주기를 바라는지 설명하고 당신의 입장을 말합니다. "5분 뒤에 손님이 오실 거야. 그러니 지금 손님 맞이할 준비를 하고 문앞에 서서 기다리렴." 아이는 말대꾸를 하려고 할지도 모릅니다. 그럴 때면 침착하게 당신의 요구사항을 반복하십시오

- **선택하게 할 것** : 때때로 아이에게 자신의 행동에 대해 선택할 여지를 줌으로써 아이의 저항을 줄일 수 있습니다. "오늘은 시험공부 해야지. 저녁 먹기 전에 하겠니? 먹은 후에 하겠니?"

- **타협할 것** : "지금쯤이면 네 일이 다 끝났어야 하는데, 아직도 너는 공 던지기만 하고 있구나. 한 시간 반이면 다 끝낼 수 있다고 약속할 수 있겠니?"

몇 초가 지나도 당신의 요구를 듣지 않는다면, 당신은 아이와 동의한 대가를 진행시켜야 합니다. 자 이제 4단계로 넘어갑니다. 주저하지 말고 실행하십시오.

4단계 – 반항이 계속되면 응당한 대가를 치르게 하라

당신의 뜻을 분명히 말했음에도 아이가 계속해서 반항을 한다면, 아이에게 그에 상응하는 대가를 치르게 하되 연령과 기질에 맞춰 확실하게 잘못을 지적하고 적시에 치러야 합니다. 아이는 대가를 치루는 과정에서 좋지 않을 감정을 느낄 것이며 그러한 대가로 고통 받느니 차라리 자신의 태도를 바꾸는 편이 낫다는 생각을 하게 될지도 모릅니다. 그러니 주저하지 마십시오. 일단 시작했으면 계속해서 진행하고 협상, 간청, 어르기, 뇌물 따위는 절대 사용하지 마십시오!

반항하는 아이를 다룰 때 가장 힘든 부분은 자신의 마음을 차분한 상태로 유지하는 것입니다. 물론 그것은 어려운 일입니다. 그렇더라도, 반드시 아이와의 약속을 실행하고, 지켜지지 않았을 경우 대가를 치르게 하여 약속의 소중함을 가르쳐야 합니다. 다음은 반항적 태도를 고치기 위해 아이들이 겪어야 할 대가를 연령별로 적어놓았습니다.

- **타임아웃** : 이는 아이가 즉시 반항적 행동을 버리고 정해놓은 시간 동안 조용히 앉아 자신의 행동에 대해 생각하는 것으로 여덟 살 정도까지의 아이들에게 적합한 방법입니다. 시간은 아이의 나이에 맞게, 네 살이면 4분, 여덟 살이면 8분 정도가 적당합니다. 그 방법을 아이의 연령, 기질, 성격, 행동의 강도에 따라 적절하게 운용하십시오. 어떤 아이들에게는 이 방법이 참기 힘든 잔인한 벌이 될 수도 있고, 또 어떤 아이들에게는 재미는 없지만 그다지 힘들지 않은 벌이 될수도 있습니다. 시간이 다 되어 다음 단계로 들어갈 때는 반드시 아이가 당신의 요구를 따르게 되었는지 확인해야 합니다.
- **특권상실** : 나쁜 행동을 계속하는 경우, 아이가 지닌 특권을 빼앗을 수도 있다는 사실을 주지시키십시오. 아이의 특권에 대한 권한은 부

모가 갖고 있다는 사실도 함께 말입니다. 특권상실에는 TV시청 불가, 스케이트보드나 스쿠터, 자전거 타지말기, 비디오나 컴퓨터게임 하지 말기, 전화 사용불가, 음악 듣지 못하기, 가족행사 참여불가 등의 여러 방법이 있습니다.

- **외출금지** : 정해놓은 기간 동안, 학교나 교회에 가는 경우가 아니고는 모든 외출을 금지합니다. 일반적으로 어린아이는 몇 시간, 조금 큰 아이는 닷새 정도가 적당합니다. 물론 사전에 반드시 아이에게 통고해야 합니다.
- **사용금지** : 아이가 지나친 행동과 반항을 계속하는 경우, 외출금지는 물론이고 TV, 비디오게임, 전화 등 집에서 즐길 수 있는 놀이기구를 일부, 혹은 전부 사용하지 못하게 하십시오. 이유는 간단합니다. 아이의 잘못된 태도를 근절시키지 못한다면 통제불능의 상태에 빠지기 때문이며 이는 청년기 이전의 아이들에게 적당한 방법입니다.
- **훈련 기관 이용하기** : 아이가 참여할 수 있는 훈련프로그램을 찾아내고 훈련 기간 동안 프로그램에 따른 의무를 다하도록 하십시오. 훈련의 내용은 양로원에서 노인들을 돌보거나 장애인 센터에서 장애인들을 돌보고 함께 놀아주는 것입니다. 또한 자기보다 어린 아이들을 돌보고 가르치는 일을 시켜볼 수도 있습니다. 장소는 꼭 부모가 지켜볼 수 있는 곳이어야 합니다.

처음에는 제멋대로 행동하는 반항아들을 다루는 일이 너무 힘들어서 때로는 아이 말을 들어주는 것이 더 낫겠다는 생각이 들 수도 있습니다. 하지만 절대 그러면 안 됩니다. 아이가 또다시 부모를 이기는 순간, 문제는 더욱 악화될 것이며 반항의 강도 역시 높아져 아이는 통제불능에서 헤어나올 수 없는 상태가 될 수도 있습니다. 그럴 때에 대비해야 합니다. 아이는 마치 마귀를 쫓아내는 것처럼 크게 화를 내거나 버릇없이 당신의 이름을 부르는 등 나쁜 행동을 가리지 않고 하면서 당신의 삶을 '비참함' 그 자체로 만들지도 모릅니다. 그에 대응할 방법은 침착함을 유지하는 것입니다. 물론 말처럼 쉽지 않은 일임을 압니다. 그럼에도 절대로 포기만은 하지 말 것을 스스로에게 약속하십시오.

5단계 – 예의를 가르치고 예의바른 행동을 기대하라

반항적인 아이들은 예의 또한 확실히 없습니다. 따라서 아이의 반항적인 태도를 더 이상 용인하지 않고 당신을 따르게 만드는 한편, 아이의 내부에서 예의 혹은 어른에 대한 존경심이 자라날 수 있도록 해야 합니다. 이러한 덕목을 기르기 위한 4가지 방법을 소개합니다.

- **예의에 대한 정의를 내릴 것** : 예의 바른 행동을 보여줌으로써 예의가 무엇인지를 알게 하십시오. 당신은 이렇게 말할 수 있습니다.
  "예의란, 네가 어떤 사람이나 사물을 사려 깊고, 공손하고, 깍듯한 태도로 대함으로써 그들을 가치 있게 여기고 존중하는 것을 의미한단다. 네가 사람들을 어떻게 대하느냐에 따라서 사람들은 네가 자신들을 어떻게 여기는지 느끼며 너에 대한 태도를 결정하거든. 우리가 예의를 강조하는 건 그것이 바로 이 세상을 더욱 살기 좋은 곳으로 만들어주기 때문이야."

아이가 당신의 말을 이해했다면, 실전에 들어가기에 앞서 다음의 몇 가지 지침을 따르십시오.

- **자신의 행동이 미치는 영향을 강조할 것** : 아이가 예의 바르게 행동

하고 있는지 확인할 수 있는 가장 쉬운 방법은 행동하기 전에 스스로에게 다음과 같이 물어보는 것이라는 설명을 해주고 이렇게 말합니다. "네가 대접받고 싶은 대로 상대방을 대접하라." "사람들이 나를 이렇게 대하면 좋을까?"

이는 아이 스스로 자신의 행동이 타인의 감정에 미치는 영향에 대해 생각할 수 있게 해줄 것입니다.

- **예의를 강조할 것** : 예의바른 행동을 할 수 있게 만드는 가장 쉬운 방법은 아이가 예의바른 행동을 할 때마다 칭찬해 주는 것입니다. "너는 아버지에게, 할머니가 찾으셔서 쓰레기를 버릴 수 없다는 말을 참으로 예의바르게 잘 말하더구나." 아이는 그 말을 들을 때마다 자신의 행동을 강화시켜나갈 것입니다.

- **새로운 가족 규칙을 만들 것** : 많은 가족들이 예의에 관한 행동 규칙을 만들고 지키며 살아갑니다. 비록 이 규칙들을 만든 사람은 당신이 되겠지만, 만드는 과정에서 아이들의 의견도 반영되었기 때문에 이는 '당신만의 규칙' 이 아닌 '그들의 규칙' 이기도 합니다(그래서 강조하는 것이 더욱 쉽습니다).

이제 브레인스토밍에 의한 규칙만들기를 실시합니다. '왜 규칙이 우리 가족의 길잡이가 되어야 할까?' 라는, 가족이 제시한 모든 제안을 종이에 적고 민주적인 과정을 거쳐 투표를 합니다. 그리고 가장 많은 표를 받은 의견을 가족이 지켜야 할 규칙으로 정합니다. 다음에 몇 가지 예를 들어봅니다.

― 다른 사람의 의견을 묻고 빌려옵니다.

― 다른 사람의 말을 경청합니다.

― 다른 사람의 비밀스런 요구에는 응하지 않습니다.

― 내가 대접받고 싶은 대로 타인을 배려합니다.

- 상대방을 배려합니다.

- 차분하고 밝은 목소리로 말합니다.

- 사람들에게 도움이 될 만한 말만 합니다.

- 타인의 사생활을 존중합니다.

많은 가족들은 이렇게 결정된 규칙을 가족 모두의 사인과 함께 표로 만들어 항상 볼 수 있게 벽에 붙여놓습니다.

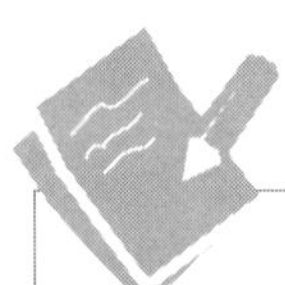

처음 21일 동안 지켜야 할 일

처음 21일 동안은 아이의 나이에 맞고 가족 전체에게도 이로운 '개인 책임감 훈련 프로젝트'를 실시합니다. 어린 아이에게는 가족이 함께하는 놀이 장비를 큰 상자에 정리해둔다거나 정원의 잡초뽑는 책임을 맡게 하고, 조금 큰 아이들에게는 가족사진을 앨범에 정리하거나 지하실로 내려가는 계단에 페인트칠하기 또는 비디오, 책, 게임기 등을 알파벳 순서에 따라 정리하기 등 여러 책임을 갖게 할 수 있습니다.

21일간의 요구사항과 목표치에 대해 함께 이야기하고 동의한 뒤, 21일 후에는 아이가 어떤 모습이 되어 있어야 하는지를 말해 주십시오. 또한 아이가 책임을 다하는 데 실패할 경우, 그에 대한 대가, 예를 들면 특권 상실 같은 것도 미리 정해두어야 합니다. 도와주지도, 감시하지도 마십시오. 책임감과 예의는 말을 안 듣고 반항하는 아이에게 자신감과 독립심을 고취시키며, 궁극적으로는 자발성과 협동심을 기르게 하는 초석이 되어줄 것입니다.

태도 개선을 위한 다짐

아이의 반항과 폭력, 말을 듣지 않는 태도를 없애기 위해서 지금까지 소
개된 방법들을 따라 할 필요성을 느낀다면 24시간 안에 당신이 꼭 해야 할
일을 아래 밑줄에 적으십시오.

나는 앞으로 _______________________________ 할 것이다.

태도 개선 상황 기록하기

태도를 바꾸는 것은 어려운 일이며, 끊임없는 연습과 부모의 지원이 필
요합니다. 그러기에 아이가 변화를 향해 가는 각각의 단계에서 아무리 작
은 변화를 보이더라도 인정하고 칭찬해줘야 합니다. 진정한 결과를 얻기
까지는 최소한 21일은 걸리니 절대로 포기하지 마십시오! 한 가지 전략이
효과가 없으면, 다른 전략을 시도하십시오. 자녀의 주간 진전상황을 아래
빈 칸에 쓰고 '태도변화 일지'에 매일 매일의 진전상황을 기록하십시오.

1주 : _______________________________

2주 : _______________________________

3주 : _______________________________

결과 검토와 진행중인 태도 개선

아이의 태도 중 여전히 개선이 필요한 부분은 어떤 부분인가요? 어떤 노력을 더 할 필요가 있나요?

나쁜 태도 언론 속보

반항적인 아이들은 아이들은 어느 날 갑자기 그런 태도를 갖게 된 것이 아닙니다. 이는 점차적으로 진행되며 거의 대부분 부모에 대한 존경심이 깨지는 순간, 시작됩니다. 아이의 반항이 당신 가정의 문젯거리입니까? 여러 연구 결과는 이러한 문제를 갖고 있는 가정이 매우 많다는 사실을 보여주고 있습니다. 다음의 내용을 읽고 생각해보십시오.

- 루이지애나 주의 입법자들은 학생들 사이에서 벌어지고 있는 기본적인 예의의 붕괴를 염려한 나머지 최근, 학생들에게 선생님에 대한 예의, 즉 "네, 선생님!"이라고 대답하는 것들을 학생들이 취해야 할 예의로 정하는 법을 통과시켰으며 만일 선생님에게 무례한 행동을 할 경우, 범죄행위로 취급해 구류형을 선고할 수도 있음을 규정하는 법을 발표했습니다.

비관적임

권장태도 : 낙관적, 희망적, 즐거움

보바 박사님께

저와 제 아내는 요즘 들어 여덟 살짜리 딸아이가 너무 걱정이 됩니다. 아이는 너무 비관적입니다. 무슨 일이든 모두 다 잘못될 것이라 여긴답니다. 마치 자신을 실패자로 규정지어 놓은 것 같습니다. 저희 부부는 아이에게 절대 그렇지 않다고 말해줘도 아이의 생각은 바뀌지 않습니다. 아이는 불운과 암흑만을 보고 있습니다. 아이가 자신의 삶을 긍정적이고 희망적으로 바라볼 수 있으려면 저희가 무얼 어떻게 해야 할까요?

이런 건 나쁜 태도야!

- "왜 내가 신경을 써야 하죠? 언젠가는 다 망해버릴 거잖아요."
- "새 학교는 완전 엉망진창이야. 아무도 나하고 친해지지 않을 거야."
- "연습해서 뭘 하게? 밴드를 만들 수 있는 것도 아니잖아."

비관적 태도는 인생을 황폐하게 만들기 때문에 어디에서부터 이런 태도가 비롯되었는지 급히 찾아낼 필요가 있습니다. 아이가 거리유행과 퇴폐적인 문화에 자신을 비교하며 열등의식에 빠져있지는 않습니까? 뉴스에서 끔찍한 장면을 보고 이상하게 변해가고 있지는 않습니까? 최근 가정이나 아이가 속한 공동체에서 아이가 정신적 상처를 입을 정도의 비극적 사건이 일어난 적이 있습니까? 학교에서 좌절이나 실망, 또는 스트레스를 반복해서 경험하고 있습니까? 아이의 정서에 영향을 미칠 만한 건강진단 결과를 받은 적이 있습니까? 아이가 불안해하거나 우울해합니까?

그러한 원인들은 조절이 가능한 것도 있지만 그렇지 않은 것도 있으므로 그런 것들을 선별하는 것으로부터 비관적 태도를 줄이는 과정을 시작해야 합니다.

첫째, 아이의 태도 중 당신이 절대 참기 힘든 태도를 적어보십시오. 둘째, 아이의 태도 중에 당신이 감당할 수 없는 것들은 일단 제쳐두십시오. 셋째, 아이의 태도 중 가장 변화시키기 쉬운 한 가지에 집중하십시오. 예를 들면, 부정적 매체를 접할 시간을 줄이거나, 아이를 그저 빈둥거리게 만드는 친구들과 어울리는 것을 금지시킨다든가, 너무 많은 스트레스를 주는 수업에서 아이를 빼준다든가 하는 것들입니다.

"아무 것도 중요하지 않아.", "내가 왜 신경을 써야 돼?", "잘 안 될 거야, 분명해." 등의 말을 하는 아이들은 분별 있는 태도를 지닌 아이들과는 달리 세상을 바라보는 관점이 부정적이고 우울합니다. 이는 아이가 냉소적이어서가 아니라, 희망을 느끼지 못하기 때문입니다.

아이의 비관적 태도는 참으로 절망적입니다. 그들은 쉽게 절망하고, 자신이 어떠한 변화도 만들어내지 못할 거라 믿으며, 결코 성공하지도 못할 거라 생각합니다. 따라서 설사 그들이 무언가를 잘 해내고 성취한다 해도 "별로 대단치 않았어." "그저 운이 좋았을 뿐이야." 라며 그러한 성과를 별것 아닌 것으로 치부해버립니다. 안타깝게도 인생의 멋지고 아름다운 것들을 거의 보지 못하는 그들! 그들은 인생의 부정적인 측면만을 보고 살며, 때로는 자신이 부정적인 것 그 자체가 되기도 합니다.

"나는 머리가 나빠. 내가 어떻게 공부를 하겠어?", "아무도 나를 좋아하지 않을거야.", "안 할 거야. 누가 나를 자기들 팀에 넣어주겠어?"

이미 자기연민이라는 최면에 빠져 있는 그들은 자기중심적이 될 수밖에 없습니다. 이러한 태도를 그냥 지나쳐버린다면 이는 냉소주의나 비판주의, 이기심으로 악화될 수 있습니다. 걱정스러운 것은 이것이 아무것도 성취할 수 없을 거라는 무기력증, 심지어는 우울증의 씨앗이 될 수 있다는 사실입니다.

처음부터 비관적으로 태어나는 아이는 없습니다. 연구자들은 이러한 태도들을 제시하며 오늘날의 세상이 아이를 냉소주의자로 만든다는 사실을 알려줍니다. 요즘 유행하는 노래의 가사만 들어보아도 알 수 있습니다. 매우 절망적이지요.

저녁 뉴스와 신문의 기사들은 이 세상은 나쁘고 절망적인 곳이라는 생각을 아이들의 머릿속에 굳게 발라놓습니다. 많은 아이들이 '교활한 세상 신드롬'에 굴복하고 있습니다. 전에는 아주 먼 곳에서 일어나거나 신문에 인쇄된 활자 속에만 있는 일로 여겼던 비극적이고 무서운 사건들을 이제는 TV와 인터넷을 통해 바로 내 일처럼 접할 수 있게 되었습니다. 그런 상황들을 볼 때, 아이들이 비관적이 된 것은 어쩌면 전혀 놀랄 일이 아닐지도 모릅니다. 더불어 당신이 그러한 일들을 어떻게 해석하느냐에 따라 아이의 태도도 달라질 수 있다는 사실을 잊지 마십시오.

아이들의 태도는 어른들의 관점을 토대로 형성되기 쉽습니다. 그러나 슬프게도, 아이들은 어른들로부터 기쁘고 긍정적인 시선보다 비관적이고 냉소적인 시선을 더 많이 자주 느낍니다. 그러니 당신의 마음을 잘 다스리십시오. 펜스테이트 대학의 연구에서는 부모가 지닌 긍정적인 마음가짐과 희망, 기쁨의 미덕은 아이에게 좋은 영향을 미쳐 빠르게 아이의 비관적 태도를 변화시키고 성격을 개선시키며, 오랜 기간 행복을 유지

하며 살게한다는 결과를 보여주고 있습니다. 일찍 시작할수록 쉽게 이룰
수 있습니다. ✚

나쁜 태도 경계하기

지금까지 우리는, 아이의 비관적 태도를 개선하기 위해 그러한 마음 상
태가 언제, 어디서, 어떻게 시작되었는지 반드시 알아야 할 필요가 있음을
배웠습니다. 다음은 단계적으로 진단을 해보는 과정입니다.

진단 아이의 태도를 변화시키기 위한 첫번째 단계는 다음에 제시되는
내용의 질문들에 답하는 것입니다.

● 언제 _ 아이가 더욱 비관적인 모습을 보이는 특정한 시점이 있습니
까? 예를 들면, 저녁뉴스를 보고 난 뒤라든가, 가족 간의 대화, 또는 잘
아는 어떤 어른을 뵙고 난 뒤 더욱 비관적이 됩니까? 아이가 더욱 비관
적이 되는 시점을 집어낼 수 있습니까? 아이의 비관적 시선을 유발하고
더욱 견고하게 하는 특정한 경험이나 사건이 있습니까? 있다면 그것은
무엇입니까?

● 어디서 _ 학교, 운동경기, 선생님, 특정한 친척의 집 등 아이가 비관적
태도를 더 많이 보이는 특정한 장소가 있습니까? 있다면 왜 그렇습니까?

● 누구에게 _ 아이가 모든 사람들에게 똑같이 비관적 태도를 보입니까?
혹 아이가 비관적 태도를 보이지 않는 사람이 있습니까? 있다면 누구입
니까? 그들은 왜 특별대우를 받는 걸까요?

● **무엇을 _** 아이가 더욱 비관적인 시선을 갖는 특정한 문제나 대상이 있습니까? 다시 말해 단순히 세상을 비관적으로 보는 것인지, 아니면 특정 사항에 대해 비관적 시선을 갖고 있는 것인지요? 운동실력이나 특정과목의 실력, 친구들과 어울리는 것, 새로운 선생님이나 코치, 친척들과 잘 지내는 것, 또는 새로운 환경에 적응하는 데 문제가 있습니까?

● **왜 _** 당신의 자녀는 왜 그렇게 비관적이 되었을까요? 혹시 가정에서 세상의 어두운 면에 대한 얘기만 들은 것은 아닐까요? 아이가 좌절이나 실패를 자주 경험했습니까? 아이가 절망적인 가사의 음악을 듣습니까? 어떤 부정적 관점이 아이의 비관적 태도를 부채질하지는 않습니까? 정신적 상처를 입은 경험이 있다면 세상에 대한 비관적인 감정을 촉발시킬 수 있는데, 예를 들면 가족의 변화, 부모의 이혼, 자연재앙, 사랑하는 사람의 죽음, 이사, 학급이나 학교 생활의 변화 등을 들 수 있습니다. 또는 새로운 담임선생님, 친구관계의 어려움, 바쁜 스케줄이 원인일 수도 있습니다. 비관주의는 또한 건강, 불안, 낮은 자존감, 정신적 상처, 우울증과 같은 더욱 중대한 문제를 일으키는 신호가 될 수도 있습니다. 아이가 지금 청소년기라면, 여기 제시된 원인 중 아이와 깊이 관여된 항목이 있는지를 살펴보고 당신의 아이를 잘 아는 어른들과도 대화를 나누십시오.

위의 질문에 대한 답이 나왔습니까? 혹시 아이의 행동을 예견할 수 있는 행동 양식을 발견하셨습니까? 아이의 태도를 더욱 이해하고 그 원인이 무엇인지 알게 되었습니까? 아이를 잘 아는 다른 사람들과도 대화를 해보십시오.

당신의 반응에는 아무런 문제가 없나요?

자, 이제 아이의 비관적 태도에 당신이 평소에 어떻게 반응했는지를 떠올려 보십시오. 아이가 마지막으로 나쁜 태도를 보였던 때를 생각해보십시오. 당신과 아이는 그때 어디에 있었습니까? 그 일은 어떻게 시작되었습니까? 아이가 뭐라고 말했습니까? 당신은 어떻게 반응했습니까? 구체적으로 대답하십시오. 당신은 뭐라고 말했고 어떤 행동을 했습니까? 그냥 걸어가면서 무시하거나 묵살했습니까? 별 것 아니라고 여겼습니까? 그랬다면 왜 그랬습니까? 아니면 그 말에 동의했습니까? "네 말이 맞다. 아마 너는 잘 못할 거야. 너 공부 안 했잖아." 혹은 욕을 하거나 평가를 하거나 비난하거나 수치심을 갖게 하거나 위협하거나 소리를 질렀습니까? 어떤 표정을 짓고, 어떤 행동을 했습니까? 쌀쌀맞게 웃었습니까? 살며시 미소 지었습니까? 어깨를 으쓱했습니까? 고개를 가로저었습니까? 눈살을 찌푸렸습니까?

이제는 당신의 반응에 대한 아이의 반응을 생각해보십시오. 아이는 당신의 반응에 어떤 행동을 보였습니까? 얼굴 표정은 어땠습니까? 당신의 반응 후에 아이는 마음이 편해진 것 같았습니까? 더욱 스트레스를 받게 된 것 같습니까? 어쩔 줄 몰라 했습니까? 짜증을 냈습니까? 실망스러워했습니까?

이제 아이의 입장이 되어보십시오. 당신이라면 당신이 보였던 반응에 어떤 태도를 보였을까요? 당신이 보인 반응 중 아이를 비관적인 태도에서 벗어나게 하는 데 전혀 도움이 되지 않았던 하나를 골라 적어보십시오.

나는 다시는 ______________________________ 하지 않겠다.

당신 자신의 나쁜 태도를 직시하라

당신은, 우울하거나 희망을 잃었던 적이 있습니까? 스스로 긍정적이고 낙관적인 사람이라 여깁니까? 비관적이고 냉소적인 사람이라 여깁니까? 당신의 평가에 가까운 친구들도 동의합니까? 아이들은 어떨까요? 희망이라고는 전혀 없는 상황에서 당신은 긍정적인 면을 보는 편입니까, 부정적인 면을 보는 편입니까? 당신은 좌절과 실패를 겪을 때 어떻게 처신합니까?

태어날 때부터 비관적인 아이는 없습니다. 아이는 누군가로부터 그런 태도를 접하고 받아들이게 된 것입니다. 그렇다면 그 대상이 형제자매, 친구, 이웃, 친척, 혹은 당신입니까? 아이들은 보고 듣고 따라 합니다. 아이는 당신의 태도 중에 어떤 것들을 따라 하는 것일까요? 당신이 낙관적인지, 비관적인지를 쉽게 파악할 수 있는 몇 가지 상황을 제시하겠습니다. 살펴보고 스스로의 문제점을 찾아보세요.

- TV에서 매우 비극적인 사건을 방송하고 있습니다. 당신은 그것을 대재앙이라 말하며 걱정합니까, 아니면 지도자들이 이 문제를 잘 해결할 것이라고 말합니까?

- 당신은 지금 경제적으로 매우 심각한 상태에 있습니다. 이때 당신은 다시 잃은 돈을 벌지 못할 거라고 고통스럽게 말합니까, 다시 일어날 수 있다며 용기를 내겠습니까?

- 당신은 가장 친한 친구하고 사소한 다툼을 벌였습니다. 친구가 싸움을 일으켰다고 탓합니까, 아니면 이번 일을 잘 이겨내고 더욱 좋은 친구로 남을 것이라 생각합니까?

- 딸아이가 수학에서 매우 낮은 점수를 받아왔습니다. 우리 집 여자들은 모두 수학을 못했으니 걱정할 필요가 없다고 말합니까, 아니면 아이가 할 수 있다는 생각으로 수학 점수를 올릴 방법을 생각합니까?

- 한 친구가 심한 병에 걸렸습니다. 당신은 친구가 회복되지 못할 거라고 말합니까, 아니면 친구의 강한 정신력과 훌륭한 치료로 곧 나아질 거라 믿습니까?

아이의 비관적 행동에 대처하기 위해, 당신 스스로 행해야 할 첫번째 단계는 무엇입니까? 고쳐야 할 당신의 행동을 적어보십시오.

나는 앞으로 _________________________________ 할 것입니다.

나쁜 태도, 이렇게 바꾼다

아이의 비관적 사고와 태도를 변화시키기 위해 다음의 여섯 단계를 따르십시오.

1단계 – 긍정적인 것을 찾아라

자녀에게 삶의 어두운 면보다는 밝고 긍정적인 것들을 보도록 유도하여 태도의 변화를 일으키는 첫 단추를 꿰십시오. 그러기 위해서는 우선 아이가 무엇을 보고 있는지 주의 깊게 살펴보는 것이 적절합니다. 세상에서 일어나는 기분 좋은 뉴스에 더욱 관심을 가지고, 기쁜 소식들을 만끽할 수 있도록 해야 합니다. 가족과 함께 긍정적인 것들을 찾아내어 즐길 수 있는 몇 가지 방법들이 여기 있습니다.

- 기분 좋은 소식을 서로에게 이야기할 것 : 가족 모두가 하루 동안 일어났던 기분 좋은 소식을 저녁 식사시간에 이야기하는 것을 고려해 보십시오. 세상에는 숱한 장애로 고통을 받으면서도 비관에 빠지지

않고 지혜와 의지로 고통을 이겨낸 사람들이 많이 있습니다. 그들은 낙관적 사고로 자신의 꿈을 좇아 성공의 문턱을 넘습니다. 그런 이야기를 아이들에게 들려주는 것도 좋은 방법이 됩니다. 몇 가지 일화를 소개합니다.

— 베토벤의 음악선생님은 베토벤에게 작곡가로서 희망이 없다고 말했습니다.

— 작가 루이자 메이 올콧*Louisa May Alcott*은 《작은 아씨들*Little Women*》의 출판을 수많은 출판사로부터 거절당했습니다.

— 마이클 조던*Michael Jordan*은 고등학교 시절에 농구팀에 들어가지 못했습니다.

— 월트 디즈니*Walt Disney*는 멋진 아이디어를 내지 못한다는 이유로 신문발행인에게 해고당했습니다. 그는 파산했고 신경쇠약증세를 보이기도 했습니다.

• 잠들기 전 아이에게 그날 있었던 일들을 이야기해줄 것 : 아이에게 이야기하는 습관을 길러주십시오. 물론 당신도 함께 이야기를 해야 합니다. 이는 아이와 함께 소중한 시간을 보낼 수 있는 좋은 기회이며 더불어 아이의 시선을 인생의 좋은 면으로 이끌고 긍정적인 습관을 몸에 깃들게 하는 계기가 됩니다.

2단계 – 비관적 사고와 대면하라

아이들은 자신이 비관에 빠져 있음을 깨닫지 못하기 때문에 자신의 문제점을 모르며 태도를 바꿀 생각도 하지 못합니다. 그런 이유들로 인해 심리학자들은 내담자들에게 그들의 냉소적 생각을 반추하는 방법을 가르칩니다.

왼쪽 주머니에 동전을 여러 개 넣어놓고 부정적인 생각이 머릿속에 떠오르거나 입 밖으로 튀어 나올 때마다 오른쪽 주머니로 동전을 옮기십시오. 그것은 자신이 얼마나 자주 비관적 생각에 잠기며 얼마나 절실히 변화해야 하는지를 깨닫게 하는 증거물이 됩니다. 또한 자신이 보통 이상으로 비관적이고 냉소적인 사고를 지녔다는 것을 알아차리게 함으로써 자신의 비관주의와 대면하게 해줍니다. 다음은 그에 대한 예입니다.

- **냉소주의 지적하기** : 아이가 냉소적인 말을 할 때마다 당신이 귓불을 잡아당기거나 팔꿈치를 만지는 등, 당신과 아이 둘만이 알아볼 수 있는 암호를 만드십시오.
- **비관적 태도를 특정태도와 일치시키기** : 아이에게, 자기 스스로가 내뱉는 냉소적 언사를 들어보게 하십시오. 청소년일 경우에는 자신의 부정적인 생각을 일깨워주는 시계나 팔찌를 차도록 권유하십시오. 시계를 흘끗흘끗 보는 것은 아이가 얼마나 자주 부정적 생각에 빠져드는지 알게해주는 시각적 단서가 됩니다.
- **부정적 생각 세어보기** : 정해진 시간 동안, 아이가 하는 비관적인 말들을 세어보도록 하십시오. "이제부터 5분, 혹은 10분, 20분 동안 네가 비관적인 말이나 생각을 얼마나 많이 하는지 세어보렴." 어린 아이들은 자신의 비관적인 말이나 생각을 손가락으로 세고, 청소년은 비관적인 말을 할 때마다 왼쪽 주머니에 있는 동전을 오른쪽 주머니로 옮기는 방법을 사용합니다. 또는 종이 위에 표시하는 방법도 있습니다.
- **나쁜 생각과 대면하기** : 아이 스스로 '비관적인 말에 대꾸하게' 하십시오. 당신의 이야기를 예로 삼아 해주는 것도 아주 좋은 방법입니다. 허구의 이야기를 만들어내는 데 부담 갖지 마십시오. 아이가 핵심이 무엇인지를 깨달을 수 있을 때까지 말입니다. "내가 네 나이 때

일이 기억나는구나. 시험 보기 바로 전 내 마음속에서 이런 말이 들려왔지. '너는 시험을 잘 못 볼 거야.' 나는 그 말에 이렇게 대꾸했어. '나는 최선을 다 할 거야. 난 시험을 잘 볼 수 있어.' 그러자 바로 내 속에 있던 부정적인 목소리는 자취를 감추었지. 내가 무시했기 때문이야. 너도 그런 목소리를 네 안에서 듣는다면, 그건 잘못된 얘기라고 꼭 대꾸해주렴."

3단계 – 비관적인 말을 자제하라

냉소적인 아이들은 비관적 사고에 사로잡혀 어떤 상황에서건 어두운 면만을 보게 됩니다. 그게 버릇이 되어 아이는 자기에게 일어나는 거의 모든 일들을 부정적인 것들로 여기고 긍정적인 일들의 중요성을 과소평가하게 됩니다. 그러한 아이의 비관적 생각을 막을 수 있는 좋은 방법 중 하나는 균형 있는 시각을 갖게 하는 것입니다. 다음은 당신이 활용할 수 있는 세 가지 예입니다.

- 당신의 어린 딸은 친구들이 아무도 자기를 좋아하지 않는다는 생각에 친구의 생일파티에 가지 않으려고 합니다. 그럴 때 균형 잡힌 시각을 제공하십시오.
  ⇒ "그 아이가 너를 좋아하지 않았다면 초대하지도 않았을 거야."
- 큰아이가 축구팀에 들어가지 못하게 되면서부터, 모든 사람들이 자신을 형편없는 선수라고 여긴다고 믿는다면 다음과 같이 말해주십시오.
  ⇒ "마음이 상했을 거라는 거 다 안다. 하지만 적어도 아이들 중 반 이상은 네가 스키나 롤러블레이드 같은 다른 운동에서는 훌륭한 선수라는 걸 잘 알고 있을 거야."

- 당신의 딸이 수학시험을 망치고 나서, 자신은 바보이고 아무것도 잘 할 수 없을 거라며 소리를 지릅니다. 그러면 이렇게 이야기해 주십시오.
  ⇒ "네가 얼마나 화가 나는지 잘 알겠다. 하지만 모든 일을 다 잘 할 수 있는 사람은 없단다. 너는 역사와 미술을 잘 하잖니? 우리 어떻게 하면 수학을 잘 할 수 있을지 생각해보자."

4단계 – 실수에 낙관적으로 대처하라

비관적인 아이들은 어려움이 시작되기만 하면 그것이 인생의 일부이며 많은 것을 배우게 되는 기회라는 건 전혀 생각지 못한 채 포기하려고만 합니다. 실수를, 돌이킬 수 없는 잘못으로 여기는 아이의 생각을 바꿔주는 가장 빠른 방법은, 실수에 대한 아이의 반응을 받아들이고 다시 할 수 있다는 믿음을 갖게 하는 것입니다. 아이로 하여금 실수를 낙관적으로 받아들이게 하는 몇 가지 방법을 소개합니다.

- **누구나 실수한다는 점을 강조할 것** : 실수가 인생에 치명적인 결과를 가져오지 않을 거라는 걸 아이가 깨달을 수 있도록 다음과 같이 말해 주십시오. 꼭 그렇게 하십시오.
  ⇒ "실수를 해도 괜찮아."
- **당신의 실수부터 받아들일 것** : 우리도 분명히 실수를 합니다. 하지만 그에 대해 아무에게도 말하지 않습니다. 이제는 당신의 실수를 아이도 알게 하십시오. 그것은 아이에게 사람은 누구나 실수할 수 있다는 사실을 깨닫게 해줍니다. 당신이 실수를 했을 때는 아이에게 이렇게 말하십시오.
  ⇒ "나는 비록 실수를 했지만 낙관적인 생각을 했기 때문에 배운 것도 많았단다."

- 실수를 다른 이름으로 부를 것 : 낙관적인 아이들의 공통점은 실수를 사소한 고장이나 벌레, 후퇴 등과 같은 다른 이름으로 부르는 습관을 갖고 있습니다. 실수와 마주할 때마다 머릿속으로 다른 이름을 떠올리게 하십시오. 그 어떤 단어라도 괜찮습니다. 단, 아이가 그것을 계속해서 말하게 함으로써 실패를 했을 때 그 단어가 자연스럽게 떠오를 수 있게 해야 합니다.

  ⇒ "차 열쇠를 어디에 놨는지 몰라서 회사에 늦었지 뭐니. 하지만 그 일 때문에 다음부터는 열쇠를 항상 같은 곳에 두어야 한다는 걸 배웠단다. 찾느라 힘들지 않게 말이야."

5단계 – 긍정적인 예언을 하도록 북돋아주라

비관적인 아이들은 어떠한 상황에서든, 암울하고 비관적인 결과의 가능성을 더 많이 믿는 편입니다. 그 결과, 성공의 잠재력을 완전히 없애버립니다. 다음은 상황에 따라 생길 수 있는 결과를 아이가 여러모로 생각해볼 수 있게 하는 방법입니다. 아이는 결정을 내리기 전에 현실적인 평가를 내릴 수 있게 될 것입니다.

- '만약?' 이라고 물어볼 것 : 어떠한 상황에서도 '만약 ~한다면' 과 같은 질문을 던짐으로써 앞으로 일어날 수 있는 결과를 아이가 추측할 수 있게 도와주십시오. "네가 만약 저것을 한다면 무슨 일이 일어날까?" "네가 만약 그것을 하지 않는다면 무슨 일이 일어날까?"

- 좋은 점과 나쁜 점 적기 : 아이가 가장 좋은 선택을 하게 만드는 또 다른 방법은 선택사항의 좋은 점과 나쁜 점을 저울질해보게 하는 것입니다. "만약 네가 저것을 선택한다면 어떤 좋은 일들이 일어날 수 있을까? 좋은 점과 나쁜 점을 저울질해보렴. 저것을 선택하면 좋은

결과가 나오겠니? 나쁜 결과가 나오겠니?"

- 가장 나쁜 결과 생각하기 : 아이에게 자신의 의지대로 행동했을 때 일어날 수 있는 가장 나쁜 결과에 대해 생각하게 하십시오. 그 결과가 정말로 나쁘기만 한 것인지, 아니면 대처할 수 있을 만한 것인지 판단하게 하십시오.

6단계 – 긍정적인 태도 칭찬하기

변화란 쉬운 일이 아닙니다. 특히 자신이 갖고 있던 태도를 더 나은 습관으로 바꾸려 할 때는 더욱 그러합니다. 아이가 낙관적인 이야기를 할 때마다 귀 기울이십시오. 그러한 아이의 행동에 관심을 갖지 않으면, 아이는 태도를 바꿔 새로운 행동을 하려는 순간을 놓치게 될 것입니다. 아이가 긍정적인 말을 할 때마다 칭찬하십시오. 아이가 했던 말이 긍정적이었다는 사실을 아이에게 상기시켜주고, 그런 말이 왜 칭찬 받아야 하는지에 대해서도 이야기해주십시오.

- "은주야, 받아쓰기 시험이 매우 어려웠지? 그런데도 넌 어떻게 '이렇게 열심히 공부하고 있으니까 다음에는 꼭 잘 할 수 있을 거라 믿습니다.' 라고 긍정적으로 말할 수 있니?"
- "혼자 신발끈을 묶을 수 있다니 엄마는 너무 기뻐."

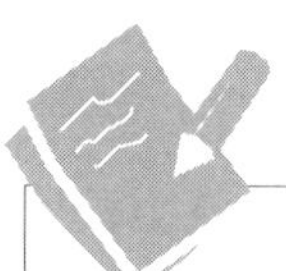

가정에서 '긍정적으로 생각하기 캠페인' 을 시작하십시오. 그러면 가족 모두, 특히 비관적 태도를 지닌 자녀는 부정적인 생각과 마주하는 대신 긍정적인 말을 하는 법을 배우게 될 것입니다. 이 캠페인은 자신감을 기르게 하고, 힘든 일이 닥쳤을 때 현명하게 대처할 수 있도록 도와줍니다. 여기 시도해볼 만한 긍정적인 문장의 예가 있습니다. 아이가 스스로 만들도록 유도해도 좋습니다.

"꼭 완벽해야 할 필요는 없어."
"별 거 아니야. 누구나 실수는 할 수 있어."
"나는 할 수 있어."
"나는 믿어. 네가 꼭 해 낼 거라는 것을."
"걱정 마. 오히려 더 잘 될 거야."
"시도도 해보지 않고 어떻게 알아?"
"나는 차분하게 나를 조절할 수 있어."

가장 효과가 높은 문장 한두 개를 카드에 적어서 아이가 주머니에 넣고 다니게 해도 좋습니다. 또는 문장을 테이프에 녹음하여 계속 듣게 하거나, 노래로 만들어 아이가 따라 부르게 할 수도 있습니다. 21일 동안 꾸준히 반복하면 아이는 비관주의에서 벗어나 새로운 습관을 갖게 될 것이며 그 새로운 습관은 평생 지속될 것입니다.

태도 개선을 위한 다짐

아이가 비관적 사고에서 벗어나 장기적으로 완전히 변화할 수 있도록 하기 위해 앞에 소개된 단계들을 어떻게 활용하시겠습니까? 아이가 태도를 바꾸기 시작하고, 그래서 삶에 대해 더욱 긍정적이고 행복한 자세를 갖게 하기 위해 지금부터 24시간 동안 당신이 해야 할 일을 아래 밑줄에 적어보십시오.

나는 앞으로 ______________________________________ 할 것이다.

태도 개선 상황 기록하기

변화를 향해 내딛는 아이의 한 걸음 한 걸음은 매우 작을 지도 모릅니다. 그러나 아이가 보이는 작은 변화를 감사히 여기고 축하해 주십시오. 진짜 결과를 보게 될 때까지는 적어도 21일의 시간이 걸릴 것입니다. 그러니 포기하지 마십시오! 그리고 만약 어떤 전략이 효과를 보이지 않는다면 다른 전략을 사용해보십시오. 아래 밑줄에 아이가 매주 보이는 변화를 적고 당신의 '태도변화 일지'에 아이 태도의 발전상을 꾸준히 기입하십시오.

1주 : ____
____

2주 : ____
____

3주 : ____
____

결과 검토와 진행중인 태도 개선

아이의 태도 중 여전히 개선이 필요한 부분은 어떤 부분인가요? 어떤 노력을 더 할 필요가 있나요?

나쁜 태도 언론 속보

오늘날의 아이들은 1930년대에 태어난 아이들에 비해 심각한 우울증에 걸릴 확률이 10배나 높습니다. 《낙관적인 아이 *The Optimistic Child* 》의 저자, 마틴 셀리그만 *Martin Seligman* 은, 아이가 덜 냉소적이고 더욱 긍정적이 되게 도와주면 우울증에 걸리는 것을 방지할 뿐만 아니라 쉽게 좌절하지 않고, 학교나 직장생활을 더욱 잘 하게 되고, 역경에도 굴하지 않으며 더욱 건강해진다는 사실을 발견했습니다. 그는 낙관주의가 아이를 더욱 풍요롭게 하고 비관주의를 감소시킬 수 있다는 사실도 알아냈다고 합니다.

비겁함

권장태도 : 스포츠 정신, 공정함, 용서

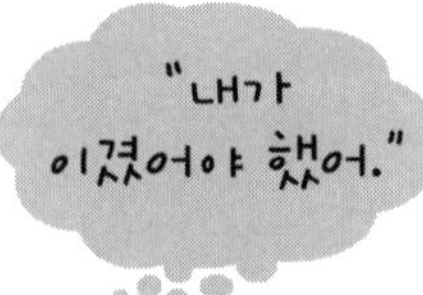

보바 박사님께

제 아내와 저는 아들의 태도 때문에 정말 고민이 됩니다. 아이는 한마디로 비겁한 패배자입니다. 운동경기뿐만 아니라 집에서도, 학교에서도, 친구들 사이에서도 그렇습니다. 자기한테 조금이라도 불리한 일이 생기면 받아들이지 못하고 변명을 늘어놓거나 부모, 선생님, 친구들 등 다른 사람들을 탓합니다. 이런 태도로는 학급에서든 팀에서든 아무도 저희 아이를 받아들이려 하지 않을 것입니다. 아이의 이런 태도를 어떻게 고칠 수 있을까요?

 이런 건 **나쁜** 태도야!

- "아빠, 날 속였죠! 난 한번도 컴퓨터 게임에서 진 적이 없어요."
- "난 정답을 맞출 수 있었지만 선생님은 내게 한 번도 기회를 주지 않았어."
- "그 코치는 잘려야 돼. 나를 한 번도 경기에 내보내지 않았잖아."

아이가 게임 등에서 졌을 때 보편적으로 보이는 좋지 않은 반응은 어떻습니까? 다른 사람 탓을 합니까? 변명을 합니까? 울거나 이성을 잃습니까? 속이거나 거짓말을 합니까? 중간에 그냥 멈춰버리거나 원한을 품습니까? 그렇다면 초점을 아이가 졌을 때에 맞춰 적절하고 건설적인 반응으로 이끄십시오. 아이가 선생님이나 누군가를 탓합니까? 그러면 그러한 반응은 더 이상 누구에게도 받아들여지지 않는다고 말하고 그것은 어느 누구의 잘못도 아닌, 바로 아이 자신의 잘못임을 인식시켜야 합니다. 아이가 가상의 시나리오 속에서 책임감을 갖고 상황에 더욱 성숙하게 대응할 수 있도록 도와주십시오.

내 아이의 비겁한 태도, 패배자의 모습을 보는 것은 참 당혹스런 일일 것입니다. 그 아이는 합주단에서 최고의 플루트 연주자일 수도 있고, 학급에서는 일등만 하는 학생일 수도 있으며, 응원단의 멋진 응원단장일 수도 있고, 동네를 대표하는 육상선수일 수도 있습니다. 하지만 아이가 말다툼을 하고, 변명을 일삼으며, 거짓말을 하고 남을 탓하기만 한다면 그 모든 자랑거리는 허사가 되고 아이에게 남는 것은 패배자의 모습뿐일 겁니다.

아이들의 나쁜 태도가 유행처럼 된 가장 큰 원인은, 어른들인 우리가 이기거나 졌을 때에 대비해 모범적인 행동을 아이들에게 보여주지 못했기 때문일 것입니다. 잘못된 행동뿐 아니라 요즘 부모들은 자식을 '상 받는 아이'로 키우는 데만 급급한 것처럼 보입니다. 그렇게 해서 아이들에게 가장 좋은 상, 높은 시험점수, 수상경력으로 가득한 이력서를 제공합니다. 요즘의 아이들에게 결과란 목숨과도 같은 것이 되어버렸습니다.

'어떻게 해서라도 이겨야 한다.'는 정신자세에는 이해심, 우정, 겸손과 같은 평범하면서도 중요한 가치는 사라지고 그 자리에 이기심, 자기중심적 사고가 들어서는 경우가 많습니다.

이기는 것도 중요하지만 품위 있게 지는 방법도 배워야 합니다. 우리 아이가 인생이라 불리는 놀이를 어떻게 즐길 것인지, 기왕이면 행복하게 즐길 수 있도록 가르치고 도와주는 것이 부모가 할 일입니다.

나쁜 태도 경계하기

나쁜 태도를 지닌 아이가 훌륭한 스포츠맨십을 갖는 것은 비겁한 패배자가 되는 것보다 훨씬 어렵습니다. 그것은 실패 혹은 불충분함에 대한 두려움, 부모의 극심한 압박, 또는 사악한 경쟁같이 더욱 깊은 문제들을 암시하는 것일지도 모릅니다. 그러므로 아이의 태도를 변화시키려 하기 전에 꼭 그러한 태도가 어디에서 비롯되었는지 확실하게 알아야 합니다.

진단 다음의 다섯 가지 질문과 함께 시작하십시오.

● **언제 _** 하루나 주중, 혹은 한 달 중에 아이가 그러한 태도를 보이는 특정한 시간이 있습니까? 있다면 그 이유는 무엇입니까? 예를 들어 피곤하다든가 시험성적을 걱정하거나 좌절하거나 고민하느라고, 또는 불안해서, 혹은 타인의 배려를 필요로 해서, 아니면 자신을 보고 있을지 모르는 사람 또는 함께 있는 사람을 신경 쓰기 때문입니까?

● **어디서 _** 학교, 집, 학원, 수학시간, 야구장, 합창단 연습실, 특정한 친구의 집 등 아이가 더욱 그러한 태도를 보이는 특정한 장소가 있습니까? 왜 그렇습니까?

● **누구에게 _** 아이가 모든 사람에 패배자의 태도를 보입니까? 누군가의

앞에서는 그런 태도를 감춥니까? 있다면 누구입니까? 왜 그 사람에게만 그런 행동을 보이지 않을까요? 다른 사람들과 싸울 때, 형제자매들과 싸울 때, 또는 자기 자신과 싸울 때 그러한 태도를 보입니까?

● 무엇을 _ 어떠한 형태로든 경쟁하고 있을 때의 아이를 관찰하십시오. 그것은 이번 기말고사에서는 더 높은 성적을 받으려는 노력일 수도 있고, 친구와 바둑시합을 할 때일 수도 있고, 철자시험에 참가하는 것일 수도 있고, 수영대회에 참가하는 것일 수도 있습니다. 당신을 걱정스럽게 만드는 아이의 행동은 무엇입니까?

● 왜 _ 아이는 왜 훌륭한 스포츠맨십을 배우지 못하고 비겁한 패배자가 되었습니까? 아이가 다른 사람에게 자신을 증명해보이고 싶어 합니까? 아이에게 친구가 별로 없는 편입니까? 사람들이 놀리는 것을 못 견딥니까? 경쟁, 기술, 능력부족 또는 낮은 자존감으로 스트레스를 받고 있습니까? 실수하는 것을 두려워합니까? 부모의 눈에 자신이 못마땅해 보이는 것을 두려워합니까? 게임이나 학급에서의 경쟁을 즐기지 못합니까? 아이 스스로 하고 싶어 하기보다 부모가 원하기 때문에 합니까? 부모, 아이 자신, 혹은 감독님으로부터 승리에 대한 지나친 강요가 있습니까? 원인을 찾아냈으면 문제를 해결할 수 있는 방법을 생각해보십시오.

여기 비겁한 자가 보이는 몇 가지 행동 유형이 있습니다. 아이에게 해당되는 내용에 표시를 하고, 개선이 필요하다고 생각되는 행동을 간략히 적어보십시오.

☐ 변명을 한다.

☐ 실패했을 때 남을 탓한다.

☐ 비판을 받아들이지 못한다.

☐ 친구의 실수나 능력을 비판, 또는 비난한다.

☐ 부정적이며 친구들의 실수를 즐기고 비웃는다.

☐ 선생님, 그 외 어른들 또는 또래친구들과 말다툼을 자주한다.

☐ 상대를 축하할 줄 모른다.

☐ 자신의 이익을 위해 중간에 규칙을 바꾼다.

☐ 속이거나 거짓말을 한다.

☐ 지겹거나 피곤하다고 중간에 그만 두거나 자리를 뜬다.

☐ 자신의 패배를 품위 있게 받아들이지 못하고 울거나 불평을 한다.

☐ 더욱 잘 해내기 위해 노력하는 대신 끝내거나 포기하고 싶어 한다.

☐ 기타 : ____

자, 이제 당신의 답안을 살펴보십시오. 아이의 행동을 예측할 수 있는 행동양식을 발견하셨습니까? 아이의 나쁜 행동과 행동의 이유를 더욱 이해할 수 있게 되었습니까?

당신의 반응에는 아무런 문제가 없나요?

아이가 운동경기나 다른 경쟁에서 졌을 때, 또는 낮은 성적을 받았을 때 당신은 어떤 반응을 보입니까? 혹시 이렇게 물어봅니까? "왜 지난번 만큼 잘 하지 못했니?", "너한테 다른 아이들이 화를 냈니?", "선생님(또는 감독님)은 뭐라고 하시니?", "너는 뭘 얻었니?", "왜 좋은 점수를 받지 못했지?", "왜 더 오래 뛰지 못했니?", "그 감독하고 얼마나 더 운동을 해야 하니?", "왜 그렇게 점수가 형편없니?", "딴 애들은 몇 점이나 받았니?", "네 담임 미치지 않았니?" 라고 말하며 화를 냅니까? 아이를 탓합니까? 선생님이나 감독을 탓합니까? 앙갚음을 다짐합니까? 고소하겠다고 협박합니까? 당신의 행동 중에서 고치고 싶은 것을 한 가지만 적어보세요.

나는 다시는 ____________________________ 하지 않겠디.

당신 자신의 나쁜 태도를 직시하라

당신은 자라면서 패배나 실수를 어떻게 받아들였습니까? 당신이 가졌던 똑같은 태도를 아이에게서 발견하지는 않습니까? 아이들은 부모도 자라면서 실수를 했다는 얘기를 듣는 것을 좋아합니다. 당신이 느꼈던 실패의 고통을 아이와 함께 나눈 적이 없다면 한번 그렇게 해보세요. 누군가가 실패 뒤에 다시 기운을 차리게 된 방법을 배워서 따라해 본 적이 있습니까? 그 방법은 무엇입니까? 어디서 그 방법을 배웠습니까? 아이들 앞에서 그 방법을 보인 적이 있습니까? 그런 적이 없다면, 그 방법을 아이에게 어떻게 가르칠지 생각해 보시고 당신이 꼭 이루고 싶은 변화를 적어보십시오.

나는 앞으로 ____________________________ 할 것이다.

나쁜 태도, 이렇게 바꾼다

패했을 때 아이가 보이는 나쁜 태도를 변화시키기 위해 다음의 단계를 밟으십시오.

1단계 – 아이 자신이 나쁜 태도를 자각하게 만들라

아이가 비겁한 자의 태도, 예를 들어 변명을 하거나, 남의 탓을 하거나, 비난을 하거나, 비난을 받아들이지 못하거나, 다른 팀을 욕하거나, 감독, 선생님, 형제자매, 부모님을 비난하는 태도를 보일 때마다 아이를 불러 지적하고 그런 행동은 절대 용납되지 않는다는 것을 확실히 알게 하십시오. 다른 사람들과 함께 있을 때 아이가 그런 태도를 보인다면 사람들이 없는 곳으로 가서 당신이 본 아이의 태도를 그대로 말해줍니다. "네 실수를 다른 사람 탓으로 돌리는 것을 보았다.", "너 감독님께 대들고 있더구나." 또는 "너는 다른 사람을 비난했어." 그리고 아이에게 그 자리에서 그러한 태도를 멈추거나 사과를 하지 않으면 경기에 참가할 수 없다고 말해 주세요. 아이에게 다른 사람의 감정도 반드시 고려해야 하며, 그렇게 하지 않는다면 경기에 참여할 수 없을 것이라고 설명합니다. 그리고 만약 아이가 공격적이거나 반사회적인 행동, 욕을 하거나 때리거나 속이는 짓을 하면 즉각 아이를 활동에서 빼내십시오. 한 고등학교 축구감독은 자신의 팀에 있는 선수들의 비겁한 태도를 바꾸는 가장 효과적인 방법으로 이렇게 말했습니다.

"그런 태도를 보이는 아이에게는 같은 팀원들이 '철이나 들어라!' 고 말하며 그의 나쁜 행동을 참아주지 않는다."

2단계 – 훌륭한 스포츠맨십을 강조하라

승리만이 인생의 전부가 아님을 가르쳐주는 유일한 방법은, 승리보다 스포츠맨십이 더 위에 있다는 사실을 강조하는 것입니다. 몇몇 가정에서는 가족이 지켜야 할 금언을 갖고 있습니다. "지느냐 이기느냐가 아니라 어떻게 싸웠느냐가 중요한 것이다!" "공정하게 경기를 하지 않았다면 너는 경기를 한 것이 아니다." "이기는 것이 전부는 아니다." "사람들이 기억하는 것은 네가 어떻게 싸웠느냐이다." 이 중 몇 개를 아이에게 보여주고 가장 마음에 드는 것을 가족 금언으로 선택하여, 아이가 보지 않고도 말할 수 있을 때까지 반복하여 읽게 하십시오. 아이를 가르칠 수 있는 모든 기회를 찾아 패배했을 때의 올바른 태도와 바르지 못한 태도를 모두 지적해주십시오. 이는 아이에게 모든 사람이 승리로 인해 기쁜 만큼 패배나 실패로 인한 고통도 따른다는 사실과 다른 사람의 감정을 민감하게 느끼도록 도와줍니다. 다음은 그에 대한 예입니다.

- 텔레비전에서 오스카 상 시상식이나 퀴즈, TV쇼, 올림픽, 운동경기들을 보면서 이렇게 말합니다. "저 사람들은 이날을 위해 몇 년 동안이나 땀을 흘리며 노력했단다. 그런데 지고 말았어. 그들의 기분은 어떨까? 한번 생각해 보자꾸나. 아, 상대편과 악수를 나누고 있구나."
- 아이의 밴드 경연 뒤에 이렇게 말해주세요. "축하한다. 너희 팀이 이겼구나. 혹시 등수에 들지 못한 팀 아이들 몇몇이 어떻게 행동하는지 보았니? 경기 진행이 공정치 못하다고 불평을 하더구나. 그걸 보니 그 아이들은 훌륭한 참가자가 못된다는 생각이 들어. 그 아이들은 경기에 참여하기에 앞서 겸손한 마음가짐으로 대회에 참가하는 태도부터 배워야 한다는 생각이 들더라."

3단계 – 격려하는 방법을 가르쳐라

훌륭한 선수와 훌륭한 패배자는 서로를 지원하고 격려합니다. 그렇게 상대방을 격려하는 방법으로 칭찬 두 번 하기가 있습니다. 이 법칙은 간단합니다. 시합이 끝날 때까지 적어도 두 번 이상 동료들을 칭찬하는 것입니다. 첫번째 방법으로는 격려하는 말이나 행동을 생각해서 아이의 레퍼토리를 만듭니다. 예를 들어, "노래 잘 부르더라.", "훌륭해.", "재치 있는 대답이야.", "멋진 토론이었어.", "정말 잘 하던 걸?"이라고 말한 후 손바닥을 함께 마주치는 것입니다. 이런 말들은 쓸 기회가 많아질수록 더 많은 말들을 떠올리게 합니다. 그리고 이러한 방법을 그룹 활동, 예를 들어 팀 경기, 스카우트 활동, 친구 집, 학교에서 적절히 사용해보라고 권합니다.

4단계 – 품위 있게 지는 법을 가르치라

사람은 누구나 실수를 합니다. 그러면서 배웁니다. 그러나 비겁한 아이들은 자신의 패배를 인정하지 못하고 품위에 흠집을 냅니다. 그로인해 때로는 패배자로 비쳐지기도 합니다. 아이가 졌을 때 패배를 인정하고 새로운 출발을 위해 다시 일어서는 방법을 가르치십시오. 어쩌면 아이는 실패의 쓴 맛을 곱씹으며 보다 높은 곳을 향해 도약할 수 있는 계기를 스스로 마련해갈지도 모릅니다.

'실패는 성공의 어머니' 라는 말을 잊지 마십시오. 비겁한 태도를 부끄럽게 여기며 스스로의 품위를 지키는 것도 부모가 가르쳐야 할 지혜이며 덕목임을 상기하십시오.

아이가 실수할 때마다 말이나 표정, 행동으로 아이를 지지해야 한다는 사실을 기억하십니까? 아이가 자신의 패배를 품위 있게 받아들이도록 하는 가장 빠른 방법은, 아이로 하여금 부모가 아이의 실수를 받아들인다는 느낌을 갖게 하는 것입니다.

- 대처하는 법 보여주기 : 당신이 실수에 대처하는 모습을 보여주면 아이는 당신의 모습을 따라합니다. 먼저 당신의 실수를 이야기하고 그로 인해 당신이 배운 것을 말해 주십시오.

  "나는   한 실수를 저질렀다. 나의 실수로 부터   을 배웠다." 또는 "컴퓨터에 저장하

는 것을 깜빡 잊고 오늘 하루 종일 만든 보고서를 다시 만들어야 했어. 다음에는 컴퓨터를 끌 때 꼭 저장하는 것을 잊지 말아야겠더라.”

- 긍정적인 자기암시 가르치기 : 아이가 실패했을 때 다시 일어설 수 있도록 스스로에게 해줄 수 있는 말을 알려주십시오. 예를 들면, “꼭 완벽해야 할 필요는 없어.”, “실수를 해도 괜찮아.”, “나는 다시 할 수 있어.”, “누구나 실수를 하는 걸.”과 같은 말입니다. 그중에서 하나를 골라 아이에게 며칠 동안 그 말을 몇 번씩 크게 반복하도록 하십시오. 자신이 하는 말을 들으면 들을수록 아이 스스로 그 말을 기억하고 사용하게 될 확률은 더욱 높아집니다.

- ‘실수’라고 부르지 말 것! : 실패를 딛고 일어서는 아이들은 실수를 다른 이름, 즉 사소한 고장, 뜻하지 않은 잘못, 후퇴 등으로 부릅니다. 그렇게 함으로써 그들은 배우는 과정에서 주눅이 들지 않습니다. 실수와 마주칠 때마다 이 단어들을 떠올리게 하십시오. 어떤 단어라도 괜찮습니다. 그 단어를 계속 반복하게 하여 진짜 실수를 저질렀을 때 그 단어가 저절로 떠오르게 하는 것입니다. 변명을 하거나 남을 탓하고 비난하는 횟수가 줄어들 것입니다.

- 품위 있게 패배를 받아들이기 : 아이가 실수를 하거나 패배로 고통받고 있을 때 할 수 있는 말을 함께 생각해봅니다. 마치 멋진 패배자처럼 보일 수 있게 말입니다. 예를 들어, “대단한 경기였어.”, “다시 하자.”, “최선을 다 했어.”, “우리 다시 한번 시합할까?” 이런 말들을 집에서 연습시켜 친구들에게 당당하게 말할 수 있도록 해야 합니다.

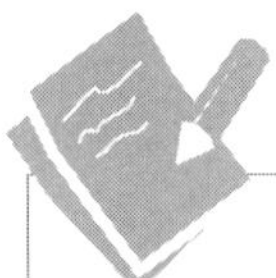

가족들과 밤마다 함께하는 시합을 시작해보십시오. 먼지가 쌓여 있던 바둑판이나 퍼즐 등을 꺼내 가족이 팀을 이뤄 마치 새로운 멋진 비디오 게임을 하듯 경기를 하는 것입니다. 이는 아이가 품위 있게 지는 방법을 배우고 비겁한 태도를 없앨 수 있게 해주는 최고의 방법입니다. 일단 규칙을 점검하는 것을 시작으로 아이에게 반드시 규칙을 준수할 것을 일러줍니다. "이제 규칙에 대해서는 아무 말 하지 않기다. 우리는 모두 이 규칙에 동의했고 모두가 원하기 전까지는 규칙을 바꾸지 않을 거야. 비난도 변명도 있어서는 안 된다." 시합 중에 당신은 의도적으로 실수를 범합니다. 변명을 늘어놓고 남을 탓하고 비난하는 대신 자신의 실수를 받아들이는 모범을 보입니다. "아, 그 생각을 내가 못 했군." 또는 "네가 거기에서 나를 눌렀구나!" 물론 고의로 당신이 질 수도 있었지만 절대로 아이가 눈치 채지 못하게 하십시오. 아이에게 품위 있게 지는 모습을 보여주십시오. "훌륭한 시합이었어, 내일 또 하자." 하며 악수를 나누는 것입니다.

태도 개선을 위한 다짐

아이가 패배를 받아들이고 경기장에서든 밖에서든 훌륭한 선수가 될 수 있도록 하기 위해 지금부터 24시간 동안 당신이 해야 할 일을 적어보십시오.

나는 앞으로 ________________________________ 할 것이다.

태도 개선 상황 기록하기

태도를 변화시키기 위해서는 언제나 힘든 노력과 지속적인 시도, 부모의 도움이 필요합니다. 변화를 향해 내딛는 아이의 한 걸음은 매우 작을지 모릅니다. 그러나 아이가 보이는 작은 변화 하나하나를 감사히 여기고 축하해주십시오. 진짜 결과를 보게 될 때까지는 적어도 21일이 걸릴 것입니다. 그러니 포기하지 마십시오! 그리고 만약 어떤 방법이 효과를 보이지 않는다면 다른 전략을 사용해보십시오. 아래 밑줄에 아이가 일주일마다 보이는 변화를 적으십시오. 당신의 '태도변화 일지'에 아이 태도의 발전상을 꾸준히 기입하십시오.

1주 : ____

2주 : ____

3주 : ____

결과 검토와 진행중인 태도 개선

아이의 태도 중 여전히 개선이 필요한 부분이 있나요? 어떤 노력을 더 할 필요가 있나요?

____

____

____

이기적임

권장태도 : 공평무사, 관대, 사려

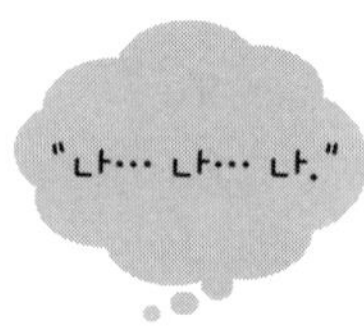

보바 박사님께

제게는 자기가 이 세상을 지배하고 있다고 믿는 두 아이가 있습니다. 물론 그 아이들이 제 실수의 산물이라는 건 압니다. 언제나 제 아이들을 일등으로 추켜세우고 그 모든 변덕을 다 받아줬으니까요. 그렇게 해서 아이를 행복하게 하고 자존감을 높여주고 싶었던 것 같습니다. 그런데 이제 와서 그런 제 생각이 크게 역습을 당하고 있습니다. 아이의 태도를 바꾸기에는 너무 늦은 것일까요? 도와주세요!

이런 건 나쁜 태도야!

- "하지만 아빠, 여기는 우리 집이에요. 그런데 왜 제 것을 갖고 놀게 하세요?"
- "만약에 저 아이의 팔이 부러지면 나 혼자 갈 거야."
- "저 사람들에게 먹을 것과 입을 옷이 없는 것이 제 잘못인가요, 뭐? 제 물건을 줄 수 없어요."

'나… 나… 나' 만 찾는 아이의 태도를 '너…. 너… 너' 하는 태도로 바꾸십시오. 감정이입을 가르쳐 주어야 합니다. 이기심을 치료하는 가장 좋은 방법은 다른 사람이 느끼는 것을 아이도 함께 느낄 수 있게 도와주는 것입니다. 아이의 태도 중 공격적이고 이기적인 행동을 선택해서 '다른 사람인 척해보기'라는 놀이를 시켜보세요. 방법은 이렇습니다.

당신이 지친 하루를 마치고 소파에서 신문을 읽다가 잠들었다고 칩시다. 그때 당신의 아이가 갑자기 당신 위로 뛰어올라와 아래위로 뛰어다니며 말타기 놀이를 하자고 합니다. 당신이 힘들어서 "제발!"이라고 외치며 잠시 쉴 수 있는 시간을 버는 동안, 아이는 당신이 어떻게 자신의 희망사항을 들어주지 않을 수 있는지 의아해합니다. 그때 당신은 아이에게 이렇게 말합니다.

"'우리, 다른 사람인 척해보기'라는 게임을 할까?" 그리고는 아이를 당신의 입장에 두어 소파에 눕히고 힘든 하루를 보내고 지쳐 잠이 든 것처럼 시키면서 이렇게 말합니다. "너는 매우 피곤하고 지쳤어."

아이가 정말 긴장이 풀어진 것처럼 보일 때를 놓치지 말고, 아이가 당신 위로 뛰어들 때처럼 귀에 거슬리는 큰 소리를 내면서 소파를 흔들어대며 소리칩니다. "기분이 어떠니? 나에게 뭐라고 말하고 싶니? 네가 나에게 말 타기 놀이를 하자고 했을 때 내 기분이 어땠을지 너도 알겠니?"라고요. 이러한 방법은 아이가 자신이 아닌 당신, 즉 다른 사람의 입장이 되어 생각할 수 있도록 도와줍니다.

당신은 지금 귀가 시간을 훌쩍 넘긴 당신의 큰아이를 기다리고 있다고 가정해보십시오. 아이는 두 시간 늦게 집에 도착하고, 당신이 왜 그리 화가 났는지를 이해하지 못합니다. 당신은 앉아 있던 의자에서 일어나 이렇게 말합니다. "여기 내 의자에 앉아봐라. 저기 있는 시계를 계속해서 쳐다봐라. 그리고 문을 보고, 네가 지금 어디에 있다고 나에게 말해줘야 할 마땅한 전화기, 어쩌면 경찰관이 너에게 일어난 사고를 알려

주려고 울려댈지 모르는 전화기를 봐라. 기분이 어떠냐? 내가 왜 화가 났는지 이제 알겠느냐?" ✚

자기중심적이고 이기적인 아이들은 점점 늘어가고 있습니다. 그것은 부모들의 잘못된 육아법 때문이라고 각종 연구결과들은 입을 모읍니다.

그렇습니다. 처음부터 못된 아이로 태어나는 아이는 없습니다. 오히려 아이들은 타인을 생각하고 걱정하는 놀라운 선물을 갖고 태어난다고 합니다. 어른들은, 그런 배려심을 키워주기는커녕 오히려 망쳐놓기 때문에 아이들은 성장하면서 그런 마음을 모두 잃어버리는 것이지요. 물론 어린 아이들은 개구쟁이이며 자기중심적이고 제멋대로인 면도 있습니다. 하지만 그런 것들은 다양한 경험과 교육을 통해 쉽게 타인을 배려하는 성품으로 바뀔 수 있습니다. 물론 부모의 노력도 필요합니다. 노력을 기울이지 않는다면 많은 아이들은 자기세계에 빠져 마음의 문을 잠그고 틀어박혀 버릴지도 모릅니다.

그들은 모든 것, 관심거리, 요구사항, 감정, 방법 등에 있어서 항상 자기를 앞세웁니다. 아이들이 그렇게 이기적이게 된 가장 명백한 원인으로는, 아이의 변덕을 받아주는 부모의 훈육방식과 자식에게라면 모든 것을 아낌없이 주어야 한다는 부모의 잘못된 인식이 한몫하고 있습니다.

혹시 당신도 사치와 특권으로 점철된 왕자님이나 공주님을 키우고 있습니까? 그렇다면 바로 지금 결심하십시오. 아이의 볼썽사나운 태도를 진압하기 위해 소매를 걷어 올리세요. 그리고 잊지 마십시오. 우리 아이들에게는 이타심과 관용, 배려의 미덕이 있다는 사실을요.

나쁜 태도 경계하기

멈추지 마세요. 이제부터 아이의 이기적인 태도를 바꾸기 시작합니다.

진 단 우선 아이의 나쁜 행동, 그렇게 된 이유 등을 파악해야 합니다. 아래 다섯 개의 질문을 꼼꼼이 짚어가며 답을 찾아보십시오.

● 언제 _ 아이가 더욱 요구를 많이 하는 특정한 때가 하루 중이나 일주일 중, 혹은 한 달 중에 있습니까? 어떤 이유입니까? 휴일이 되면 더욱 이기적이 됩니까? 개학할 무렵? 생일? 성적표 받아오는 날? 아이가 가장 이기적이 될 때의 행동양식이 보입니까? 아니면 아이는 항상 이기적입니까?

● 어디서 _ 아이가 더욱 이기적인 모습을 보이는 특정 장소가 있습니까? 당신과 함께 쇼핑을 갈 때 아이는 어떠한 행동을 합니까? 레스토랑이나 영화관, 보육시설, 학교, 친척의 집에서는 어떠합니까? 아이가 특정한 장소에서 더욱 이기적인 행동을 하나요? 그 이유는 무엇일까요? 아이의 이기적 태도를 유발하는 장소는 다른 곳과 어떤 점에서 다르다고 생각하나요?

● 누구에게 _ 아이가 모든 사람들에게 똑같이 이기적인 행동을 합니까, 아니면 몇몇 사람들에게만 그러합니까? 예를 들어, 형제자매나 친구들, 특정한 친척, 또는 엄마 아빠에게만 이기적이 됩니까? 아이가 이기적인 행동을 보이지 않는 사람이 있습니까? 있다면 그들은 누구입니까? 왜 그들에게는 이기적인 행동을 하지 않는 것일까요?

● 무엇을 _ 아이가 더욱 이기적인 태도를 보이는 특정한 문제나 대상이 있습니까? 이기적이 되는 것이 원하는 것을 얻기 위해서인지, 자신의 방식대로 하기 위해서인지, 관심을 얻으려는 것인지, 자신은 그럴만한 충분한 '자격이 있다'고 생각해서인지, 형제자매에게 질투를 느끼거나 화가 나서 그러는 것인지 살펴보십시오.

● 왜 _ 왜 아이는 그러한 태도를 갖게 되었나요? 온 세상이 아이를 위해 움직이는 것처럼 대하셨습니까? 아이가 조르기만 하면 원하는 것을 얻을 수 있다고 생각하게 만드셨습니까? 혹시 아이의 이기적인 태도가 보기 싫고 당황스러워서 모른 척해왔습니까? 가정에서 아이의 이기심을 유발시키는 근본적 원인이 무엇이라고 생각하십니까? 당신은 아이를 무시하거나 너무 자주 평가하는 편입니까? 아니면 요구사항이 많은 편입니까? 혹시 아이는 당신의 사랑이 필요한 것은 아닐까요? 아니면 너무 오랜 시간 동안 에너지를 쏟아 아이의 머릿속에 이 세상은 나를 위해 움직인다는 생각을 주입시키게 되었나요? 무엇이 아이의 이런 태도를 유발했을까요? 왜 아이가 계속 그런 행동을 하는 것일까요?

이제 당신의 생각을 검토해보십시오. 아이 태도의 원인을 예측할 수 있을만한 행동양식을 발견했습니까? 아이의 이기적인 태도를 더욱 이해할 수 있게 되었습니까? 아이의 그러한 태도가 어디에서 비롯되었는지 더욱 잘 알 수 있게 되었습니까?

당신의 반응에는 아무런 문제가 없나요?

당신 아이의 참을 수 없는 태도와 비슷한 태도를 가진 아이가 이웃에 있습니까? 아이의 이기심을 억제하기 위한 어떤 좋은 방법을 갖고 있는지 알기 위해 그들과 대화하십시오.

아이가 이기적인 태도를 보이지 않는 사람들이 있습니까? 그들이 어떤 반응을 보였기에 아이가 이기적인 행동을 하지 않게 되었을까요? 아이가 이기적인 행동을 보였던 가장 최근의 일을 떠올려 보십시오. 아이의 말에 무조건 항복하고 원하는 것을 사주었습니까? 설교를 늘어놓았습니까? 대가를 정했습니까? 무시했습니까? 그것이 아이의 이기적인 횡포에 대한 당신의 전형적인 반응입니까? 당신의 반응에 아이는 어떻게 행동합니까? 당신의 반응 중 아이에게 아무 효력이 없었던 태도 한 가지를 적어보세요.

나는 다시는 ______________________________ 하지 않겠다.

당신 자신의 나쁜 태도를 직시하라

당신이 자라던 때를 생각해보십시오. 당신 세대도 지금 아이들만큼이나 이기적이었다고 생각됩니까? 당신은 이기적인 아이를 만드는 데 어떤 기여를 했습니까?

아이들은 처음부터 이기적으로 태어나지는 않았습니다. 그렇다면 아이는 어디에서 이기적인 태도를 배웠을까요? 당신의 태도에서인가요? 아이 앞에서 이기적이지 않은 모범적인 태도를 보이십니까? 아이에게 가르치는 것이 이타적이고 타인에게 베푸는 태도입니까, 아니면 욕심 많고 자기중심적이며 사려 깊지 못한 태도입니까? 당신의 이기적인 행동이 다른 사람의 원망을 산 적이 있습니까? 왜 그랬습니까? 당신은 무엇을 더 중요하게 여깁니까? 당신이 갖고 있는 것? 아니면 당신이 누구인가 하는 것? 당신에 대한 아이의 대답은 어떨 것 같습니까?

당신의 양육방식은 어떻습니까? 혹시 아이의 이기심을 더욱 악화시키는 행동을 하지 않습니까? 당신이 어린 시절에 누리지 못했던 물질적, 정서적 풍요로움을, 아이를 통해 대리만족하려 하지는 않습니까? 아이가 당신을 좋아해주기를 바라는 마음에서 아이를 느슨하게 풀어놓습니까? 그저 그게 더 '편하다'는 이유로 아이의 울음, 뾰로통한 행동, 요구를 다 받아줍니까? 아이와 충분한 시간을 보내지 못하는 것이 미안해서 죄책감을 씻어내기 위해 선물을 사주곤 합니까?

이타심과 자선의 미덕은 당신에게 얼마나 중요합니까? 아이와 산책을 하고 대화하는 중에 그러한 미덕을 나누고 있습니까? 박애정신과 가정에 충실할 것을 얼마나 많이 강조합니까? 당신 스스로에 대한 판단에 아이도 동의할까요?

당신의 자녀에게 모범이 되기 위해 당신 내부의 이기심과 싸우기 위한 첫 단계로 가장 먼저 무엇이 필요합니까? 당신이 만들어내야 할 변화들을 아래에 적으십시오.

나는 앞으로 ________________________________ 할 것이다.

나쁜 태도, 이렇게 바꾼다

아이의 이기적인 행동을 없애기 위해 다음의 단계들을 실행해보십시오.

1단계 - 내면에 접근하라

아이의 이기적 태도를 부추기는, 흔하지만 잘 드러나지 않는 원인들이 있습니다. 당신에게 해당되는 것들에 표시하십시오.

□ 당신은 죄책감이나 보상, 회피, 사랑 등 자신의 감정으로 아이를 망치고 있습니다.

□ 아이를 기르는 데 훈육과 행동의 제약을 중요하게 여기지 않습니다.

□ 당신이나 다른 가족(어른)의 행동이 아이에게 이기심의 표본이 되고 있습니다.

□ 당신의 아이가 무시당한다고 느낍니다.

□ 아이가 당신의 배우자나 자신의 형제자매에게 질투심을 느낍니다.

□ 당신의 아이는 부모가 사치와 특권으로 자신을 망쳐놓았다고 원망합니다.

□ 당신의 아이는 한 번도 이타심의 가치에 대해 배운 적이 없습니다.

□ 당신의 아이는 다른 사람의 감정을 알아차리거나 이해하는 데 어려움을 겪고 있습니다.

□ 당신의 아이는 화, 불안, 우울 또는 다른 어떤 문제가 생겼을 때 다른 사람을 전혀 배려하지 못하는 문제를 갖고 있습니다.

□ 기타 : ____

목록을 자세히 살펴보고 당신 가정에 해당되는 몇 가지를 선택하십시오. 그런 후 다음에 제시된, 또는 이 책 곳곳에 있는 단계들을 적절히 사용하여 아이의 문제를 고치는 데 초점을 맞추십시오.

2단계 – 이기심을 감지하라

아이의 이기심을 통제하는 첫 단계는 그러한 태도를 보였을 때 참고 지나가지 않는 것입니다. 물론 갑자기 그런다는 게 쉽지는 않을 것입니다.

특히 지금까지 마음껏 변덕을 부리며 자란 아이라면 더욱 그러합니다. 그러나 정말 진지하게 아이의 태도를 변화시키고자 한다면 당신 스스로 단호하고 굽힘이 없음을 행동으로 보여줘야 합니다. 그러니 아이에게 "우리 집에서는 항상 다른 사람들을 배려해야 하며 이기적인 행동은 용납하지 않겠다."는 태도를 확실히 보여주십시오.

만일, 아이의 이기적인 태도가 계속된다면 그에 따르는 대가가 있음을 확실히 언급하고 실천하십시오. 다음은 잘못된 행동을 타이르는 좋은 예입니다.

- "그건 이기적인 행동이었어. 네가 대접받기 원하는 대로 너의 친구도 똑같이 대접하기 바래."
- "나는 네가 친구들과 사이좋게 나눠 하지 못하고 너 혼자 컴퓨터게임을 독차지하는 것을 볼 때마다 매우 걱정이 된다. 사람들을 그렇게 이기적으로 대해서는 안돼!"

3단계 – 이해심은 기르고 이기심은 줄여라

이해심이 많은 아이들은 타인의 감정을 느낄 수 있기 때문에 그들 행동의 원인을 파악할 수 있습니다. 이해심이 많은 아이들은 다른 사람과 '느낌을 나눌 수' 있기 때문에 더욱 관대하게 타인을 돌아볼 수 있습니다. 당신의 아이에게도 자신은 물론 상대방의 생각이나 마음까지 느낄 수 있는 이해심을 길러주십시오. 다음에 제시된 방법들을 참조하시기 바랍니다.

- **상대방의 감정 느끼고 지적하기** : 사람들이 처해 있는 상황은 물론, 그들이 지닌 각기 다른 감정상태를, 표정이나 자세, 버릇 등을 통해 느끼며 지적해내는 학습입니다. 그러한 과정을 통해 아이들은 다른

사람의 감정을 더욱 잘 이해할 수 있게 됩니다. 학습에 들어가기 전에 아이에게 다른 사람의 감정을 파악할 수 있는 방법을 다음과 같이 알려줍니다.

"너, 오늘 놀면서 지혜 얼굴을 보았니? 뭔가 걱정거리가 있어 보이더라. 지혜한테 가서 괜찮은지 물어보렴."

- **다른 사람의 기분을 상상해보기** : 어떤 특별한 상황에서 아이로 하여금 다른 사람들의 기분을 상상하게 하며 다음과 같이 일러줍니다.
  "너는 새로 전학을 온 학생이고 아직은 낯선 운동장을 걷고 있어. 물론 아는 사람도 전혀 없지. 그럴 때 네 기분은 어떨 것 같니?"라고 자주 물어보십시오. "너라면 기분이 어떨 것 같니?" 이는 아이가 다른 사람의 기분과 바람을 이해하는 데 도움이 됩니다.
- **"저 사람의 기분은 어떨까?" 하고 자주 물어보기** : 아이가 이해심을 기를 수 있는 상황을 찾아보십시오. 그리고 그 상황을 이용하여 다른 사람의 기분을 헤아리는 데 도움이 될 질문을 던지십시오. 예를 들면,

아빠 _ 엄마가 회사에서 아주 힘든 하루를 보내셨단다. 지금 엄마 기분이 어떠실 것 같니?

아이 _ 피곤하실 거예요.

아빠 _ 그러면 엄마의 기분이 나아지게 할 수 있는 방법은 뭐가 있을까?

아이 _ TV 소리를 줄이면 좋겠네요. 그러면 덜 시끄러울 테니까요.

아빠 _ 참 좋은 생각이구나! 네가 엄마를 얼마나 생각하는지 알려드리는 게 좋겠다.

4단계 – 제한을 두어라

아이가 이기적이게 되는 단 한 가지 이유는 그들이 자신의 방식에 익숙해졌기 때문입니다. 아이가 계속 그런 식으로 지내게 내버려두지 마십시

오. 명확한 제한을 두고 꼭 지키게 하십시오. 아이의 변덕, 뾰로통한 표정, 짜증, 그리고 '엄마(아빠)가 이 세상에서 제일 나빠'와 같은, 죄의식을 느끼게 하는 언사에 굴복해서는 안 됩니다.

부모의 가장 중요한 역할은 아이에게 최고의 친구가 되어주는 것이라고 믿는 분에게, 이 방법은 매우 실행하기가 어려울 것입니다. 그러나 생각을 달리하십시오. 어린이 발달에 관한 수백 건의 연구가, '부모로부터 행동의 제약을 받은 아이들이 덜 이기적이 되었다'는 결과를 보여준다는 사실을 인정하십시오. 아이에게 영향을 끼칠만한 주변 사람들에게 알리십시오. 아이의 나쁜 태도를 그냥 보아넘기지 않을 것이며 그에 대한 생각은 매우 단호하다는 사실을요.

5단계 – 이타심을 강화하라

이기적이지 않고 타인을 배려하는 아이의 부모들은 우연히 그런 자녀를 갖게 된 것이 아닙니다. 그들은 의식적으로 아이들에게 타인의 권리와 기분, 생각을 인식하도록 가르쳐 왔습니다. 이는 아이에게 온 세상이 자신을 중심으로 회전한다고 느끼도록 길러왔던 것들과 맞서 싸울 필요가 있음을 의미합니다. 당신도 싸우십시오. 그 싸움이 가져올 결과, 즉 더욱 사려 깊고, 타인에 대한 배려를 깨달아가는 아이의 모습을 보며 기쁨을 느낄 수 있을 것입니다.

이타심을 기르는 가장 쉬운 방법은 아이 속에 있는 사려 깊고 사심 없는 행동을 '발견'하는 것입니다. 다음은 이타심을 이끌어내는 표현의 예입니다.

- "네가 선정이에게 장난감을 빌려주었을 때 그 애가 웃는 것을 보았니? 네가 그 아이를 기쁘게 해줬단다."

- "오늘 하루 어떻게 지냈는지 물어봐줘서 정말 고맙다."
- "동생에게 네 CD를 주다니 참 잘했다. 이제 너는 랩을 듣지 않을 것이고 동생은 랩을 좋아하기 시작했으니 얼마나 잘 된 일이니?"

 ## 처음 21일 동안 지켜야 할 일

'이타적 행동 프로젝트'를 세워 실천하고 아이 스스로 이타적과 이기적 행동에 대한 차이를 느끼도록 도와주십시오. 다음은 그에 관한 몇 가지 아이디어입니다.

- 용돈 중 일부를 자선금으로 내기 : 일주일 용돈의 일부를 자선금으로 남겨두는 새로운 규칙을 시행하십시오. 어린 아이들도 용돈이나 어른들로부터 받은 돈의 일부를 좋은 목적으로 내놓기 위해 따로 둘 수 있습니다. 어떤 가정에서는 아이의 용돈을 쓸 것, 저축할 것, 기부할 것의 셋으로 나누어 관리하게 하기도 합니다.
- 희생정신 실천하기 : 가족 모두에게 커다란 박스를 주고 기부할 물건을 채우게 합니다. 거기에는 자기가 정말 좋아하는 것들, 예를 들어 옷이나 장난감, 책, DVD, CD 등도 포함될 수 있으며 박스는 예쁘게 꾸밀 수도 있습니다. 그런 후 자신이 원하는 자선단체에 기부하게 합니다.
- 헌신하기 : 모자에 가족 모두의 이름이 적힌 쪽지를 넣은 뒤 눈을 감고 그 중 하나를 뽑습니다. 가족 모두는 21일 동안 뽑힌 사람을 위해 연령에 맞춰서 주어진 시간 동안 헌신하는 것입니다. 예를 들어, 뽑힌 사람의 잔일을 대신 해준다거나 프로젝트 마치는 것을 도와줄 수도 있으며 함께 놀이를 하거나 그냥 같이 돌아다닐 수도 있습니다.

자, 이제부터 시간을 재십시오.
- 익명의 선행 실천하기 : 이타적인 행동의 모범은 물질적 지원을 하거나 소중한 시간을 함께 보내는 데 있어 자신의 행동을 드러내지도, 보상을 바라지도 않는 것입니다. 그저 그것이 마음에서 우러나는 옳은 행동이기에 하는 것입니다. 그러한 태도야말로 부모가 아이를 기르는 궁극적인 목표가 되어야 합니다.

태도 개선을 위한 다짐

아이가 덜 이기적이 되고 결국엔 이타심이 많은 아이로 성장하기 위해 지금부터 당신이 하려는 바를 적어보십시오.

나는 앞으로 ________________________________ 할 것이다.

태도 개선 상황 기록하기

태도 개선은 어려운 일이며, 끊임없는 연습과 부모의 지원이 필요합니다. 그러기에 아이가 변화를 향해 가는 각각의 단계에서 아무리 작은 변화를 보이더라도 인정하고 칭찬해줘야 합니다. 진정한 결과를 얻기까지는 최소한 21일은 걸리니 절대로 포기하지 마십시오! 한 가지 전략이 효과가 없으면, 다른 전략을 시도하십시오. 자녀의 주간 진전 상황을 아래 빈 칸에 쓰고 '태도변화 일지'에 매일 매일의 진전 상황을 기록하십시오.

1주 :

2주 :

3주 :

결과 검토와 진행중인 태도 개선

아이의 태도 중 여전히 개선이 필요한 부분은 어떤 부분인가요? 어떤 노력을 더 할 필요가 있나요?

비협조적임

권장태도 : 협조, 우정, 돌봄

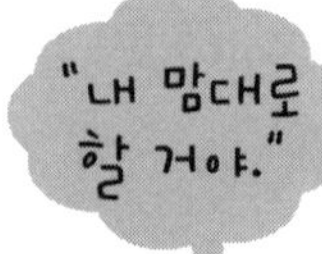

보바 박사님께

어제 이웃집 아이들이 집에 놀러왔는데 저희 아이가 아주 형편없이 굴었습니다. 그 일을 좋게 말할래야 좋게 말할 수가 없군요. 제 아이는 자기 CD와 비디오게임을 친구들과 함께하지 않고 제 맘대로만 하고 싶어 했어요. 너무 비협조적이라서 전 우리집에 놀러온 아이들을 당장 집으로 돌려보내고 싶었죠. 도대체 그 애들은 왜 안가고 있었는지 모르겠어요. 저희 아이가 좀더 협조적인 아이가 될 수 있도록 조언해주시면 대단히 고맙겠습니다.

이런 건 나쁜 태도야!

- "그렇지만 엄마, 그 앤 이미 했어. 두 번이나 하라고 해야 돼?"
- "내 노트북을 왜 그 애하고 같이 써야 돼? 여긴 우리 집이고 내 물건인데."
- "난 아무것도 안 할 거야. 그 사람들한테 시켜."

비협조적인 아이는 더불어 살아야 하는 사회에서 조화롭게 살아가기에는 문제가 있는 성격입니다. 그러니 즉각적이고 적극적인 개입을 통해 함께 나누는 태도를 가르쳐야 합니다.

우선 협동놀이를 가르쳐 보세요. 어린 자녀에게 모든 장난감을 교대로, 그리고 함께 주고받으며 놀아줍니다. 아이는 그러한 행위를 통해 일상생활에서 '주고받는' 행위를 경험하게 됩니다. 이 놀이는, 인형이나 속을 채운 동물인형, 움직이는 장난감, 블록 쌓기, 찰흙 등을 가지고 모래통 안에서 해야 합니다. 좀더 큰 아이라면, 우선 보드게임을 시켜보세요. 그 다음 캐치볼, 비디오게임을 거쳐, 마지막으로 집이나 마당 또는 마을에서 할 수 있는 활동 프로젝트에 참여시키는 것입니다. 그렇게 하면 당신은 아이에게 다른 아이들이나 팀원과 협조하는 법을 가르쳐 주는 셈이 됩니다.

협동이란, 함께 일하고 서로 돕는 것입니다. 하지만 자기밖에 모르는 버릇없는 아이들에게 협동이란, 받아들이기 힘든 일이지요. 하지만 가족, 스포츠, 스카우트, 교회, 클럽, 놀이, 학교 등 어떤 단체에서든 활동을 하려면 자기만의 개인적인 관심사는 일단 제쳐놓고 성실히 협조해야 합니다. 아무리 자기중심적이고 자기만 알며 자기 멋대로만 하려는 아이라도 말이지요.

당신 아이가 비협조적인 태도를 보이는 데는 몇 가지 이유가 있을 수 있습니다. 수줍음을 타거나, 남을 의식하거나, 집이나 학교에 복잡한 문제가 생겨 정신이 없거나, 혹은 경험부족으로 기본적인 사교술이 부족하거나, 너무 응석받이로 버릇없이 자라서 자신이 세상에서 최고라고 생각하기 때문일 수도 있습니다. 그러니 나누거나 협조하는 일의 필요성을 느끼지 못하는 것입니다.

협동이란, 크건 작건 팀, 가족, 단체를 위해 일하는 것입니다. 그런 일에서는 누구라도 자신이 우선일 수 없으며, 누굴 이기고 자기 몫을 할당받거나, 팀과 의견절충의 절차 없이 자기 멋대로 일을 결정하거나 처리할 수 없습니다. 더불어 당신의 소망이나 염원보다는 다른 사람의 감정이나 관심사를 먼저 인정해주어야 합니다.

협동, 친절, 배려 같은 덕목을 배운 아이들은 그렇지 않은 아이들보다 학교나 가정, 나아가 인생에서 성공할 수 있는 기회를 훨씬 많이 가질 수 있습니다. 바로 이것이 당신 아이의 비협조적인 태도를 바꿔야 하는 이유입니다.

나쁜 태도 경계하기

우리는 실질적인 상호관계 속에서 직·간접적인 협조가 중시되는 시대에 살고 있습니다. 당신 아이의 비협조적인 태도를 고치려면, 지금 당장 시작하십시오. 당신 아이가 행복과 성공을 향해 발걸음을 내딛길 원한다면 말입니다.

진 단 우선 다음 5가지 질문에 답해보세요.

● **언제 _** 당신 아이가 특별히 비협조적인 태도를 취하는 특별한 때가 있나요? 예를 들면, 체육시간이나 스카우트모임, 유치원이나 놀이방에 갈 무렵, 그룹 스터디 시간 등에 말입니다. 만일 그렇다면 아마도 아이가 소외감을 느끼고, 잘 해나갈 능력이 없거나, 그런 곳들보다는 집에서 더 안도감을 느끼며 다른 아이들과 경쟁하기 싫은 이유가 있을지도 모릅니다.

● 어디서 _ 학교, 연습장, 유아원, 스카우트, 놀이그룹, 특정 친구나 친척집 등 당신 아이가 그런 태도를 좀더 과시하려 드는 곳이 있나요? 있다면 이유는 무엇일까요?

● 누구에게 _ 당신 아이가 모든 사람에게 똑같은 태도를 취하나요? 그런 태도를 연하의 친척, 연상의 동료, 교사, 코치 등 일부 사람들에게 더 과시하려 하나요? 그렇다면, 왜 일부에게 그런 태도를 보이고 다른 사람들에게 그렇게 하지 않나요?

● 무엇을 _ 당신 아이의 태도를 정확하게 진단한다면 비협조적이라는 말이 옳다고 여기나요? 그렇다면 정확하게 아이의 어떤 행동이나 말이 비협조적이라고 생각되나요? 다음에 열거하는 특징들은 아이들이 보이는 비협조적인 태도입니다. 당신 아이가 해당되는 곳에 전부 체크하고 당신이 우려하고 있는 다른 행동이 있으면 목록에 적어보십시오.

　　□ 남과 교대로 하지 않습니다.
　　□ 함께 나누지 않습니다.
　　□ 경청하지 않습니다.
　　□ 장난감, 도구, 놀이나 작업용 전자기기를 독차지합니다.
　　□ 잘난 척하거나 그룹을 좌지우지 합니다.
　　□ 남과 함께 일하는 것에 대해 불평합니다.
　　□ 전혀 타협하지 않습니다.
　　□ 매사를 제멋대로 하려듭니다.
　　□ 팀원으로서의 임무를 소홀히 합니다.
　　□ 따지기 좋아합니다.

☐ 요구사항을 자기방식으로 즉시 처리하길 주장합니다.

☐ 남의 요구사항을 이행하지 않습니다.

☐ 남을 비판합니다.

☐ 자신이 원하는 바를 남에게 하라고 지시하는 등 윗사람처럼 행동합니다.

☐ 남들이 하고 싶은 게 뭔지 절대 물어보지 않습니다.

☐ 남과 원만하게 일하지 못합니다.

☐ 협상을 꺼립니다.

● 왜 _ 당신 아이는 어째서 그토록 비협조적인가요? 협조하는 법을 모르나요? 자신이 무시당한다고 생각하나요? 이기적이고 버릇없는 아이인가요? 항상 자기 멋대로 하려 드나요? 다른 아이에게 잘 휘둘려서 자신이 뭔가 할 수 없다고 생각하나요? 협조를 기대하지 않나요? 당신 요구에 응하지 않고 피하는 것이 습관화 되었나요? 아이가 수줍어하고, 불안정하며, 단체에서 일한 경험이 부족하거나 사교적이지 못하나요? 지치고 아프다든지 하는 다른 문제로 고민하나요? 그런 태도를 보이는 이유가 무엇인가요?

당신 아이가 그런 태도를 취하게 된 이유에 대해 당신은 어떤 진단을 내렸나요? 아이를 잘 아는 다른 어른들이 동의한다면, 그들과 의논해보세요.

당신의 반응에는 아무런 문제가 없나요?

당신 아이의 비협조적인 행동에 대해 당신은 대체로 어떤 반응을 보이나요? 그냥 무시하나요? 타이르나요? 벌을 주나요? 엄한 표정을 짓나요?

아이가 응할 때까지 아이 옆에 앉아 있나요? 말씨름을 하나요? 아이의 나쁜 태도를 제지하는 데 그 방법이 효과가 있나요? 그렇다면 왜 그럴까요? 만일 효과가 없었다면 그 이유는? 당신의 반응에 대해 아이는 으레 어떻게 반응하나요?

당신 아이의 비협조적인 태도를 멈추게 하는 데 전혀 효과가 없는 방법을 당신이 계속 사용하지는 않았나요? 그것은 어떤 방법이었나요? 그런 방법을 다시는 사용하지 않도록 다음 빈 칸에 써보세요.

나는 다시는 _______________________________ 하지 않겠다.

당신 자신의 나쁜 태도를 직시하라

아이들은 모든 것을 부모에게서 배웁니다. 아이가 좀더 협조적이길 원한다면 그러한 태도를 의식적으로라도 보여주는 게 가장 쉬운 방법입니다. 그러면 아이는 모방할 수 있는 모델을 갖게 됩니다. 이를 위한 첫 단계로, 당신의 행동 중 고쳐야 할 점을 확인해야 합니다. 우선 위에 제시되었던 비협조적인 행동 체크리스트를 다시 읽고 당신에게 해당되는 행동을 모두 표시한 후 당신 스스로 개선시킬 수 있는 행동 한 가지를 택하십시오.

당신 아이의 비협조적인 태도 개선에 도움을 줄 수 있도록 당신이 우선적으로 택해야 할 단계는 어떤 것인가요? 아래에 당신에게 필요한 변화를 써보세요.

나는 앞으로 절대 _____________________________ 을 하지 않겠습니다.

나쁜 태도, 이렇게 바꾼다

당신 아이의 비협조적인 태도를 고치기 위해 다음 단계를 따르십시오.

1단계 – 협동의 가치를 가르쳐라

아이의 비협조적인 태도를 바로잡기 위해서는 아이에게 협동의 가치를 확실하게 인식시켜 주어야 합니다. 시간을 갖고 협동의 의미와 타인에게 끼치는 긍정적인 영향을 설명하고, 협동정신을 갖출 경우, 아이 자신의 생활에도 여러모로 좋은 영향이 되어준다는 것을 설명해주십시오. 끊임없이 상기시키기 위해 아이와 함께 포스터 제작을 해보는 것도 좋으니 고려해 보세요. 거기다 가족들이 서로 주고받을 수 있는 여러 가지 협력활동을 적어보고 다음의 몇 가지 사항에 대해 토론도 해보세요.

- "협조하면 다른 아이들이 기뻐한다."
- "네가 비협조적이고 같이 사용하지 않거나 교대로 하지 않으면, 다른 사람이 서운해서 너와 함께 놀고 싶지 않을 거야."
- "협동은 일을 완성하고 목적을 달성하는 데 가장 효과적인 방법이기 때문에 너의 인생에 이득을 준다."
- "협동은 세상을 더욱 멋지고 평화롭게 만든단다. 사람들이 서로 화목하게 살도록 도와주잖니?"
- "협조한다는 것은 자신은 물론 남까지도 배려한다는 걸 의미한다. 이는 멋진 사람이 되기 위한 중요한 요소 중 하나다."
- "팀원으로 여러 사람들과 함께 일하면 더 큰 성취감을 맛볼 수 있다. 네가 적극적으로 협조하고 일을 분담하니까."

최신 뉴스나 역사, 재계, 정계, 그리고 지역사회에서의 범례를 찾아보십시오. 건국할 때 제헌위원들이 팀원으로서 중대한 문제를 어떻게 해결했는지 함께 책을 읽어보십시오. 또한 제2차 세계대전 때 연합군, 유엔, 그외 다른 스포츠나 연예계의 유명한 팀워크 사례를 찾아보는 것도 잊지 마십시오. 어린아이들에겐 거주지역의 여러 단체에 관해 이야기해주고 당신 아이를 안전하게 보호하기 위해 함께 일하는 교사나 경찰, 병원에 근무하는 의사와 간호사, 그리고 소방대원 같은 사람들에 대해서 설명해주십시오.

2단계 – 협조를 기대하라

협조적인 아이들의 부모는 자녀가 그렇게 되길 기대한다는 연구보고가 있습니다. 그러므로 협동심을 고취시키기 위해서는 가정에서 협동을 최우선 순위에 두는 것이 가장 좋은 방법이며 빨리 시작할수록 효과가 좋습니다. 먼저 규칙을 정하고 가족 중 누구든 비협조적인 행동을 하면 용납할 수 없다는 것을 강조하십시오. 그런 다음에도 비협조적인 태도가 보이면, 안 된다고 소리치십시오.

- "그건 비협조적이야. 친구들과 같이 갖고 놀아야지. 다시 해보렴."
- "우리 집에선 다들 협력하잖니. 넌 한 번 했잖아. 이젠 네 친구 차례야. 협조하지 않으면 못 놀게 할 테다. 네 친구를 집에 가라고 할 거야."
- "네 친구가 너를 그렇게 대하고 장난감을 더 갖고 놀면 기분이 어떻겠니? 다음엔 같이 잘 놀아야 돼."

3단계 – 협동술을 가르치고 기회를 찾아 연습시키라

협동하는 데도 기술, 예를 들어 상대방과 교대로 또는 함께 사용하기, 남의 말 경청하기, 줄 서서 기다리기 등의 기술이 필요합니다. 물론 아이

들에게도 협동술을 가르쳐야 합니다. 그러기 위해 우선 아이가 습득해야
할 협동술 한 가지를 선택한 후 식료품점에서 줄서서 기다릴 때, 놀이 그
룹에 참가할 때, 청소할 때 등을 이용해 반복해서 연습하게 하십시오.

다음은 부모가 아이에게 새로 익힌 바른 태도를 어떻게 훈련시키고 있
는지에 대한 실례입니다.

- **교대로 하기** : "오늘 친구와 컴퓨터를 교대로 하렴. 처음엔 친구 차
  레고, 그 다음엔 너, 또 그 다음엔 다시 친구, 그렇게 말이야. 그러면
  더 재미있게 놀 수 있단다. 친구도 매우 기뻐할 거야."
- **팀워크** : "오늘은 형을 도와 일찌감치 청소를 끝내는 게 어떻겠니?
  둘이 힘을 합쳐 열심히 하면 더 빨리 끝낼 수 있을 것이고, 청소를 다
  마치면 오후에 영화도 보러갈 수 있잖니?"

4단계 – 기본원칙을 정하고 함께 나누길 기대하라

함께 나누는 것은 중요한 협동술입니다. 협동을 가정생활의 기본원칙
으로 정하십시오. 아이들은 그 원칙을 지키며 나눠 쓰고 교대로 하길 바라
는 부모의 마음을 알게 될 것입니다. 이 때 그러한 부모의 기대를 아이들
에게 확실히 알리는 것도 잊어서는 안 됩니다. 물론 함께 나누는 법을 잘
소화하지 못하는 아이들도 있습니다. 다음은 아이들의 언행일치 교육에
도움이 되는 조언들입니다.

- **타이머를 사용할 것** : 함께 나누는 걸 특히 어려워하는 아이들에게는
  우선 이렇게 해보십시오. 손목시계나 모래시계를 이용하여 자기 차
  례가 얼마나 남았는지 알게 해줍니다. 큰아이들에게는 자기 손목시
  계의 분침을 이용하게 해도 됩니다. 그런 후 장난감 등 한 가지 품목

을 여럿이 가지고 놀되 한 사람이 사용할 수 있는 시간을 정해줍니다. 단 몇 분이겠지만 아이의 동의를 받아야 합니다. 사용시간이 끝나면 그 품목은 다음 차례의 아이에게 넘겨줍니다.

- **귀중품은 치워둘 것** : 아이의 물건 중에, 아이가 특히 아껴서, 친구들과 함께 가지고 놀기 싫어하는 물건이 있다면 아예 친구가 오기 전에 일찌감치 치워두라고 하십시오. 그러면 물건으로 인한 분쟁의 소지를 없앨 수 있습니다. 그러나 자신의 부주의로 미처 치워두지 못한 것은 함께 사용해야 함도 일러두셔야 합니다.

- **자신의 소유물만 함께 사용하게 할 것** : 친구가 형의 물건을 갖고 놀기를 원한다면 기분이 상하지 않게 거절하는 방법도 알아야 합니다. 그러므로 그럴 때는 이렇게 말하게 하십시오. "미안하지만 그건 안 돼. 우리 형 물건이니 가지고 놀 수 없어."라고요.

- **보상을 바라지 않게 할 것** : 자신의 소유물을 함께 나눠썼다고 해서 그에 대한 보상을 기대해선 안 됩니다. 함께 나눠 쓰는 이유는 '서로에게 좋은 것이 가장 좋은 것이기' 때문입니다.

- **공유기기의 가치를 활용할 것** : 컴퓨터, 도구, 과학기술 등은 모두 공동작업과 작업 완성도에서 한몫을 하는 것들입니다. 현재와 같은 과학기술 시대엔 공동작업을 할 것이 많습니다. 아이에게 직접 보여줄 기회를 만들어 주십시오. 예를 들면, 이메일 목록 공유, 이메일과 웹 사이트 링크개설, 컴퓨터파일 공유, 핸드폰망 구축, 가족과 친구를 위한 웹 사이트 만들기 등이 있습니다.

온 가족이 참여할 수 있는 '가족협동 프로젝트'를 만드십시오. 당일 여행이나 가족휴가, 또는 춘계 대청소 계획도 좋습니다. 무엇이든 여러 명이 협조하는 단계를 거치면 아이들은 자연스레 함께 일하는 과정을 경험하게 됩니다. 다음은 협동이 필요한 '가족창고세일'을 여는 법에 관한 참고자료입니다.

1. 가능한 프로젝트를 브레인스토밍 한 후 투표를 거쳐 다수결로 결정합니다. 컴퓨터를 통해 함께 아이디어를 모색하는 방법도 있으며 프로젝트를 위한 웹 사이트도 개설할 수 있습니다.
2. 가족 모두에게 큰 쓰레기봉투나 상자를 주고 옷, 게임기, 책 등 자신이 팔고 싶은 물건을 담게 합니다.
3. '창고세일' 한다는 광고지를 만들어 집 주변에 붙이게 합니다. 또는 컴퓨터로 광고를 제작한 후 프린트합니다.
4. 온 가족이 상의해 물건값을 정한 후 가격표를 부착합니다.
5. 판매 당일 아침 일찍 일어나 집 앞 잔디 위나 테라스에 판매할 물건을 진열합니다. 큰 아이들은 물건이 팔리면 계산 담당 동생들을 도와줍니다.

판매가 끝나면 판매에 의한 수익금을 어디에 쓸 건지 의논합니다. 각자가 번 돈을 가질 것인지 돈을 똑같이 나눌 것인지, 기금을 조성해 가족 이름으로 쓸 것인지를요. 이런 과정을 통해 가족들은 즐거움을 느끼고 돈도 벌뿐 아니라, 협동의 가치를 배우게 됩니다. 물론 안 팔린 물건은 가족투표로 결정된 자선단체에 기증해도 좋습니다.

태도 개선을 위한 다짐

당신 아이가 협동심을 익히고 그런 태도를 오래 간직하도록 하기 위해 당신은 무엇을 계획하고 있나요? 24시간 안에 해야겠다고 생각한 것을 적어보세요.

나는 앞으로 ____ 할 것이다.

태도 개선 상황 기록하기

태도를 바꾸는 데는 많은 노력과 부단한 연습, 그리고 부모의 도움을 필요로 합니다. 변화를 향한 당신 아이의 한 걸음 한 걸음이 비록 사소한 것일지라도 매번 인정하고 축하해주십시오. 결과를 제대로 알려면 최소한 21일이 걸립니다. 그때까지 절대 포기하지 마십시오! 한 가지 전략이 효과가 없었다면, 다른 전략을 시도해보십시오. 아래 빈칸에 당신 아이의 매주 진전사항을 기록하고 당신의 '태도변화 일지'에 매일 매일의 진전과정을 기록하십시오.

1주 : ____

____

2주 : ____

____

3주 : ____

____

검토와 진행중인 태도 개선

아이의 태도 중 여전히 개선이 필요한 부분이 남아있나요? 어떤 노력을 더 할 필요가 있나요?

나쁜 태도 언론 속보

'국제스포츠관리협회'는 'AP연합'과의 인터뷰에서, 최근 경기운영 심판이 학부모나 관중들로부터 공격을 당하는 경우가 빈번함을 강조하면서 최근에도 일주일 동안 두세 번 정도 일어났다는 사실을 밝혔습니다. 공격의 형태는 언어폭력에서부터 성난 부모의 차량 탈선까지 다양하며 적어도 163개 도시에서 운영되는 '어린이 스포츠 프로그램'은 부모의 저급한 공공의식을 우려한 나머지 부모에게 아이의 경기에 참석하기 전에 부적절한 행동을 하지 않겠다는 서약을 요구하고 있다고 밝혔습니다. 당신도 아이들 앞에서 비겁한 패배자의 모습을 보입니까?

감사할 줄 모름

권장태도 : 감사, 예의

보바 박사님께

남편과 저는 저희 아이들을 행복하게 해주기 위해 정말 열심히 일하고 있습니다. 저희는 항상 아이들을 우선적으로 배려하고 저희가 어렸을 때 누리지 못한 것들을 누리도록 해주었습니다. 그런데 그 애들은 날이 갈수록 더 많은 것을 원하며 남들이 가진 것은 꼭 가져야만 직성이 풀리나 봅니다. 어떻게 하면 저희 아이들이 좀 더 감사하는 마음을 갖고 자신들이 받은 축복에 기뻐하도록 만들 수 있을까요?

이런 건 나쁜 태도야!

- "엄마, 난 가기 싫은데 할머니가 날 또 디즈니랜드에 데려가려고 한단 말이야, 그렇지만 전에도 가봤잖아."
- "선생님이 방과 후 내 공부를 봐주는 건 알지만, 보수를 받잖아."
- "내가 왜 감사카드를 써야 돼? 그 애한테 벌써 고맙다고 말했는데."

아이와 함께 자선활동에 참가, 자원봉사를 하십시오. 예를 들면 고아원에서 아이들과 놀아주기, 시각장애우에게 책 읽어주기, 비용이 저렴한 집짓기, 거동이 어려워 외출을 못하는 사람들에게 음식 배달하기 등이 있습니다. 자신보다 훨씬 더 안락하지 못하며 불편하게 살고 가진 게 없는 사람들도 보여줘야 합니다. 가난, 궁핍, 불행을 실제로 경험하면, 자신이 받은 모든 것을 축복으로 알며 감사하는 마음을 오래 간직할 수 있습니다. 또한 행복이란 물질의 많고 적음으로 가늠할 수 있는 것이 아니라는 진리도 깨닫게 할 수 있습니다. ✚

아이들이 감사한 마음을 갖는 데 방해가 되는 요인들은 도처에 널려있습니다. 우선, 무분별하게 소비를 조장하고 있는 대중매체의 홍수 속에서 아이들은 자신이 가진 것의 정도를 가늠할 기준을 잃습니다. 끝없이 가져야 하고 새로 나오는 상품은 모두가 다 필요한 것이라는 착각에 빠집니다. 바쁜 생활에 쫓기며 아이들과의 시간을 갖지 못해 죄책감을 느끼는 부모들은 죄책감에서 조금이나마 벗어나기 위해 아이들에게 최신형, 최고급품의 물질세례를 퍼붓습니다. 그런데 부모의 그런 친절들을 아이들이 고마워할까요? 천만의 말씀입니다. 그런 과정에서 자란 아이들은 자신들이 누리는 축복을 깨닫거나 감사의 마음을 느낄 겨를도 없이 세상에서 가장 좋은 것만을 기대하는 생활양식을 갖게 됩니다. 나머지 99퍼센트의 사람들에겐 불가능한 것을 말입니다.

재산, 건강, 개인적 환경 등을 막론하고 삶에 감사할 줄 아는 아이가 가장 행복하다는 연구결과가 있습니다. 감사는 아이들에게 이기심과 질투심을 버리고 행복하고 정서적으로 안정된 삶을 살게 합니다. 그러니 서두르십시오. 감사를 모르는 당신 아이의 나쁜 태도를 감사와 고마움, 예의의 덕목을 갖춘 아이로 변화시켜야 할 때입니다. 시작은 빠를수록 좋습니다.

나쁜 태도 경계하기

지금 당장, 감사를 모르는 무지를 퇴치하는 전쟁을 시작해야 합니다. 그리고 시작할 때 잊지 말아야 할 점은 먼저 문제의 원인을 우선 분석하는 것입니다.

진 단 다음 몇 가지 질문을 통해 당신은 감사를 모르는 당신 아이에 대해 가장 우려하는 문제점을 정확하게 진단할 수 있으며, 효과적인 교정방안을 강구할 수 있습니다.

☐ 누군가 친절한 행동을 보여도 감사할 줄 모릅니다.
☐ 생활이 부유하고 특혜 받았다는 사실을 잘 잊습니다.
☐ 남의 재산을 부러워하거나 시기합니다.
☐ 남에게 감사하라고 일러줄 사람이 필요합니다.
☐ 자신의 안전, 안락, 건강을 당연하게 여깁니다.
☐ 자신이 받은 축복에 만족할 줄 모르며 더 많은 것을 요구합니다.
☐ 선물 또는 친절한 행위를 주고받기 싫어합니다.
☐ 특권과 풍요함을 누리는 건 물론 많은 재산도 소유할 자격이 있다고 생각합니다.

당신 아이가 감사하는 마음이 부족한 데 대해 당신은 어떤 점을 가장 염려하나요? 당신에게 감사할 줄 모르는 아이의 태도를 길들일 수 있는 복

안(마음속에 품은 생각)이 있나요? 아이가 왜 그런 태도를 취하는지 다음 질문에 답해보면 이해가 될 것입니다.

● **언제** _ 당신 아이가 특별히 감사하지 않는 날이나 주일, 계절 또는 해(年)가 있나요? 그 이유는? 선물을 받을 땐 어떤가요? 자신이 받은 선물에 대해 고마워하나요?

● **어디서** _ 아이가 감사하고 싶어 하지 않는 특정장소가 있나요? 예를 들면, 학교, 집, 생일 파티나 휴가 때 방문한 친구나 친척집 등. 그 이유는 무엇인가요?

● **누구에게** _ 당신 아이가 모든 사람에게 똑같이 감사할 줄 모르나요? 그런 태도를 보이지 않는 사람이 몇 명이라도 있나요? 그렇다면, 그는 누구이며 왜 그런 태도를 보이지 않을까요?

● **무엇을** _ 당신 아이가 특히 감사할 줄 모르는 특별한 문제점이나 대상이 있나요? 친구에게 지지 않으려고 뭔가를 소유하려 드나요? 상대방에게 불안감을 주려고 그러나요? 형제나 다른 뭔가를 시기하나요?

● **왜** _ 당신 아이는 왜 그런 태도를 갖게 되었나요? 단지 버릇이 없어서인가요? 오로지 물질만을 중시하는 교육을 받았나요? 감사하지 않고 얻는 이득이 무엇이기에 당신 아이는 그런 태도를 고수하나요?

이제 당신이 내린 결론을 검토해보세요. 당신 아이의, 감사를 모르는 태도를 더 잘 이해하게 되었나요? 아이의 태도에서 어떤 패턴을 분석해 냈나요? 이유는 무엇인가요? 그 답을 당신 스스로에게 물어보세요.

당신의 반응에는 아무런 문제가 없나요?

감사할 줄 모르는 아이의 태도에 대한 당신의 반응은 어떠했는지를 곰곰이 생각해보세요. 당신이 아이에게 특혜나 선물을 주었는데 고마워하지 않았던 최근의 일을 생각해보세요. 당신이 그런 태도를 지적했을 때 아이는 어떤 태도를 보였나요? 아이의 태도에 당신은 어떤 반응을 보였는가도 기억해보세요. 감사할 줄 모르는 아이의 태도를 바꿔주거나 누그러뜨릴 수 있는 방법이 있었나요?

그 무엇이 아이의 감사하는 마음을 잠재우나요? 당신은 당신도 모르는 사이에 아이의 그런 태도를 허용하고 있는지도 모릅니다. 아이의 뜻에 양보한다든지, 남으로부터 받은 선물이나 친절행위에 감사하라는 말을 전혀 안한다든지 하는 등 말입니다. 그런 반응은 당신 아이를 버릇없는 응석받이로 만들 수도 있습니다. 당신이 아이에게 보인 반응 중 다시는 행하고 싶지 않은 한 가지만을 골라 적어보세요.

나는 다시는 ________________________ 하지 않겠다.

당신 자신의 나쁜 태도를 직시하라

당신 부모는 당신에게 감사하는 마음을 심어주었나요? 그랬다면, 어떤 방법으로 했나요? 그들이 당신처럼 재물과 특권을 중시했나요? 아니면 사랑이나 대인관계의 중요성 같은, 삶의 정신적인 면에 가치를 두도록 당신을 독려했나요? 당신이 부모님께 받은 양육방식에 그들이 사용한 방법을 도입했나요? 어떤 방법인가요? 당신은 아이에게 어떤 방법을 먼저 사용하고 싶은가요? 그 방법을 '태도변화 일지' 에 기록해보십시오. 그 다음, 당신이 현재 취하고 있는 태도에 대해 숙고해보세요.

다음의 질문들은 당신이 어떻게 하면 아이에게 감사하는 태도를 잘 보여줄 수 있는지, 그 방안을 강구하는 데 도움을 줄 것입니다. 당신이 감사하는 항목에 체크하세요.

☐ 배우자가 당신을 도와주고 감사하다고 말하며 당신을 사랑하고 열심히 일하면서 친절하게 대해준 것

☐ 아이들이 공부를 잘하고 식사시간을 제때 지키며 말하지 않아도 청소한 데 대해, 또한 참을성 있게 기다리며 예의바르고, 감사하다고 말한 것

☐ 음식점 종업원이 서비스를 잘해준 것

☐ 식료품점 직원이, 구매한 식품을 포장해 주고 차로 배달까지 해준 것

☐ 상대방 운전자가 양보해주고 주차 시 인내심 있게 기다려준 것

☐ 아이 돌보는 사람이 아이를 잘 봐준 것

☐ 모르는 사람이 열린 문이 안 닫히게 잡아주고, 줄 서서 기다리는 동안 당신 자리를 봐주며, 즉석에서 친절하게 도와준 것

☐ 자신의 건강, 가족, 친구, 가정, 그리고 영성(靈性) 등 무한한 축복을 받은 것

아이들이 감사를 배우는 순간은, 다른 사람들이 매일 예기치 않은 순간에 감사표시를 하는 모습을 볼 때입니다. 그런 사례를 보면 아이들은 금세 모방합니다. 당신의 아이는 다른 사람이 당신이나 사랑하는 가족에게 베푼 친절에 대해 당신이 가볍게 포옹하며 고맙다고 말하거나, 쪽지

를 써서 감사표시 하는 모습을 얼마나 자주 보나요? 당신이 매사에 무척 감사한다는 것을 아이에게 얼마나 자주 말해주나요? 아이에게 더 나은 감사의 본보기가 될 간단한 방법 한 가지를 생각해보세요.

아이의 태도를 바꾸기 위해 당신이 24시간 내에 해야 할 일들을 기록해보세요.

나는 앞으로 ______________________________________ 할 것이다.

나쁜 태도, 이렇게 바꾼다

감사할 줄 모르는 당신 아이의 태도를 고치기 위해 다음의 7단계를 따르도록 하십시오.

1단계 – 한계를 정하라

당신의 아이에게 과도한 물질공세를 퍼부으면서 아이를 응석받이로 키우지 마세요. 너무 많은 것을 소유한 사람은 감사함을 모르게 됩니다. 그러니 아이에게 "안 된다!"라고 말하는 것에 죄의식을 느끼거나 주저하지 마십시오. 아이들이 원하는 바를 다 들어주는 것이 절대 미덕은 아닙니다.

2단계 – 감사하다고 말하라

사실 아이들은 하루 종일 사려 깊은 행동을 많이 합니다. 다만 어른들이 이를 자주 간과해버리는 것이지요. 이제는 그러지 마십시오. 당신이 감사하다고 표현하는 것을 아이가 많이 듣고 볼수록 아이 마음에는 감사의 마음이 고양됩니다.

고마움을 확실하게 표현하십시오. 친절한 행동을 보며 자란 아이들은 그것을 모방하며 자신들이 감사해야 할 사람들에게 잊지 않고 '감사 메시지' 를 보낼 것입니다.

- "세홍아, 쓰레기를 잊지 않고 내놨구나. 고맙다. 도와줘서 정말 고마워."
- "인성아, 쉬게 해줘 고맙다. 직장에서 무척 힘들었는데, 생각해주니 정말 고맙구나."

3단계 – 아이가 남을 즐겁게 하는 일에 초점을 맞추게 하라

감사하는 마음은 개인이 아닌 다른 사람의 필요를 중심으로 생각할 때 생깁니다. 아이의 시선을 다른 사람들이 고마워하는 일에 맞추게 하십시오. 그것은 아이가 감사하는 것이 어떤 건지 이해하게끔 독려해주는 강력하고도 쉬운 방법입니다. 다음의 예를 참조하십시오.

부모_ "삼촌이 우리 집에 이틀 동안 와 계시잖아. 삼촌이 제일 고마워하는게 무엇일 것 같니?"

아이_ "어제 삼촌하고 대화하니까 아주 기뻐하셨어요."

부모_ "네 말이 맞아! 오늘 또 그렇게 하면 삼촌이 정말 고마워할 거다. 삼촌이 기뻐하는데 또 못할 거 없잖니?"

4단계 – 상대방이 감사하는 마음을 상상으로 느껴보게 하라

당신 아이에게 감사하는 마음이 주는 영향을 이해시키는 길은, 친절한 행위를 받는 상대방이 어떻게 느낄지 상상해보게 하는 것입니다. 이모가 준 생일선물을 받고 감사카드를 보냈다고 가정해봅시다. 아이를 이모라 가정하고 감사카드를 받았을 때, 이모 감정이 어떨지를 느껴보게 하는 겁니다. "네가 이모라고 가정하자. 네가 우편함을 열고 이 카드를 본 거다. 카드를 읽으면 느낌이 어떻겠니?"

5단계 – '감사합니다'라는 말을 하도록 요구하라

남에게 감사카드를 쓰는 것은 아이들에게 감사하는 습관을 길러주고 자신의 감정뿐 아니라 타인의 감정까지 고려하는 법을 가르치는 또 하나의 방법입니다. 어른이라면 반드시 이를 아이들에게 가르쳐야 합니다. 대부분의 부모가 지닌 문제점은 아이들에게 감사의 말을 대충 힘들이지 않고 쓰게 하는 데 있습니다. 한 가지 방법은 아이들에게 그들 나름대로 감사법을 만들어보게 하는 것입니다. 아이들을 위한 독창적인 감사 아이디어에 다음과 같은 내용이 포함될 수 있습니다.

- 비디오테이프 : 감사의 말을 전하는 사람을 비디오로 제작합니다.
- 사진 : 선물 받은 옷을 입거나 선물을 가지고 노는 아이 사진을 찍습니다. 사진을 확대하면 즉시 사용할 수 있는 우편엽서가 됩니다. 엽서 뒤에 간단한 내용과 주소를 쓴 다음 부칩니다.
- 퍼즐 : 카드지에 감사의 말을 쓴 다음 조각그림 맞추기처럼 여러 조각으로 자릅니다.
- 글자 시리얼 : 카드지에 M&M 초콜릿이나 글자 시리얼로 '감사하다'는 말을 만들어 풀로 붙입니다.

6단계 – 가족 감사의식을 행하라

아이들에게 감사하는 마음을 각인시킬 수 있는 가장 좋은 방법은 '가족의식'을 행하는 것입니다. 그런 의식을 통해 가족은 매일 축복받은 일을 확인하고 간과하지 않게 됩니다. 다음은 감사의식의 예입니다.

- 감사기도를 가족끼리 식사 전에 드립니다.

- 식사 후 잘 먹었다는 인사를 나누고 각자 그날 있었던 고마운 일 한 가지씩을 얘기하고, 그 이유도 말해봅니다.

- 잠자리에 드는 의식으로 아이와 가벼운 포옹, 굿나잇 키스를 한 후 서로 고맙다는 말을 주고받습니다.

7단계 – 기증을 요구하라

감사정신은 경험을 통해 길러진다는 연구보고가 있습니다. 아이들에게 남에게 무언가를 기증하는 기회를 마련해주십시오. 그런 순간을 통해 아이는 다른 사람들이 자신의 친절에 얼마나 고마워하는지 알게 될 것이며, 더욱 감사의 미덕을 행하며 마음에 깊이 잘 각인시킬 것입니다.

집에서 과자를 구워 요양원에 갖다 주거나 거리를 청소하는 이웃 노인을 돕는 일, 더 이상 읽지 않는 아동도서를 고아원에 갖다 주거나, 외로운 친척이나 친구를 찾아볼 수도 있습니다. 실천적인 기증태도야말로 아이들이 감사의 위력을 빠르고 옳게 인식할 수 있는 최선의 방법이며 고마운 선물입니다.

처음 21일 동안 지켜야 할 일

가정에서 '축복 헤아리기 운동'을 전개하십시오. 어린아이들을 위해서는 저녁모임을 관례화시켜 온 가족이 하루일과 중 적어도 한 가지 일에 감사하는 마음을 갖도록 장려합니다. 사실, 아이들은 작은 친절에도 크게 감사할 준비가 되어 있다는 것을 아십시오. 큰아이들에게는, 매일 자신의 행동이나 감사태도, 또는 삶에 대한 축복에 감사하는 모습을 목격한 사실을 일기로 기록하게 하십시오. 또 한 가지 아이디어는, 가족, 학교, 친구 심지어 전혀 모르는 사람에게라도 아무거나 하루 한 가지씩 친절한 행동을 하도록 아이들을 독려하는 것입니다. 계획을 세우든 자연스럽게 행하든, 하루가 지나기 전에 이 일에 대해 서로 이야기를 나누도록 합니다. 아이들에게 '아름다운 세상을 위하여(Pay it Forward)'라는 영화를 보도록 권하십시오.

태도 개선을 위한 다짐

이 책을 잘 활용하면 당신 아이를 감사할 줄 아는 아이로 만들수 있을 거라는 확신이 드나요? 아래 빈 칸에 좀 더 감사할 줄 아는 태도를 가진 아이로 변화시키기 위해 24시간 내에 당신이 하고자 하는 바를 정확하게 기록해보세요.

나는 앞으로 ______________________________ 할 것이다.

태도 개선 상황 기록하기

모든 태도 변화는 많은 노력과 부단한 연습, 그리고 부모의 채찍을 필요로 합니다. 변화를 향한 아이의 시도가 비록 사소한 것일지라도, 매번 인정해주고 축하해주십시오. 결과를 제대로 알려면 최소한 21일이 필요합니다. 그러니 포기하지 말고 한 가지 방법이 효과가 없었다면 다른 전략을 쓰십시오. 아래 빈 칸에 아이의 매주 진전사항을 기록하고 당신의 '태도 변화 일지'에 빠짐없이 기록하십시오.

1주 :

2주 :

3주 :

결과 검토와 진행중인 태도 개선

아이의 태도 중 여전히 개선이 필요한 부분은 어떤 부분인가요? 어떤 노력을 더 할 필요가 있나요?

도울 줄 모름

권장태도 : 도움, 부지런함, 관대함

도움, 부지런함, 관대함

보바 박사님께

일곱 살짜리 저희 아이가 몹시 버릇없다는 걸 알았습니다. 도움을 청할 때마다 '설마' 하는 듯한 얼굴을 하더군요. 오늘은 제가 점잖게 저녁식탁을 치워달라고 부탁했더니 뻔뻔스럽게도 돈을 얼마 줄 건지 묻더군요. 자녀가 도와주길 기대하는 게 무리일까요? 요즘은 엄마라기보단 마치 어린이 전용 은행원이 된 듯한 기분이 든답니다.

이런 건 나쁜 태도야!

- "아빠, 난 너무 바빠. 아빠가 대신 해줄래요?"
- "쓰레기 버리는 일은 정말 지겨워."
- "낙엽을 쓸면 얼마 줄래요?"

전 가족이 모여 공개토론을 하여 가족들의 청소 분담 내용을 상세히 적은 스케줄에 동의를 구하십시오. 청소목록을 분명하고 구체적으로 작성해야 합니다. 접시 닦기, 주방 청소하기, 가구 먼지 털기, 스펀지로 조리대 닦기, 애완동물 먹이주기 등 기본적인 일을 스케줄에 포함시켜 어린아이와 큰아이에게 적절히 청소 분담을 하십시오. 그 다음부터는 아이들이 집안일을 적극적으로 도와주길 기대해야 합니다. 당신은 가정을 꾸려가는 것이지, 간이숙박업소를 운영하는 게 아님을 명확히 인식하고 아이들이 집세를 내지 않는 한, 집안일을 도우라고 당당하게 요구해야 합니다. ✚

최근에 사랑하는 자녀로부터 '도와주면 얼마 줄래요? 그건 내 일이 아닌데.'라는 지독한 말을 들었다면, 당신 아이는 '문제아 요소'가 있는 병을 앓고 있는 것입니다. 부차적 진단명은 '도울 줄 모름(Unhelpfulitis)'입니다. 그러니 주의하십시오. 이 병은 특히 성격발달에 치명적인 장애가 되고 가족화합에 누(累)가 될 수 있습니다.

남을 도울 줄 모르는 아이가 양산되는 요인에는 부모들이 아이들의 도움을 별로 필요로 하지 않은 탓도 한 몫 합니다. 어른들이 너무 바빠선지, 아니면 아이들이 할 일이 많아선지, 아무튼 무슨 이유에서인지 아이들이 돕지 않는 걸 부모가 그냥 봐주는 경향이 있습니다. "우리 아이는 스케줄이 꽉 차서 좀 쉬어야 돼요. 그 일은 내가 하는 편이 낫죠." "우리 아이는 학교생활이 힘들어 휴식이 필요해요."라고 하면서요.

2~4세까지의 성장기 아이들은 무엇이든지 도와주려고 합니다. 자신들이 배운 새로운 재주를 보여주며 부모를 기쁘게 해주고 싶어서지요. 그러나 불행히도 우리는 늘 부모를 돕겠다는 그들의 순진한 욕망을 활용하기는커녕 그냥 사장시키고 말았습니다. 그래서 아이들이 타고난 친절함을

발휘할 기회의 문은 닫혀버리게 된 것이지요. 일단 닫힌 문을 여는 일은 보통 힘든 일이 아닙니다. 게다가 이미 조금 커버린 아이들은 도와달라고 하면 돈을 요구하고, 부모들은 아이들 뜻에 응하기 위해 너무도 자주 지갑을 열어야 합니다. 그 결과는 뻔합니다. 돕고 지원하고 돌봐주는 태도는 점점 사라지고 이기적이며 항상 계산적이고 자기만 알게 됩니다.

아이들에게 새로운 태도를 배우게 하는 첫번째 단계는 그들을 소파에서 끌어내 집안일에 참여시키는 것입니다. 그리고 지금이 바로 그때입니다.

아이들에게 돕기, 근면, 관용의 미덕을 가르치십시오. 그것은 훌륭한 도덕성을 계발하고, 이기적이지 않으며, 사회에 공헌할 수 있는 인물로 자라는데 보탬을 줍니다. 시작은 빠를수록 좋습니다.

나쁜 태도 경계하기

부모들도 아이들의 도움을 필요로 합니다. 그러므로 아이들이 하루빨리 제몫을 할 수 있도록 가르치고 결과를 기대해야 합니다. 그것이 가정과 학교, 나아가 사회에 공헌할 생산적이며 성공적인 인간이 되도록 준비시키는 것입니다.

진단 돕지 않는 태도 역시 저절로 생기지는 않습니다. 다음 질문들을 보면 그러한 태도가 비롯된 원인을 알 수 있습니다.

● **언제 _** 아이가 특별히 도와주기 싫어하는 날이나, 주일, 달(月)이 있나요? 무슨 이유라도 있나요? 예를 들어, 일과가 너무 꽉 짜였거나 피곤한 탓인가요? 남과 불화가 있나요?

● 어디서 _ 학교, 집안, 할머니 댁 등 아이가 도와주기 싫어하는 특정장소가 있나요?

● 누구에게 _ 아이가 모든 사람에게 똑같이 도와주지 않으려는 태도를 보이나요? 아이가 그런 태도를 보이지 않는 특정한 사람이 있긴 한가요? 있다면 누구인가요?

● 무엇을 _ 아이가 유독 도와주기 싫어하는 일이 있나요? 예를 들면, 빨래, 방 청소하기, 애완동물 돌보기, 다른 형제의 일 도와주기 등 말입니다.

● 왜 _ 당신 아이는 왜 그런 태도를 갖게 되었나요? 아무도 아이의 도움을 바라지 않았나요? 누군가 집안일에서 항상 아이를 제외시켰나요? 좋은 성적, 바이올린이나 수영레슨 등을 집안일보다 우선시 했나요? 기본적인 집안일을 하도록 아무도 가르치지 않았나요? 자신이 집에서 최고이며 일할 필요가 없다는 생각을 대체 어디서 배웠단 말인가요?

자, 이제 당신의 대답을 확인해보십시오. 어떤 패턴이 보이나요? 도와주기 싫어하는 아이의 태도를 더 잘 이해하게 되었나요? 그 이유는 무엇인가요?

당신의 반응에는 아무런 문제가 없나요?

연구보고에 따르면 수십 년 전의 아이들은 현재 아이들에 비해 집안일에 훨씬 많은 도움을 주었다고 합니다. 대체 현재의 어떤 생활양식이 아이들의 도와주는 태도를 약화시켰을까요? 당신의 어떤 생활양식이 아이로 하여금 도와주지 않는 태도를 갖게 하고 있나요? 모든 일을 돈 주고 고용한 도우미에게 맡기나요? 외식을 자주해 아이들이 식기세척기가 어떻게 생겼는지조차 모르나요? 아이의 일과가 과외, 스포츠, 음악레슨, 댄스교습, 사회활동 등으로 꽉 짜여 있어 집안일을 거들 시간이 없나요? 아이를 세 살부터 시작하는 영재학교에 보내는 데 온 신경을 다 쓰다보니 돕는 미덕 같은 건 당신의 안중에도 없었나요? 당신 자신이 바쁘다보니 녹초가 돼버려 아이가 집안일을 돕도록 강력하게 주장할 힘도 없나요? 그 모든 것들이 아이의 도와주지 않는 태도에 대한 당신의 반응에 어떤 영향을 미치나요?

이제, 돕지 않는 아이의 태도에 당신이 어떻게 반응했는지 곰곰이 생각해보세요. 아이를 무시해버리나요? 그냥 봐 넘기나요? 당신이 대신 일하나요? 당신의 반응에서 아이는 무엇을 배웠나요? 아래 빈 칸에 아이의 돕지 않는 태도를 고치기 위해 당신이 다시는 하지않으리라 생각하는 점 한 가지를 기록하십시오.

나는 앞으로 절대 ________________________ 을 하지 않겠습니다.

당신 자신의 나쁜 태도를 직시하라

아이의 돕지 않는 태도가 당신의 태도를 본받은 것은 아닌지 진지하게 숙고해보세요. 다음 몇 가지 질문은, 당신의 태도가 아이의 잘못된 태도를 고양시킬지 망가뜨릴지를 평가하는 데 도움이 될 것입니다.

☐ 당신은 아이가 집안일을 도와주길 기대하나요? 예를 들어, 아이가

청소, 책임, 의무 등을 이행하나요? 당신은 그런 임무가 완수되길 시
종일관 기대하나요? 아니면 아이들이 너무 바쁘니까 집안일을 돕도
록 요구하지 않으면서 당신이 은혜를 베풀고 있다고 생각하나요?

☐ 아이들의 도움에 보상을 하며 아이들 역시 도와준 일에 대해 보상
받길 기대하나요? 돈이나 물질적인 보상이 따르면, 아이들은 늘 대
가를 기대하게 됩니다. 당신이 아이에게서 바라는 태도가 그런 것
인가요?

☐ 아이는 당신의 도움으로 맡은 일을 하나요? 아니면 돕는 정신이 부
족한 자신에 대해 변명을 하나요? 아이가 해야 할 일을 형제나 친척,
등 다른 가족이 대신 해주어 궁지를 모면하게 해줬다는 사실을 알고
있나요? 그 일이 아이에게 주는 메시지는 무엇인가요?

☐ 당신의 일솜씨가 너무 완벽해 아이가 도와주길 원치 않나요? 아이
가 일하는 게 서툴러서 당신이 다시 해야 하니 말입니다.

☐ 당신은 도와주는 태도를 높이 평가하는 사람이라는 사실을 아이들
이 알고 있나요? 아이들에게 당신의 믿음을 강조하나요? 돕기와 그
중요성에 대해 당신은 얼마나 자주 아이들에게 말해주나요?

☐ 당신은 도와준 사람들에게 항상 고맙다고 말하나요? 아니면 당연하
게 여기거나 고맙다고 말하는 걸 잊어버리나요?

아이들이 새롭고 바람직한 행동을 습득하기 위해서는 그것을 모방할
훌륭한 역할모델이 필요합니다. 그러한 모델로 가장 좋은 상대는 바로 부
모인 당신들입니다. 당신은 남의 도움에 감사하는 모습을 아이들에게 얼
마나 자주 보여주었나요? 당신 스스로 아이의 역할모델로써 부족함이 없
다고 생각하나요? 아이의 태도를 교정하기 전에 당신 스스로 남을 도와주
는 태도를 얼마나 보여줄 수 있는지 생각하십시오. 자녀에게 당신 자신의

돕는 태도를 본보기로 보여주기 위해 우선적으로 취할 단계는 무엇인가요? 기록해보세요.

나는 앞으로 _______________________________ 할 것입니다.

나쁜 태도, 이렇게 바꾼다

남을 도울 줄 모르는 아이의 태도를 바로잡기 위해 다음의 단계를 따라 해 보십시오.

1단계 – 도움을 기대하라

대부분의 부모들은 자기 아이가 부탁하거나 돈을 주지 않아도 남을 도와줄 거라고 생각합니다. 그러나 이제부터는 그런 생각을 버리십시오. 아이가 남을 잘 돕고, 가족의 일원으로서 가정에 기여하길 바란다면 당신이 그런 행동의 모델이 되고 격려하고 가르치십시오. 아이가 집안일을 부탁하면 아무런 보상 없이도 기꺼이 돕는 아이가 될 수 있도록 말입니다.

그러기 위해서는 아이도 당신이 뭘 기대하는지를 알아야 합니다. 부모로서 아이들에게 바라는 요구나 기대를 모호하게 간접적으로 말하거나, 스스로 알고 있으리라고 생각하는 건 실수입니다. 정해진 날 어떤 일에 도움이 필요한지 정확하게 구체적으로 말하고 도와주길 기대해야 합니다. 그 방법에 대한 아이디어 몇 가지를 소개합니다.

- "우리, 오늘 이모 댁에 가자. 네가 식탁 차리는 걸 도와주면 이모가 얼마나 고마워하는지 알지? 오늘도 그렇게 해보거라."
- "엄마가 곧 오실 거야. 오늘 몹시 힘드셨대. 네가 저녁식사 준비를

돕겠다고 말씀드리면 어떻겠니? 엄마가 무척 고마워하실 거야."

2단계 – 정확하고 구체적으로 집안일을 맡겨라

아이들의 태도를 고치기 위해서, 또는 아이들의 도움이 필요하다면 집안일을 더 적극적으로 도와주길 기대하십시오.

세 살짜리 어린아이도, 장난감 치우기, 애견 먹이주기, 작은 빈 깡통 버리기 등의 집안일을 도울 수 있습니다. 그러니 온갖 지혜를 동원해 아이들이 집안일을 도울 수 있는 방법을 모색하십시오. 그 다음은 아이들 스스로가 자원해서 몇 가지씩의 일을 하도록 부탁하십시오. 아이들이 자원하지 않으면, 당신이 각자에게 일을 할당하고 언제 끝내야 하는지도 상세히 일러주셔야 합니다. 아이들에게 시킬 수 있는 일 몇 가지를 제시합니다.

- **식탁 차리고 치우기** : 지저분한 그릇 헹구기, 식기세척기에 그릇 넣기, 닦은 접시 찬장에 넣기
- **정원 가꾸기** : 잡초 제거, 물주기, 낙엽 쓸기, 잔디 깎기, 테라스 청소
- **욕실** : 세면대와 세면기 닦기, 샤워기, 변기, 욕조 청소, 타월 접기
- **애완동물** : 먹이주기, 산책시키기, 빗질해주기, 목욕시키기, 청소, 깔개 교환, 함께 놀아주기
- **세탁** : 세탁물을 수거함에 넣기, 수거함 비우기, 빨랫감 구분해놓기, 세탁한 옷 정리하기
- **재활용** : 잡지류와 종이류 분류하기
- **청소하기** : 가구 먼지 털기, 진공청소기로 청소하기
- **세차** : 차 외부 물청소, 쓰레기 버리기, 진공청소기로 내부 청소하기,
- **유리창, 거울** : 스프레이 세정제로 닦기
- **쓰레기 배출** : 쓰레기통 비우기

3단계 – 돕는 법을 가르쳐라

일단 구체적인 의무를 부과한 후에는 아이들이 일을 잘 처리할 수 있도록 한 번쯤 도움을 주십시오. 그래야 아이들도 빨리 일하는 법을 터득할 수 있습니다. 아이들이 스스로 일할 수 있다는 확신이 서면 임무를 적은 차트를 냉장고에 붙이고 스스로 일하기를 기대하십시오. 아이 스스로 할 수 있는 일은 절대 거들어주지 말아야 합니다. 자신의 일을 당신이 대신 마무리한다는 걸 알면, 아이는 돕는 법, 책임감 있게 일하는 법을 결코 배우지 못합니다. 아이가 남을 도와 일하는 자세를 격려해주고 당신을 포함해 온 가족이 특정일과 특정시간(수요일 밤이나 토요일 아침 등)에 함께 열심히 일하십시오. 일이 끝나면, 축하의 뜻으로 함께 아침식사를 하든지 점심에 외식을 하고, 또는 재미있는 가족비디오를 함께 시청해도 좋습니다.

4단계 – 도와주면 꼭 고맙다고 말하라

아이들이나 다른 사람들의 행동에, 감사하다고 말하며 도와주는 태도의 높은 가치를 확실하게 설명해주십시오. 그러면 무엇이 도움이 되는지, 당신이 왜 감사하게 생각하는지 아이들이 알게 됩니다.

- "우리 막내아들이 오늘 시장보는 데 얼마나 큰 도움을 주었는지 아니? 함께 가지 않았더라면 아마 그 많은 짐을 들고 오지도 못했을 거야."
- "애야, 부탁도 안했는데 세탁물을 챙겨줘서 고맙구나! 도와줘서 정말 고맙다."

5단계 – 계속 도와주지 않으면 어떤 결과가 되는지 정하라

당신 아이가 도와주지 않으면 불러서 말하십시오. 아이의 행동을 허용할 수 없는 이유와 당신에게 거는 기대를 다시 말해준 후 강력하게 도움을 요청하십시오.

"네가 우리 가족이니까 도와주길 기대하는 거다. TV 끄고 가서 아빠가 테라스 청소하시는 걸 도와드려." 아이가 말을 듣지 않을 때 치러야 할 대가도 미리 정해두십시오.

"우리 집에선 먼저 도와준 다음에 놀아야 돼. 그렇지 않으면, 오늘 거실에 못 들어온다." 또는 적절한 벌을 정해도 됩니다. 벌은 TV나 전화, 컴퓨터같이 당신이 통제할 수 있는 것이어야 하며, 아이가 행한 잘못과 나이에 맞춰서 택합니다. 그리고 일단 말을 했으면 아이가 도울 때까지 양보하지 말아야 합니다.

6단계 – 가족이 함께 봉사할 수 있는 방법을 모색하라

도와주기를 배우는 방법은 가족이 함께 돕는 것이 가장 좋습니다.

시각장애자에게 책 읽어주기, 교육의 혜택을 받지 못하는 아이들 가르치기, 가난한 사람들에게 스프 끓여주기, 양로원에 침구 만들어다 주기 등의 봉사를 가족이 함께 정기적으로 실시하면 아이들은 사회적 책임감과 함께 남을 돕는 일이 이 세상을 어떻게 변화시키는지를 배우게 됩니다.

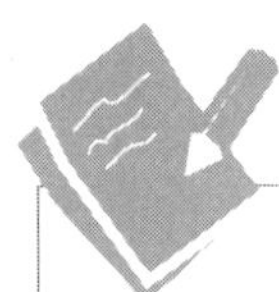

처음 21일 동안 지켜야 할 일

당신 아이에게 돕는 태도를 가르치기 위해 나이에 적합한 프로젝트를 정하십시오. 또한, 그 일은 개인의 이득을 위한 것이 아니라 타인에게 기여하는 일이라는 점을 분명히 하시고 가능하면 언제든 당신 아이의 개인적인 능력이나 관심을 활용하십시오.

예를 들어, 어린 자녀가 그림 그리기를 좋아하면, 카드를 만들어 요양원에 있는 노인들이나 사랑하는 가족에게 보내줄 수 있습니다. 또는 아장아장 걷는 아이가 꽃을 좋아하고 밖에 나가고 싶어 하면, 공원에 데려다 놓고 큰 쓰레기 봉지와 라텍스 장갑을 끼워주고 돌아다니면서 쓰레기를 줍게 할 수도 있습니다. 더 큰 아이를 대상으로 하는 프로젝트는 얼마든지 있습니다.

이웃에서 옷이나 담요를 수거해 무숙자들에게 갖다 주기, 장난감을 수거하거나 수선해 지역 자선단체에 기증하기, 어린아이들이 좋아하는 스포츠댄스나 체조 코치해주기, 수학이나 컴퓨터, 과학 등 어린 아이들에게 특별히 관심 있는 과목 가르쳐주기 등이 있습니다.

태도 개선을 위한 다짐

당신 아이를 언제 어디서나 남을 도울줄 아는 아이로 만들고 그런 태도를 오래 간직하도록 하기 위해 당신은 앞으로 어떻게 할 것인가요? 구체적인 생각을 간략하게 적어보세요.

나는 앞으로 _________________________________ 할 것이다.

태도 개선 상황 기록하기

태도 개선은 어려운 일이며, 끊임없는 연습과 부모의 지원이 필요합니다. 그러기에 아이가 변화를 향해 가는 각각의 단계에서 아무리 작은 변화를 보이더라도 인정하고 칭찬해줘야 합니다. 결과를 얻기까지는 최소한

21일은 걸리니 절대로 포기하지 마십시오! 한 가지 전략이 효과가 없으면, 다른 전략을 시도하십시오. 자녀의 주간 진전상황을 아래 빈 칸에 쓰고 당신의 '태도변화 일지'에 매일 매일의 진전상황을 기록하십시오.

1주 :

2주 :

3주 :

결과 검토와 진행중인 태도 개선

아이의 태도 중 여전히 개선을 필요로 하는 태도는 무엇인가요? 어떤 노력을 더 할 필요가 있나요?

위기를 극복하고

우리 세대의 가장 위대한 발견은
인간이 마음을 바꾸면 삶을 바꿀 수 있다는 것입니다.
– 윌리엄 제임스 *William James*

1부와 2부에서 당신은 아이가 가진 나쁜 태도가 자신과 가정, 사회에 미치는 심각성에 대해 알게 되었습니다. 최악의 태도를 개선할 목적으로 그에 적합한 저서를 읽고, 구체적인 계획을 세우고, 당신 자신의 몇몇 나쁜 태도까지도 확인해보았을 것입니다.

당신은 변화가 하루아침에 일어나지는 않는다는 사실을 깨닫고, 철저하고 냉혹하게, 그리고 끈기 있게 인내심을 가지고 헌신해왔습니다. 그 외의 모든 사람들은 '태도변화 일지'를 기록했을 것이며 정기적으로 '부모후원회' 모임을 가진 사람, 또 더 많은 자료를 찾아서 읽은 사람도 있을 것입니다. 지금 당신은 나쁜 태도를 지닌 자녀를 긍정적이고 의미 있는 태도로 변화시키기 위해 열심히 노력하는중입니다. 그리고 지금쯤은 느꼈을 것입니다. 그 변화의 끝이 머지않았으며 이제 발등에 붙은 불은 껐으므로 위기를 모면할 가능성이 커졌다는 사실을요.

저는 당신이 할 수 있다는 것을 알고 있었고 당신은 해냈습니다. 지금까지 당신이 달성한 과업은 그 무엇에 비할 수 없이 훌륭할 일이었기에 당신에게 격려와 축하의 박수를 보냅니다. 당신은 중요한 태도 개선 및 개조를 했고 필요한 사항을 더 첨가하기도 했습니다. 그러나 거기에서 끝나서는 안 됩니다. 더욱 긴 안목으로 머잖은 미래에 도래할 가족구조 형태와 토대를 구상해야 합니다. 가정이란, 당신과 아이들의 몸과 마음이 기거하는 곳이기에 개인, 가정, 사회와 더불어 살아갈 수 있는 바람직한 방법을 창출해내야 하는 것입니다.

자녀가 단순히 책을 읽거나 말한 것을 실천하기 시작했다고 해서 변화되었다고 여겨서는 안 됩니다. 우리의 궁극적인 목표는, 아이들의 나쁜 태도를 고쳐주는 것은 물론, 미래를 짊어지고 가야 할 그들에게 높은 가치관과 훌륭한 도덕적 본보기를 토대로 한 완전히 새로운 세계관을 갖도록 해주는 것입니다. 그렇게 하지 않는다면, 아이들은 다시 과거의 나쁜 태도와 아무런 목적도 없는 세계관에 빠지게 될 가능성이 크기 때문입니다.

당신 아이가 나쁜 태도로 인해 문제아가 될 고비를 넘기고 좋은 태도를 지닌 아이로 변화된다면 그야말로 당신은 바랄 것이 없을 것입니다. 하지만 당신이 자신의 견실한 지식, 경험, 도덕적 신념에 바탕을 둔 새로운 견해를 아이에게 제시해줄 수 없다면, 아이는 언제고 또다시 갈팡질팡할 것입니다. 그러니 계속 전진해야 합니다. 반발, 위급, 위기 등의 생각을 떨쳐버리기 위해서라도 말입니다.

아이의 손을 잡고 다시는 나쁜 태도라는 전염병이 걸리지 않는 세상으로 나아갑시다. 아이들의 인생에 도움이 될 긍정적이고 적극적인 인생관을 심어주고, 우리 아이들이 예의바르고 건전한 인격을 갖추어 보다 나은 세상을 펼쳐갈 것이라는 희망을 갖고 말입니다.

오랜 시기를 거쳐 전해지는 기본적인 신념과 견고한 삶의 원칙들이 있습니다. 이러한 원칙들은 모든 문화, 종교, 문명에 어떤 형태로든 녹아 있습니다. 그것들의 중요한 공통점은 나쁜 태도나 골치 아픈 아이가 될 요소가 뿌리내리는 것을 단순히 예방하는 차원이 아니라, 버릇없고 이기적이며 반항적이고 인정없는 아이들이 아닌, 이기심 없고, 인정 많으며, 공손하고, 공감할 수 있는 아이들이 건재한 사회를 건설하는 것입니다. 결국 그들은 우리 모두가 바라고 기대하는 그런 아이들인 것이지요.

종교, 문화, 정신적 규율이 다르면 이러한 삶의 원칙을 표현하는 언어 역시 다릅니다. 그러기에 우리가 부모로서 본을 보이고 일상의 모든 대인 관계와 제반활동에 응용할 수 있는 기본원칙을 다음에 제시합니다.

인간적 태도고양을 위한 근본원칙

1. **사랑하라** _ 사랑은 우리가 누군가에게 줄 수 있는 가장 위대한 선물이며 축복입니다. 모든 관계와 도덕성의 근간이며 주면 줄수록 빛이 나고, 바라지 않아도 대가가 돌아옵니다. 당신이 당신의 아이에게 줄 수 있는 최고의 선물은 바로 당신의 아이에게 한없는 사랑을 쏟는 당신입니다.

2. **일관성을 가져라** _ 당신의 아이가 안정된 감정을 유지하는 데 꼭 필요한 사항은 신뢰입니다. 그러나 신뢰는 규칙적이고 조직적이며 분명한 한계 속에서 구축되는 것임을 염두에 두고 아이에게 신뢰감을 심어주십시오.

3. **좋은 본보기가 되라** _ 인간은 모방하는 존재입니다. 당신 아이에게 당신이 원하는 도덕적 모델을 제시해 주십시오. 아니, 당신이 모범적인 모델이 되십시오. 당신 아이는 존경할 대상이 필요합니다.

4. **신뢰를 쌓아라** _ 당신의 자녀는 당신이 항상 성실하고 진실하길 바라며, 그러한 참모습을 원합니다. 그러니 어떠한 일이 있어도 아이에게 감정이나 행동을 속여서는 안 됩니다.

5. **옆에 있어라** _ 지금 그 자리를 지키십시오. 일이나 다른 복잡한 사항으로 당신 아이와 사랑하는 가족들 옆에 있지 못하거나 대화할 수 없는 상황이 되는 건 바람직하지 못한 행동입니다.

6. **긍정적이 되라** _ 모든 것은 당신의 시각에 따라 움직입니다. 당신이 미래를 낙관적이며 희망적으로 보면 미래는 당신의 뜻대로 움직입니다.

7. **인내심을 가져라** _ 서두르지 말고 천천히 당신 아이의 눈높이에 맞춰 생각하고 행동하십시오. 화살처럼 빠른 것이 인생인데 무엇 때문에 서두르나요? 더구나 변화는 시간을 필요로 한다는 사실을 잊지 마십시오.

8. **끈기를 가져라** _ 장거리 경주와도 같은 인생, 포기하지 말고 끈기 있게 나아가십시오. 그러면 보상이 따릅니다. 특히 당신 아이를 도우는 일에 있어서는 더욱 그렇습니다.

9. **이기심을 버려라** _ 이기심 따위는 버리십시오. 열정을 쏟아 남을 위하는 삶에 당신 아이를 동반하십시오.

10. **적극적으로 행동하라** _ 한 자리에 앉아 있지 마십시오. 좋은 생각이 떠오르거나 뭔가 틀린 듯하면 적극적으로 개입하여 밝히고 해결하십시오. 크건 작건 목표를 달성하는 유일한 방법은 전력투구하는 것임을 당신의 행동이 아이에게 말해줄 것입니다.

11. **단순하게 생각하라** _ 당신 아이가 모든 것을 가질 때 당신의 행복도 함께 온다고 여기는 건 어리석은 생각입니다. 모든 것을 소유한 사람은 없을뿐더러 사실은 조금 부족한 상태가 더욱 낫습니다. 부족함은 아이에게 삶의 중요한 요소에 대해 감사하는 마음을 증진시켜줍니다.

12. **믿게 하라** _ 삶에는 기준이 필요합니다. 몇 가지 삶의 지침들, 옳고

그름의 판단력 등에 있어서 당신은 분명한 지각과 일관성을 가지고
행동해야 합니다. 그래야 아이가 당신이 어떤 태도를 취할지를 알
고 따를 기회가 생깁니다.

13. **마음을 열어라** _ 융통성이 힘입니다. 새로운 것을 익히고 새로운 아
이디어를 내는 것, 다른 관점이나 생존방법에 마음의 문을 여는 것,
이것이 당신이 경험하고 자녀에게 물려줘야 할 교훈입니다.

14. **공감하라** _ 무엇보다 인간이 동경하는 중요한 덕목은 다른 사람의 감
정을 이해하고 공감할 수 있는 능력이며, 공감은 이기적이고 무감각
하며 잔인한 태도를 바로잡는 데 매우 효과적인 대책입니다. 아이에
게 공감력을 가르치려면 우선 아이와 먼저 공감력을 형성하십시오.

불확실하고 위험한 시대를 살고 있는 우리들, 그러기에 부모나 아이들
모두에게 세상살이는 그리 쉬운 것이 아닙니다. 아이들이 보여주는 태도에
도 가족의 힘이나 이 세상의 영향이 반영돼 있으며 그로 인해 야기되는 문
제는 심각하고 위험성도 높습니다. 그 중에는 우리가 통제할 수 있는 일도
있지만 대부분은 부모의 힘이 미치지 못하는 것이며, 할 수 있는 일이라고
는 부모로서의 역할만이라도 제대로 하는 것입니다.

현재 우리가 행하는 모든 일과 행동, 사고 등은 아이들의 앞날에 지대한
영향을 끼칠 것입니다. 그러니 비난, 변명, 구원, 타협을 중지하고, 모든
에너지를 진짜 중요한 일, 아이들이 나쁜 태도를 고쳐 순수한 성격의 소유
자가 되기 위한 길로 가는 여정에 투입하십시오. 그리고 잊지 마십시오.
중요한 건, 우리 아이들이 얼마나 많은 목표를 세웠는지, 학업성적이 어떤
지, 돈을 얼마나 벌 것인가의 문제가 아니라 아이들의 삶과 그들이 살고
있는 이 세상이 어떤 곳인가 하는 점입니다.

좋은 태도의 부모가 되어요

천사 같이 예쁘기만 하던 아이, 백지처럼 하얗고 순순하여 세상의 나쁜 것이나 더러운 것과는 도무지 어울릴 것 같지 않던, 그래서 반드시 밝고 바른 품성을 가진 훌륭한 인격체로 자라날 것을 믿어 의심치 않았던 당신의 아이가 요즘 변했나요? 우리 집 같은 집안환경이라면, 우리 같은 부모 밑에서라면, 말썽쟁이가 나올 수 없다고 확신했는데, 요즘 그런 예상이 빗나가 당혹감을 느끼고 있나요?

그러나 마음을 놓으세요, 괜찮습니다. 중요한 건 당신이 아이의 나쁜 태도가 문제임을 깨달았다는 것입니다. 아이의 미운 행동에 대해, '아직 어려서 그래, 시간이 지나면 괜찮아질 거야.' 라고 생각하며 그냥 지나쳤다면 훗날 돌이킬 수 없는 결과에 부딪쳤을 것입니다.

아이가 잘못된 그림을 그리고 있는데 아무도 잘못을 지적해주지 않는다면, 아이는 무엇이 잘못됐는지도 모른 체 계속해서 같은 그림을 그려가겠지요? 스트레스가 많고 피곤하다는 이유로 지금 바로잡아주어야 할 아이의 나쁜 태도를 미뤄두어서는 안됩니다. 시기를 놓치면 더 이상 사랑스러운 눈으로만 바라볼 수 없는 자녀가 되어버릴지도 모르거든요.

　조기 영어교육을 시키고 고액과외를 시켜서 좋은 대학에 보내는 극성부모가 좋은 부모일까요? 아닙니다. 아이가 인생에서 성공하는 사람이 되기 위해 어려움을 극복할 수 있는 굳은 의지와 훌륭한 인격, 원만한 사회성을 갖추도록 도와주는 부모가 진정으로 현명한 부모입니다. 그러기 위해서는 '아이와 친구가 되려하지 말라'고 이 책의 저자, 미셸 보바는 충고합니다.

　지금 당장은 아이에게 인심을 잃고, "엄마 미워!", "아빠 미워!"라는 가슴 아픈 말을 들을지라도, 아이의 인생을 위해서는 아이의 잘못을 따끔하게 혼낼 수 있는 훈계자, 바른 길로 인도하는 안내자가 되어야 하며 그것은 엄격한 부모만이 해낼 수 있는 일임을 강조하는 것입니다. 그래야 훗날 자녀로부터 "잘 키워주서서 고맙습니다."라는 말을 듣는 떳떳한 부모, 진정한 친구가 될 수 있을 것입니다.

　그렇다면 어떻게 해야 자녀를 올바르게 키울 수 있을까요? 그것은 아이의 태도나 잘못을 탓하기 전에 먼저 모범을 보일 수 있는 부모가 되는 것입니다. 어쩌면 이 말은 너무도 당연한 것이어서 모든 부모들이 미처 생각지 못했을 수도 있습니다. 따라서 이 책에 나오는, 아이들의 24가지 나쁜 태도들의 항목을 스스로에게 먼저 대입해보고 반성하는 과정을 갖기를 권합니다.

　부모로서 공부하지 않고, 올바로 행동하지 않으면서 자녀를 훌륭한 아이로 키울 수는 없습니다. 이 책을 읽은 분들은, 부모노릇이 결코 쉽지 않다는 것을 절실하게 느꼈을 것입니다. 그렇습니다. 아이를 바르게 키우려는 마음으로 이 책을 손에 드셨다면, 보바가 권하는 '태도변화 일지'를 꼼꼼히 기록하면서 아이가 더 크기 전에 나쁜 태도를 뿌리 뽑으셔야 합니다. 몰랐다면 모를까 이미 그것을 퇴치할 수 있는 비밀병기를 손에 쥐고 있는 한, 꼭 목적한 바에 달성하시기를 바라며 이 책과의 만남이 당신과 당신의 자녀, 그리고 가정에 축복이 되기를 기원합니다.

● 지은이 소개

미셸 보바 *Michele Borba* _ 미셸 보바 박사는 세계적으로 명망 높은 교육자로서, 체험을 바탕으로 아이들의 나쁜 태도를 통제하는 방법을 제시하며, 아이들의 행동 · 도덕성 발달을 강화시켜 벼랑에 선 가족관계를 강력하게 구축해나가는 육아전략가로 정평이 나 있습니다. 또한 열정적이고 인기 있는 연사로, 전 세계 75만 명 이상이 그의 강연을 들었으며, 수많은 학교에서 교육컨설턴트로 활동했습니다.
현재는 'NPR 토크쇼' 〈투데이 *Today*〉 〈더 뷰 *The View*〉 '폭스 앤 프랜즈 *Fox & Friends*' CTV의 '비키 가베로우 *Vicki Gabereau*' 'Canada AM'을 비롯해 여러 TV 및 라디오 프로그램에 게스트로 출연하고 있으며 〈뉴스위크 *Newsweek*〉 〈유에스 뉴스 앤 월드 리포트 *U.S. News & World Report*〉 〈베터 홈즈 앤 가든즈 *Better Homes & Gardens*〉 〈시카고 트리뷴 *Chicago Tribune*〉 〈로스앤젤레스 타임즈 *the Los Angeles Times*〉 〈뉴욕 데일리 뉴스 *the New York Daily News*〉 등 다수의 언론사와 인터뷰를 한 바 있고 〈패어런츠 *Parents*〉지의 고문으로 활동중입니다. 또한 전국자부심위원회(the National Council of Self-Esteem)가 주관한 전국 교육자상(the National Educator Award)을 비롯하여 수많은 상을 수상하기도 했으며, 그녀만의 개성이 톡톡 튀는 18권의 저서 중에는 퍼블리셔스 위클리 *Publisher's Weekly*에서 2001년도 가장 주목할 만한 저서로 뽑힌 《도덕 지능 *Building Moral Intelligence*》, 〈차일드 매거진 *Child Magazine*〉에 의해 '1999년도 우수 육아도서'로 선정된 《부모가 아이를 바꾼다 *Parents Do Make a Difference*》, 전 세계 1천 5백여 만 명에 이르는 학생이 애독하는 《자부심 구축 *Esteem Builders*》 등이 있습니다.
그녀가 제의한 학교폭력근절법은 2002년 캘리포니아 주 법으로 승인된 바 있으며 현재는 남편, 세 아들과 더불어 캘리포니아의 팜 스프링스에 살고 있습니다.

그녀의 저서와 대중매체 사용여부에 관한 문의는 www.MicheleBorba.com 이나 www.moralintelligence.com으로 하면 됩니다.

● 감수자 소개

이 소 희 _ 숙명여자대학교에서 아동복지학 박사학위를 받고, 동 대학에서 아
동연구소장을 역임했으며 현재 숙명여자대학교 아동복지학 교수로 재직중이다.
국무총리 청소년보호위원회, 대통령자문 유아교육개혁위원회 위원 및 한국아동
학회 총무를 역임했으며, 현재 한국 가족복지학회 회장, 한국 영리더십 센터와 한
국부모코칭센터의 자문교수로 활동중이다. 저서로는《아동복지실천론》,《보육학
개론》등 여러 권이 있다.

이 정 화 _ 숙명여대 아동복지학 박사학위를 받고 원광아동발달연구소 상담연
구원을 역임했다. 현재 한국부모코치센터 대표이자 한양여자대학교 아동복지학과
겸임교수로 재직중이다. 코칭클리닉 강사 및 한국놀이치료학회 공인 놀이치료사
로 활동하고 있으며, 저서로는《놀이치료 핸드북》,《발달척도 핸드북》등이 있다.

한국부모코칭센터

코칭이라는 강력한 기술을 통해 영·유아, 아동, 청소년의 잠재력을 계발하고 역량을 강화할 수
있도록 지원하는 기관이다. '코칭으로 변화하는 부모, 리더로 성장하는 자녀'라는 사명 아래,
부모가 자녀를 리더로 기를 수 있는 전문가적 성품과 역량을 발휘하도록 코칭하도록 하는 성장
시스템을 구축하고 있다.

- Tel : 02-704-5477
- Homepage : www.parentcoaching.co.kr
- Fax : 02-3275-5454
- E-mail : parentcoaching@empal.com

● 옮긴이 소개

최 소 영 _ 성균관 대학교에서 영문학, 불문학 복수전공.
코리아 헤럴드 번역센터, 잉글리시고 등에서 번역사로 활동했으며, 현재는 인트랜
스 소속 번역 프리랜서로 활동 중이다.
역서로는《ACTION!》,《거만한 놈들이 세상을 바꾼다》등이 있다.